JN059702

霧をはらう

雫井脩介

幻冬舎

霧をはらう

1

西日が射しこみ、シーツを無垢の目映さで切り抜いていた。

その陽射しがわずかに届かないベッドの中央で、妹は猫背になって漫画を読んでいた。

小南由惟が通学用バッグを床に置いてパイプ椅子に腰かけると、妹の紗奈は大して夢中でそれを読んでいたわけではないというように、漫画をかたわらに置いてしまった。

「お帰り」

身のこなしはゆっくりとしていて、体調はよくも悪くもないという様子だ。

「ただいま」

この病室が我が家であるかのような挨拶は、最初の頃なかなか慣れなかったのだが、母が毎日繰り返しているうち、由惟も違和感がなくなってしまった。現実に紗奈はこの病室にずっといて、母もその付き添いで家に帰ってくることはまれだから、二人がいるこの病室が我が家だと言っても間違いではないように思えてきている。

こういう生活になってから、一カ月半が経とうとしている。

「冬服だね。おしゃれ～」

何でもない都立高のブレザーをおしゃれと言われ、由惟はくすりとする。紗奈も制服のデザインに目が行く年頃になったかという、くすぐったい思いだ。来年には中学生になるのだから無理はない。

　十月に入ってからも秋の深まらない日々が続き、由惟も夏服でやりすごしていたが、ここに来てにわかに朝夕の空気がひんやりとしてきた。それで今日から冬服に袖を通したのだった。

「この制服好きなら、紗奈も押高に行く？」

　やはり西日が首筋にきつく当たるので、由惟はブラインドカーテンを下ろしながら、そんな問いかけを口にした。

「うん、押高、いいね」

「じゃあ、この制服もちゃんと仕舞っとかないとね」

　由惟自身は来春でお別れするこのブレザーには、すっかり着飽きた思いしか湧かない。

「でも、行けるかな……」紗奈が不安げな顔を作って言う。

「中学でちゃんと勉強すれば大丈夫だよ」

　由惟はそう返したが、紗奈は「うん……」と晴れない口ぶりである。

　あるいは、母子家庭である我が家の家計を気にしているのかとも思ったが、教育費に関しては離婚した父の援助が望めることを由惟は知っている。ただ、幼い紗奈の身では、気にすることかもしれない。

「紗奈、中学も行けるか分かんないし……」

　そうではなく、結局のところ、病気の不安を吐き出したかったようだった。一月以上に及ぶ入院など由惟自身はもちろん経験がないし、たいていの子どもは経験しないことだから、不安に思う気持ちは分かる。

「何言ってんの。行けるに決まってんじゃん」

由惟がわざと明るく笑い飛ばしてみせると、紗奈も釣られたように表情を和らげた。

「まあ、そうだよねぇ」

紗奈に暗い表情は似合わない。ただ、治療効果もずっと順調とはいかず、このところ一進一退を繰り返しているから、愚痴めいたことも言いたくなるのだろう。

紗奈が患っているのは腎炎である。扁桃炎にかかって、それは治まったものの、しばらくすると微熱がぶり返し、身体に力が入らないような元気のない状態が続いた。

調べてみると血尿などが判明して入院となった。腎臓の機能を守るために点滴治療のほか、食事や水分の制限も受けている。快復には時間がかかるらしい。

悪化すれば腎臓の機能が損なわれ、いったん損なわれると元に戻ることはなく、最終的には透析などに頼るしかなくなるというから、怖い病気ではある。同室には慢性化して長期入院している子もいる。ただ、由惟は治ると信じているし、紗奈にもそう言い聞かせている。

ただ、信じているとは言っても、症状などどう転ぶか分からないし、現状も母から大丈夫だと聞かされているだけである。由惟もまだ大人ではないから、母もどこまで正直に教えてくれているか分からない。

その上、その母もどこまで正確に紗奈の病気を把握しているか怪しい気がしている。母は由惟から見ても、どこか抜けているところがあるというか、うすぼんやりしたところがある人なのだ。

加えて、病院嫌いときているから、先生の話よりも自分の思いこみのほうを優先させていてもおかしくない。

「お母さんは？」由惟は話を変えるようにして、紗奈に訊く。

「お菓子、配りに行った」紗奈は言い、サイドワゴンに視線を向けた。「それ、お姉ちゃんのだよ」

個包装されたビスケットがいくつか残されている。大したお菓子ではない。スーパーで売っているお徳用の詰め合わせである。母はいつもそれを買って、看護師や顔見知りになったほかの子どもたちに配ったりしている。

由惟はビスケットの包装を解いて、それを口に放りこんだ。すぐに口の中がぱさぱさになるが、水を持っていないし、わざわざお茶をいれるのも面倒なので、唾が出るのを待つしかない。

母がこの手のお菓子を方々に配っているのを見るたび、由惟はそれを引き留めたくなる。お節介な気がして、何となく恥ずかしいのだ。

今は退院してしまったが、紗奈の隣のベッドで寝ていた愛佳ちゃんという子の母親からフィナンシェのおすそ分けにあずかったことがある。しっとりとして、バターの香りが鼻をくすぐる高級そうなお菓子だった。もちろん、味も抜群で、できればもっとくれないかと思ったほどだった。おすそ分けするなら、こういうお菓子でないとねと言われているようでもあった。

ただ、由惟の母は、そういうところは鈍感である。フィナンシェもお徳用のビスケットも、味はそれほど変わらないと思っているのかもしれない。大きくなるにつれて、母の料理が我流でそれほどおいしくないことに気づいた。今は学校に持っていく弁当も、由惟自身がネットのレシピを見て作っている。母は「にんじんは目にいいから」とか「ピーマンは肌にいいから」と、昔誰かに教わったらしい話を何とかの一つ覚えのように繰り返すだけで、味つけはワンパターンなのだ。

食べ物だけでなく、母は着る物もどこかセンスが古く垢抜(あかぬ)けない。たまに由惟の服を今でも買ってくることがあるが、由惟は二、三回、申し訳程度に袖を通すだけで、すぐに自分が選んだ服に戻ってしまう。

紗奈は年齢以上に幼いところがある子どもであり、ビスケットもおいしいおいしいと言って食べているし、母の買う服も何の疑問もなく着ている。けれど、由惟の制服に目が行くようになっているあたり、自分で服を買うと言い出す日も近いかもしれない。

この病室には紗奈を含め、四人の女児が入院治療している。

入口側のベッドで寝ているのは、結芽(ゆめ)ちゃんという六歳の子だ。この子も腎炎らしいが、慢性化してしまって、入院はすでに二年以上に及んでいるという。むくみからか顔がぽってりとしている上、あまり元気もない。紗奈よりも病状はよほど深刻らしいが、もちろん由惟は同室だからといって、そんなことをいちいち訊いて回ったりはしない。母がそれをして、由惟に教えてくれるのだ。

結芽ちゃんの向かいには糖尿病治療をしていた愛佳ちゃんが入っていたが、彼女が退院して、数日前、桃香(ももか)ちゃんという四歳の子が入ってきた。川崎病という血管が炎症(えんしょう)を起こす病気で点滴治療を受けている。

窓側、紗奈のベッドの向かいには、光莉(ひかり)ちゃんという七歳の子が小児喘息(しょうにぜんそく)の治療で二週間ほど前から入っている。この病院は小児喘息の治療で知られていて、その入院患者が多い。そもそもが、昔は由惟が喘息の治療でこの病院に通っていたのだ。母が離婚して墨田区のほうに引っ越したが、それ以前は江戸川区のこの近くに住んでいた。

ただ、由惟は入院するまでひどくなったことはない。光莉ちゃんは頻繁に発作が起こるし、現に今も彼女のベッドに近づくと、呼吸するときのヒューヒューという喘鳴がかすかに聞こえる。喘息は夜に悪化しがちなので、なかなか寝つかれない分、昼に少しずつ睡眠を取るしかないが、彼女はその昼も苦しげだ。

喘息は基本的にアレルギー症状なのだが、気管支が炎症を起こしている状態だと、ストレスなどもきっかけとなって発作を起こしてしまう。光莉ちゃんも、たぶんにその気がある。

光莉ちゃんのお母さんがいかにも気の強そうな人で、口を尖らせたようなしゃべり方をする。そのお母さんが、由惟の母がどうも目障りで仕方ないらしい。母も悪いのだが、病室内を落ち着きなく独り言を口にしながら行ったり来たりしているとき、「子どもが寝てるんで、もう少し静かにしてもらえません?」と、苛立った口調で言われたことがある。そのあと間もなく光莉ちゃんが発作を起こし、それは母が立てた埃のせいというよりは、光莉ちゃんのお母さんの癇癪のほうが引き金になったとしか思えないのだが、光莉ちゃんのお母さんは、「ほら、だから発作を起こしたじゃない」と母に文句を言っていた。

母は母でどこか無神経なところがあり、そういう苦情にも「あらあら」と、どこまで本気で取り合っているのか分からない反応を示すだけだ。それればかりか、なまじ由惟の喘息を見てきた経験があるだけに、「光莉ちゃん、毎朝五分、乾布摩擦してごらん。タオルでごしごし身体をこするの」とか、「鼻うがいすると簡単には発作が起きなくなるわよ」と、彼女のお母さんがいないところで余計なお世話とも言えるアドバイスまでしている。

母はためになると思っていることは、何度でも口にする。だから光莉ちゃんもそんなに言うなら一度やってみるかと思ったのだろう、朝食のあと、パジャマを脱いで乾布摩擦を始めたらしいが、調子が悪いところに急に動いたのが悪かったのか逆に発作を起こしてしまった。それについても彼女のお母さんから変なことをやらせないでと強い口調でクレームを入れられ、母は何が悪いのかと首をひねっていた。

そんなふうに、決して居心地がいいとは言えない空気の病室で紗奈の入院生活は続いている。

今日の担当である副師長がワゴンを押して病室に入ってきた。それぞれの子どもたちの様子をうかがい、点滴を取り替え、最後に紗奈のベッドに来た。

「こんにちは」

「こんにちは」

彼女は由惟と挨拶を交わすと、紗奈の顔色を見ながら、「お母さんがいないうちに、点滴付けるわね」と冗談ぽく言った。スタンドに点滴のバッグを吊るしてから、紗奈の腕にあらかじめ付けてある点滴のルートにつなげた。

「お母さんに点滴いじらないように言ってね」

彼女は由惟に言い、由惟はばつが悪い思いで「はい」と返事をした。

「毎日の付き添いにはもちろん頭が下がるけど」

彼女は独り言のように言いつつ、点滴速度を時計でチェックし、由惟に小さな笑みを向けた。

由惟はそれに苦笑いを合わせる。

病院側は母親の付き添いを表立っては求めていないが、実際には特に看護師の少ない夜間など、病室に寝泊まりして面倒を見てほしいという本音があるようだ。今の病室の入院患者は、みんな母親が夜も泊まって付き添い看護をしている。

由惟の母も加工食品工場のパートを辞め、付き添い用の簡易ベッドで毎日寝泊まりしている。硬く窮屈な簡易ベッドでは、なかなか寝つけないだろうし、疲れも取れないだろうが、母が愚痴をこぼすことはない。それ自体は母親の鑑であり、病院側も歓迎しているはずだ。

しかし実際は、ナースステーションにお菓子の差し入れまでしているのに、母は病院側からどこか煙たがられてしまっている。母の独断で飲み薬を省いたり、点滴速度をいじったりすることがよくあるからだ。

病院嫌いの母は、基本的に薬などは毒だと思っている。新しい点滴を打とうとすると、これは何の薬かといちいち訊くし、それは本当に必要なのかとケチをつけることも珍しくない。看護師も仕事がしにくいだろう。

母は若い頃、病院で看護助手として働いていたことがあったようだ。そこで薬漬けにされた入院患者がどんどん弱っていくのを見て、相当嫌気が差したらしい。今でも、点滴がつながっている紗奈を見ては、「紗奈はモルモットにされて可哀想ね」と本人を前にして平気で言う。もっとも、紗奈自身は母のそういう癖の強さには慣れていて、母が席を外すと由惟に向かって、「お母さん、モルモットが好きだね」と笑っている。

母自身はいくら熱が出ようとも、病院には決してかからない。由惟が小学生の頃も、喘息の発作を起こしたときは、背中をさすったり、市販の塗る風邪薬を胸に塗ったりしてくれるだけで、簡単には病院に連れていってはくれなかった。

母のそういう気質を知っているので、最近では紗奈に何かあると、「早く病院に連れてって」と母の腰を上げさせるのが由惟の仕事になっていた。今回も、紗奈の高熱が続いたところで母を急き立てて病院に行かせた。扁桃炎と診断され、これが何度も続くようなら、手術で切ることも考えたほうがいいと言われ、「病院はどんどん病気を作る」と母はこぼしていたが、紗奈の体調が戻らないのでこれはおかしいと思い、由惟が再度、母の尻をたたいた。

いくら病院嫌いでも、そこでなければ治せない病気があることは、母も分かってはいるだろう。だから渋々とはいえ、我が子のためにと病院には連れていくし、熱心に付き添いもする。ただ、病院そのものを信頼していないことはその言動に隠そうとしないから、看護師や同じ入院患者の親たちには眉をひそめられてしまうのだ。

副師長が部屋を出ていってしばらくしてから、母が大きな菓子袋をほとんど空にして戻ってきた。

家には二、三日に一度くらいしか戻らないので、髪はまとまりがなく、化粧もおざなりだ。着ているる服も機能性第一で、着古したグレーのセーターに黒のジョガーパンツという格好で、色気も何もない。

「お帰り」母は声をかけながら、配り残した二個のビスケットを紗奈に渡した。「食べていいわよ」

「うん」

紗奈は受け取ったうちの一個を、ご丁寧に由惟に分けようとする。由惟がいらないと首を振ると、彼女はラッキーだとばかりに二つとも口に放りこんだ。

「亜美(あみ)ちゃん、もう退院するからこれ使ってって」

母はそう言って、まだ五十枚は残っているだろう折り紙を紗奈に渡した。

「あの子、まだそんなに元気にはなってないのに退院なのね。やっぱり病院じゃよくなるにも限界があるから、そのほうがいいのかもね」

由惟はほかの部屋に入院している亜美ちゃんという子がどんな子か知らない。紗奈もビスケットでいっぱいになった口をもぐもぐさせているだけで何の反応もしていないが、母はお構いなしにしゃべっている。

その母が点滴に目を留め、速度調整のダイヤルに手を伸ばしたので、由惟は「看護師さんがいじらないでって言ってたよ」と咎(とが)めた。

しかし母は「いいの」と、まったく意に介さない顔で点滴の速度を落とした。

「よくないよ」

「紗奈のことはお母さんのほうがよく分かってるのよ」

由惟は気質的に、人の指示から外れたことをするのは好きではない。母がどれだけの知識があってそうするのかは知らないが、病院の先生や看護師に任せておいたほうが、結局のところ、紗奈の治りも早いに違いないと思うのだ。

ただ、紗奈はそういう母を何も言わず受け入れている。まだ洋服も母が買ったものを着るだけの年頃だということもあるが、根が素直なのだ。

「お姉ちゃん、折り紙しよ」

点滴の速度などどうでもいいというように、紗奈がケースから折り紙を出す。

「いいよ」

家に帰っても一人なので、由惟はこの病室で夕飯まで受験勉強をするのが日課になっている。紗奈の夕飯が済んだあと、病院の食堂で母と何か食べ、由惟だけ家に帰るのだ。高校最後の一年も二学期の一月をすぎ、受験勉強を進めるためには時間を無駄にできなくなった。教育費は離婚した父の援助があるとはいえ、浪人まで許してくれる保証はない。

しかし、そうした現実を承知の上で、由惟は、紗奈に甘えられればなるべく応えるようにしている。

由惟は、六歳下のこの妹が可愛くて仕方なかった。由惟の実の父親は由惟が小さな頃に病死している。その後、母が再婚して紗奈が生まれた。だから由惟とは半分しか血がつながっていないのだが、それが逆に、希少な絆(きずな)を感じさせるのかもしれない。紗奈が甘え上手なところも大きい。そんな妹が病魔の前で元気のない姿をさらしているのを見ると、自分の何かを犠牲にしてでも元気にしてやりたいと思うのだ。

「何折る？」

由惟は参考書の入ったバッグに伸ばしかけていた手で折り紙を取り、紗奈に訊いた。

「ベルーガ折ろうよ。調べて」

「ベルーガなんてあるかな」

入院して間もない頃にも一度、折り紙で遊んだことがあった。スマホでいろんな動物の折り方を検索して折った。母は手先は意外と器用で裁縫なども得意としているが、折り紙の手順を覚えるのが苦手らしい。鶴なら折れると言って折り鶴を折ってみせたものの、出来上がったものは鶴とは似ても似つかないものだった。紗奈は病気を忘れたように笑い転げていたが、折り紙のことを母に訊くのは無駄だと悟ったらしく、何か分からないことがあると由惟に訊くようになった。

スマホでベルーガの折り方を検索する。紗奈は由惟がベルーガの動画を見せてやってからそれが気に入り、退院したら家族でシーワールドに行きたいと言っている。

「あった。シロイルカ」

「あ、可愛い！」

可愛い上に、それほど難しくもなさそうだ。由惟もやる気になった。

「まず、対角線に折って三角にして……」

由惟が紗奈と一緒にベルーガを折っているのをよそに、母は忙(せわ)しなくあちこちを歩き回っている。

「洗濯物まとめとくから、帰ったら洗濯かけてくれる？」

ガサゴソとタオルや下着などを大きなポリ袋に詰め、由惟のバッグの隣に置く。そうかと思うと、きょろきょろと病室を見回し、ほかの子どもたちの様子をうかがったりしている。

「光莉ちゃん、ビスケット食べてないわね。またゼイゼイ言ってる」

光莉ちゃんのかすかな喘鳴を聞きつけて、母は彼女のベッドに歩み寄る。

「光莉ちゃん、しんどいの？」

ベッドを少し起こして横向きに寝ていた光莉ちゃんは、うっすらと目を開けて、大丈夫というように首を振った。

「さっき看護師さんが点滴替えてったから。それで様子見てると思うよ」

由惟はお節介をたしなめるように言ったが、母が光莉ちゃんの点滴に視線を移したので、よもや他人様の子どもの点滴をいじったりはしないだろうなと不安になった。

「昨日の夜もゼイゼイ言ってたし、なかなかよくならないわね。季節の変わり目だからねえ」

母はそんな声をかけながら、光莉ちゃんの横に行って、背中をさすり始めた。

「乾布摩擦、続けるといいんだけどね。一日五分でいいのよ。冬は乾布摩擦、夏は水泳。それで由惟も元気になったから」

スイミングなどに通って年々喘息の発作が減ったのは事実だが、そもそも小児喘息は中学生の年齢くらいになると発作が起こりにくくなるものだから、由惟が喘息を克服したのはそればかりが理由とは思えない。しかも、発作は運動で誘発されることが多いので、重症の、しかも他人様の子どもに、下手に勧めるべきではないと由惟は言いたくなる。

「いろんな薬をとっかえひっかえされても、モルモットにされるだけだから、自分で何とか治さないとね」

また言ったと肩をすくめたくなったそばから、光莉ちゃんのお母さんが病室に入ってきたのを見て、由惟は気まずさを覚えた。

光莉ちゃんのお母さんは、母が光莉ちゃんの背中をさすっている姿を見てぎょっとしたようにあごを引いてみせたが、母のほうは平然としている。

「お母さん、帰ってきたわよ」

光莉ちゃんにそう呼びかけたものの、光莉ちゃんは眠ってしまったのか、目は開けなかった。

「ちょっとまた、苦しそうだったんでね」

母がそう言って光莉ちゃんの背中から手を離したのに対し、光莉ちゃんのお母さんは無言でひとにらみしただけだった。

「ビスケット、よかったら食べて」

母は構わず、そんなことを付け足した。

光莉ちゃんのお母さんは迷惑そうな吐息(といき)一つで応じ、母を押しのけるようにして光莉ちゃんのベッドの横に回ると、ベッドを囲うカーテンを引いてしまった。

「落ち着いたみたいね……」

母は勝手に満足したように言い、それからまた病室内を歩いて、結芽ちゃんや桃香ちゃんの様子を覗(のぞ)きこんだりした。

結芽ちゃんも桃香ちゃんも兄や妹がいるので、彼女らのお母さんはその世話もしなければならず、日中は病室を空けることが多い。母は寂しそうだが、そのために、光莉ちゃんのお母さんほどにはぎくしゃくしていないのが幸いだ。

「結芽ちゃん、何だかぐったりしちゃってるわねえ……可哀想に」母が戻ってきて言う。

結芽ちゃんは紗奈より重い腎臓病で、日頃から元気がない。由惟は母の話を聞き流し、スマホと折り紙を見比べながら、ベルーガを折り進める。

「じゃあ今度は、ここを折って折り目をつけて……」

言いながら由惟が折ってみせるものの、紗奈の頭がかすかに揺れたと思うと、その手が折り紙から離れた。

「何か疲れた……お姉ちゃん、折って」

「そう……寝る？」

由惟が訊くまでもなく、紗奈は横になった。

「今日は院内学級に出たから疲れたのね」

母が言いながら、紗奈の身体に毛布をかけた。治療が進んで当初ほどには倦怠感を訴えなくなったと思っていたが、こういう病気は一進一退なのだ。

一人でベルーガを折るものの、もちろん楽しくはない。紗奈が起きたら見せようという一心で何とか折り切り、あとは折り紙を片づけて、受験勉強をすることにした。

英語の参考書をバッグから出し、開こうとしたそのとき……。

「光莉……!?」

カーテンにさえぎられた向かいのベッドから、光莉ちゃんのお母さんのぎょっとしたような声が上がった。

「光莉!? 光莉!?」

ただならぬ声音で何度も我が子の名前を呼ぶ様子に、由惟は何事かと思いながら参考書から目を離した。

「誰か!? 看護師さん!?」

光莉ちゃんのお母さんの手がカーテンをつかむが、一度出た顔がまた引っこみ、ベッドの様子がよく分からない。

「光莉!? 光莉!?」

由惟の母がカーテンに取りつき、それを開け放った。

向かいのベッドでは、光莉ちゃんが身体を硬直させたまま、けいれんを起こしていた。光莉ちゃんのお母さんがすがりつくようにして、ナースコールのボタンを押している。

「由惟、近くにいる看護師さん呼んできて!」

母に言われ、由惟は弾かれたように立ち上がった。心臓がバクバクしている。

病室を出ると、通路を歩いている看護師の背中が見えた。

「すいません! 向かいの子が!」

由惟の声に看護師が振り返り、「どうしました?」ときびすを返す。

「こちらです!」

ナースステーションのほうから看護師が一人、早足で向かってくるのも見えた。

「どうしました⁉」

「急にけいれんし始めて……！」

看護師に問われ、光莉ちゃんのお母さんが泣きそうな声で答えている。

看護師は光莉ちゃんの様子を確認すると、あとから駆けつけた看護師と緊迫した口調で何やら言葉を交わし、きびすを返して病室を飛び出していった。

二人、三人と、応援の看護師が病室に入ってくる。やがて心電図のモニターが運ばれてきた。由惟は病室の入口で嵐に巻きこまれたような思いで立ちすくんでいたが、行き来する看護師とぶつかりそうになり、ここにいては邪魔だと気づいて紗奈のベッドまで戻ろうとした。

しかし、動きかけて、足が止まった。妙な光景が視界に入った気がした。

よく見ると、川崎病で入院している桃香ちゃんが目をかっと見開いたまま、光莉ちゃんと同じように身体を震わせていた。

「あ……あ……」

ちょうどそこに、病棟の男性医師が入ってきた。

由惟が怖くなり、ただ指を差していると、医師はそれに気づいて桃香ちゃんの横に行った。

「どうした？　ちょっと、誰か！」

医師の声に反応して、奥から看護師の声が上がった。「先生、こちらです！」

「いや、こっちが先だ」医師は桃香ちゃんの脈を取りながら言った。「心電図と除細動器持ってきて！」

「こちらもＶＦです！」看護師が言い返す。

「えっ!?」

医師は信じられないように言い、光莉ちゃんのベッドに駆け寄った。

医師の背中越しに見えた光莉ちゃんは、看護師の心臓マッサージを受けていた。

「どうなってんだ……」医師はうめくように言い、新たに病室に入ってきた看護師に、「手が足りない。コードブルーかけて！」と告げた。

医師は桃香ちゃんのベッドに戻りかけて足を止め、一瞬呆けたように病室を見回した。その姿がただ事ではないと、由惟に教えているようだった。

何が起こっているんだ……？

光莉ちゃんと桃香ちゃんの様子を交互に眺めていた母が、ぐったりと動かない結芽ちゃんに視線を移し、そして我に返ったように紗奈の隣へと戻っていく。

「紗奈……？」

さらに何人かの医師や看護師が応援に駆けつけ、慌ただしさが募る中、母が紗奈に呼びかけながら、彼女の点滴に手を伸ばす。

紗奈の点滴が止まった。

2

「弁護士？」

伊豆原柊平が向かいの席に腰を下ろすと、聖夜という源氏名のホストは長い前髪の奥に覗く瞳を怪訝そうに揺らした。

「嘘つけよ」

薄手のパーカーにジーンズとスニーカー、デイパックを肩に背負って現れた伊豆原は、彼のイメージする弁護士にはほど遠いようだった。

「本当です」

伊豆原はジーンズのポケットに無造作に突っこんでおいたバッジを取り出して、彼に見せた。裁判所を出入りする際には通行手形代わりになるので身に付けるが、普段はポケットの中で埃にまみれている。バッジを付けられるようなジャケットに袖を通すことがそもそも少ない。

「弁護士が何だよ？」聖夜は動揺から立ち直ったように、強気の姿勢を取り繕った。「俺は森田比呂美に用があるんだけど」

昼下がりのカフェの中のホストは、顔が妙に蒼白く見えた。出勤時には整髪しているのだろうが、今は髪もぼさぼさで、服装もジャージである。夜の世界は長いようだが、売れっ子ではなさそうだった。

「森田さんから話は聞きました」伊豆原は言う。「先月二日、バイト先の先輩である倉山小枝子（くらやまさえこ）さんに連れられ、ホストクラブに行った。そのときの代金三十二万は倉山さんの売掛（うりかけ）として、担当であるあなたが彼女に付けた。しかし、倉山さんは一週間前、バイトを辞め、連絡を絶った。いわゆる、飛んだわけですね。それであなたは、森田比呂美さんに代金の肩代わりを求めた……」

「何にもおかしくねえだろ。その子だってちゃんと飲み食いしてんだから」

口を尖らせるようにして言い分をまくし立てるホストに、伊豆原は「森田さんは十八歳ですよ」と冷静な口調で言い返した。「あなたも知ってるはずだ。お店でもそう言ったが、シャンパン一杯くらいいいだろうとあなたが勧めたと聞いてる」

「何歳だろうと、実際、飲んでんだから払ってくれって話だよ。大学入って居酒屋でコンパやったら、普通に会費くらい払うだろ。友達が財布持ってなかったら、立て替えてやるだろ。それを私、未成年だから払いませんって店に言って、それで通用するのかって話だよ」

「居酒屋だろうとどこだろうと、未成年者との売掛は簡単に取り消せることになってる。彼女の親が承知してない、無効だと言えば、それでおしまいなんだ」

「冗談じゃねえよ。それじゃあ、こっちは泣き寝入りじゃねえか。客から取れなきゃ、全部俺の借金（バンス）になるんだぞ」聖夜は身を乗り出すと、すごむようにして伊豆原をにらみつけてきた。「弁護士が何だよ。こっちだってやくざの顧問（こもん）やってんのが付いてんだよ。裁判だって何だって、やってやるぞ」

「じゃあ、その弁護士と話をするから、名前を教えてくれないか」

伊豆原が動じることもなく言い返すと、聖夜は「うるせえよ、うるせえ」と悪態(あくたい)をついた。

「強情張って裁判に打って出たところで、そちらに勝ち目はないよ」伊豆原は言った。「売掛はもちろん、未成年者に酒を提供してる時点で、あんたの言い分は通らない。分かってもらえないなら、警察(けいさつ)に相談するしかない。弁護士が出てくれれば、警察も動かざるをえない。困るのは店側だ。未成年者への酒類提供の責任を問われれば、結果的に三十万じゃ利かない損害を被(こうむ)るだろうな」

「ちょっと待てよ」聖夜が慌てたように言った。

「分かってくれるね？」伊豆原は確かめるように言った。

「汚(きたね)えよ」聖夜はぶつぶつとそう言うしかないようだった。「小枝子は嫉妬(しっと)深くて大変だったんだよ。それをなだめすかして、何とかやってきたのに、後足で砂をかけるようにして逃げていきやがってよ……やってらんねえよ」

「言い分があるのは分かる」伊豆原は言う。「だけど、しくじったからって、森田さんでどうにかしようってのは筋が違う。あんたはもう大人だ。甘くない世界でやっていこうと思ったら、いろいろ苦い思いもしなきゃならないだろう。それが嫌なら、自分の進む道を真面目に考えるべきだな。人生相談になら、いくらでも乗るよ」

「余計なお世話だ」聖夜は白けたように言った。

新宿駅東口のライオン像の前で、森田比呂美が三崎涼介(みさきりょうすけ)と一緒に待っていた。

「どうだった？」

伊豆原の姿を見つけるなり、三崎涼介が訊いてきた。十七歳になったばかりの少年で、顔つきにはまだあどけなさが残っているが、眼差しにはどこか陰がある。今回の相談事は森田比呂美を知る彼から持ちこまれたものだった。

「大丈夫だ」伊豆原はそう答えてから、森田比呂美を見やった。「話はつけたし、まだしつこく言うようなら、恐喝で警察沙汰にするとも言っておいた。それでも何か言ってくるなら、また俺に知らせてくれ」

「よかったー」森田比呂美は華奢な手を胸の前で合わせて、ほっとしたように言った。「こんなにあっさり解決するなんて。悩んでたのが馬鹿みたい」

「あっさりじゃない」伊豆原はわざと厳しい口調で言う。「これに懲りて、夜の店なんか興味本位で出入りしないことだ。未成年だからよかったが、成人してれば、君の行動は全部自分の責任になるんだぞ」

「でも、私は本当に先輩の付き合いで付いてっただけだもん。ホストなんかタイプじゃないし」森田比呂美は口答えをするように言ってから、涼介に笑顔を向けた。「でも涼介くん、すごいね。こんな便利な弁護士さんとか知ってて」

「涼介がすごいんじゃない」子ども相手に大人げないとは思いつつも、伊豆原は口を挿んだ。

「この先生、まじで頼りになるから」伊豆原に構わず、涼介が言う。「お金かかんないし、また困ったことがあったら、相談したらいいよ」

「俺はボランティアでこの仕事してるわけじゃないぞ」

「何？　金取るの？」

こういうときだけ涼介は完璧に子どもの目をする。大人の嫌な一面を見るような目を前に、伊豆原は口ごもった。

「いや……出世払いだ。涼介がたんまり稼ぐようになったら、そのとき払ってもらう」

「いいよ」涼介がニヤリとする。「そのときまで憶えてたらね」

体よくあしらわれた形になり、伊豆原は不満の息を鼻から抜いた。

「ただいま」

夕方、伊豆原が月島にあるマンションに帰宅すると、妻の千景は風呂に入っていたらしく、ランドリー室のほうからはドライヤーを使う音が聞こえた。

恵麻はリビングのベビーベッドの中で静かに眠っている。まだ生後一カ月の赤ん坊だ。伊豆原はデイパックを置いてキッチンシンクで手を洗うと、ベビーベッドのところまで戻った。

「すやすやだな」柔らかいほっぺをつつきながら声をかける。「何の夢を見てんだ……ん？」

寝顔を眺めているだけで一日の疲れが溶けていくように感じる。

「お帰り」

風呂に入ってさっぱりした様子の千景がリビングに顔を見せた。

「ただいま……お疲れ」

なぜか妙に気まずい思いになって言葉を返すと、千景は鋭くそれを見咎めた。

「何、またボランティアしてきたの？」

無料で揉め事に話をつけただけでなく、涼介たちには飯まで食わせてやって帰したのだから、もはやれっきとしたボランティアである。

それでも伊豆原は、「ボランティアじゃないよ」と強がった。「未来への先行投資だ」

「どんなリターンがあることやら」千景は皮肉たっぷりに言い返してくる。

千景は現在産休中だが、企業法務を扱うローファームに勤める弁護士である。伊豆原とは修習同期として知り合ったものの、進む道はまったく違った。刑事事件はもちろん、離婚訴訟すら扱わない。大手町でぱりっとしたスーツを着こなしながら仕事をしている。

対して伊豆原は、近頃増えていると言われるノキ弁の一人で、民事・刑事関係なく、細々とした案件を捌くことで何とか弁護士業を成立させている。ノキ弁というのは、どこかの法律事務所の軒先を借りているだけで、仕事は自分で探さないといけない。ある意味、独立弁護士なのだが、事務所を構えるとなると家賃などのランニングコストが馬鹿にならないので、伊豆原も多少の経費を負担する形で八丁堀にある〔ニューリバー法律事務所〕というところに籍を置かせてもらっている。普段はノートパソコンと当座の書類を入れたデイパック片手にあちこちを渡り歩くノマドワーカーである。

もともと伊豆原は大学時代は英文科で学んでいて、そこからして多くの法曹とは毛色が違っている。

子どもが好きだったこともあり、学校の先生になろうと思っていた。しかし、大学のボランティアサークルに入って、フリースクールでの学習支援に携わっているうちに、子どもたちの努力とは無関係なところに彼らの前途を阻む問題がいくらでも介在している現実を見た。伊豆原自身は両親ともに働き者で優しく、何不自由ない環境で勉強や遊びに没頭させてもらった。だからこそ、環境に引っ張られるようにして身を堕としていく子どもたちを見るのはやり切れなく、勉強を教える以前に何とかしなければならない問題だと思った。

弁護士となってから今年で八年目となるが、多く手がけてきたのは少年事件である。もちろんそれだけでなく、離婚訴訟などもやるし、刑事のほうでは国選弁護人の名簿にも名を連ねている。子どもたちの未来に資するには少年事件そのものだけでなく、社会のゆがみである諸々の事件をあまねく相手していかなければならないと言えば聞こえはいいのだが、つまるところは少年事件だけでは食べていけないということでもある。子どもたちを相手にする案件は、時間ばかり取られて実入りは期待できない。千景にも白い目で見られる。それでもやりがいはあるので続けている。

三崎涼介とは彼の父親の覚醒剤事件を通して知り合った。父親は再犯であり、今も服役中だ。涼介自身は亀戸の児童養護施設で生活しながら、通信制の高校で勉強をしている。中学生時分は錦糸町のフリースクールに通っていた。夢はプロのダンサーらしく、ダンスチームでも活動しており、地元の少年少女の世界では意外と顔が広いようだ。伊豆原から見れば無愛想だが、年下の子どもらへの面倒見はいいらしく、慕われているのは知っている。

伊豆原は特に向こうから相談事を持ちこんでこないときでも、ふらりと亀戸まで足を延ばし、涼介の顔を見に行くことがある。愛想には乏しいが、根がしっかりしていて、犯罪に手を染める心配がない。新聞配達で蓄えた金でダンスレッスンを受け、将来の自分に投資している。家庭環境に関係なく、まっすぐ育っている少年の姿を見るのは気分のいいことだった。

森田比呂美の揉め事を解決してやった数日後も、伊豆原は五月の連休の空いた時間を使って、涼介のいる児童養護施設を訪ねた。

「お、何持ってきたの？」

多目的ルームでダンスチームの仲間らしき男女としゃべっていた涼介は、伊豆原を見るなり、手に提げた差し入れに目をやった。

「食べ物じゃなくて、俺を歓迎してくれよ」

伊豆原はそう言いながら、彼らにたこ焼きを渡した。

「わー、おいしそう」

「舞花(まいか)ちゃん、中学生になって早々、その髪は何だ」

伊豆原に見咎められた原(はら)舞花は、爪楊枝(つまようじ)を取ろうとしていた手で、むしろ誇るように、メッシュに染めた髪をかき上げてみせた。

「へへへ、連休中に染めちゃった」

「学校始まったら、先輩に呼び出されるぞ」

「いいよ、そんなの」彼女は意に介さないように言う。「シカトするから」

舞花は涼介を中心にして活動しているダンスチームの年少メンバーだ。性格は明るくさっぱりとしていて、大人にも臆するところがない。ただ、この年頃特有の背伸びしたがるところがあり、それについては伊豆原も一言言いたくなる。

「学校はどうだ？」伊豆原は訊いてみる。「楽しいか？」

「別に楽しかないよ」舞花はたこ焼きを頬張りながら、あっけらかんと答える。

「どうして？　勉強で分かんないことがあったら教えてやるぞ」

「勉強とかどうでもいい」彼女は興味なさそうに言う。「何か窮屈だし、嫌なことが多い」

「嫌なことって何だ？」

「いじめとか」

「いじめられてんのか？」

「私じゃないよ」舞花は言う。「隣のクラスの知らない子。もう学校に来なくなっちゃったって。いじめてた連中は同じ小学校だったから知ってるけど、嫌な子たち」

その話しぶりから舞花の正義感が伝わってきて、伊豆原は救われる思いがしたが、話の中身そのものは、なるほど気分のいいものではなかった。

「それも、話を聞いたらひどいんだよ」舞花は思い出して腹が立ってきたのか、口を尖らせて続けた。「もともとお母さんが事件で捕まったことが原因らしいんだけど、その子も被害者の一人なの。なのに、いじめられてんの」

「何だそれ？」どういう事件か見当がつかず、伊豆原は眉をひそめる。

「被害者なら被害者らしくしてればいいのに、お母さんは無実だとか訳の分かんないこと言ってるのがムカつくってのが、いじめたほうの言い分らしいけど、何でそれでいじめていいのって話じゃない？」

「もういいよ、そういう話は」

涼介の弟分である河村新太郎がちらりと涼介の顔を覗き見ながら、舞花を制した。涼介も父親の事件のことで周囲からいろいろあった。そのことを気にしているのだろう。

「何？」

当の涼介は、何も感じていないようで、新太郎は一人気まずそうに「いや、別に……」とごまかしている。

「先生、こういうのどうすればいいの？」

舞花は舞花で話しているうちに腹立たしさが増してきたようで、伊豆原をまっすぐ見つめてそんなことを問いかけてきた。

「どうすればって言われてもな」

ざっくりとした噂話のようなものを聞いただけでもあり、伊豆原としてはそう言うしかない。

「まあ、私も知らない子だから、どうでもいいけど」

伊豆原も頼りにはならないと思ったのか、舞花はことさらさばさばとそう言ってみせた。ただ、その言い方が逆に、彼女の中にある無力さをにじませているように感じられた。

3

昼の休憩を待っていたかのように、不動産屋から由惟のスマホに電話があった。

事務所には誰もいなかった。事務員の先輩である赤城浩子は銀行に行っており、現場の整備工たちは外で作業を続けている。

〈もしもし〉由惟が電話に出ると、高崎と名乗る担当者の、もはや聞き慣れた声が耳に届いた。

〈小南さん？〉

「はい」

〈お住まいのほうですけど、引っ越し先は見つけてもらいました？〉

「いえ……」由惟は消え入りそうな声で答える。

難しいのは分かっているだろうに、高崎はわざととしか思えないような大きなため息を由惟に聞かせた。

〈十分時間は与えてるんだから、真剣に探してくれないと〉高崎は言う。

「探してます……でも、申しこんでも審査ではねられちゃうんです」

そんなに追い出したいのなら高崎の会社で引っ越し先を探してくれればいいのだが、彼はそうはしてくれない。

〈この前も言ったと思うけど、妹もいるんだから、児童養護施設とかそういうとこに相談してみた

らどう？〉

「私は働いてます」由惟は控えめながら反論するように言った。「家賃もちゃんと払ってるんです」

〈払ってるのは知ってるけど、そういう問題じゃないんだよね。大家さんは本当に困ってるんだよ。ほかの住人から文句言われるし、ネットであのアパートだって簡単に分かっちゃうから。あなただって、同じとこに住んでる限り、いろんな嫌がらせがあったりするでしょ〉

「今はもう、そうでもないです」そう言うしかない。

〈それは壁に落書きされても大家さんが消してるし、一生懸命対応してるからだよ。年端もいかないあなたに、こっちもこんなこと言いたくはないけど、周りに迷惑かけてるってことをもうちょっと真剣に考えて。お父さんにどこか借りてもらうとか、手はいろいろあるでしょ〉

　一年ほど前に母と別れた父とは、事件を境にますます疎遠になった。もともと由惟とは血がつながっていないのだが、物心ついたときから父と言えばその父だったので、由惟も自分のお父さんとして普通に接してきた。

　しかし、今では向こうは新しい家庭を持っている。事件があってからは、由惟たちを心配する気持ちより関わりを持ちたくないという思いのほうが勝っているように感じられる。何回か養育費のことで電話をかけたが、紗奈の病状を心配する言葉は形ばかりで、見舞いにも来ない。やがて振り込みも滞り、由惟も自分が働き始めたことで当てにするのはやめた。今ではこちらが連絡しないことをいいことに何の音沙汰もない。

〈いつまでも今まで通りと思っててもらっちゃ困るから。本当に頼むよ〉

「……はい」

納得したわけでなく、ただこの電話を終わらせたいがために、由惟はそう返事をした。

スマホを仕舞い、弁当を開けるために机の上の書類を片づけていると、社長の息子で専務を務めている前島京太が作業着姿で事務所に帰ってきた。

彼は洗い場でハンドソープを盛大に泡立てて油のついた手を洗うと、由惟の隣の席の椅子にどかりと座った。由惟はその間に、熱いお茶をいれ、彼の前に置いた。

「由惟……お前、旅行、不参加だって？」

専務はお茶をずずっとすすると、肉づきのいい顔を由惟に向けた。

「はい……すみません」

「勝手すぎるぞ。自由参加だって言っても、社員同士の親睦を図るっていうのは仕事の上で大事なんだよ」

「ごめんなさい……妹がまだ中一なので、一人にさせられなくて」

「中学生なんか、一晩くらいほっといても大丈夫だろ。俺んとこなんて、妊娠八カ月の嫁に翔と涼香の世話も任せっ切りにして行くんだぞ。会社の行事なんだから仕方ないだろって押し切ってやったよ」

「妹は体調を崩すことが多いんで、一人にするのは心配なんです」

由惟の言葉を聞き流したように、専務は椅子を由惟のほうに滑らせた。

「いろいろあって、羽を伸ばすこともできなかっただろ。行きゃあ、楽しいって」

彼は言いながら、由惟の肩に手を回してきた。この前、彼の集金業務に同行したとき、車の中で不意に由惟の肩に触れてきたときより、その手つきは大胆になっていた。由惟はそのときと同様、反射的に身をよじらせて、その接触を拒んだが、彼は簡単には手を引っこめようとしなかった。

「お前、ほかに受け入れてくれるとこあると思ってんの？　いつまでも子どもじゃないんだし、生活のためには何を大事にしなきゃいけないか、割り切って考えたほうがいいぞ」

　彼の体臭と油が入り混じった臭いがつんと由惟の鼻をついた。

　昨年の十月、紗奈が入院していた〔古溝病院〕の病室で事件が起こった。

　小児喘息で入院していた梶光莉ちゃんと慢性腎炎で入院していた恒川結芽ちゃんが相次いで死んだ。川崎病で入院していた佐伯桃香ちゃんも一時的に昏睡状態に陥り、快復したあとも自律神経障害を訴えていると言われている。

　異常事態に警察が動いた。捜査の結果、子どもたちの点滴に、糖尿病治療に使うインスリンが大量混入していたことが判明した。

　そして事件から三週間が経過した頃、由惟の母・野々花が逮捕された。

　母は警察の調べに対し、自分の犯行であることを認めた。同室の患者の母親たちと折り合いが悪く、冷たい仕打ちを受けた不満が溜まっていたと供述したようだった。

　由惟の生活は一変した。

　高校では、由惟の話し相手だった友達が受験勉強を口実に潮が引くようにいなくなった。

大学進学も望めなくなった。家を出た父からは養育費が払われる約束になっていたはずだが、大学進学までの面倒は見られないと冷たく突き放され、自立するよう促された。

由惟の通っていた高校では進学希望者が大多数で、企業からの求人はほとんど受けていなかったようだが、進路指導の先生はさすがに憐（あわ）れに思ったらしく、近隣の学校にも相談するなどして就職先を探してくれた。

面接が決まったのは卒業式が近づいた頃だった。由惟が抱える事情を聞いて、いったんは挙げた手を下ろした会社もあったに違いない。

小岩でクレーン車やミキサー車など特殊車両の整備会社を営んでいる前島社長は、事情を知った上で由惟を受け入れてくれた。七十をすぎ、好々爺（こうこうや）のような笑顔を見せる人だ。

実際、会社の事務所で働き始めてからも、社長は折に触れ、「仕事は慣れたか？」「大変だけどがんばれよ」と優しい声をかけてくれる。

ただ、その社長は、専務を務める息子にも甘かった。専務は、明らかに由惟の立場が弱いのを利用しようとしている。厚みのある身体を近づけてきて、「男は知ってるのか？」とか「小遣いは欲しくないか？」などと生々しい言葉を向けてくる。

おそらくは社長にそのことを相談しても、彼を困らせるだけだろう。社長にトラブルの火種（ひだね）だと思われれば、由惟のここでの居場所はなくなってしまう。

どうやって話をかわそうかと考えても、由惟の乏しい社会経験では、妙案はなかなか浮かばなかった。肩に手を回された今も、苦痛に耐えるようにしてただ黙っていることしかできない。

そのうち、女性事務員の先輩である赤城浩子が銀行から戻ってきた。

彼女にじろりと見つめられ、専務がようやく由惟の肩に回した手を外してくれた。

「お帰りなさい」

赤城浩子はそう投げかけた言葉には反応せず、専務ではなく由惟を何やらいかがわしいものと決めつけるように、いつまでも横目で見ていた。

4

「先生、保釈はまだですか？」

この日、伊豆原は依頼人の面会のために小菅（こすげ）の東京拘置所（こうちしょ）を訪れていた。

「今、親父さんが親戚に頼みこんで、金を借りて回ってる。君のためにがんばってんだから、もう少しくらい我慢しなさい」

伊豆原はアクリル板の向こうにいる男に話しかける。二十代の半ばだが、定職を持たず社会に揉まれていないからか、どこか学生のような幼さが顔立ちに残っている。親のすねをかじりながら暮らし、遊ぶ金のためにバイクで引ったくりを繰り返したあげく、防犯カメラをたどられて御用となった。

「ここの生活、本当にきついんすよ。全然、自由がないんすから」

「そりゃ、楽なわけがないだろ」伊豆原は言う。「親父さんは、懲らしめるためにも、もう少し入れておいたほうがいいって言ってるぞ」

「いや、一生懸命、金を借りて回ってるんじゃないんすか？　どっちなんですか？」

「借りて回ってるけど、君は君でちゃんと反省してもらわなきゃ困るってことだ」

「反省してますよ。反省してますから、早く何とかしてください」

「余罪は全部吐いてるな？　あとからほかにも出てきたら、困るのは君だぞ」

「全部言いましたよ。それでまだ何週間も勾留されてるんですから、早く出してください」

「まあ、もうちょっとの辛抱だ」

伊豆原は彼の友人と面識があり、今回はそこから依頼が回ってきたのだが、示談も無事に終えていて、裁判も執行猶予が見込める。大きな波乱はなさそうだと思いつつ、彼との面会を終えた。

近くの定食屋で何か腹に入れてから帰ろうかと思いながら拘置所を出ると、知った顔が前から歩いてくるのが見えた。

「桝田じゃないか」

修習同期の桝田実だった。彼も何かの案件で依頼人の面会に来たらしい。

「久しぶり」

同じ弁護士の道に進んだこともあり、新人の頃は勉強会と称してよく飲み歩いた仲だ。

「伊豆原は相変わらずだな」

桝田は伊豆原のジーンズ姿を見て苦笑気味に言う。近頃は弁護士会主催の研修会などで年に数度顔を合わせるだけだが、会話を交わせばたちまち、気の置けない昔の空気が戻ってくる。

「まあ、見ての通りだ」

今の時代、伊豆原のようなカジュアルな装いの弁護士は若手のノキ弁を中心に意外と多い。しかし桝田は新人の頃から濃紺のスーツの胸もとに弁護士バッジを光らせる、いかにもな格好を通しており、今ではすっかり、その着こなしもこなれてきている。

「面会か？」伊豆原は訊く。

「ああ、裁判員裁判の案件が国選で回ってきてな」桝田が答える。

「そりゃ大変だな」

裁判員裁判は重刑が見込まれる重大事件に適用される裁判である。公判前整理手続という準備プロセスがあり、一般市民が任命される裁判員を交えての公判は数日間にわたって集中的に行われ、一気に結審する。

裁判員裁判の国選弁護人は通常の刑事事件とは違い、経験者か相応の研修を受けた者から選ばれることになっている。伊豆原も一応は研修を受け、〝S名簿〟と呼ばれる弁護人リストに名を連ねているが、まだ案件が回ってきたことはない。

「何の事件だ？」

裁判員裁判になるような事件なら、伊豆原もニュースなどで見聞きしている可能性が高い。好奇心で訊いてみた。

「小児病棟の点滴死傷事件だよ。去年の秋にあった」

「もしかして、江戸川の？」

「そうだ」

伊豆原がすぐにぴんとくるほどの大きな事件を自分が手がけているということで桝田は少し誇らしそうだったが、伊豆原がおっと思ったのは、つい一カ月ほど前、その事件の話を聞いたことがあったからだ。涼介の友達である原舞花が、隣のクラスで一人の生徒がいじめられ、入学早々不登校になってしまったことを理不尽そうに話していた。母親がある事件の犯人として捕まったことがいじめの原因だということだが、よくよく聞いてみると、その事件とは昨年の十月に起きたこの事件のことだったのだ。

「そうか、桝田が……」

桝田は新橋にある小規模事務所のアソシエイトである。アソシエイトはイソ弁こと居候弁護士とも呼ばれ、所属する事務所が請け負った案件をこなしていくのが業務の主体だ。しかし、キャリアを重ねるに従い、自分で仕事を取ってくるようにもなる。こうした国選弁護もその一つと言っていいだろう。

「ちょうどその事件の話を先日、聞いてたんだ」

伊豆原は言い、舞花の話を桝田に聞かせた。

「ああ、それは被告人の次女だな」桝田は言った。「ＰＴＡなんかからもいろいろ言われて、学校に行けなくなった」

「ひどいな。彼女も被害者の一人なんだろう」

「そうなんだが、こっちもそこまでは手が回らない。無理に行かせても本人がつらいだけだし、お姉ちゃんのほうがもう、ほっといてくれという態度だ」

「お母さんは無実だって言ってるらしいじゃないか」

「次女のほうはな」桝田は言う。「そりゃ、自分も被害に遭(あ)って、それがお母さんの仕業だとは思いたくないだろう。逆に長女のほうは、お母さんの仕業じゃないかと疑っているようだからややこしい。当の本人はいったん自白に追いこまれたのを、あとになって撤回したから、余計にややこしい」

「何だそれ」確かにややこしいが、その分だけ伊豆原は興味をそそられた。「桝田の心証は？」

「案外、無実かもなという気はしてる」彼は言った。「どちらにしろ、本人がそう主張してるんだから、その方針で行くしかない」

「ふーん」伊豆原は何となく腕時計に目をやった。「どうしようか……」

「何だ？」桝田は怪訝そうに言う。「飯の誘いなら、悪いけど、今日は時間がない」

「いや、その面会、俺も付き合おうかなと思って」

「物好きだな」桝田は目を丸くした。「別にいいけど」

確かに物好きでないと、他人の案件にわざわざ首を突っこもうとはしない。しかし、刑事弁護に携わる者にとって、無実や無罪というのは否応(いやおう)なく興味をそそられる言葉なのである。しかも、これほどの大きな事件でどういうことかと気になってしまう。

拘置所に戻ることにし、伊豆原は桝田と肩を並べた。

「弁護人は桝田一人なのか？」

この事件では二人の子どもが命を落としているほか、一人が一時重体に陥り、捕まった母親の娘も軽度ながら被害を受けたと聞いている。裁判の行方によっては極刑の求刑もありえる事件だ。そのような重大事件の裁判員裁判では、複数の国選弁護人を付けることができる。

「貴島先生が手を挙げてくれた」

「あの貴島先生か？」

思わぬ大物の名前を聞いて、伊豆原は驚いた。貴島義郎は刑事弁護の雄として、この世界では知らない者はいないベテラン弁護士だ。勝ち取った無罪判決も十指に余り、有名な死刑囚の再審無罪にも尽力してきた。加えて、反権力の姿勢は徹底しており、政治家と秘書が対立した裁判では、政治家からの依頼を断って秘書側に付いたこともある。

「俺も最初はびっくりした」桝田は肩をすくめて言った。「貴島先生とは死刑制度問題の委員会で挨拶を交わした程度の関係でしかなかったからな。だけど、向こうは憶えてくれてた」

貴島は熱心な死刑廃止論者でもある。若手がそのような問題に首を突っこんでくれれば、可愛く思えるのかもしれない。伊豆原はそうした高邁な思想に惹かれて法曹を志した口ではないから、貴島とはこれまで何の接点もない。

「ある意味、羨ましいな」伊豆原はミーハーな気持ちを偽らざる本音として口にした。「頼りになるだろうし、何より勉強になる」

「ああ」桝田は拘置所に入り、受付で面会手続きの用紙を取りながらうなずいた。「貴島先生がいるのといないのとでは、検察の態度も違う。一緒に仕事ができるのは光栄としか言いようがない」

しかし、そう言いつつも、彼の表情には言葉ほどの明るさはなかった。

「ただ実際のところは、いろいろあってな」

「どうした？」伊豆原は訊く。「意外とやりにくい相手か？」

勇名を馳せた人間だけに、接してみると意外と扱いづらい性格だったりするのかもしれないと、伊豆原は先回りするように考えた。

しかし桝田は「そういうことじゃない」と、それを否定した。「入退院を繰り返してんだ。すい臓がんらしくて、公判まで持つかどうかも分からない」

「そんな状態で手を挙げてきたのか？」

裁判員裁判はほかの裁判と比べても体力がないとこなせないと言われ、六十歳を越えるようなベテランクラスはほとんど引き受けないと聞く。貴島は七十に手が届く歳だ。しかも闘病中であるなら、いくら圧倒的な腕があったとしても、十分な仕事は期待できないだろう。

「当初は先生もまだ動けてたし、できるという腹積もりがあったんだろう」桝田は言う。「自身の弁護士人生の総決算にしたいとも言ってた。だけど、思った以上に速く、病状が進んでるようだ」

名を成す人間は人生の晩年を迎えても挑戦をやめないものなのだなと、感慨深く思わされる。しかし、それはそれとして、一緒に組んでいる桝田はこの大御所の力に頼るどころか、彼を支えなければならないのが現実であるようだ。それも同情に値する。

手続きを終え、フロアを上がった。指定された接見室に入ってしばらく待っていると、やがてアクリル板の向こうの部屋のドアが開き、グレーのスウェットを着た四十代と思しき女性が姿を見せた。小南野々花という名前は桝田が記入した面会用紙で確認した。

「あら、桝田先生、こんにちは」

化粧気のない肌は光の加減もあり、くすんで見えるが、長い髪は後ろに束ねられていて、それなりの清潔感を保っている。表情と声の調子は存外に明るかった。

「こちらは？」野々花は椅子に腰かけてから、伊豆原を不思議そうに見た。

「同期の伊豆原先生です」桝田が紹介する。

「あら、新しいお仲間」野々花は大げさなほどに目を見開いてみせてから、手で口を覆って笑った。

「弁護士さんには見えなくて。ごめんなさい」

「よく言われます」伊豆原も笑って返した。

「そうですか。よろしくお願いします」

伊豆原を勝手に弁護団の新しい一員だと解釈した野々花はそう言って頭を下げた。伊豆原が否定する間もなく、「貴島先生が大変ですものね」と彼女は続けた。「退院はまだまだですか？」

「治療は順調に進んでいるようなんで、間もなくでしょう」桝田は言う。「小南さんはどうですか？」

「私なんて、もう、ここに閉じこめられてるだけで、何も代わり映えはしませんよ」野々花は自虐気味に言い、冗談半分のような口調で言い足した。「早く出してくださいな」

「本当ですね」桝田が子どもをあやすような調子で応える。

「本当に分かってらっしゃるのかしら」桝田の口調の適当さを感じてか、野々花は不満げに言って伊豆原を見た。「ここで一日でもすごせば分かりますよ」

「分かりますよ。大変ですね」

伊豆原が言うと、野々花は満足したように小さくうなずいた。ただ、彼女の口調はどこかのんびりとした特有の響きがあり、切実さが弱くしか感じられないのも確かだった。

「伊豆原先生は、まだ弁護団に加わったわけじゃないんですよ」桝田はそんな言い方をした。「小南さんが無実を訴えてるってことに興味があるようでね」

「私は無実なんですよ」野々花は伊豆原のほうに身体を向けて言う。「なのに、こんなところにずっと閉じこめられてるんです」

伊豆原は殺人事件こそまだ受け持ったことはないが、傷害事件の再犯を繰り返す人間は何人も見てきた。その経験で言うと、そういう者たちにはどこか目つきに危うさが覗いていることが多い。

彼女にはそれがない。伊豆原に向けてくる目は、どこにでもいる世のご婦人のそれと変わらない。しかし、話し方には大根役者の下手な演技を思わせる調子外れな抑揚があり、言葉を聞いただけではそれを素直に受け取っていいものかどうか戸惑(とまど)うのも事実だった。

「一度、警察の取り調べで犯行を認めたそうですけど……」伊豆原はそう話を振ってみた。

「そうなんですよ」野々花はあっけらかんと言った。「何であんなこと言っちゃったんでしょうね。人間、頭がおかしくなると、ああいうこと言っちゃうものなのね」

「頭がおかしくなるとか、あんまりそういう言い方はしないほうがいいですよ」桝田が苦笑気味に言った。「特に裁判の場なんかではね」

「頭がおかしくなったとしか言いようがないですもん」野々花はそう言って、いたずらっぽく肩をすくめた。「もうそんなに言うなら認めてやれって。言おうが言うまいが、逮捕されちゃってることは変わらないですから」

「いや、自白するかしないかで大違いなんですよ」桝田が困ったように言う。「嘘だろうが何だろうが、向こうは言わせたもん勝ちですから」

「でも、言っちゃったものはしょうがないですよね。人間、頭がおかしくなると、そういうことも言っちゃうんですよ」

どこか他人事（ひとごと）のような言い方にも聞こえ、裁判員裁判にかけられる自分の立場をちゃんと理解しているのか疑いたくなる。

彼女の人間性が気になるのには、事件の性質が関係している。彼女の次女も被害者の一人だという。実子をも犯行のターゲットにしているとすれば、そこには何らかの精神症状が存在する可能性が出てくる。少なくとも、検察側はそうした観点から、納得できるような動機を公判で解き明かすことが求められるだろう。

病気を抱えた子どもをめぐる親の犯行でよく疑われるのは、代理ミュンヒハウゼン症候群である。看病する自分自身のがんばりを周囲に認めてもらいたいがために、子どもの病状を故意（こい）に悪化させようとする。こっそりと治療の邪魔をしたり、身体に悪影響があるものを我が子に飲ませたりするのだ。

この点滴中毒死傷事件でも、代理ミュンヒハウゼン症候群に触れた新聞記事を目にした記憶がある。捜査側にそうした見方があるに違いない。

「それはそうと、由惟たちはどうしてます？」野々花は、自分のことはどうでもいいとばかりに話を変えた。「お母さんが心配してるって、ちゃんと言ってくれました？」

「言ってますよ」桝田は答える。「二人とも元気です。心配いりませんよ」

「一度くらい顔を見に来てくれてもいいのにねえ」

彼女に同意を求めるような視線を向けられ、伊豆原は反応に困った。

面会の会話は、娘たちの近況を中心とした雑談で終わった。特に弁護活動で確認したい事項などがなくても、担当の弁護士たちはこうやって定期的に拘置所に通う。長期の勾留生活で気持ちが参っている被告人を心理面で支えるのが目的だ。

「案外、表情は明るいんだな」

伊豆原は拘置所を出て帰り道を歩きながら、野々花の印象をそんなふうに口にした。

「まあ、浮き沈みはあるけどな」桝田は言う。「今日は伊豆原もいて、新鮮だったのかもしれない」

「代理ミュンヒハウゼンがどうのこうのって話を聞いた気がするが」伊豆原はそれに触れてみる。

「自分の娘への犯行という点については、検察側はそういう見方をしてる」桝田は言った。「専門家のそういう鑑定(かんてい)結果も出てる。まあ、それについてはこっちも独自に鑑定して対抗するしかないが、厄介なのは、長女がそれで完全に母親を疑っちゃってることなんだよな。よりによって妹を被害に遭わせたのは許せないってことらしい。事件当時、長女も見舞いに来てたから調書を取られてるが、母親が疑わしいと思えるような供述をしてるんだ」

「無罪を主張するのに、身内さえ味方になってくれないのは厳しいな」

伊豆原の言葉に桝田はうなずいた。

「事件の影響で自分の大学進学なんかもあきらめなきゃならなくなったしな。面会にも行こうとしないし、妹も行かせない。縁を切ったも同然だ」

野々花の寂しさは察するに余りあるが、現時点で彼女が無罪か有罪かの心証は何もないので、同情を寄せるにも限度がある。無実ならやり切れないが、そうでないならこれが現実だと分かってもらうしかない。

ただ、それとは別に、二人の娘のことを考えると、伊豆原はそれだけで胸が痛んだ。事件のことで自分たちの人生が変わってしまった。長女は大学進学をあきらめ、次女は中学でいじめに遭い、不登校となってしまった。しかも、母親は次女を犯行のターゲットにしていたかもしれず、家族の形は無残にも壊れてしまったのだ。

「どうだ？」桝田が不意にそんな問いかけを向けてきた。「興味があるなら」

「え……？」

「国選の枠はもう一人あるんだ」桝田は言う。「だけどまあ、こういう仕事だし、周りに声をかけても、なかなか手伝ってくれる人は見つからなくてな」

こういう仕事というのは、大変な割に報酬などで報われるものが少ないということだ。刑事事件の国選弁護人は概してその傾向があるが、裁判員裁判は特にそうだろう。

「伊豆原は少年少女の相手が得意だろ」桝田は言う。「長女なんか割と頑固なところがあって、どうしたらいいか分からない。手を貸してくれると助かる」

伊豆原が興味本位で首を突っこんでいるうちに、桝田のほうはこのまま味方に引きこんでしまおうという考えに至ったらしい。

「急に言われてもな」伊豆原はそこまでは考えていなかったので、とりあえずは言葉を濁した。

「ちょっと考えさせてくれ」

今まで手がけたことがないような大きな事件でもあり、桝田が声をかけてきたほかの弁護士たちと同じように二の足を踏む気持ちはある。

ただ、やはり興味があるのも確かだった。無罪事件かもしれず、また娘たちの動向も気になる。

桝田と別れる頃には、このまま返事をしてしまおうかという気になっていた。

5

〈弁護士の桝田です〉

仕事が終わり、会社から駅までの帰り道を歩いていると、由惟のスマホに弁護士からの着信があった。

〈どうですか、最近は。仕事のほうは順調ですか？〉

順調というのはどういう状態を言うのだろう……今の由惟にはイメージできないことだった。

「ええ」由惟は気のない返事で応じた。

〈そう、それは何よりです〉

彼は由惟の声音からは特に何も感じ取らなかったように、さらりとそんな言い方でまとめてみせた。

桝田という弁護士は、こうやってときどき電話をかけてきては、由惟たちの様子を尋ねてくる。

〈紗奈さんも変わりありませんか？〉

「ええ」

病気がぶり返していないという意味では、変わりないことは確かだ。ただ、全快しているわけではないし、退院してからも運動や食事の制限は続いている。

〈学校のほうへは？〉

「行ってません」

〈そうですか……早く行けるようになるといいですけどね〉

そんな弁護士の言葉を由惟は聞き流した。

紗奈が学校に行けないのは、体調云々よりも事件の影響が大きい。中学入学に当たっては、児童相談所と教育委員会の話し合いに由惟も加わり、どういう形の進学がいいか意見が交換された。結果、いたずらに学区を変えず、小学校時代の友達が多い学区内の中学にそのまま進むことにし、体育の授業を見学することを前提に四月から通学することになった。

新学期が始まり、由惟は由惟で社会人生活が始まったので、自分のことで頭がいっぱいだった。紗奈が何も言わないので、学校側のフォローが行き届いているのだと思っていた。

しかし、裏では、紗奈の同級生の保護者から、殺人犯の娘と一緒のクラスにするなという声がどこからか上がり、瞬く間に業火となって紗奈のクラスばかりでなく学校全体を包んでしまったようだった。

入学から十日がすぎた頃、紗奈の制服のスカートに土が付いていた。紗奈は「転んじゃった」と笑っていたので、それ以上は訊かなかったが、三日後の雨の日、由惟が仕事から帰ってくると、玄関の傘立てに骨が折れてぼろぼろになった傘が入っていた。紗奈は熱を出し、次の日の学校を休んだ。

次の日、由惟も仕事を休み、学校関係者と教育委員会の担当者の訪問を受けた。そこで由惟ははっきりと紗奈が耐えていた現実を理解したが、学校側の力ではどうにも収められないようだった。このままでは紗奈を学校には通わせられないという由惟の意見を渡りに船とばかりに受け入れ、フリースクールを紹介することで彼らはお茶を濁した。

以来、体調を理由に、紗奈は紹介されたフリースクールにも通わせていない。中学での出来事があまりにもつらかったからか、紗奈自身もどこかに通いたいということは今のところ言わない。勉強は由惟が暇を見つけて教えてやっている。由惟も友達付き合いがすっかり途絶えてしまい、紗奈とのそうした時間が息抜きになっている。

〈昨日また、お母さんの面会に行ってきました。二人は元気かって、由惟さんたちのことを相変わ

らず心配してましたよ〉

「そうですか」

〈そろそろどうですか〉由惟の素っ気ない反応に構わず、桝田は続ける。〈来週あたり、一度、顔を見せに行くのは〉

「仕事があるんで無理です」

〈由惟さんが無理なら、紗奈さんだけでも。私が責任持って連れていきますけど〉

「そんな勝手なこと、絶対やめてください」

由惟が押し殺したような声で言うと、桝田は黙りこんだ。

〈分かりました〉桝田は取り繕うように明るく言った。〈身体に気をつけて、がんばってください。我々もお母さんの無罪を信じてがんばりますからね〉

由惟はろくな返事もせず、電話を切った。

弁護士は母の無罪を信じていると言う。

弁護士とはいえ赤の他人が、そんなに簡単に信じられるものだろうか。

娘の由惟でも信じられないのに……。

母が逮捕されて間もなく、犯行を認めたとする報道があった。

それがいつからか否認に転じた。

自供は警察の尋問(じんもん)に誘導された結果だと弁護士は言った。

由惟にはよく分からない。いくら警察に誘導されたとしても、やっていないことをやったと言ってしまうものなのか。

光莉ちゃんら三人の点滴以外に紗奈の点滴にも本来入るべきではないインスリンが混入していたと知ったとき、最初は当然、母がそれをやったなどとは思いもしなかった。

ただ、光莉ちゃんらがあの病室でショック状態に陥る中、母が誰からも指摘されないうちに紗奈の点滴をさっと止めてしまったことは、由惟の頭にのちのちまで残っていた。

当初は、自身の犯行をカモフラージュするために自分の娘の点滴にも薬を混ぜたのだと、警察は見立てていたようだった。

しかし、犯行をカモフラージュするだけの目的で、我が子を危険にさらすような真似をするだろうかという疑問は残る。薬は少量でも紗奈の体内に入る。それが安全なレベルだとは言い切れないはずだ。実際、紗奈はショック状態にこそならなかったものの、病状は悪化した。事件の前、母がナースステーションに入る様子が、病棟の通路を映していた防犯カメラの映像によって確認されているとも聞いたが、母はあのときビスケットを方々に配って歩いていたし、そうやってナースステーションに勝手に入ることも珍しくなかったので、それを証拠のように言われても困るという思いだった。

由惟も事件の渦中にいた。紗奈という被害者の姉であり、容疑者である母の娘でもあり、警察からもいろいろ事情を聴取された。そうした当事者の実感として、母の逮捕当初は違和感だけが募った。どこかで大きな間違いがあり、現実がゆがめられているのだとしか思えなかった。

自分が信じていた世界こそが間違っていて、ゆがんでいるように見えていた現実が正しいのかもしれないと思うようになったのは、「代理ミュンヒハウゼン症候群」という耳慣れない言葉を聞いたときだった。

母がそれだというのだ。よく知っているはずの母親に突然、難しい病名のようなものを付けられ、由惟は思考停止に陥らざるをえなかったが、その意味を知って、血の気が引く思いがした。

同室のほかの患者の母親たちと競うような我が子への献身ぶりは、まさに代理ミュンヒハウゼン症候群の典型的な特徴なのだ。病院治療の効果はほとんど信じようとせず、自分がずっと付き添って看病していれば、それが薬となって娘はきっとよくなると考えているような態度も、母の個性とだけ片づけていたが、常識的に見ればバランスが取れたものとは言えなかった。

代理ミュンヒハウゼン症候群は、医師や看護師など医療従事者（いりょうじゅうじしゃ）に多いらしい。医療知識をなまじ持っていることが、自身の子どもの治療をゆがめ、結果的に看病に形を変えた虐待（ぎゃくたい）へとつながるのだ。

母も看護師ではないものの、昔、市川の病院で看護助手を務めていたことがある。細かい医療知識を持っているようには思えないが、その経験があるがゆえに、見様見真似で点滴の速度をいじることなどにも躊躇（ちゅうちょ）がなかった。

その切り口で考えると、いろいろ思い当たることが多すぎるのだ。同時に、家宅捜索（かたくそうさく）を受け、母が自供したと聞かされ、近所や同級生らから人殺しの家族と罵られと、そういう現実に身を置いているうちに、信じていたはずの世界は跡形もなくなっていた。よくも悪くもこの現実が正しいというほかなく、自分が今置かれている境遇にはそれなりの根拠があるのだと思えるようになっていた。

由惟はまだ一度も、母が勾留されている拘置所に面会に行ったことがない。最初は接見禁止処分が出ていたが、それが解かれ、弁護士から面会を勧められても行かなかった。もしこの事件が、同室のほかの三人の子どもだけを狙ったものだったのであれば、世間からは石を投げられたとしても、同室の親たちとのコミュニケーションでそれほどまでにストレスを抱えながら紗奈の付き添いをしていたのかと、一片の同情を持って母に寄り添ったかもしれない。

しかし、その犯行が紗奈をも狙ったものであり、彼女を確実に傷つけているものである時点で、母には何の同情も抱けない。たとえ紗奈が許したとしても、由惟は許さない。

仕事帰りの電車の中は中途半端な混み方をしていて、吊り革につかまっていない隣の老婦人が、電車が減速するたびよろめいては、由惟の肩にぶつかってきた。

新小岩の駅で、二十代後半の女性が乗りこんできた。どこかで見た顔だと思った。記憶をたどっているうち、発車間際になってサラリーマン風の男が駆けこみ乗車をしてきて、扉近くに立ち止まったその女を追い越すようにして車内に入った。

男は書類か何かでふくらんだショルダーバッグを袈裟がけにしていた。割りこむようにして女の横を通った際、女はそのバッグに手をこすられたらしく、一瞬顔をしかめ、男のほうをにらんだ。

男はそれに気づく素振りもなく、女の後ろに立つとスマホを取り出した。イヤフォンをしていて、周囲には気が向いていないようだった。電車が発進し、加速して揺れ、車内の何人かがよろめいた。男と女がぶつかったのか、女が苛立ったように肩を張って、背中で男を押し返した。男は困惑したらしく、女性から離れるように身体の向きをずらした。その拍子に袈裟がけにしていた彼のショルダーバッグが女のお尻のあたりを軽くこすり、彼女のロングカーディガンがかすかに動いたのが見えた。

女は大げさなほどに腰を引き、男のバッグにちらりと目を落としたあと、男をにらみつけた。

「おい」

怒気を含んだ彼女の声を聞いて、由惟は気づいた。〔古溝病院〕の小児病棟にいた看護師だ。優しそうな看護師が多い中、いつもてきぱきとしていて気が強そうだった。

男は女に腕をつかまれ、「え?」という声を上げた。片方のイヤフォンを外し、女のほうに顔を向けた。

「え、じゃないでしょ。触ったでしょ」

「は……?」

男は戸惑いをあらわにした声を上げた。女が舌打ちしてそれをにらむ。

「とぼけんなよ」

「いや、知らないよ」

男が腕を振りほどく。その拍子にスマホが床に落ち、男はそれを拾った。

周りの乗客らは無関心を装うように、黙ったまま電車に揺られている。静寂の分、その空気は異様だと言えた。

二人のやり取りはいったんそれで途切れた。

電車が揺れたり男が身体の向きを変えたりしたときにバッグが当たったのを、痴漢と間違えたか。男はショルダーバッグをぶつけながら乗りこんでくる様子に遠慮がなく、周囲への気遣いには欠けていたが、非があるとすればそれくらいだった。スマホを持っていない右手は、一度吊り革をつかもうとして、手近なところがふさがっているために引っこめ、自分のバッグのストラップあたりを触っているように見えた。バッグが重いのか、そうやって時折、バッグの位置を直していた。だから、痴漢呼ばわりが濡れ衣であるのは由惟にも分かる。少し引っかかるのは、女が振り向いたとき、男のふくらんだバッグにちらりと目をやって、それが自分に当たったのだと理解したようにも見えたことだった。あるいは彼女自身、痴漢でないのは承知の上で、腹立ちまぎれに責めているのではないかという気さえした。

「何なんだよ……」

男は女に背を向け、一、二歩、彼女から距離を取るように由惟のほうへと近づいてきたが、そのときぶつぶつと呟いた言葉が耳に届いたらしく、女が聞き咎めるように、険のある視線を男に向けた。

由惟は何となく、〔古溝病院〕の看護師である彼女に存在を気づかれたくなくて、さっと顔を背けた。

平井の駅に着いて、男が降りていく。もともと降りる予定だったのか、それとも気まずくなって降りたのかは分からない。由惟も彼に続いて降りようとすると、「ちょっと、逃げる気!?」という声が後ろからかかって、びくりとした。

男の動きを見咎めた女もそれを追うようにして降りてきたのだ。由惟を追い越し、男に追いついて、その腕をつかんだ。

「何もしてないだろ」

「しらばっくれないでよ」

束の間、揉み合っていたが、男が女の手を強引に振りほどいて、小走りに逃げ出した。

「誰か捕まえて！　その人痴漢です！　助けてください！」

女も執拗だった。声を上げながら男を追いかけ、ホームを駆け抜けていく。

前のほうで短い怒号が上がり、由惟は怖くなった。恐る恐る歩いていくと、階段の中ほどで男が倒れこみ、行き合った男たちに取り押さえられていた。

「何にもしてないよ！　してないって！」

取り押さえられた男がわめくように言っている。

由惟はその光景から視線を逸らし、ほかの乗降客の流れに紛れて、彼らの横を通りすぎた。

立ち去ることの後ろめたさがないわけではなかった。

自分が何でもない人間であれば、もしかしたら、この人は何もやってませんよと声を上げたかもしれない。

ただ、そうではないのだから、仮定の話はできない。

もし声を上げたとしても、看護師である女に気づかれ、この子はあの〔古溝病院〕の事件の犯人の娘だと言われたらどうするのか。

そんな子の証言がどれだけ当てになるのかと言われたらどうするのか。自分は堂々と何かを主張できるような、何でもない人間ではないのだ。何も見なかったと思うしかない。

由惟は振り返るのをやめ、帰り道を急いだ。

6

「桝田に久しぶりに会ったら、新しい仕事に誘われてさ」

恵麻を抱っこしながら千景にその話をすると、珍しく金になる話が舞いこんできたと受け取ったのか、彼女は「へえ、どんなの？」と興味を示してきた。

「いや、裁判員裁判の国選なんだけど」

伊豆原の答えに、千景は露骨(ろこつ)に顔をしかめた。「また、そういう……」

「いや、聞いてみると、子どもが絡(から)んだ事件だし、いろいろ複雑でやりがいありそうなんだよ」伊豆原は言い訳するように言った。「それに被告人は無罪を主張してるんだ。やっぱり無罪判決って刑事弁護の勲章だし、一回は勝ち取ってみたいじゃないか」

「いいわねえ、男はそういうロマンで生きられて」

「いやいや」

子育てのストレスも手伝ってか、千景の反応は皮肉たっぷりだ。

「それに、あの貴島義郎も弁護団に加わってんだよ。貴島先生と一緒に仕事ができる機会なんて、なかなかないぜ」

「ああいう大物は、陰日向になって支えてくれる人が周りにそろってるから、好きな仕事ができるのよ」

「まあそこは、俺も千景が支えてくれてるから……」

「開き直ったな」

「いやいや」

もともと収入は渉外事務所で働いている千景のほうが断然多いのだが、伊豆原も生活費を入れていないわけではないので、そこは気にしていない。しかし、気にしなさすぎと映るのか、千景はそのあたりを苦々しく思っている節がある。

現実主義の彼女にしてみれば、刑事弁護など見返りの少ない仕事の最たるものであり、中でも裁判員裁判の国選弁護などは好んで手を出すものではないという思いが強いようだ。

ただ、それを感じ取っても、伊豆原には気まずさはそれほど湧かない。かつてない大きな事件に携わることのわくわくした思いのほうが勝ってしまっている。子どもの頃、なけなしの小遣いをはたいてプラモデルを買い、母親に呆れられながらもほくほく顔で家に帰ったときの気分に似ている。

〈貴島先生のお見舞いに行くんだが、よかったら伊豆原も来ないか？〉

週末、桝田からそんな誘いの電話があり、伊豆原は素直に了承した。貴島を見舞うということは、点滴中毒死傷事件の弁護団に加わる意思を示したも同然である。桝田は念を押してこなかったが、そこは同期としての阿吽の呼吸で理解したということだろう。

日曜日、桝田と合流してあんみつを手土産に買ってから、築地にある入院先を訪ねた。大きな病院で、セキュリティーもしっかりしている。一階の受付で面会許可を取らなければならなかった。

「事件があった〈古溝病院〉には、ここみたいなセキュリティーはない」桝田は面会申請を受付に出しながら事件の話をした。「よくも悪くも町の中規模病院というところだ。ナースステーションにも防犯カメラは付いてなかった。そこがネックになってる」

入院病棟へと移動する。貴島が入っている個室そのものはシンプルでこぢんまりとしていた。

「先生、お加減、いかがですか?」

桝田がそんな声をかけながら部屋に入っていくと、上体側を少し起こしたベッドに横になっていた貴島は、にこりとした笑みをその顔に浮かべた。

「桝田くん……わざわざすまないね」

貴島義郎はいかにも気骨の弁護士らしい、痩軀の風貌のイメージが強い男だが、目の前の彼は、そのイメージよりさらに頰がこけてしまっていた。

「自分でもこれはもう危ないかと思ったが、何とか持ち直したよ」

「まだまだ先生にはがんばっていただかないと」桝田はそう言葉を返し、伊豆原に目を向けた。「同期の伊豆原くんです。小南さんの事件に興味を持ってくれまして」

彼の紹介を受けて、伊豆原は貴島に頭を下げた。前もって電話で報告してあったのだろう、貴島は事情を心得たように軽くうなずいた。

「助かるね。私がこんなんだから」貴島は自虐するように言った。「女房には早くに先立たれてるから、今は身の回りのことだけでも大変だ」

「公判のほうはご心配なさらず」伊豆原は言った。「桝田くんと力を合わせて、精いっぱいやらせていただきます」

「持つべきものは友だな」貴島はそう言って、桝田に笑いかける。

「ちょうど拘置所で顔を合わせましてね」桝田が言う。「そのまま、小南さんにも会ってもらったんです」

「そうか、野々花さんにももう……」貴島は目を細めて言い、伊豆原を見た。「なかなかチャーミングな人だったろう」

「ええ、確かに」

チャーミングとは言いえて妙だなと思いつつ、伊豆原はうなずいた。

「ああいう人を万が一にでも絞首台に送るようなことはあってはならない」貴島はしわがれた声で言った。「本人もよもや自分にそういう未来が待ってるなんてことは思っちゃいない。しかし、現実問題、司直が容赦することはない」

いくつもの死刑事件に携わり、死刑制度の廃止も訴えてきた男だけに、自身の担当案件でこれ以上死刑判決が下されることは許されないという思いなのだろう。もちろん、その気持ちは伊豆原にも理解できる。

ただ、一方で、貴島は野々花の犯行をどう捉えているのだろうということは少し気になった。彼女の無実を確信しているのであれば、量刑どうこう以前に、何としても無罪判決を取らなければならないという話が出てくるのではという気がした。あるいは彼の中でも、どこかで無罪の心証が固まっていないのかもしれないと思ったが、口に出して確認はできなかった。

「私も命がある限り、この事件に少しでも貢献(こうけん)したいとは思っている」貴島は言い、少し遠い目をした。「昔、関根幸助(せきねこうすけ)さんの事件を手がけたときも体調が最悪でね。過労とストレスで自律神経がやられて、とにかく眠れなかったんだ。毎日吐き気がひどいし、頭がガンガンして変な熱も出る。鎮痛剤(ちんつうざい)でごまかしてたら、それがたたって、あげくには胃潰瘍(いかいよう)になってしまった。そんなときに関根さんの死刑判決が出て、控訴(こうそ)しなきゃいけないんだが、彼は自暴自棄(じぼうじき)になってて、もう死刑でいい、控訴しないでくれなんて言うんだよ。でも、一審では酌(く)まれるべき情状が酌まれていなかったし、このままでは終われるはずがなかった。私の一存で控訴しても、彼に取り下げられたら終わりだから、とにかく毎日、這(は)うような思いで拘置所に通って彼を説得したよ。たとえ自分が死んだとしても、この人を司直の手で殺させるわけにはいかないという意地のような思いになってたんだな。それが通じて、彼も控訴期間ぎりぎりになって受け入れてくれた。諸々の控訴手続きを済ませたところで、私はようやく入院できたよ」

「すさまじい話ですね」伊豆原は感嘆(かんたん)混じりに言った。

「そのかいがあって、高裁では無期刑になったんですよね」桝田が功績(こうせき)を称(たた)えるように言う。

「それだけじゃない」貴島は小さな笑みを覗かせた。「関根さんも変わった。罪と向き合うようになった。刑務所暮らしの中で短歌を学び、贖罪の歌を詠むようになったんだ。作った歌を今でも時折手紙にしたためて送ってくれる。暴力に取りつかれて、気に入らないことがあると私にも当たり散らし、一審で矯正不可能とまで言われた男がだ」

努力の報われ方はいろいろな形があるだろうが、依頼人の変化は一つの表れだ。その喜びは刑事弁護独特のものであり、伊豆原にもよく分かる。

また、輝かしい功績の裏には、そうした捨て身とも言える執念が積み重なっているのだという話でもある。

「まあ、私も若かった」貴島はぽつりとそう言い、現実に戻るように誇らしげな笑みを消した。「今は気持ちがあっても、思うように身体が動かない。自ら手を挙げて主任まで任せてもらっているのに、忸怩たる思いだよ」

今の闘病生活は、単に体調を崩したというレベルのものではないのだから無理はない。

「先生はいてくださるだけでも、大きな力です」

桝田の言葉には本音の感情がこもっていて、これまでの数カ月の弁護活動で師弟関係とも言える絆が生まれているかのようだった。

「ありがとう」貴島はさらりと応えてから、また伊豆原を見る。「この桝田くんは骨のある若手だ。見どころがある。友人であるあなたも、どうか支えてやってほしい」

「もちろん、そのつもりです」

伊豆原が言下に応えると、貴島は満足そうに目尻にしわを刻んだ。

「いい話を聞いた」

短い時間ながら刑事弁護の大物の謦咳に接することができ、見舞いに来てよかったという満足感を覚えつつ、伊豆原は帰り道を歩いた。

「実は、貴島先生には、うちの事務所に来ないかっていう誘いももらってるんだ」

隣を歩く桝田がそんな話をぽつりと明かした。

「ずいぶん買われてるんだな」

見どころがあるという貴島の褒め言葉は、まんざら若手の背中を押すだけのリップサービスとして口にしたものでもないようだ。

「先生は子どもがいないから、息子のように思われてるのかもしれない」

「なるほど」

桝田は実直で長幼の序もわきまえている。彼のような息子がいたらという気持ちは分からないでもない。

「ただ、悪い話じゃない」

「もちろんだ」伊豆原は言う。「いい話じゃないか」

〈貴島法律事務所〉は刑事弁護の名門であるだけでなく、民事や企業法務を扱う弁護士もそろっていると聞く。仮に貴島が欠けることになったとしても、経営的な安定に揺るぎはないはずだ。

「今の事務所にもそれなりの恩義はあるが、将来性を考えるとな」

司法修習生当時は必ずしも優秀さの片鱗を覗かせるようなタイプではなかったが、実務のキャリアを重ねるに従い、刑事弁護の世界に自分を活かす道があると気づいたのだろう。貴島が活動する各種委員会などにも参加し、顔を売ったことでこうしたチャンスも手にした。その地道な努力は称賛に値するものだと言えた。

「事務所の移籍なんて珍しいことじゃない。今の事務所だって、いつパートナーに引き上げてもらえるか分からないんだろう？　空手形にならないうちに思い切ったほうがいいよ」

言い方には多少の毒が混じってしまったが、貴島の病状を考えると、うかうかしているうちに空手形になってしまいかねないのは事実だ。伊豆原は、自身の出世には何の欲も湧かないが、友人のそうした問題では最善の道を選んでほしいと思っている。だからこそ、彼の決断を後押しするように移籍を勧めた。

「そうだな」桝田も迷いがなくなったように言った。「いや、伊豆原に話してよかったよ。何かすっきりした」

「何でも言ってくれ」伊豆原は調子に乗って言った。「金の話以外なら、割と頼りになると思うぞ」

桝田はひとしきり笑ったあと真顔に戻り、「とりあえずは小南さんの裁判だ」と言った。「時間があるならうちの事務所に寄ってってくれ。資料を渡したい」

「分かった」

今の時点で検察から開示されている事件関係の資料を受け取ってから帰ることにした。

公判に向けての活動はすでに進んでいる。伊豆原も気持ちを決めた以上、すぐにでも動き出す必要があった。

7

「動詞は現在形と過去形で形が変わるの。日本語でも『作る』と『作った』で形が違うでしょ。英語だと『ｍａｋｅ』と『ｍａｄｅ』。ちなみに現在進行形『作っている』は何だった？」

「ｍａｋｉｎｇ？」

「そう。正確にはｂｅ動詞プラスｍａｋｉｎｇね。ｂｅ動詞を付け忘れると点はもらえないよ。じゃあ、今日はこの過去形の単語を二十個憶えよう」

「過去形はｂｅ動詞いらないの？」

「いらない。付けると過去形じゃなくなっちゃうから、それはまた別のときにやる」

居間のこたつ台で紗奈がノートに過去形を書いていくのを、由惟は向かいから見守っている。

「声に出しながら書きな。そのほうが憶えやすいから」

学校にいるわけではないから、いくら声を出しても構わないのだ。

「ｍａｄｅ、ｍａｄｅ、ｍａｄｅ……」

紗奈の勉強の相手をする一方で、由惟は先日買ってきた英検準一級の問題集を開く。

受験勉強していたときの英語より難しい。けれど、一年以内には準一級を取りたい。紗奈が中学を卒業する年までには一級を取りたい。

そして、アメリカでもどこでもいい。日本を捨てて外国で生活するのだ。自分や紗奈が人並みの人生を送るにはそれしかないと由惟は思うようになっている。

「次は？」

「ｍａｄｅ」をノートの端まで書いた紗奈が訊く。

「『ｄｏ』は『ｄｉｄ』、『ｃａｎ』は『ｃｏｕｌｄ』」

「ちょっと待って。一つずつ……」

紗奈は「ｄｉｄ」「ｄｉｄ」と口ずさみながら、ノートにシャープペンを走らせていく。

「ｃｏｕｌｄ、ｃｏｕｌｄ……」

「『ｌ』を抜かさないようにね。書くときは『コウルド』って憶えればいいから」

「逆にややこしいよ」紗奈が口をへの字に曲げる。

「そう憶えないと絶対『ｌ』が抜けちゃうから。口では『ｃｏｕｌｄ』って言いながら、頭の中では『コウルド』って言うの」

「ややこしいって」

笑いながらも「ｃｏｕｌｄ」をノートに書き留めていた紗奈がふと手を止めた。

「ねえ？」

「ん？」

「一学期のうちに学校に戻ったほうがいいかな？」

紗奈は入学後二週間足らずで学校に行けなくなってしまった。それから二カ月近く、ずっと家で生活している。

「何で？」由惟は冷ややかに訊いた。

「何でって……そのほうがいい気がして」

「誰か来たの？」

日中、紗奈の担任が様子を見に来たのかとも思ったが、紗奈は首を振った。

来るわけがない。保護者たちからの苦情に困っていた学校側は、紗奈の不登校をこれ幸いと思っているのだ。

「ちょっと時間も経ったし、最近、家の周りも静かになったし……」紗奈は言う。

確かに以前はアパートのドアにカップラーメンの残りや空き缶などが投げつけられ、玄関前にごみが散らばっていることがよくあった。最近は世間も飽きたのか、少し静かにはなった。

けれど……由惟は首を振る。

「学校行ったら、また同じことが起きるだけだよ」由惟は有無を言わせない口調でそう言った。

「遥香（はるか）ちゃんからお手紙が来た」紗奈は言う。「元気かって……」

「そう」遥香ちゃんは紗奈の入院中もときどき見舞いに来てくれた小学校の同級生だ。いまだに気遣ってくれるとは、優しい子もいるものだなとは思う。「でも、遥香ちゃんが優しくしてくれるからって学校に行ったら、そのうち遥香ちゃんもみんなにいじめられるようになるよ。学校ってそういうとこだから」

紗奈が哀（かな）しそうに眉を下げて口をつぐんだ。

我ながら嫌な言い方だ……由惟は自己嫌悪に顔をしかめたくなったが、言葉を引っこめようとは思わなかった。それは予想できる現実に違いないのだ。

「はい次。『ｇｏ』は『ｗｅｎｔ』」

紗奈に勉強の続きを促す。紗奈はシャープペンを動かしながらも、単語を口にする元気はなくなってしまったようだった。

彼女はちらりと由惟を見た。

「前に中学の教頭先生がフリースクールの話をしてたじゃん。そこに通えば、学校は出席扱いになるって……あれ、どう思う？」

紗奈は入院中も、少しでも体調がよければ院内学級に顔を出したがった。元来性格が明朗で、人が集まっている場所に行きたがるたちだ。療養のために運動ができないことも苦痛だろうが、学校に行けないことはもっと苦痛なのだろう。

しかし由惟は甘い見通しでお茶を濁したくはなかった。

「フリースクールなんて問題児ばっかで、紗奈みたいな子が行っても、友達なんかできないよ」

由惟もフリースクールの何を知っているわけではない。以前、フリースクールの先生から一度紗奈と話をしてみたいと申し出があったが、紗奈の体調が悪いと言って断った。フリースクールに行ったところで、中学と同じようないじめが繰り返されない保証はないと思っている。

どこへ行っても、由惟や紗奈が殺人犯の子どもであることには変わりがないのだ。

「でも、どこかの学校には行かないと……」影が差したような表情で紗奈がそう呟く。

「中学なんて、いくら行かなくたって卒業できるからいいの」

「そうなの？」

由惟はうなずく。「勉強は普通の同級生より進んでるんだし、大丈夫。私がちゃんと教えるから」

紗奈は重そうに首をこくりと動かした。

「遥香ちゃんには手紙返しときな」

「……うん」

本当は中学生にもなれば、当たり前にスマホを持つのだろう。紗奈も本来はそうなるはずだったが、一人でいるときに事件関係のサイトを見てしまう可能性があり、由惟は持たせていない。家には固定電話があるので必要な連絡は取れるものの、友達とメッセージアプリを使ったやり取りなどはできない。紗奈はほとんど社会と隔絶(かくぜつ)された生活を送っている。

それはそれで寂しいだろうが、そういう環境のほうがかえって紗奈を守れると由惟は思っている。事件直後の嵐のような混乱はすぎたかに思えても、まだ何も事態は収まっていない。今は二人で身をひそめて、ひたすら耐え忍ぶときなのだ。

休憩を入れながら三時間近く勉強したあと、二十三時をすぎたので布団を敷(し)いた。

居間がぽっかり空いているが、由惟たちはいまだに子ども部屋に布団を並べ、二人で寝ている。紗奈もそうしたがっているし、由惟も一人で寝るのは嫌だった。

紗奈はよく昼寝をするらしく、夜の寝つきはよくない。紗奈の寝息を聞く前に由惟のほうが寝入ってしまうことのほうが多い。

この日も由惟の中に睡魔が忍びこんできた頃、紗奈が隣から「ねえ」と声をかけてきた。

「お母さん、元気かな？」

ちょうど由惟は、こちらに引っ越してきた頃、母と三人で旧中川沿いの水辺公園に行って弁当を食べたことを思い出していた。布団に入ってから紗奈が「明日の弁当は何？」と訊き、由惟が「豚の生姜焼きだよ」と答えたやり取りがあったからだ。由惟は毎朝、自分が仕事に持っていく分とは別にもう一つ弁当を作り、それを紗奈に食べさせている。

昔を思い出していたのは、母が懐かしかったわけではなく、あの頃は紗奈も元気だったなと考えていただけだった。しかし、あるいは紗奈も同じことを思い出し、そして由惟とは違うことを考えていたのかもしれない……そんなふうにも思える紗奈の言葉だった。

由惟は答えなかった。

何となく感じていたことだが、紗奈には被害者意識が薄いようだった。点滴混入で、ほかの子たちのようには命の危機にまで見舞われなかったからだ。

しかしそれは結果論であり、紗奈の点滴にもほかの子たちと同じように薬剤が混入していたことを由惟は何度も彼女に教えている。本当は命の危険もあったし、病気が悪化し慢性化して、何年も入院生活を送らなければならなくなるような危険もあった。

犯人の娘というだけの立場は紗奈にとっても酷でありすぎる。世間に許される余地があるとすれば、紗奈も被害者の一人だということだ。それを紗奈には理解してほしいし、理解できていれば、母とは一線を引けるはずだと由惟は思っている。

「弁護士の先生、何か言ってくる？」紗奈はなおもそう尋ねてきた。

「大したことは言ってこないよ」由惟は答えた。「元気でやってるかとか、そういうこと」

意識的に母の話は避けた。

「お母さんは何してるとか、言ってない？」

由惟は小さく吐息をついた。「何してるも何も、拘置所にいるんだから何もできないって。ただご飯食べて寝てるだけだよ」

「ご飯食べて寝てるだけって……けっこうつらいよ」紗奈がぽつりと言う。「行ったら会えるんだよね……前に桝田先生も言ってた」

「行かないよ」由惟は暗闇の中できっぱりと言った。「紗奈ももしかしたら死んでたかもしれないんだよ。お母さんは紗奈の看病をして、周りから大変ですね、よくやってますねって言われたかったの。紗奈の病気がよくなったら、そういうことも言われなくなっちゃうから、紗奈の病気が重くなったほうがいいって思ってたの」

由惟の口調が強かったからか、暗い部屋にしばらく沈黙が落ちた。

「本当かな……」

紗奈がかすれ気味の声で言う。涙声がかすかに混じっていた。

睡魔はもうどこかに行ってしまっていた。

8

その週、伊豆原は手持ちの仕事と並行して、点滴中毒死傷事件の裁判資料を読みこんだ。

証拠開示請求により弁護団の手もとに来ている捜査報告書や、被疑者及び参考人の供述調書を読むと、今回の事件のあらましと小南野々花が犯人として浮かび上がってきた過程が見えてくる。

事件は昨年十月七日十六時四十分頃、〔古溝病院〕本館の三階・三〇五号室で発生した。

本館の三階は小児内科病棟として、入院治療が必要な小児患者が入っている。個室が四室に四人部屋が六室。三〇五号室は四人部屋だ。

事件当時、三〇五号室に入院していたのは、小南野々花の次女である紗奈・十一歳。彼女は急性糸球体腎炎の治療で約一カ月半前から入院していた。ベッドは入口から見て左側の窓際。食事療法のほか、腎臓機能を守るためのステロイド薬などの点滴が定期的に行われていた。

紗奈の向かいのベッドには、梶光莉・七歳が小児喘息の治療で二週間ほど前から入っていた。彼女も症状改善のためにステロイドなどの点滴を定期的に受けていた。

小南紗奈の隣、入口側には川崎病の治療で佐伯桃香・四歳が四日前から入っていた。点滴によるガンマグロブリンの集中投与を受けている最中だった。

佐伯桃香の向かいには恒川結芽・六歳がネフローゼ症候群からの慢性腎炎により入院していた。紗奈と同じ腎炎ではあるが、こちらは慢性化しており、入院は二年以上の長期にわたっていた。

日々の治療では厳しい食事療法のほか、ステロイドや免疫抑制剤などの点滴が施されていた。

当日、三〇五号室の担当看護師は川勝春水。病棟の副師長を務めている。十五時半頃、三〇五号室と、同じく担当だった個室の三〇二号室の点滴を作り、その後、十六時頃に病室を回ってその点滴を投与した。ちなみに三〇二号室の点滴からは薬物の混入は認められていない。

十六時に点滴の投与を始めてからおよそ四十分後、三〇五号室で異変が起きた。喘息患者の梶光莉と川崎病患者の佐伯桃香が相次いでショック状態に陥ったのだ。紗奈も意識が消失し、恒川結芽は室内の異常を見て十七時頃、医師の一人が意識を確認したところ、呼吸停止の状態にあった。

紗奈以外の三人には人工呼吸や心臓マッサージなどの救命処置が施された。低血糖状態にあると判明してからはブドウ糖も投与され、そのうち佐伯桃香は全身状態が安定して、数時間後には意識が戻った。ただ、しばらく昏睡状態に陥ったことの影響からか、自律神経障害などの神経症状が今も見られるという。

梶光莉は昏睡が深く、中枢神経に不可逆的なダメージがあったようで、救命処置後もけいれん発作が何度かあった。呼吸管理も必要となり、人工呼吸器が装着された。しかし、それら治療のかいもなく、意識が戻らないまま四日後に死亡した。

恒川結芽も人工呼吸器で呼吸管理を図りながら昏睡状態からの回復を待った。一時、刺激に反応するなどの好転の兆候も見られたが、のちに全身状態が悪化、約一カ月後に死亡した。

事件後、それぞれの点滴薬を分析したところ、糖尿病患者に投与するインスリンが混入していたことが分かった。インスリンは糖尿病治療においても過剰投与すると低血糖症状を招き、意識消失から重篤な場合では死に至る危険があることで知られる。

混入量は二〇〇ミリリットルというやや小ぶりの輸液バッグに対し、それぞれ八〜九ミリリットル程度と見られている。通常、糖尿病患者に投与する量は個人個人の状態によって幅があるが、一回の投与に〇・一ミリリットルのインスリンを使う例などがあることからすれば、混入量はその八十倍から九十倍であり、薬すべてが体内に入ったわけではないとしても、小児の身体に重大な害を及ぼす危険性があることは容易に想像できる。

ナースステーション内のダストボックスからは、インスリンが付着した針が見つかっている。そして注射器本体と冷蔵庫に保管されていたはずのインスリン一〇ミリリットル入りの瓶四本は、病棟内の汚物室にあるダストボックスから見つかっている。

汚物室は処置室や入浴室などの並びにある小部屋で、エレベーターホールとは通路が違っており、人の出入りが防犯カメラに捉えられる場所ではない。瓶にはそれぞれ一ミリリットル程度の薬剤の残余が認められている。ある程度急いで作業した結果なのだろう。

汚物室のドアからも、捨てられていた注射器や空き瓶からも、野々花の指紋は検出されていない。ただ、彼女は使い捨てのゴム手袋をポケットに所持していた。彼女自身は、タオルなどを洗うときのためにナースステーションでもらったと供述している。

インスリンは、川勝春水が点滴を準備し病室を回るまでの約三十分の間に、何者かが意図的に混ぜたと見られている。点滴は生理食塩水のバッグのゴム栓の注入部から、処方された薬剤を注射器で入れて作る。バッグそのものに穴は見られず、混入したインスリンも注射器でゴム栓を通して入れたと見られている。

混入場所と時機については、点滴が始まってから病室内でという可能性もあるが、検察側はその見方を取っていない。

病室を回るまで、点滴は川勝春水が使うワゴンのトレイに置かれていた。トレイと輸液バッグには人間違いを防ぐため、それぞれ患者の名前を記したシールが貼られている。また、点滴を作る際には二人一組で薬剤をチェックする取り決めになっており、川勝春水も後輩看護師の庄村数恵と一緒にその作業を行っていた。その後、川勝春水は十七時の勤務交代を控えてナースステーション奥の休憩室で勤務記録をまとめ、十六時頃にワゴンを押して病室を回った。

当日の日勤看護師は六人。副師長の川勝春水と主任の竹岡聡子、平看護師の庄村数恵、安藤美佐、島津淳美、畑中里咲である。それぞれ四人部屋一室か、それにプラスして個室を担当する。看護師長は連絡通路でつながっている新館の小児外科病棟にある師長室で仕事をしており、小児内科病棟には午前中に打ち合わせで訪れたのみだった。

当日の夜勤予定は主任の葛城麻衣子、奥野美菜、坂下百合香の三人。いずれも出勤は十六時半前後で、出勤早々事件発生に見舞われた。

ほかに夜勤明けで休みを取っている看護師が三人いるものの、当日はそれぞれプライベートの用事があり、病院には立ち入っていない。

小児内科病棟を担当する医師は、立見明と石黒典子の二人。ほかに〝若先生〟と呼ばれる院長の古溝久志も内科と小児内科を診ている。外来や当直にはほかの病院から当番医が来ることもあるが、当日は誰もいなかった。

十六時四十分、ちょうど夜勤の三人が出勤してきた頃で、そろそろ申し送りが始まろうかという時間だった。

三〇五号室で点滴を受けていた梶光莉がベッド上でぐったりしていたかと思うと、ショック状態となった。驚いた母親の梶朱里がナースコールを押し、異変に気づいた野々花の長女・由惟が通路を歩いていた看護師の島津淳美を呼んだ。ナースステーションからは三〇五号室担当の川勝春水が駆けつけ、緊急事態にさらなる看護師の応援とドクターステーションへの連絡をナースステーションに頼んだ。

連絡を受けて、上階のドクターステーションから立見明が下りてきたが、彼は川勝春水が処置に当たっている梶光莉を診るより先に、入口左側のベッドに寝る佐伯桃香がやはりショック状態に陥っているのを発見した。

その後、石黒典子と小児外科医の木口正章、院長室からは古溝久志が駆けつけて、看護師は総出で救命処置に当たった。心臓マッサージや電気的除細動措置などと並行して血液検査を施し、低血糖状態にあることが判明するとブドウ糖を投与。十七時半頃には佐伯桃香のバイタルが安定した。しかし梶光莉は心拍回復後もけいれん発作が断続的に起こり、自発呼吸も戻らなかったため、さらなる治療が施された。

二人の救命処置のかたわら、事態の異常を感じ取った石黒典子が恒川結芽と紗奈の状態を確認したところ、恒川結芽にも呼吸が見られないことが分かった。彼女にも即座に、人工呼吸などの救命治療が行われたが、この時点で、古溝久志が点滴に何らかの処方ミスがあったのではと疑い、それぞれの点滴を止めさせた。ただ、紗奈の点滴はそれ以前に野々花が止めていた。紗奈は意識が消失していたものの脈はあり、心電図を付けた結果でも、心拍の異常は確認されなかった。ブドウ糖投与後は一番初めに意識を取り戻した。

こうした経緯によってそれぞれの点滴から薬物が見つかるのだが、問題は十五時半から十六時までの三十分間である。点滴が作られ、ナースステーション内のトレイに置かれていた時間。このときに何者かが薬物を混入させた疑いがある。

川勝春水は点滴を作ったあと、十六時まで奥の休憩室にパソコンを持ちこんで看護記録をまとめていた。休憩室には主任の竹岡聡子もおり、同じく自身の看護記録をまとめていたという。ナースステーション内では安藤美佐と畑中里咲がカウンターで、庄村数恵と島津淳美が中央のテーブルを使って看護記録をまとめていた。とはいえ、四人とも三十分間そこにいたわけではなく、ナースコールの対応や医師や薬局との業務連絡などで席を外したりしている。安藤美佐は早々に記録をまとめ終えると、看護助手と一緒に、三〇三号室の患者の入浴介助に行っている。

野々花がナースステーションを訪れたとき、そこには畑中里咲と庄村数恵がいた。畑中里咲は野々花からビスケットをもらい、一言二言言葉を交わした。庄村数恵も野々花からビスケットをもらい礼を言った。彼女らが野々花のナースステーションへの進入について注意をしなかったのは、彼女のそうした行為が常態化していたのと、もらい物をした手前、礼を言ったその口で注意するのは気が引けたこと、そして、看護記録をまとめるのに集中していたことなどを理由として挙げている。

その後、畑中里咲と庄村数恵は、野々花がナースステーション奥の休憩室のドアをノックする音を聞いている。実際、休憩室にいた川勝春水と竹岡聡子のところにも野々花はビスケットを配りに来た。そこで野々花は、院内食堂で料理の盛りつけをしている女性が、今までマスクをしていたので分からなかったが、以前、同じ総菜屋で働いていた同僚だと知った、というような話を二人にした。川勝春水は適当なところで、仕事中だから出ていくように彼女に告げた。それで野々花は休憩室を出ていった。畑中里咲と庄村数恵は野々花が休憩室を出てきた気配には気づかなかった。ただ、彼女がナースステーションを出ていく際には、二人ともその気配に気づいて姿を見ている。そして捜査側は、野々花が休憩室を出てきてからナースステーションを出ていくまでに、犯行に及ぶだけの空白の時間があったと見ている。野々花は自白証言を翻(ひるがえ)してからは、休憩室を出たあと、作業台の上にあった使い捨てのゴム手袋を箱からもらったが、それ以外の行為には及んでおらず、そのままナースステーションを出たと言っている。

ナースステーション内に防犯カメラはなかったが病棟の通路には設置されていて、ナースステーションを出入りする野々花の姿も映っていた。それにより、彼女が休憩室を含めたナースステーション内に滞在していたのは二分二十五秒だったことが分かっている。

野々花はその後、三〇七号室と三〇九号室を覗き、患者の母親である山本尚実（やまもとなおみ）、有吉景子（ありよしけいこ）とそれぞれ十分から十五分ほどおしゃべりをした。有吉景子からは娘が明日退院するということで、余った折り紙をもらった。

野々花が三〇五号室に戻ったのは、十六時十五分頃と見られている。余ったビスケットを紗奈に勧め、折り紙を渡した。その後、彼女は紗奈の点滴を観察し、その速度を緩めたのを娘の由惟が見ている。点滴の速度を緩めることは過去にもたびたびあったという。野々花は、点滴を遅くしたほうが紗奈の身体に負担がかからないという供述をしている。

また、由惟は野々花がほかの三人の患者の様子を近くに行って覗き、「結芽ちゃんはぐったりしてるわね」「光莉ちゃんはビスケット食べてないね」などと話していたと証言している。ただ、注射器を手にしているところはまったく見ていない。

野々花は梶光莉が喘息の発作を起こしていることに気づくと、彼女のかたわらに行って背中をさすり始めた。やがて梶光莉の喘鳴が治まり、十六時三十五分頃、光莉の母親である梶朱里が姿を見せたところで野々花は場所を譲った。野々花と梶朱里は前日、ちょっとしたことから言い合いをしていて、関係はぎくしゃくしていた。

梶朱里が娘の異変に気づくのは、それから五分ほど経ってのことだという。

直前に入ってきた梶朱里を除けば、病室の患者に異変が起こるまで病室にいたのは、野々花と由惟の親子である。由惟はほかの患者の枕もとに近づいていないことを患者である紗奈が証言している。

野々花はほかの患者の枕もとに近づき、点滴に触れるタイミングがあったようだが、由惟も紗奈も母親が注射器を手にしているところは見ていない。彼女たちの目を盗んで犯行を遂げたとしても、薬物は紗奈の点滴にも混入していたのだ。点滴の速度調整をいじっているところを見ていた彼女らが、注射器で何かを混ぜようとしていたところを見逃すはずがないし、そんな不自然な行為を見れば咎めないはずはない。それが、野々花であれ誰であれ、病室で薬物の混入に及んだとは思えないという検察側の見立てにつながっている。

ナースステーションで点滴がワゴン上のトレイに置かれていた三十分の間に何者かが薬物を混入させたとすると、犯行が可能となるのは、もちろん野々花だけではない。

日勤看護師の六人は当然、それに当て嵌(は)まる。看護助手もその時間、ナースステーションを出入りしていた。当日小児病棟で看護助手を務めていたのは、笹原朋美(ささはらともみ)と中根正子(なかねまさこ)の二人。さらには医師の石黒典子もその時間帯に、業務連絡のためにナースステーションを訪れている。

警察は、それらの関係者にも洩(も)らさず事情を聴いている。その時点での糸口は、三〇五号室に関して何かトラブルはなかったかということと、三〇五号室を担当していた副師長の川勝春水が誰かに恨みを買っていなかったかということだった。

警察はそれらの事情聴取を通して、病院関係者の中には怪しい人物を見出(みいだ)さなかった。副師長を恨む人物についても、特定の名は誰の口からも出てこなかった。

一方で、三〇五号室のトラブルについては、あっさりと上がってきた。梶朱里と野々花の折り合いの悪さを梶朱里本人のほか、同室の患者家族である佐伯千佳子（ちかこ）や恒川初江（はつえ）も証言した。みんなと仲よくやっていたと言ったのは野々花本人だけだった。娘の由惟でさえ、母と梶朱里は相性が悪かったと証言している。

事件の二日前、野々花が病室の洗い場を十分近く占有（せんゆう）し、タオルなどを大きな音を立てて洗っていたところ、梶朱里がランドリー室でやってくれと注意した。ランドリー室は病室から離れたところにあり、野々花は常日頃、水を使うことがあるときはほとんど病室の洗い場を使っていた。このときも注意を聞かず、もう終わるからとこの洗い場ですべてを済ませたが、梶朱里との間でその後もぎくしゃくしたやり取りがあったようだった。

事件前日には、野々花が病室でパンを食べたあと、パンくずを払うため自分の椅子のクッションを勢いよくはたいたことが梶朱里の気に障った。そうした行為はこれまでにもあり、梶朱里は埃が立って娘の喘息によくないから気をつけてくれと苦情を言っていたが、野々花はすぐにそれを忘れてしまい、同じ行為を繰り返した。その日は少し強めに注意したところ、埃なんかを気にするより身体を鍛（きた）えて喘息を治すべきだと野々花に言い返された。まったく悪びれる様子のない彼女に対し、梶朱里も憤（いきどお）って、かなりピリピリした言い合いに発展したようだ。事件直近というタイミングもあり、捜査側は当然のようにこれを重要視した。

また、野々花の亡き父親がかつて糖尿病を患い、インスリン治療を受けていたことも明らかになった。佐伯桃香が入院する前、そのベッドには西本（にしもと）愛佳・十歳が入っていたが、彼女は小児糖尿病でインスリン治療の教育を受けていた。彼女の母親・佑子は野々花とよく話をしており、野々花自身から父親の話を聞いたと供述している。野々花の父親は低血糖症状で倒れたこともあり、インスリンの過剰投与の怖さも佑子に話していた。

　インスリンについて基本的な知識があるというのは、犯人像として大きな意味を持つ。というのも、インスリンは普通の薬剤とは違って冷蔵庫で保管するものであり、小児病棟においてもナースステーション内の冷蔵庫で保管していた。これを知らないと、インスリンを犯行に使おうと思っても、薬品棚からは見つけることができない。しかし、この点でも野々花自身が、インスリンを冷蔵庫で保管することなど当然知っていると、警察の取り調べで答えている。

　さらに警察は、野々花の事件当時の不審な行動にも注目した。古溝院長が患者たちの点滴を止めるよう指示し、看護師たちがそれに従って動いたが、紗奈の点滴を止めようとした奥野美菜が、その点滴がすでに止まっていたことを確認している。これについては野々花が、自分が止めたことを認め、由惟もそれを裏づける証言をしている。

　野々花は、病室で起きている異常事態の原因が点滴にあるのではと思い、それを止めたと言っている。梶光莉と佐伯桃香が相次いでショック状態に陥ったときだ。もちろん、そう思わなければ、止めはしないだろう。しかし、医療関係者もまだそこまで思考が回らず、とりあえず目の前の事態に対処しようと動いているときに、彼女だけが先回りして原因の排除に動いたということには強い違和感がある――というのが捜査側の感覚である。

　自身の娘をも被害者とすることで、自分が疑われることから逃れようとしたのではないか。そして、もちろん娘が重篤な被害を受けないように、点滴の速度を緩め、適当なところで止めたのではないか……そんな疑いが捜査関係者の間に浮かんだ。実際警察は、そうした疑問を取り調べの中で野々花にぶつけている。

それについて野々花は否定したものの、その後検察が、そのカモフラージュ説に取って代わる形で、代理ミュンヒハウゼン症候群説を持ち出した。医療現場の児童虐待を調べるときには真っ先に疑われる精神症状だ。

梶朱里とは感情の行き違いがあり、それが引き金となって、野々花は梶光莉の点滴に薬物を混ぜることを思いついた。一人だけを狙って事を起こしても、あとあと薬物の混入がばれたとき、人間関係から自分が疑われやすくなると考え、我が子を含むほかの三人も犯行対象にすることとした。我が子に多少の被害があっても、その分、看病してやればいい。それは結果的に自分に同情の目が集まることになるので悪いことではないという思考が働いた。そして実際行為に及び、患者たちを急変させたが、我が子を死にまで至らしめる気はなく、紗奈の点滴に関しては速度をいじり、重篤な状態に陥らせないよう、途中で点滴を止めた――それが、検察側が描こうとしている犯人としての小南野々花像である。

翌週、伊豆原は新橋にある桝田の所属事務所を訪ねた。アソシエイトの桝田に専用の個室はなく、打ち合わせ室を借りた。

「貴島先生の事務所に世話になることに決めたよ」

伊豆原が事件関係の資料を読みこんでいる間、桝田は自身の進路を決断したようだった。手持ちの案件の引き継ぎが済み次第、八月までには移籍する予定だという。

「そりゃ、けっこうだ」

さっぱりした様子の桝田に、伊豆原も返事を合わせた。

「点滴死傷事件は俺が取ってきた案件だから、もちろんそのままやる」桝田は言い、伊豆原に尋ねてきた。「どうだ？　資料を読んだ感想は」

「今の時点の感覚では、十分戦いようがあるという気はする」伊豆原は言った。「ただ、自白調書を取られてるのは痛いな。小南さんは頭がおかしかったと言ってたが、取り調べに誘導であるとか強要であるとか、違法性があったかどうかが問題だ」

あとからいくら否定しても、調書として残ってしまった自供を覆（くつがえ）すのはなかなか困難だ。自供だけでは有罪としないのが刑事事件の原則だが、現実は自供のあるなしが公判を大いに左右する。

しかし、事件捜査の歴史を紐解いても、無実の人間が強圧的な取り調べによって、やってもいない犯行を認めさせられたという例はいくつもある。決してありえないことではないのだ。弁護側としては、取り調べに違法性がないかどうかという点を突破口にしていくしかない。

「録画データは来てる」桝田が言う。「取り調べだから、もちろん、それなりの圧（あつ）はあるが、観る限り、違法性があるとまでは言えない気がする。被疑者国選に付いた当番弁護士とはうまく関係性が築けなかったらしくて、精神的にぐらついてるところを警察にうまく取られたという感じだ」

弁護士も様々であり、同じ人間同士であるからには依頼人との相性もある。信頼関係が築かれなければ、やっていないことをやったなどと言うべきではないとアドバイスしたところで、それがどれだけ支える力になるのかは分からない。一緒に戦ってくれる味方がいないという心理状態に陥ってしまうと、人の心は折れやすい。

「録画データは、今、観れるか？」

桝田はいったん打ち合わせ室を出ていったあと、すぐにブルーレイディスクを手にして戻ってきた。壁際に置かれていた小さな液晶テレビをつけ、プレーヤーにブルーレイディスクを入れた。

今回のような裁判員裁判が確実視される事件では、すべての取り調べが録画される決まりになっている。可視化されることによって捜査側の強引な自白強要は影をひそめるはずだが、そういう環境の中で野々花の自白はなされていることになる。

液晶画面に取調室の様子が映し出された。十一月五日十三時八分との表示が出ている。

「逮捕から六日目だ」桝田が説明する。「警察の取り調べはこの長縄という警部補が担当してる。逮捕時に警察は、任意の取り調べで小南さんが犯行をほのめかしているとリークしたが、実際にはほのめかしたりはしてない。ただインスリンに詳しいことが分かってから追及が強くなって、動転した受け答えもいくつかあったようだ。前はそんなことは言ってなかったとか、前と言ってることが違うとか、そういう責め方はずっと続いてる」

映像の野々花は肩が落ち、うつむき気味で表情が暗い。髪がほつれ、四十四歳という実年齢以上に老けて見えるほど、疲れを顔に覗かせている。

〈じゃあ始めるよ〉

長縄警部補は事務的に、黙秘権があることを告げ、一呼吸置いてから、〈ちゃんと考えてくれた？〉と問いかけた。

野々花はうなだれたまま、大した反応を見せない。

〈俺が目の前にいないときでも、ちゃんと考えてほしいんだよ。飯食ってるときも寝てるときも。ちゃんと考えてくれないと、これずっと続くから〉

「相当参ってるな」

拘置所で接見したときの印象とは違う野々花の姿に、伊豆原は思わずそう呟いた。

逮捕されると、送検後、最長で二十日間の過酷な取り調べが続く。この日はその二十日の中ではまだ中盤にも差しかかっていないが、ストレスの第一波のピークが彼女を襲っているように思われた。

「自白はどれくらいからだ？」

この日の取り調べだけでも何時間もあるだろう。とりあえずは自白直前から確認しようかと思った。

「いや、このあとすぐだよ」桝田が言う。

「え？」

伊豆原が戸惑っているうちに、間もなくその場面がやってきた。

〈あなたね、本当、娘さんたちのこと考えなさいよ。親がこういうことになって、可哀想だよ〉

長縄警部補の声はあくまで落ち着いている。ただ、多少口調がぞんざいで、それが絶妙な圧になっている。

〈二人は……どうしてますか？〉

〈そりゃ、困ってるだろうよ。会わせてあげたいけど、こんな状況じゃ、とてもじゃないけど無理だよ。やってません、知りませんじゃ、いつまで経ったって、裁判所も許してくれないよ〉

〈どうすればいいんですか？〉

〈それを自分で考えなさいってことだよ〉

沈黙が落ち、長縄警部補がため息を洩らす。

〈こんな、警察の世話になるなんてね、自分がそんなことになるなんて考えてみたこともなかったですよ〉

〈現実をちゃんと見ないと駄目（だめ）だよ。光莉さんのお母さんも、愛する子どもを失って地獄だよ。結芽さんのお母さんだって、結芽さんがあんなにがんばってたから希望を持ってたはずだよ。でも、結局駄目だった。どれだけショックなのか分かるだろう。あなたはここで苦しい思いをしてるつもりか分かんないけど、あなたなんかよりずっと地獄だよ。あなたは幸い、娘さんも無事だった。それだけで十分すぎるでしょ。そうは思わない？　それとも、自分の娘がどうなるかなんてこと、あんまり気にならない？〉

〈そ、そんなわけありません〉

〈うん、自分の娘もどうなったっていいとか、それはもう母親として最悪だからね。でも、それだって、紗奈さんや由惟さんは、どう思ってるか分からないよ。あなたはあなたで、これだけは信じてほしいってことがあるでしょう。だから、そこは裁判で訴えていけばいいんであってね。そのために裁判があるんだから。逆に言うと、あなたがここで否定しようがどうしようが、もうそういう形しかないのよ〉

〈ここを出してもらえることは、もうないんですか？〉

〈あると思ってたら、それはさすがに考え直したほうがいいよ。自分はこうなんだって私にいくら言ったところで、裁判で認められなきゃ始まらないからね。今のままじゃ、全然進まない。認めるとこはいったん認めて、出るとこ出て、これはこうなんだってことを言わないと。裁判手続きに移れば、接見禁止も解けるでしょう。今のこの状態はね、あなたのためを思って言うけど損だよ〉

〈いったん認めれば、娘たちには会えるんですか？〉

弱り切った声だった。

〈会えるでしょう。弁護士さんが連れてきてくれるよ〉

野々花は手で顔を覆い、自分を納得させるように何度もうなずいている。

〈じゃあ……そうします〉

手で顔を覆ったまま、彼女はそう言った。

〈そうしますってのは？〉

〈それでいいです〉

〈認めるってこと？〉

野々花は首を落とすようにしてうなずいた。

〈一つ訊くけど、娘に会いたいからってだけで嘘をつくのは駄目だよ。そうじゃないよね？〉

追い詰めて降参させてから、嫌らしく駄目を押しておく……老獪なやり方だと思った。

〈はい……はい……〉

野々花は完全に気持ちが崩れている。問われるままうなずき、やがてしくしくと泣き出した。

これらのやり取りをどう受け取ればいいのだろう……伊豆原は重い吐息をついた。

野々花が連日の取り調べで弱っていたのは確かだ。しかしそれは、犯行を隠し、否認を続けていることの精神的負担の裏返しと取れなくもない。

長縄警部補の尋問には、自白以外に逃げ場所はないと思わせる圧力があるのは確かだ。しかし、怒声を上げたり、机をたたいたりして脅しているわけではない。否認から自白に転じ、有罪判決が下されたほかの事件を当たれば、その取り調べはおおむねこうしたものだろうと思われる。何より、この録画を観る限りでは、この日の取り調べが始まる前から自白を決意していたような呆気なさを感じる。裁判員に、強引な取り調べによって自白を強要されたと判断してもらうのは難しいような気がした。

「これ、連日の取り調べ時間はどれくらいだ？」

「だいたい八時間程度だな」桝田が答える。

被疑者の取り調べは原則一日八時間以内とするという方針を警察庁は掲げている。今回の取り調べ状況はそれに沿っているものだが、うがった見方をすれば体裁がよすぎるという気もする。

カメラを回していない時間に何が行われているかは分からない。録画は午後から始まっている。

「これ、朝からガンガンやったあと、しれっと今から始めますみたいな体でカメラ回してるってことはないのか？」

「正直、俺もそれを疑ってる」桝田は言った。「そうでないと、この呆気なさはなかなか説明を付けづらい。留置場の出入記録の開示を請求してるとこだ」

被疑者の勾留は法務省管轄の拘置所で行うべきだが、事件の多さなどから無理があり、起訴までは各警察署の留置場に留め置かれるのが現実である。

これは代用監獄とも呼ばれる日本独特の制度で、警察が恣意的に運用できる点で多々問題がある。つまり、被疑者が二十四時間、施設内に拘束されていると、警察がブラックボックス化し、そこで何が行われているか分からなくなってしまうのだ。いつでも好きなときに好きなだけ取り調べることができ、精神的に追い詰めやすくなる。そうやって、やってもいない罪を認めさせて冤罪を生むケースがかつてはいくつもあった。

近年は警察側も運用を見直し、留置場の管理は刑事課とは別の部署が担うことになっている。少なくとも出入記録を刑事課がいじることはできないので、留置場を出た時刻と録画開始時刻にタイムラグがあれば、そこに何かがあったと疑うことができる。

「それは記録が出てくるのを待つことにして、小南さんが折れたのには、子どもたちに会いたいという思いがかき立てられた部分も大きかったんだと思う」

確かに、録画されたやり取りを見る限り、そう取るのが自然である気がした。

「でも、子どもたちはいまだ一度も会いに行っていないと」

「そうだ」桝田は言う。「いろいろ働きかけてるが、最近じゃ俺とも会ってくれないし、ちょっとらちがあかない。そこはだから、伊豆原に頼みたい」

「分かった。それは何とかしないとな」伊豆原は言う。「長女は由惟さんだったか。妹をも被害に遭わせたのが許せないってことだよな」

「妹も被害者の一人だし、最初はまさかうちのお母さんがっていう気持ちだったらしい。でも、代理ミュンヒハウゼンっていう、そういう心理で我が子を傷つけようとすることがあるのかと知って、母親をかばえなくなったようだ」

「なるほど」

母親が本当に犯人であるなら、その気持ちは致し方ないところだろうが、その事実はまだ確定していない。推定無罪の今の段階で娘が疑念だけしか持ちえないならば、それは何とかしてやりたいと思う。

「ただ、捜査当局の鑑定なんていうのは恣意的な部分が大きいと思ってる」桝田は言う。

「こちらでも鑑定はするんだろ？」

「もちろんだ。貴島先生のつてで、専門家に頼んでる」

「ならいいが」伊豆原はうなずいてから続ける。「ちょっと思ったのは、仮に小南さんが鑑定通りの代理ミュンヒハウゼンだったとして、検察側がその説に説得力を持たせたいならば、こういう事件像にはならないんじゃないかってことだ」

事件発生時、梶朱里はたまたまちょうど戻ってきていたが、ほかの患者家族は私用で自宅に帰っており、病室にいたのは言ってみれば野々花だけだった。彼女が代理ミュンヒハウゼン症候群であれば、急変を起こし、自分が医師を呼ぶなどした上で急場を救い、のちにほかの母親たちから感謝されることを期待したのではないか。梶朱里からも、よく我が子を救ってくれたと感謝され、前日の謝罪を受けることを望んだのではないか……。

梶光莉ら三人への犯行は母親同士の確執(かくしつ)が動機で、我が子への犯行は代理ミュンヒハウゼン症候群が理由であるとするよりは、そのほうがよほど自然で説得力がある。

伊豆原の話を聞いた桝田は、「俺もそう思う」と同意した。「ただ、そうすると、検察としては殺意が立証できなくなるから、困るんだろ」

殺意が立証できなければ、子ども二人を死なせて一人を重症に至らしめた凶悪事件に対して、社会的重大性に見合った刑罰を科すことが難しくなる。世間は母親同士の感情のもつれから簡単に無辜(むこ)の子どもの命を奪うに至ったこの事件の異常性を憎悪しているし、殺意はなかったという言い訳も認めたくないと思っている。少なくとも検察側は、それが世間の空気だと感じ取り、そこに応えようとしているのだ。

それで検察側は殺意が最大限成り立つために、代理ミュンヒハウゼン症候群の範囲を紗奈への犯行に限定してきた。我が子とほかの三人への犯行の動機はそれぞれ毛色が違うとすることで、我が子をも標的にしているのに、本当に殺意があったのかという合理的疑いを排除できると考えたのだろう。

「いかにも恣意的だ」

「その通り」桝田が言う。「こっちがその気になれば、向こうの説を崩すことはできると思ってる」

我が子とほかの三人への犯行動機がそれぞれ違うのは不自然である。野々花が四人の点滴に薬剤を混入させたのは、すべて代理ミュンヒハウゼン症候群を原因にしてのことで、四人を急変させた上で自分がそれを見つけて救えば周囲に感謝されるという思いがあったからであり、殺意はまったくなかった……そう主張したほうが理に適っているし、裁判員に受け入れられる余地もあるように思える。それが受け入れられれば殺意は認定されず、殺人罪は適用されないから、量刑もそれだけ考慮される。

「だけど、小南さんは無罪を主張してるわけだから、そこを争点にして弁論を組み立てるとおかしなことになる」

「そうだな」伊豆原は呼応して言う。「あくまで無罪の観点から向こうの立証を崩していかなきゃいけない。それも、自白を取られている以上、ほかの状況証拠を跡形もなく崩してやる必要がある」

「言うのは簡単だが、やるのは難しいぞ」

「分かってる」伊豆原は言った。「小南さん本人の話を聞きながら、病院関係者にも当たって糸口を見つけていくしかない」

「〔古溝病院〕の関係者には、俺も貴島先生と以前に一通り当たってる。事務局長が窓口になってくれるから、伊豆原のほうでも自由にやってくれ」

「ああ、やるからには遠慮なくやらせてもらうよ」伊豆原は言った。

次の週、伊豆原は再び小菅の東京拘置所に向かった。

「あら、この間の」

接見室に姿を見せた野々花は、伊豆原を見て軽い笑みをその顔に浮かべた。

「伊豆原柊平です」

伊豆原は改めて自己紹介し、彼女に見えるよう、アクリル板に自分の名刺を当てた。

「正式に弁護団に加わらせてもらうことになりました。よろしくお願いします」

「私なんかのために、すみませんねえ。ありがとうございます」

野々花はそう言って、頭を下げてきた。どこかおっとりとしていて、口調にとぼけた味わいがある。

「貴島先生はその後どうですか？」

「ええ、まだ入院はしてますが、治療は順調みたいです」伊豆原は答える。「小南さんのこと、チャーミングな女性だとおっしゃってましたよ」

「そんな、チャーミングだなんて」野々花は口に手を当て、顔をほころばせた。

「何か、先生にお伝えしておきましょうか？」

「そうですね」彼女は言う。「先生も元気になって退院して、私も早く外に出て、お互い笑顔で会える日を待ってますとお伝えしてください」

まるで病人が快復して退院するのと変わらない期待感で自身の釈放を考えているようだった。楽観的なのか強がっているのか、そのあたりはまだ、伊豆原には分からない。

「事件のことで、僕からもいくつか訊かせていただいていいですかね？」

「はい、何でしょう？」

目力が強いわけではないが、一度こちらを見ると、ぱちぱちとまばたきをしながらも丸い目で見つめ続けてくる。愛嬌があるとも言えるし、人を食っているようだとも言える。

「小南さんは梶光莉さんのお母さんと関係がうまくいってなくて、向こうはそれを証言としても明かしていますけど、小南さんは光莉さんのお母さんとはうまくやっていたと供述してますよね。それは本当にそう思ってたのか、それともある種の取り繕いでそう言ったのか、そのへんのところはどうなんでしょう？」

「別に隠すつもりじゃなかったんですよ」彼女は言う。「そんなこと隠したって、向こうが話せば分かることですしねえ。あの人はちょっと神経質なとこがあって、光莉ちゃんもなかなかよくならないし、誰かに当たりたくなる気持ちも私は分かるんです。だから、向こうが突っかかってきても、また始まったって具合で、何とも思ってなかったんです。お互い、病気の子を抱えた親同士ですからね。分かり合ってたつもりだったんですよ」

「ぶつかり合いも、そんなに激しいものではなかった？」

「ぶつかり合いだなんて」野々花は笑った。「あの人は細かいことが気になるんですよ。私がちょっと動いただけで埃が立つだの、発作が起きるだのって、大げさに……そんなこと言ってたら、私は何もできないじゃないって言い返してやるんです。だいたい喘息なんて、うちは由惟がやってるから分かりますけど、よしよしって甘やかしたところで、いつまで経ったってよくならないんですよ。鍛えて、免疫をつけてやらないとね。だからそれを話してあげるんですけど、あの人は、うちの子とあなたの子は違うんだって、もう始終カリカリしちゃって、本当に困っちゃう……ふふふ」

笑い混じりに話していたかと思うと、彼女はふっと吐息を洩らした。

「でも可哀想よねえ……光莉ちゃん。死ぬような病気じゃなかったのに、入院したばっかりにあんなことになっちゃって。お母さんのつらさも、私は分かってるつもりですよ。だから、私のことを悪く言っても、それは仕方ないのかなって思います。だからって警察が私を捕まえるのは間違ってますけどね」

「そうですね」伊豆原は短く相槌（あいづち）を打ってから、質問を進めた。「小南さん、自白調書を取られてますよね。逮捕されてから六日目ですか。そのときは、だいぶ気持ちが追い詰められてた感覚があったんですか？」

「まったくどういうつもりだったのか」彼女はどこか他人事のように言った。「刑事さんがあんまり認めろ認めろ言うもんだから、そのほうが楽になると思ったのかしらねえ」

「時間的には昼すぎだったと思いますけど、あの日は例えば、朝方から取り調べがあって疲れてたってこととかはないんですか？」

「そりゃ疲れてましたよ。刑事さんはやっぱり体力あるものね。長縄さん。あの人は居合（いあい）をやってらっしゃるんですって。居合ってどんなものか私も詳しくは知らないんですけど、取り調べの前は、毎日刀を振ってくるって言ってましたよ。この十年は風邪一つ引いたことないし、三日くらい寝なくても大丈夫なんですって。乾布摩擦もやってるのかと思って訊いてみたんですけど、やっぱりやってるって。首筋の肌なんか、いかにもごわごわして丈夫そうですもん。私も光莉ちゃんに勧めてたんですよ。由惟もあれやるようになってから、喘息がよくなりましたからね。それと水泳。でも、長縄さんは、水泳は苦手だっておっしゃってたわね。筋肉が重くて沈んじゃうんだって。ふふふ、誰でも苦手なことはあるものね」

居合の話など、明らかに刑事が相手を威嚇（いかく）するためのネタだろうが、彼女は雑談の一つだと受け取っていたようだ。

人当たりはよさそうだが、やはりどこか抜けたところがある。

「なるほど、乾布摩擦と水泳ですね」伊豆原はそう応じながら、話を戻した。「ということは、あの日も取り調べは長かったんですかね？　朝から晩までですか？」

「毎日毎日、長いなんてもんじゃありませんよ。もう時間の感覚なんて分かりません。留置場にいたって、ちっとも気は休まりませんしね。あそこはいろんな人が出たり入ったりするでしょう。夜中もわあわあ騒ぐ人がいてね。とてもじゃないけど眠れないんですよ。寒いですしね。病院で紗奈の付き添いをしてたときはぐっすり眠れてたんですよ。光莉ちゃんのお母さんから、いびきがうるさいなんて怒られちゃうくらいにね、ふふふ。病室で寝るときは、下に浴室マットを敷いてたの。あれ敷くと全然寒くないし、腰の疲れも違うんですよ。昔、病院勤めしてたときに、そうやって付き添いしてるお母さんがいて、なるほどと思ったの。光莉ちゃんのお母さんにも勧めたんだけど、あの人、人が勧めることはやりたがらないのね。あまのじゃくっていうか、本当、面白い人。愛佳ちゃんのお母さんや亜美ちゃんのお母さんは、私の言う通りに浴室マットを買って、ちゃんと眠れるようになったって言ってましたよ」

「なるほど、浴室マットですか」伊豆原は逸れていく話に一言だけ応じて、軌道修正する。「昔、病院勤めをされてたときに、注射器を扱ったことはあるかとか、薬の勉強をしたかとか、取り調べで訊かれてますよね？」

「もう、何回も訊かれましたよ。私も、何回も同じこと言うって由惟に言われますけど、長縄さんも、何回も同じ話をするんですよね。しつこい人が刑事に向いてるんですって。私も刑事になればよかったかしら」

「看護助手というと、ベッドのシーツを取り替えたりする仕事ですよね？　注射器を扱ったことは？」

「注射器なんて持たせてくれませんよ。ただ、あんなの、見様見真似でできますし、コツも知ってますよ。ベテランの看護師さんがもたもたしてた新人の子に教えてましたからね。瓶の薬を吸い取るときは、最初に注射器で瓶のほうに空気を入れるんです。瓶は真空になってますから、そうしないとうまく吸えないんですよ。それを長縄さんに話したら、ほほうってえらく感心されちゃってね」

「薬のことも訊かれたんですよね」伊豆原はそう確かめてみる。「インスリンには詳しいとか」

「父が使ってたから、たまたま知ってただけのことですよ」野々花は言う。「お父さんはインスリンをどこに保管してたかって長縄さんが訊いてくるから、もちろん冷蔵庫ですよって。ナースステーションの冷蔵庫はどこにあるか知ってるかって訊くから、もちろん、休憩室に向かう通路の端ですよって。知ってるから、そう答えるじゃないですか。そこから何か、長縄さんの目の色が変わって、今考えたら、犯人だと思われたみたいなんですよ。インスリンを関係ない患者の点滴に混ぜたら、どうなると思うかって。そりゃ、危ないに決まってますよ。父だって倒れたことあるんですから。だいたい、薬なんて、みんな毒なんです。お医者さんが打つ点滴だって毒ですよ。最初の夫も、がんだからっていろんな薬を打たれて、どんどん弱っていきました。病院勤めしてたときも、薬で苦しんで死んだ人は見てきましたよ。適当に薬を混ぜれば危ないなんてことは、誰だって分かることです。当然のことだから言ってるだけなのに、それを言うと長縄さんは大喜びするんです」

「警察の立場からすると、犯行を匂わせてるように取れるんでしょう」伊豆原は言う。「紗奈さんの点滴の速度をよくいじって落としてたそうですね。これも、もともと薬は毒なんだっていう思いから来てるんですか？」

「一気に入れたら、それだけ身体に負担がかかるんですよ。病院はこれだけ薬を使ったからいくらですっていう商売だから、ほっといたら、どんどん新しい薬を入れてくるだけですし」

最初の夫の病死や看護助手の経験がそうさせるのか、医療不信が彼女の中にあるようだ。

ただ、伊豆原は祖父が病院嫌いだったから、そうした人間のパーソナリティには馴染みがある。医者にかかれば、血圧がどうのコレステロールがどうのと健康なのに病人にされると、実際、めったなことでは病院に行かなかった。年老いて身体を壊し、頻繁に入院せざるをえなくなってからも、医者の言うことを聞かず、煙草も酒もやめなかったし、薬も周りが見ていなければほとんど飲んでいないようだった。それでも八十までは生きたのだから、本人としては何も悔いはなかっただろう。

「そんなに病院が危ないと思っていても、紗奈さんは入院させたわけですよね？」伊豆原はそのあたりの心境を確かめてみたかった。

「それはもう仕方ありません」野々花はそれが不本意であるかのように言った。「そのままにしておいても悪くなるばかりだと思いましたし、病院がよくしてくれることに賭けようと思いました。自分がそばに付いていれば、病院もそんなに変なことはしないでしょうし。私も融通が利かない人間じゃありませんよ。自分の身体だったら、寝てれば治るとか分かりますけど、紗奈は紗奈ですからね。由惟が喘息だったときも、駄目だと思ったら病院に連れていきました」

常識を持ち合わせていないわけではないようだ。

「光莉さんたちがショック状態に陥ったとき、小南さんはいち早く紗奈さんの点滴を止めましたよね？　あのときは点滴に原因があるって、ぴんときたわけですか？」

「喘息なんかで、あんなふうになるわけないんです。光莉ちゃんは確かにゼイゼイ言ってましたけど、私が背中をさすって、ちょっと落ち着いてました。ああなるのはおかしいし、桃香ちゃんも急変してるってなったら、点滴以外ないじゃないですか。あの時間、飲み薬はまだだし、点滴は替えたばかりでしたしね」

「誰かが何か入れたと思いましたか？」

「薬を間違えて入れたと思いました」

「担当の看護師さんが？」

「そうです」

「点滴は、看護師さん二人一組でチェックしながら薬を入れているってことは知ってましたか？」

「知りませんけど、二人でやろうと三人でやろうと、間違えるときは間違えるんじゃないですか」

「そうですね」伊豆原はそう応じて問いを続ける。「看護師さんや看護助手さんを含めて、病院の関係者から攻撃されているとか、妙な悪意を感じたとか、そういう覚えはありませんか？」

「看護師さんも看護助手さんも、みんな親切でしたよ」彼女は言った。「先生もいい人でしたし、時間ができると紗奈を診に来てくれました」

医療そのものや病院のあり方には不信感を持っていても、関係者個々人には何の悪感情も持っていないようだ。たびたびナースステーションにお菓子を差し入れていたわけだから、そういうものなのだろう。

しかし、彼女が無実であるなら、犯人は病院関係者である疑いが強くなる。そのあたりをもう少し探っておきたかった。

「娘さんの入院が長いと、小南さんもいろんな方と知り合いになって、世間話や噂話なんかもされたわけですよね。病院の関係者で、この人は実はこうなんだなんていう話は聞いたりしましたか？」

「噂話ですか」野々花はくすくす笑い出した。「どんなことを知りたいんですか？」

ただの興味本位で訊いたように取られ、伊豆原は言葉を足さなければならなかった。

「いえ、当時の病院に何かトラブルのもとはなかったかと思ったまでで」

そう説明したものの、野々花は「こんなところで私が話していいものかどうか……」と、口を押さえて笑いを噛み殺している。

「何ですか？」

「いやあね」彼女は言う。「副師長」

「はあ……」

確か副師長の川勝春水は、当日の三〇五号室を担当していたのではなかったか。

「副師長が院長先生とできてるって言う人がいてね」野々花はそう言って、思い出し笑いをした。

「へえ、院長と……」

「院長って若先生のほうよ。大先生はもう七十すぎてらっしゃるし、小児病棟には来られないから」彼女は言う。「『副師長、院長室に行ったっきり全然戻ってこない』みたいな話を若い看護師さんたちがひそひそしてたから、私が『え、あの二人、できてるの？』って首を突っこんだら、『小南さん、副師長に直接訊かないでね』って。そんな私、デリカシーがない人間じゃないですからねえ。意外と口が堅いんですよ。でもまあ、本人にはもちろん言いませんけど、愛佳ちゃんのお母さんや亜美ちゃんのお母さんには話したかしらね。院長も副師長も、あんな真面目そうな顔して不倫なんて、分かんないものね」

「まあ、人は誰でも裏の顔がありますよね」

不倫や浮気と聞くと、仕事柄、泥沼の離婚調停しか連想できないが、世間にはそこまで至らずにひっそり潜伏している関係がそこかしこに存在しているのだろうと思った。

「ほかには何かありますか？」

「ほかはねえ」野々花は記憶をたどるように、天井を見上げた。「亜美ちゃんのお母さんは霊感が強くて、夜中はあちこちにいるのを感じるからお手洗いに行くのも嫌だなんて言ってたけど、私は何も感じないのよね。鈍感なのかしらね」

「うーん、まあ、それは鈍感なほうがいいかもしれませんね」

噂でも何でもない話になってしまい、伊豆原は苦笑いで応えておいた。

その週は時間を見つけては連日、東京拘置所に通った。

野々花は伊豆原が顔を見せると、概して嬉しそうな顔をし、初日のように朗らかな調子で話した。

「伊豆原先生は熱心なお方ねえ。本当にありがたいわ」

野々花は、一生懸命がんばっている人が好きだった。弁護団の面々に対しても、自分のためにがんばってくれている、親切にしてくれると、しきりに感謝していた。病院についても、薬物に対する不信感が強いだけで、医師や看護師らに対しては、紗奈に優しかったし、よくやってくれていたと評価している。変わった人間、怪しい人間はいなかったかと、いろいろ言葉を替えながら訊いても、彼女の口からは何も出てこなかった。感情の行き違いがあったとされる梶朱里に対してさえ、あの人も一人娘のために身を削ってがんばっていたのに、あんなことになって本当に可哀想だと、同情的に語った。

そんな話を聞きながら伊豆原は、彼女の優しい目線を感じ取ると同時に、こういう一面を専門家は拾い、代理ミュンヒハウゼン症候群と診断したのではないかと考えていた。

ただ、連日様子を見に行くと、さすがに毎日機嫌がいいというわけではないことも分かってくる。週の後半には顔色の冴えない彼女を相手にすることとなった。

「昨日今日と、なかなか寝つかれなくてね……」

彼女は虚ろな目をしてそう言い、ほつれた髪にゆっくりと手ぐしを入れる。

「季節的に寝苦しくなってきましたかね？」

外は少し前から梅雨入りしている。じめじめと蒸し暑く、伊豆原の家でも夜はエアコンのタイマーをかけて寝入る日々だ。

「かしらね……さっき、お昼寝でようやくうとうとしたところで呼ばれて」

「あ、ごめんなさい」

仕事の合間を縫って来たのはいいが、彼女の午睡時間の邪魔をしてしまったらしい。

「ううん」野々花は気にするなというように手を振った。「ちょうど、お昼寝時間も終わる頃だったし」

「あとで横臥許可を出してもらうように、申し入れておきますよ」

警察署の留置場も問題はあるが、拘置所も拘置所で勾留される人間にとっては当然のように居心地のいい施設ではない。自由度は留置場より下がると言っていい。監督するのは刑務所と同じ刑務官であり、実質は懲役のない刑務所も同然だ。日中、午睡時間を除いて勝手に横になることは許されない。横臥許可を出すよう申し入れるとは言ったものの、本来は病気などよほどの理由が確認されないと許可が下りないと聞く。

「うとうとしたとき、娘たちの夢を見てたんです」

野々花は寂しそうにそう言った。あるいは、元気がないように見える一番の大きな理由はそのことかもしれなかった。

「二人、元気にしてますかねえ……紗奈も元気になってればいいけど」

「大丈夫だと思いますが」伊豆原は言った。「ちょうど僕も、由惟さんと話がしたかったんで、近々会ってこようと思ってます」

「仕事が忙しいらしいんだけど、全然会いに来てくれないのよねえ」彼女はぽつりとそうこぼした。「何か意地張ってんのかしら」

由惟が母親の犯行を疑い、面会にも応じようとしていないことは桝田から聞いているが、それをそのまま野々花に言うわけにはいかない。

「由惟は私と違って出来がよくてね、いい大学にも行けそうだったんですよ。でも、私がこんなことになっちゃったでしょう。たぶん、お父さんが関係ないふりしたくなって、手を引いちゃったんじゃないかと思うの。大学までの学費はちゃんと出すって言ってたのにね。あの人はそういうとこあるんですよ。いい格好するけど、冷たいのよね。事件の頃は私もまだ離婚のことを引きずってて、気持ちが弱ってた気がするの。だからやってもないことを認めちゃったりしてね」

「なるほど」

「でもそれを長縄さんに言ったら、自分には味方がいないっていう悲観的な思いから事件を起こしたって、私がそう言ったみたいな調書を取られそうになってね。それはさすがに違うって言ったのよ」

「向こうは何でも事件と結びつけてこようとするでしょう。裁判ではちゃんとこちらでも主張していきますから、心配しないでください」

伊豆原の返事に安心したのか、野々花はこくりとうなずき、物思いに沈むような顔で「あの人」と話を戻した。「由惟とは血がつながってないから、余計そうなるのかしら。でも、由惟は物心ついたときからあの人がお父さんだったんだし、当然がっかりしますよ。お姉ちゃんでしっかりはしてますけど、まだ子どもですからね。やけになってないかしらね」

「紗奈さんのこともありますし、由惟さんは由惟さんで大変でしょうけど、お母さんが心配しているってことはちゃんと伝えておきますよ」

伊豆原がそう言うと、野々花は「お願いします」と神妙に頭を下げた。

9

「何だよこの部屋。クーラーどうしたんだよ？」

作業場から戻ってきた専務の前島京太が、暑さに顔をしかめながら文句を言う。手を洗い、由惟の隣の椅子にどかりと腰を下ろした。

「とうとう壊れちゃったみたいです。修理に来てもらうのも、今日明日は無理みたいで」

社長が自宅から持ってきてくれた扇風機(せんぷうき)を占領している赤城浩子がそう答えた。

梅雨の蒸し暑い日が続いている中、いかにも旧型のデザインで荒い作動音を立てていたエアコンが冷気を吐き出さなくなってしまった。風のない今日などは、窓を開けていても蒸し風呂にいるようである。

由惟は冷蔵庫から麦茶を出して、前島京太の湯呑みにいれた。それが由惟の日課でもあった。

「扇風機持ってきて」

由惟は湯呑みを彼の前に置いたあと、赤城浩子の横にあった扇風機を彼の横に運んだ。赤城浩子がちらりとだけ由惟に不愉快そうな視線を向けた。

自分の机に戻ると、扇風機の風が由惟のところまで洩れてきて、作業着に染みついた油に加え、前島京太の汗が混じっていると思われる酸っぱい臭気を浴びた。暑い作業場で一日中働いた証でもあり、それを嫌うつもりはないのだが、彼のでっぷりとした身体から放たれる体臭は梅雨に入ってから際立つようになり、由惟はなかなかそれに慣れることができない。

「また、ここの前をうろちょろしてるやつがいるな」前島京太が赤城浩子に大きな声で話しかける。

「どんな人ですか？」

「この前とは違う人間だけど、たぶん記者だよ。この前は、捉まえて話を聞いたら、雑誌の記者だったな。ここにでっかい事件起こした犯人の家族が勤めてるんじゃないかって、嗅ぎ回ってるらしくてさ。苗字が犯人と同じらしいんだけど、人違いだってはっきり言ってやったよ。まったく迷惑だよな」

「何人も来るって、そんなに大きな事件なんですか？」

「知らねえ」

由惟は身を縮めるような思いでそのやり取りを聞いている。

もちろん、専務である前島京太は、由惟の家庭事情を知っている。それどころか、赤城浩子も薄々、由惟の母が〔古溝病院〕の事件で捕まった犯人であることに気づいている。由惟が小南姓を隠していないからだ。

以前、彼女から、お母さんは何をしている人なのかと、それとない口調で問いかけられた。その目は冷ややかに由惟の表情を観察していて、彼女の質問に隠された真意があることを物語っていた。

前島社長からは、事件のことは隠しておけばいいと言われている。だから由惟は、母はパートの仕事をしているとごまかした。嘘でも一応の答えを示せば、大人の世界ではそれ以上突っこんでこないのは分かった。ただ、彼女の目はどう見ても納得してはいないようだった。

そんな二人が白々しく、由惟に関する話を当てつけのように、由惟を見やることもなく交わしている。じっとしてそれを聞いているのは苦痛以外の何物でもない。

前島京太は社員旅行のほかにも、ボウリング大会や飲み会など、週末に何かと企画を立てて遊ぶのが好きだった。そのたび由惟は参加が義務であるかのような口調で誘われるのだが、すべてやんわりと断ってきた。由惟自身はもう大人として生きていくことを覚悟しているのだが、こういうときには、自分がまだまだ子どもであるのを言い訳にして、そういう大人の遊びには馴染めないことを必要以上にあらわにした。実際、精神的にも子どもなのかもしれなかったが、どちらにしろ、そういう集まりに加わって屈託（くったく）なくはしゃぐのは、自分には無理な相談だった。

そのうち前島京太は、付き合いの悪い由惟をいろんな形で当てこするようになった。目の前で事件の話をするのも、そうしたやり方の一つだ。ほかの社員も由惟の事情は薄々察しているに違いない。

由惟はそんな中で、何も気づかないふりをして、淡々と仕事をしている。

十七時をすぎて、作業を終えた者たちから一人二人と事務所に帰ってくる。由惟は黙々と麦茶をいれ、彼らの前に置いていく。

「いやあ、ここも暑いなあ」

前島社長もタオルで汗を拭きながら戻ってきた。社員十人の零細(れいさい)企業であり、社長も毎日現場に出ている。

「由惟ちゃん、今週はちょっと我慢してよ。週末には電器屋が来ると思うからさ」

彼は由惟が動く前に自分で麦茶を湯呑みに注ぎ、一気にそれを飲んでから笑顔を見せた。

「はい、大丈夫です」

「その代わりと言っちゃ何だけど、ボーナスは由惟ちゃんにもちょっとだけ出すからさ。それ楽しみにがんばって」

「はい……ありがとうございます」

由惟が恐縮(きょうしゅく)して頭を下げると、前島社長はその反応に満足したようにうなずき、奥にある自宅へと事務所を出ていった。

「大村(おおむら)のときは一年目、夏のボーナスなんてあった?」

前島京太が社員の中では若手の大村に訊いた。

「なかったっすね」大村が答える。「景気がいいんすかねえ」

「景気も何も、ボーナスなんて前期の実績に対してのものなんだから新人には出ないはずなんだけどな」前島京太が由惟を見もせずに言う。「社長も女の子には甘いなぁ」

「仕事もできないうちから特別扱いされても困るんですけどね」赤城浩子がとげのある言い方をする。

新人だから、子どもだから、どんなことを言われても応えないと思っているのだろうか……しかし由惟も、まるで聞こえていないかのように受け流すことしかできない。

そろそろ帰ろうと思った。


事務所を出て、駅までの道を歩き始めたところで、道端に突っ立っていた男と目が合った。

三十代前半だろうか。カジュアルな半袖シャツにコットンパンツを穿き、デイパックを肩にかけている。不審な人間には見えなかったが、前島京太の話から雑誌記者かもしれないと警戒した。向こうは由惟の顔をじっと見つめ、軽く会釈を送ってきた。

「もしかして、小南由惟さんですか？」

落ち着いた口調でそう問われたが、由惟は黙って通りすぎようとした。

「突然すみません」男は追いすがってきた。「弁護士の伊豆原と言います」

由惟は歩を止めて、彼を見た。伊豆原という男が母の弁護団に加わったことは、電話で桝田から聞かされていた。

　由惟本人だと確信したらしく、伊豆原はにこりとした笑みを向けて、名刺を差し出してきた。

「こんなとこまで押しかけてこないでください」由惟は名刺を一瞥(いちべつ)しただけで受け取らず、迷惑な思いをそのまま口にした。

「ごめんなさい」伊豆原は苦笑気味に謝ってきた。「由惟さんがどんなところで働いてるのか、お母さんにお話しできればと思って」

「そんなこと、話してもらわなくてけっこうです」

　由惟は軽くひとにらみしてから、彼に背中を向けて歩き始めた。

「でも、お母さんはあなたのこと心配してるよ」

　伊豆原は子どもを諭(さと)すような少し砕(くだ)けた口調になって、そんな声をかけてきた。

「由惟はやけになってないか、紗奈は元気になったかって……」

　由惟をやけにさせたのも、紗奈の快復を遅らせたのも母であるのに、ずいぶん身勝手な話で呆れるしかない。

「仕事はだいたいこの時間に終わるの？　早退して、お母さんに会いに行く日なんて作れないかな？」

　由惟はきっと伊豆原をにらんだ。「作れるわけないじゃないですか。お情けで入れてもらった会社で、真面目に働かなきゃいけないんです」

「うーん、そうか……まあ、お情けっていうのはどうかと思うけど、休みにくいのはそうかもね」

由惟にきつく当たられ、伊豆原は頭をかくしかないようだった。「どこかこのあたり、喫茶店でもないかな？　いろいろ話を聞かせてほしいんだけど」

　こんな会社の近くで弁護士と母の話をして、誰に見られるか分からない。

「妹が待ってるんで、帰ります」由惟は歩を止めずに答えた。

「そう……じゃあ家まで」彼は言った。「紗奈さんはどうしてるかな？」

「家で療養してます」

「二人でどんな話をしてるの？」

「だいたい勉強のことです。学校に行ってないんで、私が勉強を見てます」

「そっか、偉いねえ。由惟さんは優秀だってお母さんも言ってたけど、さすがだね」彼はひとしきり感心してみせてから訊いてきた。「お母さんについては、紗奈さん、何て言ってる？」

「母の話はしません」

「それは、あなたが意識して避けてるの？　それとも紗奈さんが避けてるの？」

「二人ともです」

　紗奈からは母の話が出ることはあるのだが、由惟はそう言っておいた。

「例えばだけど、僕が責任を持って送り迎えするとして、紗奈さんをお母さんに会わせることは難しいかな」

「そんなこと絶対にやめてください。母と紗奈は事件の加害者と被害者の立場なんですよ」

「それは分かってるけど」伊豆原は閉口（へいこう）したように言った。「そっか……難しいか」

「妹は被害者なのに母の娘だってことでいじめられて、入学したばかりの中学にも行けなくなったんです。そっとしといてください」

「ひどいよね、それは」伊豆原は嘆息混じりに言う。「病気のほうはどうなの？」

「激しい運動はまだできません」

「そう……でも、一日中家の中ってのも可哀想だよね。近くにフリースクールもあると思うんだけど、そういうのは調べてみた？」

「そんな、問題児の集まりみたいなところに、無責任に妹を入れるわけにはいきません」

「問題児の集まりか」伊豆原は苦笑している。「僕も少年事件の関係でいくつかそういうスクールを知ってるけど、そこまで警戒するようなところでもないと思うよ」

「少年事件って……」由惟は呆れ加減に伊豆原を見る。「事件起こすような子が、そこに通ってるってことじゃないですか」

「いや、そういう子ばかりでもないし」伊豆原は歯切れ悪く言い訳した。「それに、事件と言っても、本人の問題っていうより、周りの環境がそうさせたっていうことも多くてね。一対一で向き合ってやると、割と可愛げのある子たちが多いんだよ」

「そうですか」

そんな話を聞いたところで、紗奈をそういう場所に預ける気にはまったくなれない。由惟のにべもない反応に、伊豆原は小さく肩をすくめていた。

少年事件で由惟くらいの年頃の少年少女との付き合いには慣れているのか、事務的な口調に終始する桝田とは違い、伊豆原は気さくな物腰で接してくる弁護士だった。

しかし彼ら弁護士は、由惟たちの生活がただ心配だから近づいてきているわけではない……由惟はそう思っている。

裁判で母に有利な証言をしてほしい……それが一番の理由なのだ。桝田はそれを隠さなかったから、由惟は遠慮なく突っぱねることができた。

この伊豆原はおそらく、そういう意図をひとまずは隠して近づこうとしてくるかもしれない……タイプ的に由惟はそう読んだ。ただ、真意は分かっているから、こちらとしては警戒を解くことはない。

電車の中では、伊豆原もさすがに母の話はしてこなかった。普段、由惟と紗奈が何を食べて暮らしているのか、家事は大変ではないかというようなことをぽつぽつと訊いてきた程度だった。

電車を降り、駅のホームを歩いていると、何やら前方にプラカードを掲げた男が立っているのが目に留まった。

「あれ、柴田(しばた)先生」

伊豆原がその男に気づいて、驚いたように声をかけた。

「あ、伊豆原先生。こんなところで」

呼びかけられた柴田という男が伊豆原に応えた。

「どうしました?」伊豆原が訊きながら、柴田が掲げているプラカードを見て、「ああ」と声を上げた。

『6月10日17時45分頃、秋葉原方面の電車内で発生した痴漢事件の目撃者を探しています。逮捕された本人は冤罪を主張しています』

プラカードにはそんなメッセージが記されていた。

あのときの……脳裏に記憶がよみがえってきて、由惟は思わず声を上げそうになった。

〈古溝病院〉の看護師が騒ぎ立てていたやつだ。

「本人がきっぱり、何もやってないと言ってましてね」柴田が言う。

「そうすると、保釈も難しいですよね？」

「ええ、会社での立場も悪くなるかもしれませんよとは言ったんですけど、やってないものはやってないと」

実際やっていないのだから、そう言いたくなるのも当然と言えば当然だ。由惟が見た限りでも、痴漢など濡れ衣としか思えなかった。

「だから、僕としても腹をくくりましてね。こういうことから泥くさくやってやろうと」

どうやら柴田も伊豆原と同じ弁護士で、その痴漢事件を担当しているということらしかった。

「それは大変ですね」伊豆原は脱帽したように言い、柴田をねぎらった。「いい情報提供があるといいですね」

伊豆原は柴田に一礼し、由惟に行こうかと目配せしてきた。

由惟は柴田に目撃したことを話す気はなかった。相手は〈古溝病院〉の看護師だし、あの病院の事件で捕まった犯人の娘がしゃしゃり出たところで、信用されるかどうかも分からない。いいことは何もないに決まっている。

ただ、伊豆原に付いて柴田のもとを離れるとき、後ろめたさのようなものがちくりと由惟の背中を刺した気がした。

「彼は研修会なんかでよく会う弁護士仲間でね」伊豆原が由惟に話しかける。「なかなかああいうことまではできないよ。捕まった被疑者の家族なんかはやったりするけどね。冤罪だっていう確信があるんだろう。痴漢事件の冤罪は割と少なくないんだよ。ただ、捕まった側の主張が認められることは、なかなか難しい。ああやって一生懸命やっても、結果が出てくれるかどうかは別問題なんだ」

改札を抜けて駅を出る。途中、たこ焼き屋の前で伊豆原が立ち止まった。

「紗奈さんはソース抜きのほうがいいかな」

紗奈のお土産に買っていくらしい。塩分制限をしている彼女のために、マヨネーズだけをかけたたこ焼きを注文した。

「お待たせ」

たこ焼きの入った袋を手に提げて歩き始めた彼に、由惟は問いかけた。「母の事件は、冤罪だっていう確信はあるんですか?」

伊豆原は由惟を見返してから、「お母さんは無実だと言ってるよ」と答えた。

「母がそう言ったら、無条件に信じるんですか?」

「そういうわけじゃないけど」伊豆原は困ったように笑っている。

「伊豆原先生だって、無罪の確信がないと一生懸命にはなれないんじゃないですか？」

「そんなことはない」彼は言った。「もちろん、確信があったら、何としてもそれを勝ち取らなきゃいけないけど、そうじゃなかったからといって、じゃあ弁護するのはやめようってことにもならないよ」

「犯人だとしても、母の肩を持つってことですか？」

「その言い方はどうかと思うけど」伊豆原は冷静に返す。「弁護士っていうのは、そういう役割を担う仕事なんだ。どんな事件を起こしたって、その人なりの言い分はある。誰かが味方になって、それを汲み取ってやらなきゃいけない。そうした上で法廷の裁きを受けないと、本当の意味で法律が機能したことにはならない。

　刑事裁判ってのは、国という大きな存在が個人を裁くんだ。それだけなら一方的な戦いだよ。裁判員や裁判官にしても、その人のことを知らないわけだから、どうしても疑心暗鬼になる。霧の中で不気味なシルエットを見るようなものだ。人を襲う獣なのかもしれないという目で見てる。だから、まとわりついてる霧を払って、その人を一人の人間として見てもらうようにする必要がある。弁護士がそれをやる。霧を払った結果、その人が無実の人間であるなら、もちろん言うことはない」

「それで、母は先生の目で見て無実なんですか？」

　黙って聞いていると、彼の弁舌に体よく丸めこまれてしまうような気がして、由惟はあえて無感情に訊いた。

「それはまだ、いろいろ調べてみないと」伊豆原は言葉を濁すようにそう言った。「ただ、別にお母さんを疑っているわけでもないよ。どちらにしても、お母さんを助けたいと思って弁護団に加わったのは確かだ。それだけじゃなく、君たち家族が生活する上で困っていることがあるなら、手助けしてあげたいとも思ってる」

「手助けしたいだなんて、そんな嘘、格好つけて言わないでください」

「嘘？」伊豆原はそんな反応を示されるとは思っていなかったように、目を見開いて由惟を見た。

「そんなの、母の弁護士さんがやる仕事じゃないじゃないですか」

「そんなことはない」

「本当は私に、母に有利な証言をさせたいだけなんじゃないですか？」

「それだけって思われるのは哀しいけど」伊豆原は苦笑気味に言ってから、由惟に問いかけてきた。

「あなたはお母さんがやったかもしれないと思っているのかな？」

由惟は無言を答えとした。自分だって無実だったらいいと思っている。しかし、そんな主張をするには根拠が乏しすぎるのだ。

「でも、お母さんが点滴に薬物を注射したところを見たわけじゃないんでしょ？」伊豆原はそう確かめてから続けた。「だったら、あなたが疑ってかかるのは可哀想じゃないかな。どれだけ信じられるかは人それぞれとして、少なくとも味方ではいてあげてほしいと思うんだけど」

「信じられないのに味方でいるって、無責任じゃないですか？」由惟はそう言い返した。

「そうかな」伊豆原は言う。「世の中何でも、ゼロか百かで語れることばかりじゃないよ」

「母は自供したんですよね？　それを翻したのは、弁護士さんが付いて、そうしろって言ったからですよね？　私は何を信じればいいんですか？　母はちょっと変わってるんです。娘だから慣れてましたけど、また変なこと言ってるって、よく思ってました。紗奈だって、ぐったりしてても、私が言うまで病院に連れていこうとしなかったんです。病院なんか連れていかなくても、自分が付きっきりで見てやってれば、日にち薬で病気はよくなる……そう思ってる人でした。自分が献身的に看病してることを人に評価してほしいから病気の子どもを傷つけるなんていう動機があるって知ったとき、私は、あって思いました。

母は変わり者だから、光莉ちゃんのお母さんとも由ちゃんのお母さんともぶつかってました。結芽ちゃんや桃香ちゃんのお母さんからも避けられてたかもしれない。そういう中で自分も病気の娘を抱えて、頭がおかしくなってああいう事件を起こしただけだとしたら、母を一人にするのは可哀想だし、私は家族だから、母の味方になると思います。でも、紗奈を傷つけたのは違う。絶対許しません。私は母じゃなく、紗奈を守ります」

伊豆原はただ黙って、由惟の話を聞いていた。それから、ふうと息をつき、途方に暮れるように空を見上げた。

「推定無罪って言葉がある」彼は言った。「裁判で有罪とされるまで、その人は有罪ではない。つまり無罪ってことだ。あなたがお母さんに抱いている疑いは、言ってみればただの心証でしかない。印象的にこう思うってだけの、根拠のない判断だ。お母さんと長年暮らしてきての感覚があるとしても、その心証でもってお母さんを裁いていいとは、僕は思わない」

「推定無罪なんて、そんなの建て前じゃないですか」由惟は突っぱねるように言った。「疑うなってことは、信じろってことです。もし母を信じて、でもやっぱり母がやったんだって分かったとき、その裏切られた気持ちはどうすればいいんですか？　伊豆原先生は他人だから、割り切れるかもしれない。でも私は無理です。その責任まで伊豆原先生は取れるんですか？」

「いや、それを取れると言うのは、さすがにおこがましいとは思うけど」伊豆原は弱ったように顔をしかめた。

「じゃあ、無責任です」

由惟はそんな一言で、これ以上の説得を拒んだ。

「紗奈さんもだいぶ傷ついてるのかな？」伊豆原は由惟の表情をうかがうようにして、そう訊いてきた。

「当たり前です」

実際のところ、紗奈が言動として、それをあらわにしたことはない。元からおっとりとして、ひょうひょうとしている子だ。由惟は紗奈が心に隠しているはずの思いをすくい取り、代弁してやっているつもりだった。

「もういいですか？」

アパートの前で立ち止まり、由惟は言った。「ここ？」という伊豆原の問いかけに、こくりとうなずく。

「そう」伊豆原はアパートをひとしきり見やってから由惟を見た。「本当に何か困ってることはない？　隣近所は優しくしてくれるかな？」

「優しくなんかしてくれません」由惟は言った。「そっとしておいてくれたら十分です。定期的に不動産屋から出ていってほしいっていう電話がかかってきます。あと、たまにドアの前にごみを投げ捨てられたりすることがあるくらいです」

「そう」伊豆原はうなずき、先ほど受け取らなかった名刺を由惟に押しつけた。「不動産屋からかかってきたら、この携帯番号にかけ直すように言ってくれればいいよ。弁護士が出てきたら、向こうも強くは言ってこない。防犯カメラはあるようだから、ごみ捨てなんかの嫌がらせが続くようなら、家主にかけ合って、映像を見せてもらおう」

早く出ていってくれと言っている家主が協力してくれるとも思えない。ただ、桝田は今まで由惟たちの生活の細々した不自由さにまでは首を突っこんでこなかったので、伊豆原は少しタイプが違う弁護士であるようには思った。

伊豆原はたこ焼きの袋を由惟に渡そうとしてから、思い直したように手を止めた。

「ここまで来たんだから、ついでにちょっと、紗奈さんの顔だけ見ていってもいいかな？」伊豆原はわがままを言うように、少し申し訳なさそうな顔をした。「いや、事件の話はしないよ」

由惟は答えないまま、伊豆原に背を向け、アパートの通路を歩いた。彼は了解を得たものとして、由惟のあとを追ってきた。

部屋の鍵を開け、「ただいま」と中に入る。すぐに奥の部屋から紗奈が顔を覗かせた。

「お帰り」

そう言って出迎えた紗奈の視線が由惟の後ろに向いた。

「こんにちは」と挨拶する伊豆原に、由惟は「弁護士の伊豆原先生」と紹介を添えた。

「こんにちは」

紗奈は行儀よく頭を下げ、彼に挨拶を返した。

「紗奈さん、たこ焼きは好きかな？　駅前で買ってきたんだけど」

「あ、大好き」紗奈はにこりとして言い、伊豆原からたこ焼きの袋を受け取った。「ありがとうございます」

「紗奈さん、お姉ちゃんがいない日中は何やってんの？」

「お姉ちゃんが出す宿題をやったりだとか」彼女はそう答えてから、また微笑(ほほえ)んだ。「でも、漫画読んだりゲームしたりしてることが多いかな」

「そう」伊豆原が呼応するように笑みを浮かべた。「よかったら、いつでも話し相手になるし、勉強も教えるよ。僕はこう見えて、若い頃は学校の先生を目指してた口でね」

「お願いします」

紗奈は素直に嬉しそうな反応を見せた。

初めて会う大人にも警戒の色を見せず、屈託なく応じるのは、紗奈の持ち前の性格だった。由惟はこんなふうに人に対することはできない。

「いいよね？」伊豆原は由惟に視線を向けた。

「事前に私に電話してください」

由惟は了解の代わりにそうとだけ言った。中一の勉強くらいは自分でも教えられるが、日中、誰ともコミュニケーションが取れない紗奈の生活が今のままでいいとは、由惟も思っていない。そして、話をした限りでは、伊豆原は悪い人間ではなさそうだった。

「了解、了解」

伊豆原は軽やかに言い、由惟の携帯番号を訊いてから、「じゃあ、また」と言い残して帰っていった。

「いい人そうだね」

お土産が物を言ったわけではないだろうが、紗奈がそんな感想を口にした。

「たこ焼き食べよ」

紗奈の呼びかけに、由惟は「うん」とうなずいた。

10

七月に入ったその週、伊豆原は事件の舞台となった〈古溝病院〉を訪れた。

弁護側は病院と対立しているわけではないが、病院は事件によって風評被害を含む相当のダメージを負ったはずである。野々花は院内で事件を起こした犯人だと見られており、その弁護人の訪問はあまり嬉しくはないだろう。

さらに言えば、野々花及び弁護団の主張通り、彼女が無罪だとすれば、犯人は病院関係者である疑いが強くなる。病院にとっては困惑する話であることは間違いない。

しかし、対応に出てきた事務局長の繁田正隆という男は、そういう立場的な思惑を見せることなく、淡々と伊豆原を迎え入れ、三階の小児病棟へと案内してくれた。

「事件当時とは、ナースステーションは少し変わりました」

ナースステーションや休憩室は本館病棟の北寄り中央に位置している。通路を隔てて個室の病室がぐるりと囲んでいる。

南寄りには処置室や入浴室や汚物室、あるいはエレベーターホールや階段などがあり、通路を隔てて四人部屋や院内学級室などが並んでいる。小児外科病棟がある新館への連絡通路も南寄りにある。

ナースステーションは二方が通路と面したカウンター式に抜かれていて、通路からナースステーションが見通せるようになっている。残りの二方は壁になっていて、薬品棚や書類棚、ナースコールの機器などが設えられている。

カウンターの横に二カ所、出入口があるが、そこにバーが設置されていた。ＩＤカードをかざすと通れるらしい。

「事件を機に設置しました」繁田が言った。「奥に休憩室がありますが、そこのドアもＩＤカードで開くようにしました。それから、防犯カメラも付けました」

事件前まではエレベーターホールにあっただけの防犯カメラを、ナースステーションの天井にも付けたという。

ナースステーションの前でそんな説明を聞いていると、五十代半ばほどの看護師が小走りで階段のほうから現れた。

「あ、看護師長の仲本です」

「仲本尚子」というIDカードを首にかけた看護師は、伊豆原たちの前に来て、軽く一礼した。伊豆原にナースステーションを案内するということで、繁田が呼んだらしい。

仲本尚子は小児内科と小児外科の看護師を監督しており、普段は小児外科病棟にある師長室で仕事をしているという。師長の上には看護部長も存在するが、看護部長は病院全体の看護師の人事や給与面を司る事務方の人間であり、現場を見ているのは看護師長であるらしい。

師長の下には各病棟ごとに副師長と二人の主任が現場リーダーとして配置されている。主に三十代半ばから四十代のベテラン看護師だ。その下に平看護師がいる。

「じゃあ、中へどうぞ」

仲本尚子に促されて、ナースステーションの中に入る。

馴染みのない空間に足を踏み入れ、伊豆原はとたんに居心地の悪さを覚えた。ここは専門職集団のテリトリーであり、自分は明らかに場違いだった。自由に動くことさえはばかられる気がして、突っ立ったままきょろきょろするしかなくなる。

完全なる素人であれば、ナースステーション内に入ることなど心理的に抵抗を感じるのが当たり前なのだ。必然的にそこでなされた犯行にも疑いはかからない。野々花がこういう空間に平然と出入りできたのは、他人との距離感が近いというパーソナリティ以前に、やはり看護助手を経験していたことが大きいのだろう。

「テーブルなんかの配置は変わってますか？」

「そこは変わってません」仲本尚子が言う。

ナースステーションは二面のカウンターテーブルのほか、中央にも長方形の大きなテーブルがある。事務作業をするときはそのどこかを使っているようで、今もカウンターに一人、中央のテーブルに二人が着き、パソコンを操作している。

「小南さんはここを通って、休憩室に向かったんですね？」

伊豆原は、四人部屋に近い南寄りの出入口から休憩室のドアまでの動線を手で指し示した。その途中に薬品棚や小さな作業台があり、周りにはトレイを載せたワゴンがいくつか並んでいる。

「そのようです」繁田が答える。「看護師がそことあそこあたりにいたようですが、このあたりから休憩室までは背を向けている形になります」

「冷蔵庫はそれですね」

「はい」

ナースステーションの奥に少し引っこんだ通路があり、休憩室のドアにつながっている。冷蔵庫はその通路に近い壁際に置かれていた。

「インスリンはここに入っていたわけですね？」

「そうです。今も入っています」

冷蔵庫は縦長のショーケース型で、スライド式のガラス戸で開閉するタイプのものだ。中に薬品類が入っているのもそのまま見える。

「基本的に、点滴に入れる薬も飲み薬も、その日ごとに薬局から上がってくるようになってますけど、いくつかの薬は突発的な処置にも対応できるよう、ナースステーションに常備してあります。インスリンも、糖尿病の患者さんがいたりしてよく使うので、冷蔵庫に入っていることが多いです。麻薬系の薬は金庫に入れて出入管理をしてますけど、インスリンとかはそこまではしません。劇物を混注しようと思えば、何もインスリンでなくても、そのへんの消毒薬なんかでもいいわけですから」

「まあ、だからそのあたりの対策として、部外者の立ち入り禁止の徹底や防犯カメラの導入などを行ったわけで」繁田がそう言い足した。

「なるほど」伊豆原は相槌を打ってから確かめる。「ちなみに、ナースステーションに常備されているような薬で、いたずらに点滴に混ぜると危ない薬というと？」

「キシロカインなんかは一時期、濃度を間違えた事故をよく聞きました」仲本尚子は薬品棚を見やってから答えた。「でも、それで高濃度のものは薬品メーカーが扱わなくなりましたから、今うちに置いてあるものでどれくらいの被害が出るかはちょっと分からないですね。そう考えると、まあ、インスリンは低血糖の事故が起こるのは明白ですし、インスリンということになるんですかね」

看護師の目から見ても、ある程度は理に適った犯行ということになるようだ。

「ちょっと開けてみていいですか？」

伊豆原は断りを入れ、ガラス戸を動かしてみる。ゆっくり開閉すれば、ほとんど音も立たない。

「なるほど。ありがとうございます」伊豆原は納得してから、仲本尚子に目を戻した。「注射器はどこに？」

「こちらです」

彼女はナースステーションの出入口のほうに数歩引き返し、薬品棚の隣にある小さな作業台を指差した。作業台の上にはアクリルの備品入れが並んでいる。そこに注射器が入っているようだった。

「点滴の混注は基本的にここでやります。インスリンは普通、このマイジェクターっていう専用の注射器を使うんですが、量が入らないんで、事件のときは、この一〇ミリシリンジが使われていたようです」

点滴にはほぼ一瓶相当のインスリンが入れられている。インスリン専用の注射器では何度も出し入れしなければならず効率が悪いということだ。

「使った注射器は普段どこに捨てるんですか？」

「ここです」

仲本尚子が薬品棚と冷蔵庫の間に置かれたプラスティック製のダストボックスを指差した。何やら黄色のマークが付いていて、ペダルを足で踏むと、ふたが開く形のものだ。

「失礼」

伊豆原は、それも自分で動かしてみる。手を添えて慎重に開閉すれば音は立たない。

しかし、一〇ミリリットル用のシリンジをそのまま投げ捨てれば、けっこうな音がしそうだ。そっと置くように捨てるとすると手を突っこまなければならないが、ボックスの中には針がむき出しの状態の注射器がいくつも捨てられている。犯人が針のみをここに捨て、注射器や瓶を汚物室のダストボックスに捨てた理由はそのあたりにありそうだった。

「我々は黄箱と呼んでますけど、針が付いた注射器とか、使ったアンプルなんかの割れ物系はここに捨てています」

「インスリンの瓶もここへ？」

「本来は、割れていない限り、こちらのオレンジ箱に捨ててます」

仲本尚子はオレンジのビニール袋がかかった段ボール製のダストボックスを指した。

アンプルはガラス製の口を割って使うため、使った時点で割れ物となり、黄箱に分別される。バイアルと呼ばれるインスリンの瓶は、ゴム栓に注射器の針を刺して薬を吸い取る形のものなので、割れ物にはならない。だから、オレンジ箱に分別されるのだという。

「オレンジ箱にはほかに、点滴の管とか患者さんの手当てに使ったガーゼだとか、ほかの感染ごみも入れるんですが、外の汚物室にも同じオレンジ箱があって、病室を回って出たごみはそこに捨ててから戻ることになってます。なので、ナースステーションには持ちこまれません」

「その汚物室を見せてもらっていいですか？」

いったんナースステーションを出て、病棟の中ほどから東側へと通路を折れた。この通路の先には三〇八号室ほか三部屋の病室があり、事件発生前、三〇九号室に遊びに行っていた野々花もこの通路を通っている。東側へと彼女が通路を折れていく姿はエレベーターホールの防犯カメラにも捉えられており、汚物室の前を通らなかったという不在証明は残念ながらできない。

「ここです」

入浴室や処置室などにはプレートが付いているが、汚物室には何のプレートも付いていない。仲本尚子がスライドドアを開けると、臭気が鼻をついた。

「尿器や便器なんかを洗う部屋なんです」

洗い場のほか、ナースステーションと同じような黄箱やオレンジ箱などが置かれている。

「ここは患者やその家族なんかも使うんですか？」

「いえ、我々しか立ち入りません」仲本尚子は言う。「ただ、好き好んで入る場所ではないというだけで、入ろうと思えば誰でも入れます」

野々花もここがどういう部屋かということは分かっていたようだ。自白の過程では、注射器本体や瓶はナースステーション内に捨てたんじゃないだろうと取調官に追及され、「じゃあ、浴室の隣の部屋？」と、ほとんどクイズに答えるような形で供述している。しかし、否認に転じてからは、そこに入ったことは今まで一度もないと主張している。

「インスリンの瓶は、本来、オレンジ箱に捨てられるものとおっしゃいましたよね？」

事件に使われたインスリンの瓶は、ここの黄箱から見つかっている。そして、自白段階の野々花はごみ箱の種類を問われ、「ペダルを踏んでふたを開けるやつ」と黄箱に捨てたことを供述している。これが犯人だからこその供述なのか、普通に考えればそうした答えになるのか、伊豆原には判断がつかない。

「黄箱に捨てても間違いではありません」仲本尚子は言う。「病院によっては、注射器もアンプルもバイアルも一緒くたに捨てるところもあるかと思います。ただ、黄箱の廃棄物は業者の引き取り料が高いので、なるべく量を減らすように分別しているんです」

「なるほど」伊豆原は彼女の話に納得してから確かめる。「ふたも付いているし、人目からも離れている。病棟の中で注射器や瓶をこっそり捨てるとすれば、看護師の目で見てもここの黄箱が一番ですかね？」

「でしょうね」仲本尚子はうなずいた。

つまり、犯人が細かい分別基準を知らないためにここの黄箱に捨てたと言えるものではなく、見つかりにくくするという意味では極めて合理的な廃棄場所だと見ていいのだ。そして看護助手の経験がある野々花が、注射器や瓶を一緒に捨てるならばこうしたごみ箱だろうと見当づけることは難しくはないはずで、犯人だから言えたなどとは考えなくてもよさそうである。

ナースステーションに戻り、休憩室を見せてもらうことにした。

仲本尚子がＩＤカードで開けた休憩室は、四畳半くらいのこぢんまりとしたスペースだった。冷蔵庫と給湯設備が手前にあり、奥にはベンチとリクライニングソファが置かれている。小さな液晶テレビが台とともに壁に寄せられて置かれ、中央のローテーブルには誰かからの差し入れと思しき洋菓子の箱が開けられていた。

「日勤の休憩もそうですが、夜勤で仮眠を取るときは、このソファを使ったりします」仲本尚子が説明する。

「ここで看護記録を付けたりすることもよくあるんですか？」伊豆原は訊いた。

「以前はそういうこともあったようですが、今は、業務関係はすべてナースステーション内で行うように指導しています」

事件を機に、そうしたらしい。

「看護記録はパソコンで付けるんですよね？」

「ええ」仲本尚子はうなずく。「カルテから何から、すべて電子化されています。医師はドクターステーションのパソコンから毎日の処方の指示を書きこみます。看護師は点滴を作る前などに、医師の指示が変わっていないかどうか、支給されているそれぞれのパソコンで確認します。看護記録もパソコンに書きこんで、夜勤や翌日の担当者がそれを見て業務を引き継ぐようになっています」

「病室の担当は日によって替わるんですか？」

「ええ。前日に副師長や主任がシフトの中で割り振りをしますから、基本的には日によって替わります。ただ、事件後、プライマリー制度というのを採り入れまして、入院期間、その患者の様子を見るプライマリー担当を別に置くことにしました。日々の処置は毎日の担当が行いますが、数日単位での患者の容態の変化をチェックしたり、入院における細々とした相談相手になったりということは、プライマリー担当も責任を持つことで、患者に手厚く対応できるようにしたわけです」

事件を機に、防犯設備だけでなく、看護体制などを含めた改革が行われたようだ。

「事件当日、三〇五号室を担当していた方や、小南さんとナースステーションで会話を交わした方から話を聞くことはできますか？」伊豆原はそう訊いてみた。

「当時、小児内科病棟で勤務していた者は、もうここにはいません」

「え？」

「風評や事件のショックというものもあって、何人かはここを辞めてしまいました。残った者も違う病棟でという希望が多かったので、いっそのこと、全員配置換えをしようということになりました」

事件のネガティブなイメージを一掃したい病院側の思惑もあってのことかもしれない。と同時に、普段、人の生死に接している病院のような場所でも、あのような事件は極めて異質な気味の悪い肌触りがあり、関係した人間たちは少しでもそれから逃れたく思っていることを知らされた思いだった。

「ただ、副師長の川勝は小児外科病棟のほうに移っていますので、声をかけることはできます」

川勝春水は当時、病棟の副師長を務めていて、三〇五号室の担当でもあった。声をかけてもらわない手はない。

「お願いできますか？」

そう頼むと、仲本尚子は携帯を手にして小児外科病棟の川勝春水を呼び出した。

川勝春水はマスクをしていて目もとしか見えないが、切れ長の目を持ち、素顔はなかなかの美人ではないかと思われる女性だった。ただ、目つきや肌に疲労感のようなものがあり、三十八歳という歳以上に若さが損なわれている感はある。

主治医が患者家族に病状を説明するときなどに使う面談室で彼女から少し話を聞くことになった。仲本尚子とは別れ、事務局長の繁田が川勝春水に付き添った。

「弁護士さんは前にも話を聞きにいらっしゃいましたよね？　その方々とはまた違う関係なんでしょうか？」

伊豆原が自己紹介すると、川勝春水はそんな問いかけを向けてきた。

「いえ、一緒なんですが、私はあとから弁護団に加わったものですから、やはり一度現場を見てみなければということで、お邪魔させていただきました。それで、できれば事件当時病棟にいらっしゃった方に話を聞きたいと無理を言わせていただきまして」

伊豆原がそう説明すると、彼女は「そうですか」と納得してくれた。

「事件前、川勝さんは小南野々花さんと、よく話をされていましたか？」伊豆原は質問を始めた。

「そうですね……病室担当の日は顔を合わせますし、紗奈さんも入院して一月半くらいにはなってましたから、あの頃はだいぶ気安い感じで向こうも話しかけてくるようになってたとは思います」

「その気安い感じというのは、彼女が特別でしたか？　それとも、患者さんのお母さんにはまあまあいるタイプですか？」

「ちょっと独特だなとは思ってました。病院で働いてたって言ってたんで、看護師に親近感があるのかなとも思ってたんですけど、ナースステーションに入ってくるのとか、何回注意しても笑ってるだけで真面目に聞いてくれませんし、一回ちゃんと言ったときも、はいはいごめんなさいって口では言うんですけど、三日もするとけろりとした顔で入ってくるから、困ったもんだなと」

「そのうち注意もしなくなったと？」

「見れば注意はしてました。ほかの子たちは仕事が忙しいっていうのもありましたし、私が注意するだろうっていうのもあったでしょうから、そのあたりは見逃してた部分があったかもしれません」

「そういう光景は毎日あったんですか？」

「いえ、さすがに毎日あったら何とかしないとと思います。三、四日に一度、お菓子を配りに入ってくるんです」

「ああ、お菓子を配るときだけ」

「そうです。向こうはニコニコして入ってくるんで、なかなか強くは言いづらいですし、言っても暖簾（のれん）に腕押しみたいな……」

「なるほど」伊豆原は相槌を打って、さらに訊く。「事件当日は小南さんが休憩室に入ってきたとき、川勝さんがいらっしゃったんでしたよね？」

「そうです。私と竹岡さん」

「竹岡さんは主任でしたね？」

「ええ」川勝は気まずそうに相槌を打った。「業務中なので本来は休憩室を使ってはいけないんですが、看護記録を付けるには集中できる場所なのでつい習慣になっていました。別に偉そうにしているつもりもなかったんですが、結果的に役付きの二人が奥に引っこんでる形にもなっていて、組織管理的にもよくないと、上からも注意を受けました」

彼女が反省している点に関しては、今回の弁護と関係ないので、伊豆原は聞き流した。

「休憩室では、小南さんが病院の食堂で働いている知人の話をしたと」

検察側が開示している参考人調書によれば、川勝春水はそう語っている。

「ええ」彼女はうなずいた。「病院の食堂で働いている人が、以前勤めていた総菜屋で一緒だった人だと気づいたと」

「具体的にどういう言い回しだったのか、憶えていることを台詞として教えてもらえませんか？」

「そんな、一字一句はっきりと憶えているわけではないので……」川勝春水は困惑気味に口ごもった。

「もちろん、憶えている限りでけっこうです。入ってきたところから小南さんが何を言って、川勝さんたちがどう言葉を返したのか、教えてもらえますか？」

伊豆原がそう促すと、川勝春水は仕方なさそうにうなずいた。

「『お疲れ様』って入ってきて、『おやつどうぞ』って。私が『また、小南さん』って咎めたら、彼女はふふふって懲りてなさそうに笑ってました。それで彼女がいきなり、『食堂のおかずを盛りつけてる女の人、知ってます？』って。『どこかで見たことあると思ったら、私が前に勤めてた総菜屋さんで一緒だったの』って。『もうずっと、気づかなくて。マスクしてるから分かんないのね。今日、お昼にあれ、もしかしたらって。向こうはとっくに気づいてたみたい。言ってくれたらよかったのに』……そんな感じで笑ってました。けどこっちは食堂は職員用で別になってますから、その人のことも知りませんし」

「小南さんの話を聞いていただけですか？」

「竹岡さんが、『世間は狭いですね』とか、そんな言葉を返したんじゃないかと思います」

「それで？」

「それだけです」彼女は言った。「小南さんが『本当に』ってしみじみ言いながら笑ってるんで、『仕事中だから』って追い返したような感じです」

「川勝さんの感覚だと、小南さんとそんなふうにしゃべっていた時間はだいたいどれくらいでしたか？」伊豆原は川勝春水が口にした台詞をメモしたあと、彼女に訊いた。

「三十秒とか四十秒とか、それくらいだったと思います」

彼女は用意していたように、そう答えた。警察にも訊かれた質問だからだろう。参考人調書でも彼女は、「三、四十秒程度」と述べている。休憩室で四十秒。ナースステーションの看護師二人にお菓子を配ったのが二十秒として、残りの一分二十五秒で小南野々花は四つの輸液バッグに注射器で薬剤を混入させたと検察側は考えているのだ。

「話を聞く限りだと、そのときの小南さんは割と朗らかだったわけですね？」伊豆原はそう確認する。「いつもと様子が違うようなところもなかったと？」

「私も適当に相手をしてたんで、いつもと違ってたかどうかは分かりません」

「少なくとも、怒ってるとか、変に興奮してるとか、そういうことはなかったわけですね？」

「そうですね」川勝春水は少し考えこんでから、そう答えた。

「小南さんが逮捕されて、川勝さんはどうお感じになられました？」

「どうとは？」

「そんな馬鹿なとか、あるいは、やっぱりなとか、何でもいいんですが」

川勝春水はしばらく無言でいたが、やがて口を開いた。

「びっくりはしましたけど、同時にどこか、ああというような思いは正直……」

「何か思い当たる節が？」

「やっぱり、ちょっと変わったところがありましたし、それに、梶さんからいろいろ聞いてましたから」

「いろいろ？」

「お節介がすぎて、言い合いがあったみたいなことです」

「そういう患者さんやその家族の間でトラブルがあったとき、看護師さんはどう対処してるんですか？」

「情報を共有して、必要があれば対策を取ります」

「例えば、病室を離すというようなことも？」

「場合によっては」

「小南さんと梶さんについては、そこまでは検討していなかったということですか？」

「一度、ほかの病室が空いたときに、梶さんにどうするか訊いてみたんですが、窓際がいいからここでいいと」

「トラブルの解消より、窓際という環境のほうを優先すると……？」

考えようによっては、野々花と梶朱里の間の確執は、はたでとやかく言うほどの深刻さではなかったのではと思えてくる。

「喘息の治療には、そのほうがいいという判断だったんだと思います」川勝春水はそう答えた。

「窓は患者や家族が自由に開閉できるんですか？」

「いいえ、空調の関係でそれはできないんですが、窓が近いほうがストレスがかからないっていう考えはあると思います。入院は何日も続きますし、喘息はそういうストレスも影響してきますから」

「なるほど」伊豆原はひとまず納得した。「あの病室のほかの患者さんや家族の間でトラブルがあったり、あるいは看護師さんに苦情を入れていたりというようなことはありませんでしたか？」伊豆原はさらに訊く。

「ほかの？」

「ええ、小南さん以外に」

川勝春水は眉をひそめて黙りこんだ。記憶を追っているようでもあり、質問自体に当惑しているようでもあった。

実際、伊豆原の質問は際どい線を狙ったものであった。

表面上は、ほかにどのようなトラブルやクレームが存在したかを知ることで、野々花と梶朱里の間にあったトラブルがどんな位置づけだったか知る手がかりにしたいという狙いがある。

ただ、一方では、野々花が犯人でないとするなら、真犯人はやはり点滴の扱いに慣れた看護師の中にいると見るべきであり、仮にそうであるなら、なぜ三〇五号室の患者を標的にしたのか、看護師と患者あるいは家族の間に感情的な行き違いはなかったかを探る必要がある。

伊豆原としてはさりげなく触れたつもりだったが、野々花の弁護人という立場が相手を警戒させるのか、すんなりと答えを聞くことはできなかった。

「小南さん以外でとなると、事件に関係なくなりますし、ほかの方々のプライバシーにも関わってきますので……」隣で聞いていた繁田がやんわりと割って入った。

「関係なくはないんです」伊豆原は言った。「ほかの方の看護記録も、小南さんをめぐるトラブルの重要性を判断するために我々が見たいと言えば、検察側は開示するでしょう。だから、ここで答えていただかなくてもいいんですが、話の流れで訊かせていただきました」

「ほかのトラブルは把握してません」

川勝春水がそう口を開いた。

「佐伯さんや恒川さんのお母さんが、小南さんのことで看護師さんに何か苦情を言うこともなかったんですね？」

「お二方は何というか、梶さんほどには感情を表に出す方ではありませんでしたので」

「看護記録に載せないレベルでもいいですが、看護師の誰かがあの病室に関することで何か愚痴をこぼしていたり、悩んでいたりということも、川勝さんは把握していませんか？」

伊豆原は踏みこんで訊いてみたが、川勝春水は首を振った。

「思い当たりません」

「そうですか」

何か隠しているようには思えないが、かといって、彼女のその言葉だけでおとなしく引き下がる気にもなれない……そんなもやもやした思いでいると、面談室のドアがノックされた。

開いたドアから顔を覗かせたのは、四十代後半の白衣を着た男だった。口ひげを整え、丸眼鏡をかけている。

繁田がはっとしたように目礼したが、男はそれに応えず、それぞれの顔を見回したあと、伊豆原に視線を定めた。

「事件の弁護士さん?」男が部屋に入りながら訊く。

「はい」

伊豆原が返事をすると、男は無表情でうなずき、「院長の古溝です」と名乗った。〝若先生〟と呼ばれている古溝久志らしかった。

彼は伊豆原の自己紹介を聞いたあと、「今日は何を?」と単刀直入に問いかけてきた。

「当時の病室やナースステーションの様子を改めてうかがいたいと思いまして」

伊豆原の返答に彼はふむふむとうなずきながら繁田の隣に腰かけた。

「警察の捜査には全面的に協力していますし、弁護士さん相手にもそれは同じです。まあ、守秘義務が生じる事柄については勘弁(かんべん)してもらいますが、基本的にはそういう姿勢でお迎えしていることはお伝えしておきます」

「ご協力感謝いたします」伊豆原は礼を言った。

「ただ、風評というのには、正直、応えましてね。我々病院側は何もやましくない、たまたま事件の舞台だったということだけでむしろ被害者だと言ってもいいのに、世間はイメージで見てくる。困ったもんです」

「患者が減りましたか?」

伊豆原はそう訊くと、古溝院長は深々とうなずいた。

「小児科は特にね」彼は言う。「このままだと科の閉鎖も考えなきゃいけないが、一方で、ないと困ると言ってくれる地域の人も根強くいる。これが一時の我慢で済むならいいですが」

「あの」と川勝春水が口を開いた。「私はもういいでしょうか? 仕事に戻らないといけませんので」

そう言えば、この川勝春水と古溝院長は不倫関係にあると野々花が話していた。それを意識すると、この場にいて何やらむずがゆいような思いにとらわれるが、川勝春水も川勝春水で、勝手にそうした居心地の悪さを感じている様子に見受けられた。

「彼女に訊きたいことは、もう済みましたか?」

古溝院長のほうは何も動じていない。伊豆原は一つだけ訊くことにした。

「では最後に……小南さんが犯人だというのは釈然としない、どこか引っかかるというものが、もし川勝さんにあれば、率直に教えていただきたいんですが」

「もちろん、驚きはしましたけど」川勝春水は考えながら慎重な口ぶりで答えた。「私は小南さんのことを何から何まで知ってるわけではありませんし、お答えするのは難しいです」

「そうですか」

「人間なんてものは、訳の分からない生き物ですよ」

古溝院長が混ぜ返すようなことを言い、繁田がことさら感じ入るようにうなずいてみせた。

川勝春水が一礼して面談室を出ていくと、古溝院長はわずかに目を細めて、「ほかにどんな話が出ました？」と伊豆原に訊いてきた。

「いえ、川勝さんが当日の病室担当でしたので、どんなトラブルを把握されていたのかとか、病室の人間関係について少し聞かせてもらいました」

「患者のご家族というのは病状の変化に一喜一憂して、周りの環境のちょっとしたことにも神経を尖らせる。神経質になっているもんですから、軋轢（あつれき）も生まれやすいんですな」古溝院長はソファの背もたれに背中を預けて言う。「それにまあ、これは患者のプライバシーに関することですが、警察も把握していますし、裁判の過程で明らかになるでしょうから一つ触れておきますと、小南紗奈さんの病状は一進一退でしたが、あの頃は峠（とうげ）を越して治療の目処（めど）が立ち始めていたところでした。主治医も安心してもらいたい思いからあの人にそれを伝えていた。目処といっても、あと数日で退院とかそういうレベルではありません。ただ、もしかしたら、あの人は退院が近づいていると取ったかもしれない。それで、今まで一生懸命付き添いをしてきて、その力の向けどころを失う寂しさにとらわれるようになった……そんなゆがんだ精神状態でいたんじゃないですかね」

「警察から何か聞かれたんですか？」伊豆原は彼に訊く。

「いや、我々への質問の流れで、何を疑っているのかは分かりますよ」古溝院長は落ち着き払った口調で答えた。「ああ、代理ミュンヒハウゼンが疑われてるんだなと。私としても、どうして我が子の点滴にまでという疑問がありましたが、そう考えると腑に落ちることでもありますからね」

「腑に落ちますか？」伊豆原は彼の話を受けて、問い返した。「小南さんは事件発生前、ビスケットを配り歩いていて、紗奈さんにも食べさせていた。それでインスリンを混ぜて我が子を危険な目に遭わせようとするのは、行動として矛盾している気がします。私は腑に落ちませんが」

「彼女も医者ではないから加減は分からなかったはずで、そういう形で保険をかけたんじゃないんですか。ほかの子についてはどうか知りませんが、我が子を殺そうとまでは思ってなかったんでしょう」

「院長も事件発生時には救命に駆けつけてますよね？」

「コードブルーが告げられていたので。それに、梶光莉さんは私の担当でもありましたから」

「ああ……それは残念でしたね」

伊豆原の言葉に、古溝院長はしみじみとうなずいた。「まったくです」

「梶さんと小南さんのトラブルについてはご存じでしたか？」

「いや、事件があるまではまったく」

「看護記録には記されていたようですが」

「発作の有無は確認しますが、そこまではいちいち気に留めることはしませんし、看護師に任せる事柄ですので」

「なるほど」伊豆原は相槌を打ってから水を向ける。「あの日の夕方、光莉さんは喘息の発作を起こしていたようですね。それで、小南さんが背中をさすってやっていた」

「そのようですね」古溝院長は言った。「まあ、日中の発作というのはそれほど重くならないんで神経質になる必要はないんですが、光莉さんはなかなか症状が安定していなかった。あの人は自分の娘も喘息持ちだったから、そういう経験からお節介を焼いていたんでしょう」

「自分の娘というのは、紗奈さんではなくて由惟さんのほうですね？」

野々花も確かそんな話をしていた。

「上の子です。あんまり言うと、これも患者のプライバシーに関わる。とにかくそういうことで、私はあの人のことも知ってるんです。病棟でも顔を合わせれば挨拶をしてくるくらいにはね」

つまり、由惟も喘息の治療で〔古溝病院〕にかかっていたらしい。それを院長が担当していて、野々花ともともと面識があったということだ。

「なるほど、そうですか」と伊豆原は応じた。「その頃から小南さんはお子さんに献身的な様子でしたか？」

「いや、あの人はやっぱりちょっと変わった人でね」古溝院長はあくまで野々花を名前ではなく、「あの人」と呼びながら話を続けた。「子どもが発作を起こしてもなかなか病院に連れてこようとしない。軽いうちに鎮めれば治りも早いって言うんだけど、向こうは、大したことないのに申し訳ないとか何とか言って、子どもが発作でしゃべれなくなるくらいになってから、ようやく連れてくるんですよ。上の子は一人目だし、普通はおろおろするもんだけど、注射を打とうとすると、それ、本当に打たなきゃいけないんですかとか、吸入だけでお願いできませんかとか、治したいのか治したくないのかよく分からない感じでね。食べて寝て免疫つければ治るみたいな、普通のお母さんにしては独特の考えを持ってた人でしたよ」

野々花の病院嫌いの傾向は由惟からも、あるいは野々花自身の口からも聞いているので驚きはない。

ただ、古溝院長から改めて聞き、伊豆原は一つの違和感を意識した。代理ミュンヒハウゼンの話題の流れで話していながら、いつの間にかその影が消えている。

由惟が話していたときには、その影があった。病院に頼らず、自分が献身的に看病すれば病気は治るはずという姿勢だ。病院嫌いでありながら、代理ミュンヒハウゼンの影も引きずっている。

しかし、今の古溝院長の話にあったのは、単なる病院嫌い、医者嫌いのいささか偏屈な姿である。伊豆原の祖父と同類の人間だ。

「病院嫌いなところがあったんですかね？」

「そんなタイプだったかもしれませんね」古溝院長は言った。「昔は看護助手をしていたと話してましたけど、それが何で病院嫌いになったのか分かりませんが」

そうして考えてみると、病院嫌いの人間がひそかに何かを点滴に混入させるような犯行を選ぶものだろうかという疑問が自然と湧く。その病院の評判を失墜させたいというような目的なら分かるが、病院嫌いというのはそういうことを問題にしている話ではない。身体に薬を入れたり、外科的に肉体を切ったりするような治療に抵抗を感じるパーソナリティである。そうした人間が選ぶ犯行だろうかと考えると、違和感が生じてくる。

「さあ、こんなところでいいですかな」古溝院長は区切りをつけるように、腕時計を見て言った。

「ありがとうございます」伊豆原は礼を言ってから続けた。「今日でなくともけっこうなので、川勝さん以外の、事件に居合わせた看護師さんからも話を聞かせていただけませんか？」

「えーと、どうなんでしょう」繁田が困惑したように言った。「一度、貴島さんと桝田さんでしたか、彼らのときに対応させていただきましたから、彼らから話を聞かれては……」

「そうなんですが、違う人間が当たることで、また違う話が聞けるということもありますから」伊豆原はそう食い下がってみる。

「構いませんよ」古溝院長は鷹揚に言った。「すでに当院を辞めている者もいますから、すべての手当てはできませんが、できる限りは協力しましょう」

「ありがとうございます」

伊豆原が口にした礼を、彼は何でもないことだというように、軽く手を振って制した。

「病院側としても思い出したくもない事件なのは確かです。でも一方で、捕まっているのはもともと患者の付き添いをしていただけの母親であって、私自身、知らない相手ではありませんから。ここだけの話、人の命を救う仕事をしてきた者としては、どんな罪を犯したとしても、その命でもって償わせたいとは思わないんですよ。だから、警察や検察と同様、弁護士さんにもがんばっていただきたい。そういう裁判を私は個人的に望んでいるわけです」

最後は人格者の一面も覗かせて、若い院長は面談を切り上げた。

「この前、由惟さんと紗奈さんに会ってきましたよ」

翌日、伊豆原は東京拘置所に面会に行った。先日、娘たちに会ったことを伝えると、野々花ははっと表情を変えて、「どうでした？」と訊いてきた。

「元気そうでしたよ」伊豆原は答えた。「紗奈さん、運動は控えてて自宅でおとなしくしてるようですが、顔色は悪くなかったですし、笑顔の素敵なお子さんですね。今度、勉強を教えに行くと約束しました」

「そうですか。それはよかった」野々花は言った。「あの子は私に似たと言ったら変ですけど、勉強も上の子ほどは得意じゃないんです。でも、素直な子ではありますからね。伊豆原先生に教えてもらえば、きっと喜ぶと思いますよ」

「由惟さんも、夜は紗奈さんの勉強を見てあげているようです」

「由惟はまあ、死んだお父さんに似たんでしょうね、勉強は得意なんです。それに、紗奈のことも可愛がってますからね。歳がちょっと離れているのがよかったみたいで、小さな頃からそうでしたよ。私なんかよりしっかりしたところがあるから、安心と言えば安心ですけど、そうは言っても、まだ十八ですからね」

「心配なのは当然ですよ。僕も定期的に会いに行きますから、また様子をお伝えします」

「一度くらい、顔を見せに来てもいいんですけどね」野々花はそう言って、ほろ苦そうに笑った。

「やっぱり、仕事が忙しいみたいですね」伊豆原はそう言い繕った。「僕も仕事帰りを待ち受けて会いました。まだ十八とはいえ、仕事帰りの様子なんか、颯爽としてて、たくましく見えましたよ」

「由惟は小さな頃は喘息がちで弱々しかったんですけど、水泳やらせて、しっかりしなさいってお尻たたいてたら、そのうち風邪もひかない子になってね。でも、そのせいということもないでしょうが、利かん気なところがあるから、職場で可愛がってもらえてるかどうか……」

彼女は話しながら感情が高ぶってきたようで、目もとを指で拭った。

「裁判には来てくれますかね？　裁判は一週間くらい毎日やることになるとか聞きましたけど、土日もやるんですか？」

「土日はやらないですね」

「そうすると、裁判も仕事があって来れないのかな」

「来られないことはないと思いますが、裁判となると、マスコミをはじめ、いろんな人が傍聴しますからね……」

「光莉ちゃんのお母さんなんかも来るものね」野々花が言う。「あの子も顔見知りだし、にらまれちゃうわね」

「にらまれるかどうかは分かりませんし、こちらは堂々としてればいいんですけど、そうは言っても、由惟さんはまだ若くて繊細ですから、そうした環境に立ち向かえるだけの気構えが持てるかどうかですよね。それがないと、僕が無理に勧めてもよくないと思います」

「あの子が判断することですね」野々花は自分に言い聞かせるように言い、しきりに洟をすすった。

「にらまれるのは仕方ないですよ。紗奈だけ大したことなくて済んだんですから。私は何かね、自分がこういう目に遭うことと引き換えに、紗奈の命が救われたんじゃないかって思ったりするんです。そう思うと、まだ、自分がこうなってることも我慢できる気がしますしね」

「無事だったことを引け目に感じることはないですよ」伊豆原は言う。「間違っていると主張しないと、大変なことになります」

「死刑はないですよね？」野々花は涙目に不安を覗かせて、そんなことを確かめてきた。「死んだら人間終わりです。娘たちも親が死刑なんてことになったら、ひどく傷つくと思います。考えるだけで恐ろしいです」

「無実であるなら、死刑はもちろん、どんな刑罰も受けるべきじゃありませんよ。気持ちを強く持ちましょう」

「どうしてこうなっちゃったのかしらね」野々花は伊豆原の言葉にうなずきながらも、沈んだ気持ちをすぐには立て直せないようだった。「ぜいたくしてきたわけでもないし、他人様に迷惑かけてきたつもりもないのに。私は誤解されやすい人間なんですかね」

「これは警察が悪いんですけど、真犯人を見つけられてないってことですね」

「私はね、看護師さんが間違えて入れちゃったんじゃないかって思うんですよ」野々花は言った。「四人の点滴全部に入ってるってことは、間違えちゃったんですよ。人のやることだから、きっと間違えがあるんです」

「でも、点滴を作るのは、看護師二人で確認し合いながらやるんですよ。間違えて全然違う薬剤が入るのは、ちょっと考えづらいかなって思います」

伊豆原は冷静に返したが、野々花は、「でも、人は間違えるんです」と言い張るしかないようだった。

「取り調べのことを訊いてもいいですか」伊豆原は話を変えた。「何回も訊かれてるかも分からないですけど、自白したときのこと」

「何であんな認めるようなこと、言っちゃったんでしょうね」野々花は肩を落とし、そう自分でこぼした。

「警察にだいぶ圧迫されちゃいましたかね？」

「気分がもうね、ちょうど今日みたいな感じで、悪いほう悪いほうに行っちゃってたんでしょうね」

「精神的に参っちゃったんですかね？」

「そうね、毎日毎日続いて、ああ言うしか逃げ場がなかったのよね」

「認めればどうなると思いました？　刑事さんが優しくしてくれるとか？」

「犯人だなんて認めたら、優しくしてくれるわけないじゃないですか」

「じゃあ、何かこれを言われてきつかったとか、気持ち的に追い詰められたとか、そういう言葉はなかったですか？」伊豆原は根気強く問いを重ねる。

「それはね、やっぱりさっきも言ったことですよ」野々花は言う。「認めなかったら死刑になる。このままじゃ死刑になるぞってね」

「刑事がそんなこと言ったんですか？」

「そんなことになったら娘たちもお先真っ暗だし、結婚も就職もできないよって。自分の娘だけが助かるなんて神様が絶対許さないんだから、娘たちだけでも神様が許してくれることを考えなさいって」

「ちょっと待ってください」伊豆原は言う。「娘さんが無事だっただけで十分じゃないかとか、娘さんたちのことを考えなさいってことは確かに言われてますよね。このままじゃ死刑になるとか、自分の娘だけが助かるなんて許されないとか、そういうこともはっきり言われたんですか？」

「結芽ちゃんが亡くなったって話のときにね。二人も死んで、その犯行を認めなかったら、裁判では死刑になるって」

そうか、恒川結芽が亡くなったのは自白した日の前夜だ。しかし、自白した日の取り調べの録画を観ると、すでにその話は二人の間で共有されたものになっている。長縄警部補がその事実を野々花に突きつけ、精神的に揺さぶった時間が自白の前にあったのだ。

「でも、自分の娘だけが助かるなんて許されないって話は、それこそ毎日するの。あの人、私には同じ話を何度もするなって言うけど、自分は毎朝そんな話から始まって、ようやく終わったと思ったら、やっぱりその話をして帰っていって、私はもう留置場にいる間も長縄さんの声が頭の中にこびりついて全然眠れなかったんですから」

「取り調べの前や取り調べが終わったあとに雑談みたいな時間があったってことですね？」

「雑談て言ったら、世間話みたいなことでしょう。そうじゃなくて、長縄さんが一方的に話すの。

お説教よ。じゃあ、今日はこれくらいで終わるけど、みたいなことを言ってから、向こうのエンジンがかかってお説教が始まるのよ」

「それはどれくらいの時間ですか？」

「そりゃもう、二時間くらいは毎日言われ続けましたよ」

「朝も夜も？」

野々花はもちろんだというようにうなずいた。

何度も訊いてみるものだと思った。密室の中で隠れていたものが見えてきた。

「例えば、朝は、これから始めますみたいなこと言われて、録画して取り調べを始めますよね？」

伊豆原が慎重に確かめる。「その前に二時間くらいの説教があるわけですか？」

「だいたい午前中はそういう時間でしたよ」野々花は言う。

裁判員裁判が適用されるような重大事件には、すべての取り調べの可視化が義務づけられ、取り調べ状況は終始録画されるようになっている。これによって捜査側による暴力や暴言、自白の強要は影をひそめざるをえなくなった。

捜査側が可視化の盲点を突いて、違法な取り調べを敢行しようとするなら、その部分の取り調べを録画時間から外すなどの工作が必要になるが、そうすると取り調べ時間そのものが長くなるので、不自然さは隠せない。留置場の出入時間管理はどこの署も刑事部門とは違う課が行っており、その時間はごまかせない。正味の取り調べ時間が八時間なのに、留置場を出ていた時間が十何時間もあったら、さすがに取り調べの正当性が揺らぐことになる。

「分かりました。ちょっと調べてみましょう」伊豆原は言った。

11

昼休みに弁護士の伊豆原から電話があった。仕事の都合がついたので、夕方、由惟が帰ってくるまで紗奈の勉強を見たいという。

紗奈一人を家に閉じこめておくことがいいとは由惟も思っていなかったので、彼を信じて了承した。

「その代わり、事件の話はしないでください」

念のため、そんな釘も刺しておいた。

家に電話をして伊豆原が行くことを伝えると、紗奈は喜んでいた。それでも由惟は、母のことでいろいろ訊かれても答えなくていいだとか、何か困ったことがあったら電話するようにとか、注意することを怠らなかった。時間が経つと、一度会っただけの伊豆原を紗奈しかいない家に上げていいのかと不安に駆られてきて、勤務時間が終わるやいなや事務所をそそくさと出て、帰り道を急いだ。

「ただいま」

アパートに戻りドアを開けると、何やら紗奈のはしゃぐような声が聞こえてきた。いつもは由惟の声を聞きつけて玄関まで出迎えに来るのだが、今日はそれがない。

居間を覗いてみる。紗奈と伊豆原はテレビゲームで遊んでいた。

「あ、またやられた！」

「やったー！」

由惟ともときどき遊ぶマリオカートだが、紗奈はいつになく興奮した声ではしゃいでいる。

「だいぶ感覚を思い出してきたよ」レースを終えた伊豆原はそんなことを言いつつ、由惟にも声をかけてきた。「お帰りなさい」

「もう少しで負けそうだった」紗奈はやはり楽しそうだ。「もう一回やる？」

「ちょっと遊びすぎたかな」伊豆原は由惟の視線を気にして、いたずらを咎められた子どものように首をすくめた。「ちゃんと勉強もしたんだよ。いや、でも、思ったより進んでてびっくりした。中一の英語なんて基本的な動詞を教えればいいのかななんて思ってたけど、過去形や現在進行形もやってるなんてね」

「英語はお姉ちゃんが熱心だから」紗奈が言う。「数学はそうじゃないから、全然進んでないよ」

「何回教えても同じ間違いするからでしょ」由惟は言ってやった。

「そっか、紗奈ちゃんは数学が苦手か。次からは数学を教えよう」伊豆原はそんな話をしながら、脇に置いていたレジ袋の包みを手に取った。「弁当を買ってきたんだ。小さめなんで足りないかもしれないけど、おにぎりも余分に買ってきた」

「あ、駅前の弁当屋さんのだ」

伊豆原が袋から取り出したおいしそうな弁当を前にして、紗奈が目を輝かせた。

「ありがとうございます……紗奈、手洗って」

彼の親切に甘えてもいいのかという疑問は若干あったが、夕食を作らなくてもいいという解放感の前にはどうでもいいことのように思えた。由惟も台所で手を洗い、三人分のお茶をいれた。

「いただきまーす」

紗奈が弾んだ声で言い、真っ先に箸を動かし始めた。

前回初めて会ったばかりの男があぐらをかいて一緒に弁当を食べている。何となく緊張してもおかしくはないのだが、そうした感覚はあまりない。紗奈と二人だけで食べていた毎日のほうが、もしかしたら気を張り詰めていたのかもしれない。

「紗奈ちゃんは思ったより全然元気だね」伊豆原は紗奈の食べっぷりに目を細めながら、自分の弁当に箸をつけて言う。「お医者さんからは何て言われてるの？　まだ運動は駄目だって？」

「ううん。もういいよって」

「激しい運動は駄目って言われてるでしょ」由惟が訂正する。

紗奈は事件のあと、墨田区の病院に転院した。事件直後は薬剤混入の被害が影響したのか検査の数値が悪化し、入院日数も延びたが、十一月の終わりに退院してからは自宅療養に入り、それから半年後には、軽い運動なら身体を動かしても大丈夫と言われるまでになった。

「でも、家にずっといるから、そもそも運動する機会がない」紗奈は口をすぼめて不服そうに言った。

「ダンスゲーム、やってるじゃん」

由惟は言ってやったが、それも不満そうだった。

「お姉ちゃんは一日一回しかやらせてくれないの」

「あんまり家の中でドンドンやったら、近所迷惑でしょ」

「紗奈ちゃんは何のスポーツが好きなんだ？」伊豆原が訊く。

「やっぱりダンスが好き」紗奈はそう言った。「ダンス部、入りたかったな」

「部活じゃなくてもダンスはできるよ」伊豆原が言う。「俺が知ってる子で、ダンスがうまいのがいるよ」

「教えてほしい」

「言えば教えてくれるだろ」

「変な子、連れてこないでください」由惟は眉をひそめて言う。

「変な子じゃないよ。事件起こしたとか、そういう子じゃない」伊豆原は言う。「まあ、いろいろあって、普通の中高生みたいな生活は送ってないんだけど、全然悪い子じゃないんだよ」

「いろいろって何ですか？」そんな適当な説明では納得できない。

「親がちょっとね……その子には関係ない」

「家庭に問題がある子が、ほかの子にも暴力振るうんですよ」

「いやいや」

「偏見(へんけん)だよ」紗奈はそう言って笑っている。

「そうそう、ちょっと偏見かな」伊豆原もくすりと笑って一蹴する。

偏見、偏見と言われ、由惟は面白くない。妙な人間には近づかないほうがいいのだ。本当に優しくて、気を許していい人間など、この世にいくらもいないと思っている。伊豆原のことだって、本心から受け入れているわけではない。

「紗奈ちゃんはあんまり人見知りはしないの？」伊豆原が紗奈に訊く。

「ちょっとはするけど」紗奈が言う。「お姉ちゃんよりは、お母さん似だって言われる」

「そっか、お母さん、気さくだもんね」

「お姉ちゃんが変わってるんだよ。看護師さんとも全然しゃべらないし」

「別にしゃべることないし」由惟はすねた子どものように応えた。

「紗奈ちゃんは看護師さんとも仲よくなったの？」伊豆原が訊く。

「人によるけど」

「誰が優しかった？」

「古溝で？」

「うん」

「伊豆原先生、看護師さん知ってるの？」

「川勝さんとかには会ったことあるよ」

「あー、副師長さん」紗奈が懐かしそうに言う。「副師長さんは優しかった。お母さんも副師長さんはいい人だって言ってた」

「そう……ほかは？」

「ほかはね」紗奈が考えながら言う。「竹岡さんも優しかったし、畑中さんや庄村さんも優しかった。島津さんは優しいし、きれい。女優さんになれる」

「へえ、そんなに」伊豆原が感心してみせる。

「女優さんなんて、普通の人と全然違うんだよ」由惟はそう言ってやる。

「お姉ちゃんは人に厳しい」紗奈がおかしそうに言う。

「お姉ちゃんはなかなか厳しいね」伊豆原もくすくす笑いながら紗奈に合わせて言った。「看護師さんはやっぱり、優しい人が多かったんだ」

「怖くはないけど、あんまり無駄なこと言わない感じの人はいた」紗奈が言う。「葛城さんは主任だから、下の看護師さんにけっこうビシビシ言ってた。奥野さんとかも、お母さんが点滴いじってるの見つかって、よく怒られてた」

「仕事人って感じ？」

「そう」

由惟は通勤電車内での痴漢騒ぎを思い出していた。名前は知らなかったが、紗奈に何気なく、特徴を話して訊いてみると「奥野さん」という返事だった。

由惟はどの看護師とも親しく話をする機会はなかったが、母や紗奈らが話している様子から、それぞれの看護師がどういう性格なのかは知っている。奥野は確かに無駄口を利くタイプではなく、どこか事務的で、ちょっとした指示も有無を言わせない口調のところがあった。気も強いのだろうし、だからこそ、ああいう痴漢を突き出すような勇ましい真似もできたのだろう。

それにしても……あれは完全な濡れ衣だったが、あれからどうなっただろう。

由惟はそんなことをちらりと思い、嫌な気分になるのを感じて、慌てて考えるのをやめた。

「看護師さんがこんな問題起こしたとか、こんな噂があったとか、そういうのは聞いたことある?」

取りとめのない会話をしていたつもりだったのに、いつの間にか事件の話に近づいていると気づいた。由惟は伊豆原をひとにらみしたが、彼は素知らぬ顔で紗奈を見ている。

「あったかなあ」紗奈は思案顔を作って答える。「お母さんがいろいろみんなに訊いてたけど、結婚してるの? とか、子どもはいるの? とか、そういう話だった気がする。お姉ちゃんがそばにいると、デリカシーがないって、お母さん怒られるの。お母さんはお母さんで、それくらい訊いたっていいじゃないって」

「なるほど、言いそうだね」伊豆原は由惟をちらりと見て、くすくす笑っている。

「あ、そう言えば、副師長と院長ができてるっていう話もしてた」紗奈はそう言って笑った。

「ああ、それは俺も聞いた」伊豆原が言う。「お母さん、方々で言いふらしてるね」

その話は由惟も母から聞いている。母自身、父に浮気されて離婚にまで至っているのに、人の不倫話の何が面白いのだろうと思うのだが、母は、それはそれとばかりに、おかしそうに話していた。真面目そうな川勝副師長の意外な一面が知れて面白いのかもしれない。ただ、由惟は母のそういう能天気さがやはり理解できなかった。

「たぶん、知ってる人は知ってる話なんじゃないかな」紗奈は言う。「そういう話が広がると、副師長さんもますます婚期が遅れるし、美人なのにもったいないって、お母さんも言ってた」

「確かに、川勝さん、きれいな人だよね」伊豆原が言う。「まあ、他人がとやかく言うことじゃないけど、お母さんは紗奈ちゃんたちを産んで育ててっていう経験してるから、そういうのが幸せだっていう固定観念はあるのかもね」

母は幸せだったのだろうか……由惟には分からない。由惟たちを産んで育て、それなりに楽しそうにはしていたが、一方ではあるときから、馬鹿だのうっとうしいだのと父に罵られるようになり、よそに女を作られて、ついには捨てられた。

人の世話を焼いたり心配したりするほどには、母本人は幸せではないだろうと由惟には思える。母のような生き方をしたいかというと、まったくそうは思わない。母自身は父から邪険にされたり、世話を焼いた相手から煙たがられても意に介していないかのようにのほほんとして見えるが、本心はどうか分からない。むしろ、そのあたりのゆがみを押し隠してきたのかもしれないし、それが事件につながったのではと由惟には思えてならない。

「看護師さんは仕事が忙しいから、結婚とかできないのかな」由惟の思考とは関係なく、紗奈がそんなことを口にした。「病棟でも結婚してる人、半分くらいかも。竹岡さんとか安藤さんとか庄村さんとかは結婚してるけど、島津さんみたいな美人でも結婚してないし」

「まだ若い人も多いからでしょ」伊豆原が言う。「それにまあ、忙しいっていうのもあるかもしれないけど、ちゃんとした仕事持って自立できてると、あえて結婚しなくてもいいって考える人も多くなってるかもね。看護師さんだけじゃなく、世の中全体的に」

母がこういうことになり、自分も紗奈も将来おそらくは結婚できない……由惟はもはやそう覚悟している。けれど、結婚しないのが珍しくない社会なら引け目に感じることはないかもしれない。必要なのは自立することだ……かねて考えていたことを、伊豆原の話で再確認した。

「夜勤もあるし、両立するのは難しいのかも」紗奈が言う。「庄村さんとか、仕事が忙しくて流産したことがあるって聞いた」

「それは可哀想に」伊豆原が顔をしかめる。

「それまでは将来看護師になろうかなって思ってたけど、それ聞いてやめた」紗奈は苦笑気味に言った。「看護師だったら、いざというときもすぐに診てもらえて安心かと思ったら違うみたい」

「まあ、よくあることではないと思うけど、身近でそういう話を聞くと、不安にはなるかもね」伊豆原はそんな言い方で紗奈の話を受け止めた。「そっか、紗奈ちゃん、看護師になりたかったのか」

「うん、島津さんきれいだし、ちょっと憧れたけど、続かなかった」

「今は何になりたいの？」

「えー」紗奈は由惟をちらりと見てから、「何でもいいや」とごまかすように答えた。

事件が起き、由惟の生活を間近で見ているだけに、紗奈も夢物語のような話はできないようだった。実際、自分も学校に行けない現実があり、将来のことなど考えるだけで不安だろう。

それについては甘いことを言っても仕方がないし、由惟にはどうすることもできない。未来を切り開けるような力を付けさせてやるしかない。

伊豆原も紗奈の答えに複雑な心情を嗅ぎ取ったのか、かすかに苦そうな色をその顔に浮かべていた。

12

七月の第二週、東京地裁で第四回となる公判前整理手続が行われた。伊豆原にとっては初めて参加する整理手続である。

裁判員裁判の前には、この公判前整理手続というものを何度かに分けて行う。検察側が裁判で何をどう証明するかという予定を明かし、弁護側も何をどう主張するかという予定を明かす。お互いに手の内を見せることで論点が絞られ、裁判をスムーズに進めることができるようになる。公判中に新たな証拠を出すことは基本的に認められず、公判前にお互いに組み合う体勢が決まってしまう。ただ、その分、この整理手続は時間をかけて行われる。争点が少ない事件であれば一回や二回で終わるが、否認事件となると一年あるいはそれ以上かかることも珍しくはない。

今回の点滴中毒死傷事件も犯行を証明する直接証拠はなく、検察は薄い状況証拠を積み重ねて立証することが見込まれている。その一つ一つを検討していくとなると、簡単には整理手続が終わらないことは容易に想像できた。

現状では三回の整理手続を経ているが、検察側の証拠開示は小出しであり、弁護側は主張予定を留保している段階だった。対決はすでに始まっているものの、今は相手の出方をうかがうにらみ合いが続いている。ただ、こちらが突破口を見出さない限り、膠着(こうちゃく)状態のまま押し切られて公判に雪崩(なだ)れこむ流れができてしまう。そうなれば裁判に勝つことは困難だと言えた。

締め切られた刑事法廷の中で、検察側、弁護側、そして裁判官らが顔を合わせた。裁判ではないが、法廷では厳粛な気持ちになる。伊豆原はいつもとは違い、スーツを着て、胸には弁護士バッジを付けている。野々花も拘置所を出て出席している。

「主任の貴島弁護士ですが、体調不良のため、本日の整理手続は欠席させていただきます」

桝田がそう告げると、裁判長の桜井保文は、「お大事にとお伝えください」と、老弁護士に敬意を表すように言った。

桜井裁判長は四十代後半で、目尻の下がった穏やかな顔立ちをしている。外見的には物分かりがいい理知的な男に見えるが、桝田の話では、取り立てて弁護側の意を丁寧にすくい取ってくれるような、できた裁判官というわけでもないようだ。公判のスケジュールがスムーズにこなされていくことを重視し、検察側が提示するストーリーを疑念なく受け入れてしまうような、よくいるタイプの裁判官だと思ったほうがいいかもしれない。

検察側は江崎晴人検事と高倉亜津子副検事。江崎検事は桝田によれば伊豆原たちの一期上。眼鏡の奥に勝ち気そうな目を覗かせている。

高倉副検事は四十代。事務官から勉強して副検事になったのだろう。

「前回、小南さんの供述調書について、弁護人から類型証拠の開示請求がなされましたが、これはその通り、開示されてますね」

桜井裁判長が言及したのは、野々花の自白調書に関して、弁護側が開示請求をした被留置者出入簿などについてである。先日、検察がようやく開示してきた。

「何か証拠意見はありますか？」桜井裁判長が弁護側に訊く。

「開示された証拠の中に疑問点があります」桝田が答えた。

「というと？」

「被留置者出入簿に記録されている時間です。取り調べの初期において、記録されている出入時刻と実際に録画されている取り調べの時刻がまったく合っていません。録画されていない時間に違法な取り調べが行われていた可能性があります」

野々花の話をもとに精査したところ、取り調べが連日八時間に収まっているのに対し、留置場からの出入時間は十二、三時間に及ぶ日もあった。

「それについては説明させていただきます」江崎検事は把握済みだったらしく、慌てる素振りを見せることなく応じた。「取り調べの初期は、取調官が録画機器の扱いに不慣れなこともあり、なかなか正常に作動させることができず、応援を呼んだりしたことがあったようです。被疑者当時の被告人は女性の専用留置場がある湾岸署に留置され、取り調べも当署内で行われましたが、捜査本部は小松川署に置かれ、応援もそこから駆けつけていたので時間がかかりました。録画可能な状態になるまでは当然取り調べに入れないので、取調官はその間、被告人と雑談をすることなどで間を埋めたと言っております。また、取り調べが終わってからも留置場に戻るまでの時間に差が見られる日がありますが、これも朝の雑談の延長で、よく眠れないなど、被告人の不安に対して相談に乗っていたということであります」

伊豆原は野々花の隣に行き、江崎検事の説明について確認を取った。確かに取調官の長縄は録画に何度も手間取り、そのたびに誰かを呼んでいたと彼女は話した。

しかし、それで納得できたわけではない。警察側は録画に手間取るポーズを見せておいて、時間外の取り調べに対する言い訳を最初から用意しておいたのだろう。むしろ姑息な手口が見えたと言っていい。

「小南さんは、録画されていない時間での取調官とのやり取りについて、雑談などという生やさしいものではなく、精神的な疲弊を余儀なくされるような、かなり激しい圧迫があったと話しています」伊豆原は席に戻って、そう反論した。

「検察官の意見はどうですか？」桜井裁判長が訊く。

「取調官は雑談と言っております。激しい圧迫とは、具体的にどのような会話を指しているんでしょうか？」

「自分の娘だけ助かるなんて許されないと、そのような脅しを繰り返していたということです。特に恒川結芽さんが亡くなったときには、死者が二人になって、このまま犯行を認めなきゃお前は死刑になる。死刑になったら娘たちもお先真っ暗だ。将来が確実に閉ざされることになると、無理にでも犯行を認めなければ、恐ろしい災いが娘たちに降りかかるかのような言い方で小南さんを追い詰めたということです」

伊豆原の話に江崎検事はわずかに眉をひそめたが、把握していない話だったからか、それとも野々花の証言自体を怪しんだゆえだったかは分からなかった。

「そのような言葉を発したとは聞いていませんが、仮に近い言葉を口にしていたとしても、前後のやり取りでその意味合いは変わってくるものです。それだけで自白の任意性に関わるものではないと考えます」

「実際、自白があった十一月五日の録画データでは、前夜に結芽さんが亡くなったことを知らせる言葉がないにもかかわらず、その事実を前提にしたやり取りが交わされています。録画する前に、ただの雑談とは言えない、精神的な揺さぶりがあったことを示していると言っていいかと思います」

「分かりました」江崎検事はあえてそうするように、淡泊に応じた。「それも含めて、念のため、取調官に再度確認を取りましょう」

「では、この件はまた次回に」

ほかの証拠類については、弁護側は類型証拠の開示請求で食い下がった。否認事件である以上、ほとんどの証拠は最終的に採用の不同意を示すしかないが、今のところは類型証拠を引き出して、そこから少しでも検察側の立証の粗を見つけることが必要だった。

次回の期日が決められ、整理手続は散会した。

「ありがとうございました」

野々花は議論された内容をどこまで把握しているのかは定かでなかったが、自分の弁護団ががんばっているのは十分感じ取ったのだろう、終了すると、伊豆原たちに礼を向けてきた。

「引き続きがんばりますから、小南さんも気持ちを強く持っていてください」伊豆原はそんなふうに応じた。

「貴島先生は入院されたと耳にしましたが……」

手早く片づけを済ませた江崎検事が帰り際、伊豆原たちにそんな声をかけてきた。

「ええ、ちょっと」桝田が曖昧に応じる。

「思わしくないんですか？」彼は遠慮なく訊いてきた。

「いえ、間もなく退院できると思います」

「だったらいいですが」江崎検事は納得したような相槌を打ったものの、病状の全快までは信じていないようだった。「だいぶ痩せられてましたもんね。主任はそのまま貴島先生が続けられるんですか？」

「もちろんです」

江崎検事は軽くうなずいてから続けた。「ならば、いたずらに整理手続を長引かせずに、貴島先生が動けるうちに公判を迎えたほうがいいんじゃないんですか。裁判員裁判は体力勝負ですからね。いざ公判が始まったときに先生がいないんじゃ、我々としても味気ない」

「ご心配には及びません」桝田が不快そうに言った。

「失敬」

江崎検事は口先でさらりと謝り、口もとに薄い笑みを忍ばせて法廷を出ていった。

古溝院長の協力により、事件当時、小児病棟で勤めていた畑中里咲と竹岡聡子に話を聞けることになり、伊豆原は約束の日、〔古溝病院〕に行った。

畑中里咲は泌尿器科病棟に異動になったという。事務局長の繁田立会いのもと、泌尿器科病棟の面談室を借りて、彼女と会った。

二十四歳の畑中里咲は、マスクの上から覗く目がいかにもあどけない女性だった。昨年は、〔古溝病院〕に就職して一年目の新人でもあった。

「畑中さんは小南さんがナースステーションに入ってきたとき、カウンターのこのあたりにいたんですね？」

伊豆原はナースステーションの概略図で畑中里咲がいたとされる位置を示して確認した。

「そうです」彼女は答える。

「出入口には一番近いですね。小南さんはまずあなたのところに行った？」

「はい。ビスケットをもらいました」

「どんな会話を交わしました？」

「大した話はしてないです。『お疲れ様、おやつにどうぞ』ってビスケットを二つくれて、『ありがとうございます』みたいな」

「それだけ？」

「はい」畑中里咲はうなずく。「そのあと、後ろの庄村さんだったと思いますけど、そこにも行って、『おやつどうぞ』か何かそんなこと言って、庄村さんも『ありがとう』って、そんなやり取りは聞いてました」

「ナースステーションに入ってきて、注意することもしなかった？」

「本当はそうしなきゃいけなかったんでしょうけど」畑中里咲は決まり悪そうに言う。「ニコニコしてお菓子くれる人には何か言いづらくて……ちょっと反省してるのは、小南さんが使い捨てのゴム手袋を一つもらっていいかって訊いてきたときも、どうぞどうぞってあげちゃったんですよね。そういうのも断り切れなくて、ちゃんとできなかったのはまずかったなって思ってます」

「それは事件のときですか？」

「事件の一カ月は前だったと思います。洗い物とかするときに使いたかったみたいで。たぶん、それから何度かはナースステーションに来たついでに、新しいのをもらってたんじゃないかと思うんですけど」

野々花も、所持していたゴム手袋はタオルなどを洗うときのためにナースステーションでもらったものだったと供述している。最初は看護師に断ってからもらっていたものの、そのうち勝手にもらうようになっていたようだ。その行為自体は褒められたものではないのかもしれないが、少なくともゴム手袋の所持が習慣的なもので、不自然ではなかったということは言える。

「分かりました」伊豆原は納得してから、話を戻した。「それで小南さんはビスケットを渡して庄村さんのところに行って……そのあとは見てないですか？」

「見てません」

「休憩室に行った気配は？」

「休憩室のドアがノックされた音を聞いた気がします」

「どこかに立ち寄った気配はなく？」

「変に時間があった感じではなかったです」

もし、野々花が点滴に薬剤を混入させたとするなら、休憩室を出たあとだと検察側は見ている。こうした看護師たちの証言から、そうした筋立てを取っているのだろう。

「だいたい入ってきてからそこまでで、何秒くらいですかね？」

「普通に考えて、二十秒とかそれくらいかと思います」

「その後、小南さんの気配を感じたのはいつですか？」

「ナースステーションを出ていくときです。気配がして、ちらっと見たら小南さんでした」

「いつ休憩室から出てきたのかは分からない？」

「正直それは分かりません」

「点滴を作る作業台の近くで何かしてるような気配は？」

畑中里咲は首を振る。「出ていくときに初めて気配を感じたので、それは何とも……」

「感覚としては、小南さんが休憩室に入るときより、出てきたときのほうが、気配を感じなかったということですかね？」

「そうですね。警察に訊かれたときも、そう答えました」

「ナースステーションを出ていくのを見たとき、ずいぶん休憩室で長居してたなとか、そういうことは思いましたか？」

「いや、そこまでは」

「時間的には特に不自然な長さではなかったと……」

「そうですね」畑中里咲は言った。「何も感じませんでした」

「普段、誰かが後ろで点滴を作っているとき、カウンターにいて、その物音や気配には気づくものですか？」伊豆原はそのあたりの感覚を訊いてみた。

「忙しそうにガサゴソやってれば気づきますし、そうでなければこちらも自分の仕事に集中してるので……」

「気づかない？」

「そうですね」

「あのときは、多少の物音がしてたかもしれないけど、看護記録を付けるのに集中していて何も気づかなかったということもありますかね？」

「いや、あのときはナースコールも鳴らなくて静かだったのは憶えてます」畑中里咲は言う。「少なくとも、小南さんがナースステーションの中をうろちょろしてる気配があったら、何してるんだろうって気になったと思うんですけど」

「点滴に薬を混入させるような行為がそのときにあったとは思えないということですか？」

「ただ、それ自体は、ほとんど物音立てずにできることなので、何とも言えません」

「慣れていない人がやっても？」

「音を立てないようにやるかどうかですから。慣れてる人でもトレイにガチャガチャ載せてたら音は出ますし」

「音を出さないようにやるとしたら、少し時間はかかりそうですか？」

「それはまあ、慎重にやる分、時間はかかるでしょうね」

注射器の扱いに慣れていない人間が、音を立てないように慎重に手を動かす。そうやって一分二十数秒で犯行を完遂できるのか……犯行の不可能性を主張するには、そこに論点を置くべきかもしれない。ただ、明らかに不可能だということが示せないと、検察側に適当にごまかされてしまうおそれもある。

「率直に小南さんが犯人だとは思えないとか、あるいは、ほかに気になることがあるとか、そういうことがあったらお聞きしたいんですが」

伊豆原は最後にそうぶつけてみた。畑中里咲は真面目に考えてくれたようだが、しばらくしてからあきらめたように首を振った。

「ごめんなさい。何か言えればいいんですけど」

「いえ」

「小南さんが捕まって驚いたのは確かです」彼女は言う。「そんな恐ろしいことをやる人には見えませんでしたし。でも、一番びっくりしたのは、私がカウンターに座ってたときに後ろで薬を入れてた可能性があるって聞いたときで、それは、まさかと思いました」

「そう言われてみれば、あのとき何かおかしな気配があった、とは思わなかったわけですね」

「そうです」畑中里咲は素直にうなずいた。「ただ、客観的に、小南さんであるはずがないって言えるような何かがあるわけじゃないんで、それ以上は言いようがないんですけど」

「分かりました。何か思い出したら教えてください」

畑中里咲を帰したあと、繁田が竹岡聡子に電話をかけてくれたが、予定が狂い、ここには来られなくなってしまったようだった。

「急な手術が入ったようで、今日はちょっと無理だそうです」

竹岡聡子は現在、手術室に配属されているという。手術が理由では仕方がないと、伊豆原は承知した。

「庄村数恵さんは辞められたんですよね？」

野々花がナースステーションを訪れたとき、畑中里咲と一緒にナースステーションにいた庄村数恵は、今年の春になって病院を辞めたと聞いた。

「そうですね。庄村と安藤はすでに当院を辞めてますね。事件のショックということもあるでしょうし、配置換えするに当たって、やはり小児科で働きたいという希望でよそに移ることを決めた人もいたようです」

「ほかに当時の小児病棟担当で話を聞ける人はいませんかね？」

せっかく来たので、このまま帰るよりはと訊いてみたところ、繁田は思案し、誰かに電話をかけた。

「島津が循環器科病棟で今日、夜勤らしいんですが、少し早く来ることはできるそうです」

そう言われ、伊豆原は島津淳美が出勤してくるまでの小一時間、病院内のカフェで時間をつぶした。十六時に近づいた頃、伊豆原のもとに、繁田が女性を伴って再び現れた。彼女が島津淳美だった。

まだ私服のままであり、カフェもそれほど混んではいなかったので、このままここで話を聞くことになった。

島津淳美は三十一歳。マスクもしていないので、紗奈が憧れると言っていたルックスも、伊豆原は一目見て納得できた。

「ごめんなさい、仕事前に」

伊豆原は謝意を軽く口にしてから話を始めた。

「島津さんは、事件当日、日勤でしたね？」

「そうです」彼女は落ち着いた声でそう答えた。

「ただ、小南さんがナースステーションを訪れた時間は、ナースステーションにはいなかった……」

「ええ」彼女はうなずく。「受け持ってた個室の患者さんに点滴を付けに行ってました。その患者さんが次の日、検査の予定が入ったんで、付き添いのお母さんからいろいろ訊かれたりして、十分近く話してたでしょうか」

「ナースステーションに戻ったときには、小南さんはもういなかったんですね？」

「そうですね。ただ、テーブルにいくつかビスケットが置かれてあったんで、小南さんが来たのかなとは思いました」

「島津さんがナースステーションにいるときに、小南さんが配りに来ることもあったわけですね？」

「ありましたね」

「そういうとき、島津さんは入ってこないように注意したりするんですか？」

「本当はしなきゃいけないんでしょうけど、それはほかの人に任せてました」島津淳美は軽く肩をすくめて言った。

「副師長さんとか？」

「そうですね」彼女は答える。「あと、割とはっきり言うタイプの人が言ってくれるんで」

「例えば誰ですか？」

「竹岡さんとか」

「ああ、主任さん」

「はい。あとは葛城さんとか奥野さんとかは言いますね」

「それでも小南さんは、また入ってくるわけですね？」

「そうですね。あの人は昔、看護助手をしてたみたいで、入ってくるのに抵抗がないんですよ。それに、今はそういうこともなくなってきましたけど、昔は入ってくる人も珍しくなかったんです」

島津淳美は繁田を気にするようにちらりと横を見ながらも、ぶっちゃけるように言った。

「そうなんですか？」

「私が新人の頃はちょこちょこいましたね。お子さんが退院するとき、お母さんが挨拶に菓子折りを持ってくるんですよ。物をもらうのは基本的にお断りしてるんですけど、おやつにどうぞって持ってきてくれるお菓子は、だいたいどこももらってると思います。ただ、そういうとき、向こうも大っぴらにっていう感じでもないですし、わざわざ看護師を呼び出してっていうのも何だしってことでしょうね、ちょっとナースステーションに入ってきて、テーブルで仕事してるナースに、これどうぞって感じで差し出してきたりとか」

「ああ、なるほど」

「それに、例えば誰か副師長あたりに退院の挨拶をしたいってときに、その人が休憩室にいると、その頃はいちいち呼び出すより、あ、奥にいます、みたいなこと言って、そのお母さんに休憩室を覗いてもらうなんてことも、そんなに珍しくはなかったんです」

「昔のほうが、そのへんの線引きが適当だったたってことですかね？」

「そうですね。逆説的ですけど、昔はもうちょっとナースも患者さんやその家族に敬われてる感じがあって、向こうの腰も低かったんで、そのへんがなあなあでもうまくやれてたんだと思うんですよ。ただ、私が働き始めた頃から徐々に、モンスターペイシェントだとか、当たりの強い人たちの存在が目立ってきて、こっちもだんだん、気さくに対応しづらくなってきたんじゃないですかね。だったら、一定の距離を取ってやりましょうって感じで、患者さんはお客様として大事に扱いますけど、その代わりこっちのテリトリーには入ってこないでくださいねっていう対応になってきたんじゃないかと思います」

「なるほど……どこもそんな感じなんですかね？」

「病院によるとは思いますけど、時代の流れはそうなんだと思います」島津淳美は冷静に言う。

「だから小南さんは、昔勤めてた病院にそういうなあなあのとこがあって、その感覚が抜けないいんだろうなと思って見てました」

「変わった人というよりは、昔はああいう人もいたと」

「そうですね」

こういう考え方もあるのだと、伊豆原は新鮮な気持ちにさせられた。野々花は風変わりな人間であるという見方に、伊豆原自身、強く影響されすぎていたのかもしれない。

「島津さんは、小南さんが逮捕されたとき、どう思われました？」伊豆原はそう訊いてみる。

「小南さんは、今は犯行を否認されてるんですよね？」彼女はそう確かめてきた。

「そうですね」

彼女は伊豆原の返事に一つうなずいた。「逮捕されたときはもちろんびっくりしましたし、小南さんが犯行を認めたって聞いたときは、正直まさかって思いました」

「それはどういう理由で？」

「小南さんは、紗奈ちゃんに点滴打つとき、これは何の薬ですか？　副作用は？　って、しつこく訊くんです。気持ちが悪いようだったら教えてくださいって言うと、娘が気持ち悪そうなんですけどって、様子見ても大して気持ち悪がってないのに、そう言ってきたり。自分で勝手に点滴速度落としたりするのも日常茶飯事で、点滴が終わったと思って見に行ってもまだやってるから、こっちも二度手間になるし、注意するナースもいたんですけど、それでお母さんの不安が消えるならいいやと思って、私はほっといてました。とにかく紗奈ちゃんの身体に薬を入れることには神経質な人だったんです。だから、そんな人が自分の娘の点滴に変な薬を混ぜるようなことをするかなって、私にはちょっと信じられなかったんですよ」

弁護側にとっては力強い加勢の言葉に思え、伊豆原は思わずうなった。

「どうして最初は犯行を認めたのかは分からないですけど、私は何かの間違いだったんじゃないかと思ってます。そう言うと、じゃあ誰が犯人なのかってことになるし、我々の身内を疑わなきゃいけなくなるんで微妙な問題なんですけど、やってない人を裁くのは明らかに間違ってますし、そうじゃないんじゃないかっていう疑問を持っている人間はそういう声を上げるべきだと思ってました。警察に訊かれたときも、こういう話はしています」

彼女の調書の中にそうした供述はない。野々花を犯人とするストーリーにはそぐわないので、外されているのだろう。調書を不同意にして証人尋問に持ちこめば、こうした話も引き出せる。勇気が出る思いだった。

「もう一つだけ、うかがっていいですか？」伊豆原は訊いた。「三〇五号室に関して、小南さんの関係以外で何でもいいんですけど、トラブルのようなものは聞いたことがありませんか？」

島津淳美はすっと視線を下に落とした。少し考える間があった。

「小南さんと梶さんの間で、ぎくしゃくしたやり取りがあったことは知ってます。それ以外で、患者さんの間で、トラブルのようなものは聞いてません」

伊豆原の耳には、「患者さんの間で」とあえて断ったように聞こえ、少しそれが引っかかった。

「例えば、看護師さんのほうで何か、患者さんやその家族との間にトラブルのようなことがあったということは……？」伊豆原は突っこんで訊いてみた。

「……それも特には」

少しためらうような間があった気もしたが、念のために記憶をたどっただけかもしれなかった。

「もちろん、我々看護師がやるはずはないと言いたいわけではありません。看護師もただの人間です。誰かが何かの拍子で過ちを犯していても不思議じゃないとは思います」

「じゃあそろそろ、彼女も勤務時間ですし」

島津淳美の言葉に顔を引きつらせていた繁田が、切り上げ時だとばかりに、そう口を挿んだ。

「分かりました。ありがとうございます。また何か思い出したら教えてください」

島津淳美は「はい」と短く返事をして、カフェを出ていった。伊豆原は繁田にも礼を言い、〔古溝病院〕をあとにした。

畑中里咲の供述調書――事件当日十五時四十分頃から、私は小児病棟のナースステーション内の西側通路に面したカウンターの席でパソコンを開き、看護記録を付けていました。十五時四十五分頃、小南野々花さんが菓子袋を持ってひょっこり現れ、「お疲れ様」とナースステーションの中に入ってきて、「おやつにどうぞ」と袋の中からビスケットを二つ取り出して、私にくれました。小南さんがそうやってお菓子を配りに来ることはたびたびあることだったので、私は特に不審な思いもなく、「ありがとうございます」と礼を言いました。小南さんはそれからナースステーションの中央テーブルのほうに進み、そこで仕事をしていた庄村数恵さんにも、「お菓子どうぞ」と配っていました。庄村さんも「ありがとう」と言っていたと思います。そのやり取りは後ろを振り返って見ていたわけではなく、声を聞いていただけです。そのあと、休憩室のドアがノックされる音を聞いた気がします。休憩室には川勝春水さんと竹岡聡子さんがおり、小南さんもその時間帯は誰かしら休憩室にいることを知っていたようなので、休憩室に行ったのだと思いました。ナースステーションに入ってきてから休憩室に行くまでは二十秒あるかないかという程度だったと思います。私はその後も後ろを振り返ることなく、もらったビスケットをつまみながら、カウンターで看護記録を付けていました。小南さんが休憩室からいつ出てきたのかはまったく分かりません。しばらくして、不意にナースステーションを出ていこうとする誰かの気配に気づき、そちらを見ると小南さんでした。

庄村数恵の供述調書――事件当日十五時半頃、私は島津淳美さんとお互い担当する患者の点滴をダブルチェックしながら作りました。そのあと、川勝春水副師長にもチェックを頼まれ、彼女と一緒に三〇二号室と三〇五号室の点滴を作りました。作った点滴はワゴンの上のトレイに載せた状態で、薬品棚近くに置かれていたと思います。点滴を作り終えると、川勝副師長は休憩室に行きました。私は点滴の交換時間を十六時に設定していたので、それまで中央のテーブルでパソコンを開き、看護記録を付けることにしました。十五時四十五分頃、小南さんが現れ、畑中さんにビスケットを配ったあと、私のところにもやってきて、「お疲れ様」とビスケットを二つ渡してくれました。ナースステーションは関係者以外立ち入り禁止となっていましたが、お菓子をもらった手前、注意するのも気が引け、また、看護記録に意識が向いていたこともあり、私は「ありがとうございます」とお礼を返しただけでした。小南さんは、不在の者のためにもテーブルの中央にいくつかビスケットを置き、私の背後のほう、つまり休憩室のほうに向かいました。ノックの音は聞こえましたので、すぐに休憩室に入っていったと思います。ナースステーションに入ってきてから休憩室に行くまでは十五秒か二十秒程度でした。私はお腹がすいていなかったので、もらったビスケットもテーブルに置かれたビスケットの山に加え、看護記録の作成を続けました。休憩室の出入口には背を向けていたので、小南さんがいつ休憩室を出てきたのかは分かりません。ナースステーションを出ていくところは、背中をちらりと見た憶えがあります。

野々花がナースステーションを訪れたときにそこにいた二人の証言によれば、野々花が休憩室を出てきた気配には、二人とも気づかなかったということである。実際、入るときにはノックの音がしても、出るときはドアの開閉が静かで足音もそれほど立たなければ、気づかないのも無理はないだろう。

ここに検察側は野々花の犯行可能性を見出している。休憩室を早々と出てきて、ナースステーション内の二人がパソコンに向き合って背中を見せているのをいいことに、ひっそりと点滴に細工をしたという見立てだ。調書もそのストーリーに沿って、野々花が休憩室から出てきたのに気づかなかったことが強調されていると言ってもいい。

逆に言えば、野々花の時間的犯行可能性はここにしかないわけで、この可能性を確かな根拠で否定することができれば、検察側のストーリーはすべて成り立たないことになるのだ。

彼女が点滴に薬物を混入させている犯行現場を見た者はいない。

しかし、彼女が休憩室から出たあと、何もせずナースステーションを立ち去ったことを見ていた者もいない。

休憩室を出てからナースステーションを立ち去るまで、野々花はゴム手袋をもらったことは認めているがそれだけだ。時間的にもほぼそこにいなかったという不在証明があれば、その主張にも説得力が生まれる。

それをどう見つけるか……伊豆原は畑中里咲や島津淳美らの話をまとめたメモを見ながら、そんなふうに頭を悩ませた。

翌週、週に一度開くことにしていた弁護団会議を〔貴島法律事務所〕で行うと桝田が連絡してきた。貴島が退院したらしい。

〔貴島法律事務所〕は銀座の外れにあった。古びたビルに入っているが、それが逆に名門事務所の風格を感じさせた。

「やあやあ、よく来てくれた」

貴島は事務所内の専用執務室で待っていた。声に張りはなく、ワイシャツの首周りも緩いが、表情そのものには柔らかさがあった。

彼の執務室は泥くさい刑事弁護の世界で生き抜いてきた男の部屋らしく質素だった。飾り物と言えば、土産に買ったのであろう温泉街のミニ提灯(ちょうちん)くらいである。

「退院おめでとうございます」

執務席の前に並んだ椅子に腰かけ、桝田と声を合わせるようにして退院祝いを口にした。

「そりゃ、いつかは退院するさ」貴島は機嫌がよさそうに言った。「それかくたばるかのどちらかだが、まだくたばるのは早い」

「もちろんです」

「伊豆原くんも聞いているかもしれないが、桝田くんが来月からこの事務所に移ってくることになってね。誘った以上、私がちゃんと出迎えてやらなきゃならない。退院して早々、彼の席を作っておくよう、事務所の者に指示したよ」

「恐縮です」桝田はそう言って頭を下げ、喜びを表した。

「野々花さんの事件については、君らに任せっきりにして悪いね」

「そんなことは気になさらないでください」桝田が言う。「体力が戻られたら、また存分にやっていただければいいことです」

「そうだな」

難治性で知られるすい臓がんと聞いているだけに、桝田の言葉は貴島を元気づけるためのものでしかないように聞こえた。それを理解した上で話を合わせたような貴島の返事は、気丈(きじょう)でありながら、痛々しさも感じられた。

「今はどこまで進んでる？」

それでも貴島は、気力だけは死んでいないというように、公判準備の進み具合を尋ねてきた。

桝田が先日の公判前整理手続について話した。貴島は目を閉じてそれを聞いていたが、録画時間と被留置者出入簿の記録時間の差についての検察側の言い訳のくだりでは、憤懣を表すように眉間にしわを寄せた。

「向こうも相変わらずのやり方だな」桝田の話を聞き終えて、貴島はやるせないように言った。「確認すると言いながら、説明は変わらないだろう。おそらく向こうは、取調官の証人申請で応えてくる。取調官もこういうやり方をしてくるくらいだから、面の皮は厚いはずだし、証人尋問もやりこなす自信はあるだろう。結局のところ、自白は取ったもの勝ちだ」

自白の任意性というのは、争うにもハードルが高いとされている。人はやってもいないことを認めるわけがないというのが一般的な考え方であり、多少追いこまれたり誘導されたりしてしゃべったように見えるものでも、任意性は認められてしまうのだ。

「犯行証明のほうで引っくり返していくしかないですね」伊豆原は言った。「そちらで弁護側に説得力が出れば、自白の任意性にも影響が出てくると思います」

「検察の立証のどこかに綻びはありそうかね？」貴島は伊豆原に尋ねてきた。

「今はまだ何とも」伊豆原は答える。「どこかにそれがないかと、病院関係者への聴き取りを進めているところです。ただ、注目しているのは時間的な問題です。小南さんがナースステーション内に滞在したのが二分二十五秒だということは分かっている。お菓子を配ったり、休憩室で世間話をしたりして消費した時間もある。残りの時間で果たして犯行が可能なのかどうか……そこを突き詰めてみると、何か見えてきそうな気はしています」

「真っ当だな」貴島はそう評価した。「検察側は野々花さんから無理やり供述を引き出したが、それが足かせになる可能性もある。その場で冷蔵庫から薬品を抜いて、注射器でって、野々花さんに言わせてる。言わせてる以上、それ以外のやり方で混入させたっていう立証はしてこないはずだ」

「可能性で言うと、事前に薬剤と注射器だけを盗んで準備した上で、現場では手早く作業したみたいなことだって考えられるわけですもんね」伊豆原は言う。

「録画を観ると、取調官も苦労して供述を引き出してましたよね」桝田が捜査側を揶揄するように言った。「小南さんも、『どうやったんでしょうね』なんて他人事みたいな言い方してましたし、何とか誘導に取られないようにしゃべらせようって感じで」

「結果的には、普通に考えたらこうなるだろうっていうやり方で、だからこそ小南さんも何とか答えられたとも言える」

「貴島先生は何件もの無罪判決を勝ち取っていらっしゃいますよね」伊豆原はそう言い、尋ねてみる。「それらと比べて、今回の事件、弁護側に足りないものは何がありますか？」

貴島は小さくうなずいてから少しの沈黙を挿み、それから口を開いた。

「残念ながら、何もかも足りない」彼はそう言い切った。「無罪判決で、幸運にも無罪を取れたという案件は一つもない。百パーセント無罪だと信じて弁論を張り、検察の立証を完全に崩した手応えのあったうちのいくつかが、かろうじて無罪になった。勝ち取った無罪判決の裏には、勝ち取れなかった事件が山ほどもある」

今度の事件は、まだそのレベルにも達してないということか……伊豆原は少なからず衝撃をもって貴島の言葉を嚙み締めた。

「伊豆原くんは野々花さんが無罪だと、百パーセント信じているかね？」

「百パーセントと言われると……」

貴島に問われ、伊豆原は口ごもった。弁護人として野々花の主張を支えるべきであるし、その主張である無実の可能性は十分あると思っているが、百パーセントかと念を押されれば、返事はためらわざるをえない。確証的な根拠は何も見つかっていないのだ。

「まあ、それは仕方ない。君はまだ弁護団に加わって日も浅い」貴島は言った。「弁護人としての心証は、被告人と向き合い、事件のことを毎日考えていく中で自然と形になっていく。ただ、言いたいのはそういうことだ」

野々花の無実に百パーセント確証が持てない中で、無罪判決を望もうなどというのはおこがましいということか。

「先生はこの事件、無罪の確証はお持ちですか？」伊豆原は逆に訊いてみた。

「それは言わないほうがいいだろう」貴島は意味ありげにそう言った。「大事なのは、君自身がどう考えるかだ」

他人の言葉に引っ張られた心証では意味がないということか。

あるいは貴島自身、実はその確証が持てないからこその、その言い方なのか。

どちらとも取れるような気がするのは、結局のところ、自分の心証が定まっていないからかもしれない……そんな気がした。

13

七月に入り、しばらくは梅雨空が続いていたが、今日は朝方の空を覆っていた雲が昼までに消え、午後からは梅雨明けが発表されてもおかしくない天気となった。

最近は雨が降っていない日は、早く家に帰って、紗奈を散歩に連れ出すことが増えている。自分が付いていてやらないと、由惟たち姉妹を知っている人間にどんな嫌がらせをされるか分からないので、紗奈には一人では絶対外を出歩くなと言っている。夕暮れのひとときに外に出すのは、まるで犬の散歩と変わらないが、その程度でも紗奈は喜んでくれるし、由惟も束の間の平穏が味わえて好きな時間だった。

この日は昼の休憩が終わる頃、伊豆原から連絡があり、今日は時間があるので紗奈に勉強を教えたいということだった。紗奈も伊豆原のことは気に入っているようで、由惟としても断る理由はなかった。

伊豆原は今日も弁当か何か買ってきてくれているのだろうか……帰り道、由惟はついついそんなことを期待混じりに考えてしまった。

由惟一人なら適当な食事で構わないが、紗奈のことも考えると、いろいろ気を配らなければならないし、面倒くさいからといってサボることもできない。食事の支度一つとっても、まだ十代の由惟には、毎日気を張っていなければ続くことではなく、人の善意が期待できると、どうしても甘えたくなってしまうのである。

　がっかりするのも嫌だから、あまり期待しすぎないようにしよう……駅からアパートまでの道を歩きながら、由惟はそう思い直す。毎週のように来ると言っているのに毎回毎回お土産があると思うのは虫がよすぎるし、伊豆原だって財布が持たないだろう。

　アパートの近くの公園では、小学生たちが一輪車に乗ったり、かけっこをしたりして遊んでいた。紗奈も病気をする以前は同様だったはずだ。今は近所の目もあり、少なからず気が引ける。紗奈も同級生とばったり出くわして気まずい思いをするのは嫌だろう。今は散歩をしても公園に立ち入ることはない。

　しかし、公園の様子を眺めながら前の歩道を歩いていると、広場の片隅で紗奈のように華奢な少女の背中を見つけた。向かい合うようにして十六、七の年頃の茶髪の少年が何やら足を動かしている。ダンスのステップを踏んでいるようにも見えた。

　見間違いだろうと思ったが、その近くのベンチに伊豆原が座っているのに気づき、由惟はさすがに足を止めた。

　公園に入り伊豆原に近づいていくと、由惟に気づいた伊豆原が手を振った。

　回りこんでみると、少女はやはり紗奈だった。由惟の顔を見て、にっと笑った。

　どうやら、少年にダンスを教えてもらっているらしい。

「お疲れさん」

　夕涼みをしているような呑気（のんき）な口調で声をかけてきた伊豆原に、由惟は、「誰ですか？」と抗議する剣幕で少年のことを訊いた。

「前にちょっと話したでしょ。ダンスがうまい子を知ってるって。三崎涼介くん」

ちらりと伊豆原がそんな話をしたのは憶えているが、ダンスがうまい子というのが男の子か女の子かも深くは考えていなかった。

顔つきにはあどけなさが残っているものの、目にかかるような茶髪やそこから覗く細い目には穏やかさが感じられず、どこの馬の骨か分からないという表現がぴったりだと思った。いきなりこんな少年を年端もいかない紗奈のもとに連れてきて、少々無神経にすぎるのではないか。

「どういう子なんですか？」由惟は声を押し殺しながらも、伊豆原に詰め寄るようにして訊いた。

「いや、別に変な子じゃないよ」伊豆原は苦笑混じりに答える。「ちょっとしたことで知り合ってね」

「ちょっとしたことって」伊豆原が関係しているなら、何かの事件に決まっている。「何の事件ですか？」

「いや、彼自身が何かしでかしたわけじゃないよ」

「じゃあ、誰が？」

前に話をしていた子なら、確か親に何か問題があるということではなかったか。

「まあ、そこまではいいじゃないか。涼介とは関係ないことだし」

「いいわけないじゃないですか。勝手に紗奈に会わせて」

思わず声のトーンが上がり、三崎涼介がステップの足を止めて、由惟に目を向けた。

「お姉さん？」

彼は紗奈のレッスンを中断して、由惟たちのところまで歩いてきた。

「そう。お姉さんの由惟さん」

伊豆原の紹介に、三崎涼介はこくりとうなずいて由惟を見た。

「三崎です」

そんな短い自己紹介に、由惟は何と応えていいか分からない。

「俺のこと、話してたの？」三崎涼介が伊豆原に訊く。

「そう」伊豆原はうなずき、由惟に続ける。「彼は今、通信制の高校で勉強しながら、ダンサーを目指して活動してるんだ。ダンスチームなんかも作ったりしてね……」

「そんなこと訊いてるんじゃありません」由惟は言った。「何の事件で知り合ったんですか？」

一人でステップの復習をしていた紗奈が、不安そうにちらちらと由惟を見ている。

「それはでも……」伊豆原が言い淀む。

「そのことか」三崎涼介は事情を呑んだように言って、由惟を見た。「俺の親父が薬で捕まってね。覚醒剤。再犯で刑務所に入ってる。伊豆原先生はそれを担当してくれたのと、俺のダンス仲間が大麻持ってて捕まったとき、俺まで警察に疑われて、それを先生が助けてくれた。そういう関係」

「そう」伊豆原が仕方なさそうに認めた。「親父さんの件があるからって、彼まで疑われちゃってね。ひどい話だ。もちろん何の関係もないし、その件があってから、それまでのダンスチームからは抜けたらしい」

何の関係もないと言われても、それで、はいそうですかと紗奈を預ける気にはなれない。

「こんな近所の公園で、呑気にダンス教えるのやめてください。近所の人はみんな私たち姉妹のこと知ってます。母親が捕まった子がちゃらちゃらダンス踊ってるって見てます。紗奈の同級生だってたぶん見てます。やめてください」

由惟はそんな言い方でダンスをやめさせることにした。自分たちのことは口実でありながら、本音の一つでもあった。

「人の目なんて、気にすることねえよ」

三崎涼介がそうぼそりと言ったが、由惟は聞き流して紗奈を手招きした。

「紗奈、帰るよ」

伊豆原は困ったようにうなりながらも、何も言わなかった。

紗奈は戸惑い気味に由惟のもとにやってきて、由惟の顔をうかがうように見ている。

「お姉ちゃんが帰ってきたら、みんなでファミレスに行こうって言ってたけど……」

伊豆原がそう言っていたらしい。

「私が作るから」

由惟はそう押し切るように言い、伊豆原に「失礼します」と冷ややかに挨拶した。

「あ、ああ……気をつけて」

伊豆原のやるせないような返事を聞いて、由惟は紗奈の手を引いた。

「ありがとうございました」

紗奈は慌てたように二人に頭を下げ、一度背を向けてからも、彼らを気にするように後ろを振り返った。

「楽しかったー」

二人にも聞こえるような声で、彼女はそんな独り言をしみじみと発した。

次の日、昼休みに伊豆原から連絡があった。仕事の帰り道に少し話がしたいという。

由惟ははっきり返事をしなかったが、仕事からの帰り、小岩の駅前で伊豆原が待っていた。

「お疲れさん」

どこか気を遣うように、彼は声をかけてきた。

「紗奈ちゃん、昨日はどうだった？　体調崩したりとかはなかったかな？」

「大丈夫です」

昨晩の紗奈は、アパートの部屋でも習ったばかりのダンスのステップを何度も練習したりして、「おとなしくして」と由惟がたしなめなければならないほどだった。

「ならいいけど……それがちょっと気になってね」伊豆原は言った。「まあ、公園でもそんなにはやってなかったから……十分か十五分くらいかな」

伊豆原の独り言のような話を聞き流しながら、駅に入り電車に乗る。

「俺もちょっと説明が足りなかったね」伊豆原は気まずそうに頭をかいて話を続けた。「でも、涼介はぶっきらぼうなとこはあるけど、施設でもダンスチームでも、年下の少年少女の面倒を見たりして、割と慕われてるんだよ」

伊豆原が太鼓判を押すほどできた少年には見えなかった。それとも普段から前島京太など会社の下卑た人間を見てきて、男など素顔はこういうものだという警戒が由惟の中で強くなりすぎているのだろうか。

電車を降りると、駅のホームで女性が、伊豆原と顔見知りの弁護士が先日掲げていたものと同じプラカードを持って立っていた。あれ以来、時折誰かがこうやって立っているのを見かける。まだ痴漢の目撃者を募っているのだ。

「柴田先生の案件だな」伊豆原が通りすぎたあと、女性を振り返りながら呟く。「被告人の奥さんかな」

やっていないと言っているから保釈も難しい……伊豆原と柴田が交わしていたやり取りを思い出す。由惟も気になり、振り返りそうになったが、関係ないことと思い直して前を向いた。

駅を出ると、伊豆原はまた、三崎涼介の話に戻った。

「あと由惟さん、涼介のお父さんのこと気にしてたけど、本当、涼介には関係ないことでね。覚醒剤ってのは、一回手を出すとなかなか抜け出せない。涼介のお母さんは若いときに亡くなって、それでお父さんも生活が乱れて手を出しちゃったんだな。初犯のときは執行猶予がついたけど、また繰り返して今度は実刑だ。つまり刑務所に入った。

涼介もそれで人生狂わされただろう。馬鹿な親父だって何度も言ってたよ。彼もある意味、被害者だ。でも、俺といろいろ話して、彼なりに心の整理をつけていった。親父を許すって言ってくれた。裁判にも出て、ちゃんと罪を償って、自分が支えるからもう一度二人でやり直そうって言ってくれた。再犯だから実刑は免れなかったけど、一般的な判例よりは軽くなったと思う。それは涼介が証言台に立ってくれたおかげだ」

「何の話をしてるんですか？」由惟は冷ややかに訊いた。

「え？」

「涼介くんの話ですか？　それとも私に母の裁判の証言台に立てって話ですか？」

伊豆原が由惟たち姉妹の面倒を見ようとしている裏にある狙いは分かっている。裁判で、母に有利になるような証言をしてほしいのだ。被害者の一人である紗奈を取りこみ、母の犯行だと疑っている由惟に、そんなことをする母ではないと言わせるために、今は親切に近づいているのだ。

「いや、もちろん涼介の話だよ」伊豆原は慌てたように言った。

「甘いと思います」由惟は言う。

「え？」

「罪を犯したんなら、それ相応の刑を受ければいいじゃないですか。そうやって助けて甘やかして、刑を軽くして、それが本人のためになるんですか？　そんなことやったって、またそのお父さんは犯行を繰り返すだけだと思います」

伊豆原は何回かまばたきをしながら由惟を見つめた。

「由惟さんはなかなか厳しいね」彼は吐息混じりにそう言った。「ただ、細かいことを言うと、覚醒剤の再犯はそんな単純な理由で起きてるわけじゃない。甘やかしてるから繰り返すとか、そんな簡単に言い切れることじゃないんだ。悪いことだって分かってても繰り返す。もっと人間の心身や本能に根差す病理的な問題が横たわってるんだよ」

そんなことを説明されても由惟には関係ない。何も応えなかった。

「それにね」伊豆原は続ける。「人間って、そんなに強い生き物じゃないんだよ。薬で身を滅ぼして、家庭を壊して、どうしようもない人間だよ。自業自得だ。でも普通の人間だって一人じゃ生きられない。ましてやそういう人間には、手を差し伸べたり、見守っててあげたりする存在が必要なんだ。それは別に、甘やかすこととは違うよ。誰でも人間は味方が必要なんだよ」

好き勝手に生きて、周りに迷惑をかけて、犯罪をしでかして味方が必要とは、ずいぶん虫のいい言い種だなと由惟は思う。

「それから何度も言うけど、涼介とお父さんは違う人間だ。お父さんが薬で捕まってるから、涼介も何か悪いことをやってるだろうって勘繰るのは明らかに間違ってるよ」

「別に勘繰ってません」

「本人に聞こえる場で身内の事件のことをあれこれ訊くのは無神経だよ。彼だってまだ十七歳。君より年下なんだ。自分にはどうしようもないことで変なレッテルを貼られて、内心傷つくことくらいは分かるだろ？」

穏やかな口調なので何となく聞いていたが、伊豆原は怒っているのだと気づいた。彼はこのことを言わずにいられなくて来たのだ。

「紗奈と接する人間がどんな素性なのかは、知る必要があります」

「ちょっと気を張りすぎじゃないかな」彼は言った。「そんなふうに周りを敵じゃないか、悪い人間じゃないかって見てると、生きづらくなるばかりだよ。助けてくれる人も助けてくれなくなる」

「無理して助けてほしいとは思ってません。そのつもりで社会人になったんだし、紗奈の面倒くらい一人で見られます」

三崎涼介のことで一言言わずにいられないという様子の伊豆原だったが、由惟に食ってかかられ、逆に鼻白(はなじろ)んだ顔になった。

「いや、俺が助けないと言ってるわけじゃないよ」彼は言う。「そうじゃなくて、そんなに気を張ってると持たないから、もう少し肩の力を抜いたほうがいいんじゃないかって言いたいんだ」

「余計なお世話です」由惟は言った。「肩の力を入れようが抜こうが、好き好んで助けてくれる人なんて、もともとそんなにいませんから。私たちを遠ざけようとしたり、攻撃してきたり……そんな人たちばかり。敵ばかりです」

伊豆原は由惟の顔をちらりと見てから、何を言おうか迷うように、しばらく無言でいた。

「いろいろ、つらかったんだね……」彼はそうぽつりと言った。

「仕方ないです」由惟は言う。

「仕方なくはない。仕方ないで済ませたくないから、俺は何とかしたいと思って動いてるんだ。あなたも紗奈ちゃんも、そして涼介も同じだ。涼介なら紗奈ちゃんのことを分かってくれると思ったし、君なら涼介のことを分かってくれると思った。だから、彼を連れてきたんだ」

本当は分かるのかもしれない。でも、それを分かりたくないと思うほど、自分の心が固まってしまっているのかもしれない。

素直でない自覚はある。ただ、今は、伊豆原の話にうなずきたくなかった。

14

母との縁をすでに心の中で切ってしまったかのような由惟の頑（かたく）なな気持ちを何とか解きほぐせないかと考えると、伊豆原はふと、貴島の言葉を思い出すのだった。

野々花が無罪だと百パーセント信じているか……。

無罪であればいい、その可能性は十分あると思いながらも、今の自分はまだ、野々花の周りにある霧を払い切れていない。

それが間接的に、由惟の気持ちを解きほぐせない一因になっている気がしている。回り回って、公判にも影響が出てくる。弁護人が百パーセント信じていないなら、無罪判決など到底勝ち取れないという貴島の言葉は正しい。

〔古溝病院〕の繁田には竹岡聡子との面談の日程を組み直してもらっているが、その間、伊豆原は千葉県市川市の〔八幡（やわた）第一病院〕を訪れることにした。

野々花は二十代後半から三十代前半にかけて、小さな由惟を育てながら、この〔八幡第一病院〕で三年ほど看護助手として働いていたことがある。今回話を聞くことになった林田克子（はやしだかつこ）は当時、野々花が働いていた病棟の副師長を務めていたという。今はこの病院の看護部長であるらしい。

彼女については、検察側から証人としての請求が出ている。野々花の看護助手当時の働きぶりを証言してもらい、彼女にある程度の医療知識、看護知識が備わっていることを検察側は立証しようとしている。弁護側としても、反駁（はんばく）する材料を探しておきたいところであり、願わくば野々花という人間の素顔にもう少し近づいてみたい思いもある。

勤務を終え、私服姿で現れた林田克子は、どこにでもいそうな飾り気のない婦人だった。彼女の案内で近所の喫茶店に場所を移し、そこで話を聞くことになった。

看護助手というのは看護師の指示で患者のベッドのシーツを取り替えたり、備品を運んだり、患者の車椅子を押して検査室に連れていったりする雑用を主にこなしている。野々花も〔八幡第一病院〕でそんな仕事をしていた。

「小南さんは患者さんと話しこんじゃって、頼んだ仕事がなかなか進まないなんてことがよくあったんですけど、まあ、患者さんの話し相手になってあげるのも医療の一つではあるんで、私たちも大目には見てましたよ」林田はそんなふうに当時の野々花の働きぶりを語った。

「そちらの病院ではナースステーションへの患者やその家族の出入りはどうなってましたか？」

〔古溝病院〕の看護師・島津淳美が、一昔前は患者やその家族がナースステーションに立ち入る姿もときどき目にしたという話をしていた。

「そうですね。話をするために何歩か入ってくる人はいましたかね。ただ、うちもナースステーションの奥に休憩室があるんですけど、そこまで入ってくる人は昔もいませんでしたよ」

「休憩室は看護助手も使うんですか？」

「うちは使ってますね。小南さんと一緒におやつを食べたこともよくありました」

野々花が休憩室にまで顔を出していたのは、看護助手時代の自身のそうした習慣が影響しているのだろう。

「看護助手っていうのは、もちろん、直接の看護や医療行為には関わらないわけですよね？」

「そうですね」

「そんな中で、何か小南さんが医療的な知識があるように感じたことはありますか？」

「患者さんの中には看護師も看護助手も関係なく、点滴が洩れてるみたいだとか、痛み止めをもらえないかとか、言ってくる人が割といるんですよ。普通の看護助手は看護師の仕事に立ち入らないよう言われてるんで、患者さんが何か訴えてきても、ただ看護師を呼ぶだけなんですけど、小南さんはいちいち親身に聞いて、患者さんがこういうことを言ってたって感じで私たちに話を回してくるんです。いろんな患者さんによく訊かれるようなことは彼女がそれでいいですよみたいに勝手に答えて、あとで分かって注意したこともあったと思います。あと、さっきも言ったみたいに患者さんたちとよく話をするんで、今どんな治療をしてるかってことも聞いてたと思います。だから、そういうのの積み重ねで、耳学問の知識はあったんじゃないかと」

「なるほど」

「それに小南さん、学校に通って看護師の資格取ろうかしらなんてことを、割と真面目に言ってました」

「そうなんですか？」

「社会人から三十前後で学校に通う看護学生も多いですよみたいなことを若手が彼女に話してたのを憶えてます。ご主人を亡くされて、子どもを養うために手に職をつけたいっていう気持ちもあったんじゃないかしら。一時は通う気になってたようにも見えましたけど」

「今の小南さんは、割と病院嫌いな言動も目立つようなんですけど、そういう一面は、その頃は見せなかったんですかね？」

「うーん、結局は新しい旦那さんと知り合って子どももできるってことでうちの仕事も辞めちゃったんですけど、その前に、看護学校にも行く気をなくした感じはありましたね。そういう意味では働いてるうちに嫌になったのかなという気はします」

「というと、何かあったんですか？」

「これは検事さんにもお話ししたんですけど、その頃、うちの病院でも点滴ミスの死亡事故があったんですよね」

「え？」

「高齢の不整脈の患者にキシロカインを点滴したんですけど、低濃度のものを打つはずが高濃度のものを打ってしまって、容態が急変しちゃったんです。あの頃、ほかの病院でも同様の事故がちょこちょこあって、うちでも注意喚起はしてたんです。でも、若手がやってしまって……言い訳にはならないんですけど、人の手が足らないときで、チェックが働かなかったんです」

「小南さんは関係してないですよね？」

「もちろんです」林田は言う。「ただ、小南さんとも仲のよかった患者さんだったんで、ショックは受けたと思います。あの頃から薬って怖いとか、薬も毒の一種だとか口にするようになって、患者さんの前ではそんなこと言わないでねって釘を刺したことが何回かありました」

「それで小南さん自身もだんだん病院での仕事に嫌気が差していった感じですか？」

「そうですね。やっぱり患者さんの中にはどうしても、薬をいろいろ替えても思ったような治療効果が出なかったりだとか、副作用が出て苦しんだりだとか、そういうのがあるんです。私たちにはどうしようもない部分があって何もしてあげられないんですけど、患者さん自身はなかなか受け止め切れなくて、私たちだけじゃなく、小南さんにも訴えるんですよ。小南さんにしてみればそれぞれの病状に詳しくないまま、薬を替えても全然よくならないだとか、点滴始めてから気分が優れないだとか、そういう声ばかり聞かされることになるわけで、そういう面でも嫌気が差していったんだと思います。あれこれ薬打たれて、モルモットみたいで可哀想なんてことも口走るようになって、さすがにたしなめたこともありました。そういうときに誤点滴の事故が重なって、看護師になるどころか病院の仕事そのものも嫌になっちゃったんじゃないですかね」

「なるほど」

野々花の病院嫌いの言動に相応の理由があることが分かり、伊豆原としては腑に落ちたような気になった。

ただ、検察側が林田克子を証人として呼ぶということは、こうしたエピソードの一面を切り取って、看護助手時代に目の当たりにした誤点滴の事故から、点滴に薬物を混ぜるという犯罪の着想を得たというような形でストーリーを組み立ててくるのかもしれない。

父親が糖尿病を患って、インスリン治療をしていた。キシロカインでの死亡事故も職場で経験していた。これら野々花の人生の中で存在した出来事を、検察は事件の背景として結びつけてくるのだろう。

結局のところ、犯行そのものの立証を崩せないと、こうした証言もネガティブに作用してしまう。伊豆原はそのことを思いながら、林田克子と別れた。

七月の終わり、第五回となる公判前整理手続が開かれた。前回同様、弁護側は伊豆原と桝田が出席し、野々花もその場に同席した。

「貴島先生のお加減はいかがですか？」

桜井保文裁判長が冒頭（ぼうとう）、弁護団にそんな声をかけてきた。

「おかげ様で事務所に出てくるまでには快復しておりますが、まだ体力が戻り切っていないので、本日は出席をご容赦いただきたいとのことです」

桝田がそう返すと、桜井裁判長は「お大事にとお伝えください」と、前回同様、いたわりの言葉を口にした。

貴島は事務所に出てきても、三時間ほど書類仕事をこなすのがせいぜいという様子が続いているという。整理手続への出席は本人が望むのであればまだしも、そうではないだけに、周りから無理に勧められる状態ではない。

本題に入り、野々花の自白調書に関するやり取りが取り上げられた。

「前回、検察官は、録画記録にない取り調べについて取調官からもう一度確認を取るということでしたが」

桜井裁判長がそう言って、江崎検事を見る。

「確認を取りましたが、やはり、録画できていない時間帯では、取り調べと言えるようなやり取りはしていないということでした」江崎検事は澄ました口調でそう話した。「例えば十一月五日の取り調べの前も、確かに恒川結芽さんが亡くなったという話はしたそうです。ただそれも、そういう事実を知らせたというだけのことでして、世間話という言い方が適当かどうかはともかく、取り調べの前段階の会話の一部にすぎないという認識だそうです」

「取り調べじゃないのは当然ですよ」野々花が反論するように口を開いた。「長縄さんが一方的にしゃべるんですから。私が何か言おうとすると、黙って聞けって怒るんです」

「それは恒川結芽さんが亡くなったという話をしたときじゃないでしょうか」江崎検事が無表情で応える。「このときは知らせを聞いた被告人の動揺が激しく、落ち着かせるのにしばらく時間がかかったという話も聞いています。大事な話をしているときだけに、黙って聞きなさいという程度の言葉はあったかもしれません」

「そのときだけじゃありません。いつもです」

「取調官はこう話しています」江崎検事は野々花の声を無視して言う。「事件が梶光莉さんの犠牲だけで収まらず、恒川結芽さんの命をも奪うことになった事実を聞かされ、被告人は激しく動揺した。その様子を目の当たりにして、その日の自白の予感を得たと」

「そんな見解は訊いていません」野々花をいかにも犯人らしく印象づけるような言い方に、伊豆原は不快感をあらわにした。

「亡くなったなんて聞いたら、そりゃ動揺しますよ」野々花が言う。「当たり前じゃないですか」

「話を戻してください」桜井裁判長がたしなめるように言った。

「報告としては以上です」江崎検事が言う。

「検察官の説明は、到底納得できる内容ではありません」伊豆原は言った。「録画時間外に世間話のような和やかな会話はなく、朝から夜まで厳しい追及が続いていたというのは、小南さんの一貫した主張です。その追及が被告人からの聴き取りという形を用いていないから取り調べではないとするなら、それは詭弁以外の何物でもありません。取り調べは録画された時間以外にも苛烈に行われていたことは明らかで、この調書は連日の長時間にわたる違法な取り調べで正常な思考力を失った小南さんから取ったものであり、裁判の証拠にはまったく適していません」

難しいやり取りはぼうっと聞いているだけのことが多い野々花も、この伊豆原の話には盛んにうなずいている。

桜井裁判長は表情を変えず、今度は検察側の二人を見た。

「こちらとしては、この説明がすべてだとしか言いようがありません」江崎検事が落ち着き払った口調で言った。「被告人がどう受け取ったかは分かりませんが、取り調べのあとにしても、取調官は被告人の悩みを和らげるつもりで話をしただけだと述べています」

「小南さんは録画されていない時間でのやり取りで、あなたが認めなければ娘たちに厳しい取り調べが及ぶ。娘たちの人生が台なしになる。認めなければ極刑が待っている。等々の、過去の冤罪事件でも散見された脅しとも取れる言葉を複数かけられ、精神的に追いこまれたと言っています」伊豆原も負けずにそう主張する。

「これ以上は水かけ論になりますから、法廷で取調官に訊いていただければいいのではないでしょうか」

「任意性の立証責任は我々ではなく、検察側にあります」

「検察官は取調官の証人調べを請求されますか？」桜井裁判長が江崎検事に確認する。

「取調官の長縄唯司警部補、同じく取調官で記録係を務めた松波和樹巡査部長の証人調べを求めたいと思います」

彼ら取調官は、事前の口裏合わせでもって、正当な捜査であることを鉄面皮に主張してくるのだろう。

「弁護人のご意見は？」

検察側に開き直られては、二の矢、三の矢のない弁護側はどうすることもできない。しかし、検察側が作る流れに乗るしかないのもしゃくであり、伊豆原が返事をしないでいると、桝田が代わりに「しかるべく」と答えた。

取調官の証人尋問が決まり、一応の手当てがついたとばかりに、桜井裁判長は話を進めていく。

「この乙号証についてはだいぶ時間を使いましたが、任意性の争いとなりますので、取調官の尋問などを踏まえ、公判の中で扱いを考えたいと思います」

「待ってください」伊豆原は声を張った。「この調書は問題が多すぎます。検察側の釈明も十分とは言えません。さらに時間をかけて、慎重に検討すべきです」

「だから、納得がいかない部分は、どうぞ取調官に訊いてくださいと言っている」江崎検事が駄々っ子を諭すように言った。「これ以上はいたずらに整理手続の回数を重ねるだけです」

桜井裁判長は江崎検事の言葉にうなずいた。

「検察側からの釈明もなされ、現時点では不正な取り調べで作成されたと考えられる根拠はありません。ですからあとは、公判の中で被告人質問や取調官への質問を通して、採用の可否を判断したいと思います。弁護人の意見もそのときにお聞きします」

伊豆原はどうすることもできず、ただ唇を嚙んだ。

公判にかけられる調書類の証拠は、基本的には不同意を示せば採用されることはないのだが、被告人の調書に関しては、不正な方法で自白を引き出したと認められるものではない限り、裁判官は証拠採用の判断を下すことができてしまう。そして、不正な方法で自白を引き出したとすることのハードルは高い。

もちろん、自白内容が事実認定されるかどうかはまた別問題だ。しかし、自白調書自体、状況証拠に沿って調えられているから見映えはいい。認定されれば、証拠の王様とも呼ばれるだけに、立証の柱になるのは間違いない。状況として弁護側に有利でないことは確かだった。

これまで自白調書についてはいろいろ注文をつけて扱いの判断を遅らせてきたが、それに終止符が打たれ、結果としてこの事件の整理手続が一番の山を越えてしまった形となった。

「弁護側の精神鑑定は、今回提出するという予定になっていたと思いますが」

「依頼先からの結果が出るのが遅れておりまして」

「次回は出していただけると考えてよろしいですか？」

「善処します」

整理手続が拙速に進みすぎないように、いろいろと抵抗を試みているが、全体としてこの日は、いくつもの証拠類がふるいにかけられ、膠着状態だったものが大きく動いた感があった。前回は貴島が病欠したことで、裁判長にもお茶を濁してやろうとする姿勢が感じられたが、今回はそれもなかった。

次回の期日が決められ、整理手続は終了した。

「ようやく出口が見えてきて、今日はほっとしました」

帰り支度を済ませた江崎検事が、弁護団に近寄り、そんな言葉をかけてきた。

それがある種の挑発のようにも取れ、伊豆原は思わず彼をにらんだ。

「江崎さん、取り調べの件はあまりにも人を食ってるんじゃないですか？　子どもでもばれる言い訳をするのはやめてください」

「実際に取調官がそう言ってるんだからしょうがない」江崎検事はかすかに冷笑を浮かべて言った。

「言いたいことがあれば、公判で言えばいいんです。その取調官も貴島義郎だろうと誰だろうと受けて立つと言っている。彼は捜査一課でも名の知られた割り屋で、何度も証言台に立ってますが、彼が取った調書は全部、正当性を認められていますよ」

つまりは法廷で言い逃れられる術は十分心得ているということだ。

「今までそれで通ったから、今回もそれで通るとは思わないほうがいいですよ」

伊豆原が口にした言葉はただの負け惜しみと取ったらしく、江崎検事は口もとの冷笑を強めた。

「威勢だけでは裁判には勝てませんよ。まあ、肝心の御大が病で倒れては、吠えるしかないというのも分かりますが」

「検事、そのへんにしておいては」

あまりに口がすぎると思ったのか、副検事の高倉亜津子が苦笑気味に取りなした。

「失敬」

江崎検事は芝居がかった口調でそう言い、伊豆原らに背を向けた。


翌週、八月に入り、〈貴島法律事務所〉で整理手続を受けた弁護団会議が開かれることになった。

約束の時間に伊豆原が訪問すると、〈貴島法律事務所〉に移籍したばかりの桝田が出迎えた。

「どうだ、銀座での働き心地は？」

「新橋より昼飯代がかかるようになったくらいだ」

桝田は大部屋の一角に設えられた自分の執務席を見せてくれた。前事務所と同じアソシエイト契約だが、名門事務所でもあり、待遇も悪くないのだろう。その顔も少し誇らしげに見えた。

「整理手続の件は貴島先生にも報告してある」桝田は言いながら、伊豆原に書類を手渡してきた。

「問題は、例の精神鑑定の結果が上がってきたんだけどな」

野々花については検察側の起訴前鑑定で、代理ミュンヒハウゼン症候群という診断結果が出ている。そして検察側は、この鑑定結果を踏まえた動機の解明を打ち出してきている。それに対して弁護側も、当事者鑑定と呼ばれる独自の精神鑑定結果で対抗しようとしているのだった。

「何とこっちも、その傾向が否定できないっていう結果が出てきた」

「えっ？」

伊豆原は報告書を繰って、内容を確かめる。桝田の言う通りだった。

「いったい、どうなってんだ」

精神鑑定は科学の領域とはいえ、専門家によって見方が分かれることも多く、依頼先さえ間違えなければ、弁護側主張に沿った鑑定が出てくるのは難しくないことだと思っていた。

「貴島先生も頭を抱えてる」

二人で貴島の執務室に向かう。貴島も机に報告書を広げていた。顔色が悪いのも闘病のせいかこの事件のせいか分からない。

「警察ってのは、鑑定を依頼するとき、この人はボーダーだからよく診てくれなんて言い方をする。すると、専門家もそうかと思い、無理にでも何か精神症状を見出そうとする……向こうの精神鑑定のからくりはそういうものだ」

ボーダーというのは、境界性パーソナリティ障害のことだ。精神障害とまでは言えないものの、情緒や行動に偏り(かたよ)がある人物を指す。急に怒り出すとか、執着が激しいといったタイプが典型で、警察は被疑者を割り出すとき、犯行可能性を探りながらも同時に、その人物の人格を見極めている。

変わった人間だと取られれば、それだけで捜査線上に残されることもありうる。

「だから、こっちはもちろん、フラットな目で診てくれと頼んでいる。安永先生には以前にも鑑定を頼んだことがあるが、信頼できる先生だと思ってた」

それでもこの結果が出てきたということか。

あるいは野々花にはその傾向があるのかもしれない。

しかし、それを認めているだけでは、弁護活動は立ち行かなくなる。

「いずれにしろ、これを出すわけにはいきませんから、早急に別の専門家に当たるべきだと思います」

伊豆原の意見に、貴島はもっともだというようにうなずいたが、ほかの当てがあるわけではないようで、打開策は彼の口から出てこなかった。

貴島の険しい顔つきを見て、伊豆原は前回、彼と交わしたやり取りを思い出した。

野々花が無罪だと百パーセント信じているか……。

あれは、無罪判決を勝ち取るための前提として出てきた話だったが、もしかしたらこの刑事弁護の大御所自身、野々花の無罪に懐疑的な思いがあるのではないか。

以前、桝田とも少し話をした。検察側が立証しようとしている動機は、たぶんに検察本位のものである。もともとの動機は梶朱里に対する怨恨であり、我が子・紗奈をも犯行の標的に含めたのはある種のカモフラージュから発し、そこに代理ミュンヒハウゼンの心情を加えた複雑な心理的背景によるものとしている。つまり、紗奈は生死に関わるような被害に遭わせなければいい。多少の被害であれば、自分が一生懸命看護することで同情も集められ、心が満たされるという感覚である。犯行前に紗奈にビスケットを食べさせて、結果的にインスリンの作用を弱めさせたり、点滴を途中で止めたりした行動も、検察側はこの動機の裏づけになると考えている。

彼らはそれにより、紗奈以外、少なくとも梶光莉に対しては殺意があったという認定を勝ち取ろうとしている。殺意が認められれば、それだけ量刑も厳しいものになる。こうしたパッチワークのような動機が持ち出されているのはそのためだ。

仮に野々花の犯行だったとして、殺意の有無に固執しなければ、もっと筋が通る動機が成立するはずなのだ。犯行すべてが代理ミュンヒハウゼンを背景とするものだという見方である。四人の異変にいち早く気づき、看護師たちに知らせて救うことで、関係がうまくいっていない梶朱里たちに見直されたいという心情がそこにはあった。たまたま梶朱里が病室に帰ってくるのが早く、また薬の加減が分からなかったためにあのような事件となったが、動機としてはそう考えたほうが自然なのである。

貴島の頭にも、そのことがあるのではないか。

代理ミュンヒハウゼンを唯一の心理的背景とすれば、事件の動機は成り立つ。そこに来て、自分が信頼する専門家からも、その精神傾向を認めるような鑑定結果が届いた。

つまり、野々花の犯行である可能性も捨て切れないのではないかということだ。

そこまで考えて、伊豆原は邪念(じゃねん)を振り払いたいような衝動に駆られた。貴島の考えを推し測っているつもりが、それはそのまま自分の頭によぎっていることでもあるからだった。

弁護活動を進めていくうちに、おのずと無罪の心証が固まっていけばいいと思っていたが、図らずも逆に動いており、気持ちとしても落ち着かない。

野々花の犯行を否定できる何かがつかめればいいが、そうでないと、裁判に勝てる流れが一向にできない。

「自白調書の件もそうだが、なかなか厳しいな」

自嘲気味にそう呟いた貴島は、自身の気力の衰えをどうすることもできないかのようだった。

「それでも僕は、小南さんの無罪に賭けたいと思っています」伊豆原は自分にも言い聞かせるように言った。

「もちろんだ」貴島は弱い声ながら呼応するように言った。「だが、どうするね？」

伊豆原にそれを尋ねるほど、手がないということでもあるようだった。

「今のところは、病院関係者への聴き取りを進めて、そこから何か見つけるしかないと思っています」

「何か見つかりそうか？」

貴島が会議の体裁を無理に整えようとするかのように訊いてきた。

「まだそれは」伊豆原は力なく首を振る。「小南さんがナースステーションに出入りしたり、医療不信の言動を繰り返したりしたことに、それなりの背景があって、少なくとも彼女のエキセントリックな性格だけでそうしていたものではないということは理解したつもりですが」

「これまで誰に話を聞いた？」

「古溝院長と看護師の川勝さん、島津さん、畑中さんといったところです。川勝さんと一緒に休憩室にいた竹岡さんは都合が合わず、予定を組み直してもらっています」

「私も春先はまだ動けたから、そのあたりは当たったよ。島津さんは割と、野々花さんに理解があるだろう」

「そうですね。そう感じました」

「ただ、それだけだ。庄村さんや安藤さんといった、あの病院を辞めた人たちにも話を聞きに行ったが無駄足だった。調書に書いてある以上のことは何もない」貴島は記憶をたどるように、目を遠くにやった。

「当日、夜勤だった人たちにも当たられましたか？」

伊豆原が訊くと、貴島ははなから考えていなかったように、「いや」と首を振った。

「調書を読むと、島津さんや畑中さんは小南さんに対して割とフラットな目線ですけど、夜勤の葛城さんや奥野さんは、頭から変わった人として小南さんを捉えているように感じたものですから」

「何かありそうなら、当たってみればいい」貴島はそう言い、ややためらうような口の動きを見せてから、思い切ったように続けた。「私も一つだけ、看護師のことで引っかかっていることがある」

「何でしょうか？」

「副師長の川勝さんだったか……あの人はどこか歯切れが悪いというか、何か隠してるようにも見えた」

確かに川勝春水は言葉を選んで話しているような、慎重な口ぶりが印象的だった。しかし、貴島の言い方には、前提として彼女への疑心があるかのようだった。

「野々花さんから聞いてないか？」貴島は言う。「川勝さんと古溝院長ができてるっていう……」

「ああ……」

野々花が茶目っ気を覗かせて話していた噂だ。それを貴島が真面目な顔をして取り上げるとは思わなかった。

「まあ、そんなのは珍しい話じゃないかもしれない。ただ、事件というのは往々にして、人間関係のゆがみから起こるものだ。あの小児病棟にも、それがあったとしたら……」

あの噂話を、人間関係のゆがみの萌芽として捉えてみるということか。

「川勝さんは当日の三〇五号室の担当でもありますよね」桝田が言う。「小南さんの犯行でないなら、犯人はナースステーションに出入りするスタッフに絞られるわけで、川勝さんをめぐって、何かがあったのではという推測はできそうですよね」

「川勝さんと院長の仲をうらやむ誰かの仕業みたいなことか……」

考えの方向性としては間違っていないようにも思えた。

「川勝さんに対する恨みや妬みは、警察も一通り調べてはいるだろう」貴島は言う。「しかし、小南さんに嫌疑を絞ったところで、中途半端になっているかもしれない」

貴島自身、野々花への疑念が図らずもふくらんでいる。そこから目を背けたいがゆえの、希望的な疑念なのかもしれない。

しかし、苦しまぎれとも言い切れない。貴島の口から聞くからか、何かがありそうな気もしてくる。

「難しい問題ですが、どこかで病院側に切りこむ機会を見つけていきたいと思います」

病院関係者をあからさまに疑うとなると、今は協力的な病院側の態度もどう変わるか分からない。タイミングとやり方を慎重に考えなければならないと思った。

同じ週、前回会えなかった竹岡聡子のアポが取れ、夕方になって〔古溝病院〕を訪れた。

院内のカフェに繁田に伴われて現れたのは、三十代半ばの小太りの女性だった。彼女が竹岡聡子で、勤務を終え、帰り支度を済ませた私服姿だった。

伊豆原は二人のコーヒーを用意し、席に腰を落ち着けると、時間を取ってくれたことの礼を言った。

「手術室の勤務は病棟と比べてどうですか？」

世間話的に、そんな問いかけを竹岡聡子に向けてみる。

「大変ですけど、やりがいはありますよ」竹岡聡子は真面目そうな口調でそう答えた。

緊急手術が入ったときには呼び出されることもあるが、基本的には夜勤もないので、病棟より働きやすいのだと、彼女は言った。

「竹岡さんは新人の頃からこの病院に？」

「そうですね。十二、三年はここで働いてます」

主任を任されるようになったのは去年からだという。

「昔はこの病院も、患者の家族あたりが挨拶の菓子折りなどを持ってきた際、ナースステーションに立ち入ることも珍しくはなかったと聞きましたが」伊豆原はそんなふうに水を向けてみる。

「珍しくないってほどではないですけど、そういう人もたまにいました」竹岡聡子は言う。

「いつ頃から出入りを注意するようになったんですかね？」

「七、八年前に、ナースステーションは関係者以外立ち入らせないようにっていう指示が事務局のほうからあった気がします」彼女は繁田の顔をちらりと見ながら言った。「その頃、ドクターのほうで何かトラブルがあって、患者から謝礼をもらうのは禁止だってことが徹底されるようになって、ナースステーションでも差し入れはなるべくお断りするようにみたいな指示が下りてきたんです。それで当時はナースステーションの出入口に『関係者以外立入禁止』っていうプレートを置いてました」

「トラブルっていうのは？」

竹岡聡子は答える代わりに繁田をもう一度見た。

「いやまあ」繁田が言いにくそうに口を開いた。「うちは公立でもないのでドクターが手術時に患者さんから謝礼をもらう習慣も残ってたんですが、その頃、かなり高額の謝礼をもらった手術で術後の経過が思わしくないばかりに、患者の家族との間でトラブルになった事例が発覚しまして、それを機に、ドクターが謝礼をもらうことは一切禁止となりました。それに準じて、ナースのほうも差し入れは受け取らないようにという方針になったんですが、そちらはまあ、ほかの病院を見てもそこまで厳格ではないようですし、みんなでおやつとしてもらう程度のものならと、今のような感じに落ち着いたわけです」

「それで『立入禁止』のプレートもいつしかなくなったと」伊豆原がそう言い、二人を見た。

「カウンターに置いてあるのも邪魔なんでどこかへやったと思うんですけど」竹岡聡子が言う。「関係者以外は立ち入らせないっていう意識は残ってたんで、入ってこようとする人には注意してましたし、プレートがなくなっても入ってこようとする人は、ほとんどいなくなりましたね」

「今では、小南さんのような方は珍しいと」

伊豆原の言葉に、竹岡聡子はうなずく。「ここ最近で堂々と入ってくるような人は、小南さんくらいでしたね」

「竹岡さんは、それを見ると注意してたんですか?」

「一応してました」竹岡聡子は困ったことのように言った。「ちゃんと聞いてたかどうかは怪しいんですけど……もっときつく言えばよかったなとは思ってます」

「事件のときは川勝さんとお二人で休憩室にいたところに、小南さんが姿を見せたわけですが」伊豆原は話を進めた。

「本当は休憩室で仕事をしちゃいけないんですけど、当時は何と言うか、それが習慣みたいなことになってしまってて」

「どんな会話をされたか、憶えてますか?」

「確か、来院者食堂に小南さんの知り合いが働いてるとか、そんな話をしてました」

「具体的な台詞で教えてほしいんですが」伊豆原は川勝春水の話を聴き取ったときのメモに目を落

としながら言う。「川勝さんの話では、小南さんが『お疲れ様』って入ってきて、『おやつどうぞ』と二人にビスケットを配ったと。それで川勝さんが『また、小南さん』と、彼女が懲りずに入ってきたことを注意したということですが」

「はい、そんな感じです」竹岡聡子はうなずく。

「それから？」

「注意しても小南さんは全然応えてなくて、それから唐突に食堂の知り合いの話をしだしたと思います」

「具体的に何て切り出してきたか憶えてますか？」

「具体的にと言われても……」

「憶えてる限りで構いません」

「たぶんですけど、『ここの食堂で働いてる女の人、知ってます？』みたいな。『私、どっかで見たことあるなと思ってたんだけど、昔勤めてたところで一緒だった人なの』みたいな感じです」

「それで？」伊豆原は台詞を書き留めながら促す。

「私たちは来院者食堂は利用しないんで、『どんな人か分かんないや』って言いました」

「それは誰が言ったんですか？」

「私です」

「それで？」川勝春水への聴き取りでは洩れていた台詞をメモし、伊豆原はさらに訊く。

「小南さんが『おかず盛りつけてる人よ』って。『私たち、上の食堂だから』って言ったら、『あら、上にも食堂あるの？』って驚いてました。来院者に向かって『上の食堂』『下の食堂』っていう言い方は本当はよくないですし、小南さんが来院者も使える食堂と勘違いしたようだったんで、川勝さんが『職員専用のね』って感じで言い直してくれました。小南さんは『ああ、だから看護師さん、食堂で見ないのね。昔働いてたとこは、患者も先生もみんな一緒の食堂だったから』って」

川勝春水から聞いたときにははしょられていたやり取りがいくらかあるようだった。

「はい」伊豆原はペンを走らせながら、先を促す。

「あとはどうでしたっけ……『私は今日やっと気づいたのに、向こうはとっくに気づいてたみたい。言ってくれればいいのにね』とか、そんな感じです」

「『マスクしてるから気づかなかった』みたいなことは言ってました？」

「ああ、言ってたかもしれませんね」

「それで？」

「『世の中、狭いですね』とか、そんなことを適当に言った気がします」

「それで終わりですか？」

「いや、『その知り合いに小児病棟にいるって話したら、副師長の話になって、どんな人って訊かれたから、そりゃきれいな人よって答えたの』って」

「ああ、そんなやり取りも」伊豆原はメモしながら言う。そのくだりは川勝春水の話にも、彼女の調書にも出ていない。「それで？」

「うーん……」竹岡聡子はテーブルを見つめながら考えこんでいたが、ふと伊豆原に視線を向けた。

「川勝さんは何ておっしゃってました？」

「その話は出てきてなかったんで、竹岡さんが憶えてるところを教えてもらいたいんですけど」

伊豆原の言葉に、彼女は小さくうなずいた。

「でも、そんな感じです。あとは川勝さんが『仕事中だから』ってぴしゃっと追い返すようにして」

それは川勝春水も言っていた通りだ。

しかし、聞いていると、川勝春水が言及していなかったやり取りもちらほら出てきた。それらを消化するには、三、四十秒では足りないのではという気がする。

「小南さんが休憩室に立ち寄ってたのは、竹岡さんの感覚だと何秒くらいでしたか？」

「それが私、自分の記憶に自信がなくて」彼女は言った。「正直、警察からは、『川勝さんが三、四十秒くらいだって言ってるけど、それくらいですかね？』って言われたんで、何となくそうかなって感じで答えたんですけど」

「本当はもう少し長かった気もしたと……？」

伊豆原が軽く鎌をかけて訊いてみると、竹岡聡子はこくりと首を動かしてから、少し困ったように眉を下げた。

「具体的にどれくらいですか？」伊豆原は問いを重ねる。「一分とか一分半とか」

「いや、そのへんは本当に自信がなくて」彼女は答えを拒むように言った。

一分半が長すぎるとも言わなかった。

「どちらにしても、三、四十秒はちょっと短いかなという感じですか？」伊豆原はしつこく確かめてみる。

「うーん、そうですね……そんな気はするんですけど、でも分かんないです」彼女は言葉を濁すようにそう言った。

「小南さんが食堂の知り合いと副師長の話をしたって言ってたっていうのは、竹岡さんの調書には載ってなかったと思うんですけど、警察にその話はしました？」

「ええ。でも調書のときは、話の流れの要点が分かればいいからって感じで刑事さんがまとめて、内容そのものは間違ってないですし、それでサインしました」

捜査側の意図が見え隠れしていると思った。野々花が休憩室に滞在していた時間は三、四十秒だというストーリーが前提としてあり、そこに証言内容を合わせてきている。

ここにこだわれば、風穴が開くのではという期待感は持てる。しかし、竹岡聡子の証言をもとにしても足せるのはおそらく二十秒そこそこで、まだわずかに足らない気はする。

「竹岡さんは、小南さんが逮捕されて、どう感じましたか？」伊豆原はそんなことを訊いてみる。

「やっぱりとか、まさかとか、何でもいいんですが」

「単純にびっくりしました」竹岡聡子は言う。「ビスケットを配りに来たときに点滴に混入させたって聞いて、ぞっとした思いもありましたし」

「そういう事件を起こす人には見えなかったからびっくりしたという意味ですかね？」

「そういう事件を起こす人には見えなかったんですけど、ただ……」竹岡聡子はそこまで話したあと、ためらってみせた。

「ただ……何ですか？」

「いえ」彼女は口を開いた。「最初聞いたときは、川勝さんが休憩室を追い出したからかなと思ったんです」

「というと？」

「ちょっと言い方がいつもより強かったんで、小南さんが腹を立てたのかなと」

「せっかくビスケットを持ってきたのに、強く注意されて腹を立てたと。それで点滴に薬物を……？」少々飛躍がすぎる話にも思え、伊豆原は眉をひそめた。

「三〇五号室はその日、川勝さんの担当だったんで」

「ああ、なるほど」伊豆原は言う。「ある種の嫌がらせでってことですね」

「でも川勝さんの担当だからって自分の子どもの点滴にまで薬物を混ぜようとするわけないですし、よく考えたらありえないなと思ったんで警察にも言ってないんですけど」

伊豆原も聞いていて、そういう見方もあるのかと一瞬思ったが、確かに川勝春水に腹を立てたからといって、自分の娘の点滴にまで変な工作をするのはおかしい。

「みなさんにお訊きしてるんですが、当時の小児病棟で、小南さんとは関係ないところで何かトラブルだとか、人間関係のもつれがあったというような噂は耳にしませんでしたか？」

伊豆原は最後に、そんな質問をぶつけてみた。

竹岡聡子は束の間、押し黙った。何事か言いたそうに唇を動かしかけたが、結局はコーヒーに口をつけただけに終わった。

「噂とかは、もともと興味がないというか、取り合わないようにしてるもんですから」

彼女はようやく、言い訳のようにそう言った。

噂の一つや二つは知っていると顔には書いてある。しかしそれを外部に洩らすのがいいとは思っていないようでもある。川勝春水の噂を投げかけてみたかったが、繁田が同席している場でもあり、躊躇のほうが先に立った。

「分かりました。ありがとうございます」

一通り訊き終わり、竹岡聡子はそれで帰っていった。

カフェを出たところで、繁田にそんな打診をしてみた。

「相談なんですが、当日夜勤だった方にも話を聞かせてもらうことはできないでしょうか？」

「え、何のためにですか？」

事件当時、日勤で働いていて、今もこの病院に在籍している看護師には聴き取りが終わり、十分協力したという思いがあったのだろう。彼は困惑の色を隠さなかった。

「事件とは無関係でも、小南さんとは接しているでしょうから、何か弁護のヒントになることが聞けるかもしれません」伊豆原は言った。「それに、三〇五号室をめぐる病棟内の人間関係でも、何か我々の知らないことを知っている人がいるかもしれませんので」

「うーん、そこまでする必要があるんですか？」

「あります」伊豆原としては、小さなヒントでもいいから、どこかに転がっていないかとすがりたい思いがある。「院長も、できる限り協力するとおっしゃっていたじゃないですか」

「うーん」

束の間、渋っていた繁田だったが、最後は折れるようにして、看護師たちに予定を訊いてみると言ってくれた。


「世の中狭いですねえ」

「それでね、その知り合いに、小児病棟にいるって話したら、副師長の話になったの。どんな人って訊かれたから、そりゃ、きれいな人よって答えたの」

「小南さん、仕事中だから、もう出てって」

ノートに記した台詞を読み終わり、伊豆原はスマホのストップウォッチを止める。五十八秒だった。

「お芝居でもやるの?」

キッチンで夕食を作りながら伊豆原の独り言を聞いていた千景が茶化すように言う。

「立証崩しだよ」

「楽しそうな裁判ね」

育児のフラストレーションをこめたような彼女の茶々は受け流し、伊豆原はもう一度会話時間を計ってみる。やはり一分弱というところだ。

川勝春水から聴き取った休憩室での会話は、声に出して時間を計ってみると、およそ三十五秒から四十秒というところだった。

竹岡聡子から聴き取った会話では、新たな台詞も出てきた。時間にして二十秒、犯行時間とも言える空白の時間は削られた。

しかし、空白の時間自体はまだ六十数秒はある。

これをどう捉えるかだ。

検察側が野々花に課した、点滴に薬剤を注入する検証実験のデータがある。ゴム手袋を嵌めて四本の薬瓶を冷蔵庫から取り出して並べ、薬剤を注射器に移して輸液バッグに注入するまでの作業時間を検証したものである。

それによると、野々花がかけた時間は六十五秒。検察側が空白の時間として八十五秒程度を見込んでいるから、それで犯行は十分成り立つとしている。

今のところ、新たに加わった会話で、ぎりぎり犯行が成り立つかどうかというところまで空白の時間は削られてきた。

現実には注射器の針や包装を捨てる数秒も加わる。その上、伊豆原が野々花から聞いた話によると、検証実験は何度もやらされたらしい。最初は手間取ってばかりだったものの、ようやく慣れてその時間になったということだ。それだけ急いでやるからには物音にも構っていられない。

だから、現時点でも、その実験プロセスの疑義を指摘することで、検察の立証にひびを入れることはできるかもしれない。

ただ、それだけで無罪が取れるかというと分からない。

向こうは比較データとして、看護師にも同様の作業を行わせている。こちらは手慣れたもので五十四秒。看護師が特に無理なく五十数秒で作業をしている以上、六十五秒ではぎりぎりすぎて無理だという主張は裁判員に通じない可能性がどうしても残ってしまう。

できれば、最低でもあと十秒削って、看護師でもぎりぎりどうかというレベルまで近づけたい。あと二言、三言、こういうやり取りもあったというのが出てくればいいのだ。本来はもっと会話の間があったのかもしれないが、それを主張するのは恣意的すぎて、裁判員の理解は得られそうにない。

野々花に訊いても、こんな感じだったかしらねという反応だ。なかなか細かいやり取りまでは思い出せるものではないのだろう。

しかし、この件に関しては、休憩室にいた三人の記憶力に頼るしかない。竹岡聡子の証言を川勝春水にぶつけ、それを再度竹岡聡子にぶつけてやっていくしかない。そのうち、野々花も何か思い出してくれるかもしれない。

「どうでもいいけど、その格好でいるつもり？」

千景がTシャツにトランクス一枚の伊豆原を見て言う。

「え？」

「だから、後輩が来るんだけど」

「ああ」

千景の大学時代のゼミの後輩で、今は伊豆原たちと同じ弁護士をやっている女性が遊びに来ることになっているのだった。

伊豆原が寝室でズボンを穿いている間に、その後輩・仁科栞がやってきた。小柄ながら勝ち気そうな目をしている。

「わあ、可愛い！」

仁科栞は赤ん坊の恵麻を見ると、自身が出産祝いとして持ってきた楽器のおもちゃを手にして、早速あやし始めた。

「栞ちゃんは、まだ結婚の予定はないの？」

千景が先輩後輩の気安さもあるのか、余計なお世話とも言えるようなことを訊いている。

「全然です」仁科栞は笑って言う。「仕事が楽しくて」

「栞ちゃんは柊ちゃんと同じで、刑事事件が好きらしいのよ」

千景は労ばかりで益の少ない刑事事件の仕事を好む伊豆原を、普段から物好きで変わり者のように捉えている節がある。

仁科栞は現在三十歳で、千景とは三学年違うという。ゼミで机を並べた間柄ではないが、千景が法科大学院に通っていた頃、ＯＧとしてゼミを訪ねて知り合い、進路相談に乗っていたらしい。

「この前、初めて一件、無罪が取れたんです。もうテンション上がりまくりですよ」

無罪判決などそうそう取れるものではない。伊豆原は刑の認定を軽いものに落としたり、執行猶予をもらったりという部分的な勝利はあるが、完全な無罪を勝ち取ったことはまだない。

聞けば、知人が起こした強盗致傷事件の現場に居合わせた被告人が共謀を疑われて逮捕されたものの、犯行とは関わりがなく、無罪であると認定されたという。

伊豆原も興味をそそられ、しばらくは千景の手料理で食卓を囲みながら、その冤罪事件の話で盛り上がった。やはり無罪判決は刑事弁護のロマンである。千景はそんなロマンより赤ん坊の世話とばかりに途中で授乳のために席を立ったが、彼女が戻ってくる頃には、その話題にも区切りがついた。

「そう言えば、千景さんがこの前話してたこと……」仁科栞が思い出したように言う。

「それよ。柊ちゃんが聞かなきゃいけないの」千景が言う。「栞ちゃん、精神鑑定で争うような事件を前に手がけたことがあったらしくて、学者も何人か知ってるんですって」

野々花の鑑定結果の件である。弁護側が依頼した鑑定でも代理ミュンヒハウゼン症候群の傾向が見られるという結果が出てしまい、貴島などは野々花に対する心証そのものが揺らいでいる様子だった。

どちらにしろ、このままでは戦いにならず、ほかの専門家を探すしかない。それで千景にも誰か知らないかと相談していたのだった。

「やっぱり、ちょっとしたことでも病名を付けたがる先生もいれば、多少のことじゃ何でもないっていう先生もいると思うんですよね。安永先生は割と癖のない鑑定をされるって聞きますけど、ちなみに検察側は誰の鑑定ですか?」

「〈東京精神心療研究所〉の平沼(ひらぬま)先生だけど」

伊豆原が答えると、仁科栞は「それじゃないですか」とはっとしたような声を上げた。

「え？」

「安永先生も、確か〈精心研〉出身だったと思いますよ」仁科栞は言う。「〈精心研〉出身の先生でああいう事件の精神鑑定を多くこなしてるのは、もともとは平沼先生からの紹介が多いんですよ。師弟関係かどうかは分かりませんけど、平沼先生は〈精心研〉の顔だから、ちょっと空気を読もうかっていうのがあったかもですよ」

仁科栞は早速スマホで安永の経歴を調べ、「ほら、やっぱり〈精心研〉の出身だ」とからくりを暴いたように言った。

「そういうことか……」

弁護側の私的鑑定なのだから、こちらの立場を理解してくれる専門家に任せないと意味がない。鑑定し直すにしても時間は少ないが、仕事が速く、多少のことでは異常なしと言ってくれそうな精神科医の候補を仁科栞から何人か教えてもらった。

「鑑定結果をまとめてもらう前に、見通しを確認したほうがいいですよ」

「そうだよね」伊豆原は応える。「今回はたぶん、貴島先生が自身の闘病でそれどころじゃなかったんだろうね」

「でも、いいなぁ」仁科栞が言う。「貴島先生と仕事ができて、しかも無罪が取れる可能性もあるんですよね？」

「今のところは多少の手応えでしかないけどね」

「いいじゃないですか、楽しみがあって」彼女はあくまで羨ましそうだった。「私も手弁当でいいから参加したいですよ」

国選の中に手弁当の私選を交ぜることはできないし、国選の追加を申請するとなると、貴島が動けないから困っていると言っているようなものである。伊豆原の立場で貴島に提案できることではないだけに、笑って聞き流すしかなかった。

「手弁当だなんて……本当に物好きね」

千景がとうとう我慢できなくなったように本音を口にした。

15

仕事からの帰り道、アパート近くの公園の前を通ると、Tシャツにショートパンツ姿でダンスのステップを踏んでいる紗奈の姿があった。

梅雨明け頃に伊豆原と一緒に姿を見せた三崎涼介はその後もちょくちょく紗奈を公園へと誘い出し、ダンスレッスンの相手になっている。伊豆原がそばで付き添っているならまだしも、三崎涼介一人でやってくることもあり、そういうときはもちろん由惟への断りもないから、まったく油断できない。

彼を色眼鏡で見ないでくれと伊豆原に言われただけに、来るなとは言えない。公園で二人を見つけると、由惟はあえて不機嫌な思いは隠さずに、レッスンはもう終わりと勝手に打ち切って紗奈を連れて帰るだけだ。

今日は伊豆原から、カレーを作ってあげようという連絡があった。だからおそらくは三崎涼介も来ているのだろうという予感はしていたのだが、公園では彼のほか、男の子と女の子が紗奈を囲んでいた。伊豆原の姿はない。二人とも三崎涼介より小柄で、身体つきは中学生だが、だぼっとしたストリートファッションに身を包んでいて、おとなしそうには見えない。

そんな彼らを相手に、紗奈がきゃっきゃと楽しそうな声を上げているのが聞こえ、由惟は眉をひそめながら、公園の中を歩いた。

「あ、お姉ちゃん、お帰り」

紗奈は由惟を見ると、明るい表情そのままにそんな声をかけてきた。

「紗奈のお姉さん」

三崎涼介が中学生風の男の子と女の子に短く紹介した。

「ちは」「ちは」

二人は砕けた挨拶を口にした。

「このお姉さんが来たら、もう終わりだから」三崎涼介は長い前髪に半分隠れた目でちらりと由惟を見やり、どこか揶揄するように言った。「帰んなきゃ」

「えー、もう帰るの?」女の子が信じられないとばかりに言った。

「紗奈は箱入り娘なんだな」男の子がそう言って笑う。

「新太郎くんと舞花ちゃん」紗奈が二人を紹介した。「涼介くんと一緒のダンスチームで、二人とも平中なんだって。しかも舞花ちゃんは紗奈と同級生」

平井中学は紗奈が半月ほど通った地元の中学だ。由惟はミルクティーベージュに染めた髪をポニーテールに結った舞花をすがめるように見た。学校が夏休みに入ったから早速、髪を染めたのか。背丈は紗奈とそれほど変わらないが、ずいぶん大人びて見える。

「何か、すごい怪しいやつみたいに見られてんだけど」

舞花はそう言って笑い飛ばしてみせた。

「平中の子連れてきてどうするつもり？」由惟は三崎涼介に訊いた。

「私、紗奈のこといじめてないよ」舞花が言った。

「そんなこと訊いてない」由惟は言う。「紗奈はもう学校には行かないよ」

「いや別に」三崎涼介がさらりと言う。「この子ら、家も近いし、俺一人よりは賑（にぎ）やかなほうがいいかなと思って」

彼一人が紗奈の相手をするのもいい気はしないが、仲間を連れてこられても決して歓迎したい思いは湧かない。素直で明るい性格の紗奈も、こうした子らに囲まれれば、あっという間にグレていくのではと心配になる。

「お姉ちゃん見て。ポップコーン、マスターしたよ」

紗奈が話を変えるように言い、軽快なステップを踏んでみせた。

「もっとおとなしいダンスはないの？」由惟は言いがかりをつけるように言う。

「まずは基本の動きを覚えないとね」三崎涼介が肩をすくめて言った。

「分かってると思うけど、紗奈はちょっと前まで運動制限かかってた子だから」由惟は言う。「激しい運動は駄目だし、時間も三十分以内にしてもらわないと」

「分かってるよ」三崎涼介が苦笑いする。「でも、言わせてもらうけど、紗奈はお姉さんのペットじゃないから」

「どういう意味？」由惟はかちんときて、彼をにらんだ。

「怒ったー」舞花が笑いながら、煽り立てるように言った。

「一日中家に閉じこめて、夕方ちょっと散歩させるだけじゃ、可哀想だってこと」

そう答える三崎涼介を由惟はなおもにらんだが、自分自身、夕方の散歩はさながら犬の散歩のようだと思っていたこともあり、半分は決まりの悪さをごまかしてのことだった。

あるいはそれだけでない、由惟と紗奈の関係性を彼は言ったようにも思えた。彼の斜に構えた態度がそう思わせただけかもしれないが……その分、意地を張るように彼をにらんでしまったものの、返す言葉は何も浮かばなかった。

「でも、紗奈は何かペットっぽいよねえ」

舞花がそう言って冗談っぽく紗奈のあごを撫でてみせ、紗奈は楽しそうに子犬の真似をしている。

「帰るよ」由惟は鼻から息を抜いて言った。

「あ、伊豆原先生がカレー作って待ってるって」紗奈が少し言いにくそうに言う。

どうやら彼らもそのまま夕飯に呼ばれているらしい。

「お邪魔しまーす」

舞花がおどけるように言い、新太郎も「食べたらすぐ帰るんで」と首をすくめてみせた。

三崎涼介はニヤリとして由惟を見ている。

由惟は一人気まずい思いになり、彼らより先にさっさと公園を出た。


「ああ、お帰り」

アパートに帰ると、伊豆原が出迎えた。

「お仕事お疲れさん。カレーができてるよ。みんなもお帰り」

「わあ、いい匂い」

「お邪魔しまーす」

「ちゃんと手を洗いな」

「はーい」

後ろからはしゃぐようにして部屋に上がっていく紗奈たちに追い越されながら、由惟はすっきりしない思いを訴えるようにして伊豆原を見ていたが、彼には理解されなかったようだった。

「さあ、今日は後片づけまで俺がちゃんとやるから。由惟さんは上げ膳据え膳で楽をしな」

一応は気遣われているようで、由惟は抗議する気もなくなり、吐息を呑みこんだ。

「いただきまーす」

伊豆原が皿にカレーをよそい、紗奈たちが居間のこたつ台を囲んで食べ始める。

「あ、ゲーム、何持ってるの？」

「食べ終わったら、やろ」

「やろ、やろ」

賑やかに話しながら食べている。まるで自分の家ではないようだと由惟は思う。

由惟はクッションを持ってきて壁にもたれるようにして座り、そこに伊豆原がカレーを運んできてくれた。彼自身も由惟の隣にあぐらをかいて、カレーを食べ始めた。

「先生、おいしい」

「そうか、よかった。おかわりあるからね」

紗奈に褒められた伊豆原は、相好を崩している。

「紗奈ちゃんは、だいぶ顔色がよくなったね」

伊豆原は由惟にだけ聞こえる程度に落ち着いた声で話しかけてきた。

「そうですか？」

「うん。最初会ったときは、確かに病み上がりの子っぽい蒼白さがあったけど、今は普通の子と変わらない」

もちろん由惟にもそう見えるが、あえて素直にはうなずかなかった。大勢の友達に囲まれることが久しくなかった紗奈が、そうした環境に触れれば興奮もするだろう。単にそれだけのことだと思った。

「でも、あの子、表情はもともといいんだよね」伊豆原は感心したように言う。「素直だし、どんな環境でも折れてない」

「何度も折れてるんですよ」由惟は言った。「入院中もいつ病気が治るか分からないし、私みたいな高校生になんてなれそうもないなんて暗い顔してたし、事件のときはもちろん、中学でいじめられて学校に行けなくなったときなんかも、家でずっと打ちひしがれてたし」

「そっか……そうだよね」伊豆原は不意に神妙な口調になった。「由惟さんはそういう紗奈ちゃんを見てきたんだから、いろいろ心配になるのも当然か」

「当然です」由惟は言う。

伊豆原は大きくうなずいてから続けた。「でも、あの子は心が瑞々しいから、もう戻ってるんだよ。少なくとも戻り始めてる。だから由惟さんも、今までと同じ心配はしなくていいと思うよ」

「まっすぐ戻ってくれたらいいですけど」由惟は皮肉混じりに言う。「変に曲がっちゃうと困るんで」

「あの子なら大丈夫だよ」伊豆原は笑う。「まあ、多少曲がったところで、それは人間の味わいってもんでね。紗奈ちゃんは紗奈ちゃんだ」

「多少ならいいけど」

なおもそうこぼす由惟に、伊豆原は「大丈夫、大丈夫」と軽やかに太鼓判を押してみせた。その言葉には何の根拠もないはずなのだが、はたからは心配しすぎているように見えるのだろうということも分かり、自分のそうした性分が少しだけ馬鹿馬鹿しく感じられる気もした。

「そうそう、ちょっと訊きたいんだけどね」伊豆原は不意にスプーンを持つ手を止めて、話を変えた。「前に紗奈ちゃんが川勝副師長と院長先生の話をしてたよね。お母さんから聞いたって」

「はあ」

いきなり何の話をしだしたのかと思ったが、伊豆原は至って真面目な顔をしている。

「由惟さんはお母さんから、そのことで何か聞いてる？」

「母がそういう噂話をしてたのは、聞いたことがあります」

「不倫してるらしいよって？」

「ええ」

「ほかには何か言ってなかった？」

「ほかっていうのは？」

「川勝副師長のことで噂話みたいなこと」

「どうしてそんなこと訊くんですか？」

「相変わらず慎重だね」伊豆原が苦笑する。「何かを想定してるわけじゃないんだけど、看護師さんの人間関係が事件に影響してる可能性もあるんじゃないかって思ってね。特に副師長は当日の病室担当だったわけだし」

病室担当の看護師の噂話に何が隠されていれば、事件に結びつくというのだろう……由惟にはよく分からなかった。

「特には知りません」

「そう」伊豆原は考えあぐねるような間を置いてから言った。「紗奈ちゃんに訊いてみてもいいかな？」

「不倫の噂とかをですか？」由惟は顔をしかめてみせる。

「お母さんも紗奈ちゃんに話してたわけでしょ」

「母に訊けばいいじゃないですか」

「もちろん訊くけど、あの人もとぼけた人だから、自分で言ったこと忘れてたりするじゃない。だから、こういう話をしませんでしたかっていうヒントをこっちでも持っておかなきゃいけないし」

その話にはうなずける点が多々あったので、由惟は渋るようにうなることしかできなかった。

「ちょっと訊いてみるだけだよ」

「知らないと思いますよ」

由惟のその言葉を許可と受け取った伊豆原が、「ちょっといい？」と紗奈を呼んだ。

紗奈がカレーライスの皿を抱えてやってきて、由惟たちの前に座った。

「紗奈ちゃん、前にお母さんが川勝副師長と院長先生の噂話をしてたこと、話してたじゃない」伊豆原がそう切り出した。「お母さん、具体的にどんな話してた？」

「看護師さんたちが二人の仲を話してたのを聞いちゃったって言ってたよ。亜美ちゃんのお母さんともそういう話で盛り上がってたみたい」

「亜美ちゃんのお母さんは折り紙くれた人だよね」

「そう」紗奈は言う。「亜美ちゃんのお母さんも誰かのお母さんから聞いて知ってたみたい。副師長、きれいだけどまだ独身なの？　みたいなことからそういう話を聞いたんじゃないかな」

「患者の家族にも知られてるってことは、看護師さんたちはみんな知ってるってことだよね」

「たぶんね」と紗奈。「お母さんが担当の看護師さんに、あの二人、できてるって本当？　って訊いたら、看護師さんがしーって。それ見てお母さんも、本当みたいだねって」

「その看護師さんは誰？」

「竹岡さんだったかな」

「主任？」

「うん。あと島津さんにも同じこと訊いてた。島津さんは笑って、知りませんよって。お母さんが、あれは知ってるって顔だねって言ってた」

「まあ、看護師さんたちも、普通はべらべらしゃべったりはしないか」伊豆原は独り言のように言ってから、また紗奈を見た。「お母さんはそういう話、好きなの？」

「好きだよ」紗奈はほとんど断言するように言った。「芸能人の噂でも、そういうのは好きだもん」

「そうなんだ」

「あと、副師長本人にもわざとらしく訊いてたことがあったよ」

「えっ？」

「独身なのもったいない。誰かいい人いないの？　みたいに」紗奈は思い出し笑いをしながら言い、由惟をちらりと見た。「お姉ちゃんに、馬鹿なこと訊かないでって怒られてたけど」

由惟は言われて思い出した。母は調子に乗って、そんなふうに趣味（しゅみ）がいいとは言いがたいことをする癖がある。それでなくても余計なお世話なのに露骨に笑いを含んで訊くから、向こうもどういう意図で訊いているのかは見え見えなはずだ。ちょうど由惟はそばにいて、聞いていて恥ずかしくなったので、さすがに母を注意したのだった。

「お母さんより由惟さんのほうがしっかりしてるね」伊豆原はそう言って笑う。「ほかにお母さん、副師長のこと何て言ってた？」

「亜美ちゃんのお母さんが目撃したって話で、駐車場に停まってた院長の車に副師長も乗ってて、二人で何かお話ししてたっていうのも聞いた」

「へえ」

「あとはねえ、副師長が昇進できたのも、院長に気に入られてたからだ、みたいな話とか」

「それも亜美ちゃんのお母さんが言ってたの？」

「たぶん」紗奈は言う。「亜美ちゃんは何回か入院してるから、そういう噂も詳しいんだと思う」

そのあたりの話はさすがに由惟も聞いていない。

「なるほどね」伊豆原は納得したように言う。「副師長は紗奈ちゃんから見てどういう人？」

「きれいな人。島津さんのほうが美人だけど」

「きれいなのは分かってるけど」伊豆原はくすりとして言う。「優しいとか怖いとか」

「普通に優しいよ」紗奈は言う。「副師長とか島津さん、畑中さん、庄村さんは優しい。葛城さんや奥野さんは、言ったことちゃんと守らないとびしっと注意してくる」

「ふーん」伊豆原は相槌を打ってから訊く。「院長と仲がいいのを武器にして、副師長が威張ってるみたいなことはなかった？」

「うーん」紗奈は首をかしげる。「それは思わなかった」

「そう」伊豆原は答えが物足りなかったのか、問いを重ねた。「例えばだけど、副師長のこと悪く言う人とか、あるいは、院長は副師長のほかにも誰かに手を出してるとか、そういう話は聞かなかった？」

質問にだんだん遠慮がなくなってきて、由惟は思わず眉をひそめる。紗奈も、「えー、それは聞かなかった」と笑っている。

「そっか」伊豆原はうなずきながらもあきらめきれないようだった。「前に、庄村さんが仕事が忙しくて流産したみたいな話聞いたけど、副師長が妊娠したとかしなかったとか、そういう噂は聞かなかった？」

「もうそのへんにしてください」

由惟が低い声で割って入ると、伊豆原ははっと我に返った顔になり、小さく首をすくめた。

「それも聞かなかった」

紗奈は期待に沿えず残念だという口ぶりで首を振った。

「そっか。いや、ありがとう。変なこと訊いてごめんね」伊豆原が謝りながら礼を言った。

「紗奈、ゲームやろうよ」

カレーを食べ終えた舞花たちが紗奈を呼ぶ。

「ちょっとだけ、ゲームやっていい？」

紗奈が顔色をうかがうようにして、由惟に訊いた。

「いいよ」

伊豆原の質問が生じさせた空気が何となく心地悪く、由惟はそれをごまかすようにして許可した。

伊豆原は期待したような収穫がなかったからか、腕を組み、渋い思案顔を作っている。

彼は何を思って、川勝副師長の噂を詳しく訊こうとしたのだろう。

母が犯人でないとすれば、川勝副師長をめぐって、看護師の間で何か人間関係のもつれがあったのではないかと考えたのか。

しかし、伊豆原の様子を見ていると、その考えに特段の根拠はないようだ。すべてが手探りのように思える。

母が犯人でないとすれば、という仮説の時点ですでに苦しいのだ。だから、必死に探したところで何も出てこない。

一生懸命やっているのは分かるが、いもしない真犯人を見つけようとするのは無理があるだろう……由惟は冷ややかな気分でそんなことを思った。

16

事件当日の三〇五号室担当だった川勝副師長と古溝院長との関係。

貴島が気になりながら闘病で追えていなかったその問題は、事件を解く糸口になることを十分に予感させるものだった。

しかし、それが本当に事件につながっているという手応えはまだなく、どこをどう探ればいいかも分からない。

伊豆原は新しい精神鑑定を手配する一方で、〔古溝病院〕の人間関係にもメスを入れるべく、繁田と交渉して、事件当日、夜勤だった三人と面談の約束を取りつけた。繁田としては夜勤スタッフにまでという思いがあったようで、協力的な反応ではなかったが、三人一緒でもいいのでと伊豆原が粘り、何とか場を作ってもらった。

今回も院内のカフェで日勤が終わった時間帯での面談となった。

繁田が伴って現れた三人の女性は、いずれも帰り支度を済ませた私服姿だった。

伊豆原は彼女らにコーヒーを運んでから、現在どこの科で働いているかを尋ねた。葛城麻衣子と奥野美菜が整形外科だと答えたのだが、その口調はどこか素っ気なく、あるいは面倒くさがっていたのは繁田ではなく、看護師たちのほうかもしれないと思わないでもなかった。坂下百合香は内科と、これも愛想のない口調で答えた。

「葛城さんたちは、事件当日の出勤は十六時半前後ですか。ちょうど三〇五号室で患者の急変が起きた頃ですね」

「だから、事件のことは何も分かりませんよ」

予防線を張るようにそう言った葛城麻衣子は、三十五歳で、頬骨の張った長身の女性だった。事件当時は竹岡聡子と同じ小児病棟の主任であり、紗奈から聞いたところによれば、部下にびしびし指示するタイプだということだったが、確かに竹岡聡子と比べても少々きつそうな性格の人物に思えた。

「事件のことだけじゃなく、それ以前の小南さんの様子とかもお訊きしたいので」伊豆原はそう受け流してから話を戻した。「当日は出勤していきなり、何人もの急変が発生して、びっくりしたでしょうね」

「そりゃ、そうです」

「同時に何人もの急変患者が出ると、看護師はどう思うものですか？　その時点で点滴がおかしいんじゃないかとか考えますか？」

「いえ、考えないです」葛城麻衣子はきっぱりと言った。「点滴はダブルチェックしてますから、連絡の行き違いで薬が違うことは起こりうるかもしれませんが、それでも病状に対してこっちの薬を使うか、あっちの薬を使うかという話であって、まったく無関係の薬は入れる時点でおかしいと思いますし、誰かが混入させるなんてことは普通考えません。あのときは最初、梶さんだけの急変が伝わってきて、単に喘息の発作が悪化したんだと思いました。とりあえず手の空いてる先生に来てもらおうってことで私がドクターステーションにコールして、立見先生に対応してもらうことになりました」

担当の院長はすぐには捉まらなかったが、病室からの要請に従ってコードブルーのコールをしたところ、院長も駆けつけてきたという。コードブルーというのは救命処置などを要するときに担当の病棟関係なく医師や看護師の助けを呼ぶために全館にコールするサインらしい。

「梶さん以外にも急変がいるということでしたけど、そのときも点滴がどうとかは思いませんでした。誰かおやつに変なものを配ったのかなと思ったくらいです」

「おやつですか……なぜ、おやつと？」伊豆原は訊く。

「昼ご飯からは時間が経ってますし、ちゃんと管理もされてますから、食中毒は考えにくいじゃないですか」葛城麻衣子は言う。「複数人が点滴で急変するなんて頭はありませんし、スタッフが出入りしているからには何か毒ガスみたいなものがばらまかれたわけでもなさそうですし、時間的にはおやつかなと思っただけです」

「なるほど」伊豆原はうなずいた。「当時、おやつを配る人は小南さんのほかにもいました？」

「いません。小児病棟では昼食にプリンやゼリーが付いたりすることはありますけど、あとはめいめいお母さん方が自分の子どもに買ってくるだけです。もちろん、仲よくなったお母さん同士でお菓子を分けることはあるでしょうけど、配り歩くのは小南さんだけでした」

「すると、おやつではないかって思ったときには小南さんのことまで思い浮かんだんですか？」伊豆原は突っこんで訊いてみる。「それともそこまでは考えなかった？」

「いえ、三〇五号室で起こってるんで、当然考えました。実際、病室に駆けつけて小南さんには何か変なものを食べさせなかったか訊きましたし、そのことは警察にも言いました」

「警察にも言ったんですか？」

「駄目ですか？」葛城麻衣子は心外そうに言った。「そのとき思ったことを言っただけで、別に決めつけたわけでもないですし、おやつじゃないって分かったんですから、それでいいじゃないですか」

確かに、点滴から薬剤が検出された時点で警察の捜査の目がおやつに向けられることはなくなったはずだ。しかし、そうした証言が捜査の目を野々花に向かわせる契機になった可能性は十分ある。

「小南さん、前に手作りの変なお菓子を配ってたことあったから」

そう口を挿んできたのは奥野美菜だった。二十八歳で、見た目は特に何ということもないが、口を尖らせたようなしゃべり方から気の強さが伝わってくる。

「変なお菓子？」

「入院して最初の頃、あの人、カップケーキみたいなの作ってきたんですよ。でもそれがまずいっていうか、ねえ、あれヤバかったよね？」

奥野美菜に同意を求められ、坂下百合香が追従するように何度もうなずいた。「ヤバかったです。生地が生焼けだし、何か変な味がして」

坂下百合香は二十六歳で、この中では一番の年下だ。

「そのあとも一回作ってきて、さすがに私たちもいらないって言ったんですよ」奥野美菜が続ける。「それからは作ってこなくなったんですけど、事件があったときは、あの人、また何か作ってきたんじゃないかって、私たちの間で話してたんです」

「それにほら、梶さんの話」葛城麻衣子が奥野美菜を見て、水を向けるように言った。

「そうそう」奥野美菜がそれを受けてさらに話を続ける。「事件の二日前だったかな、私、日勤で三〇五号室の担当だったんですよ。それで梶さんに、小南さんの振る舞いが気に障って仕方ないから何とかしてほしいって言われて、それまでもたびたび二人の間でぎくしゃくしてたの聞いてたし、いい加減にしてって、ちょっと強く注意したんです。だから、そのことを根に持って、変なお菓子を光莉ちゃんに食べさせたんじゃないかって」

事件前々日に野々花と梶朱里の間でちょっとした言い合いがあり、野々花に注意したところ不服そうな様子を見せたという奥野美菜の証言は調書にもなっていて、検察側が証拠調べ請求をしている。弁護側はもちろん不同意する予定だが、そうなれば奥野美菜は法廷の証言台に立ち、今のような話をするのだろう。

「結局、配ってたのは市販のお菓子で、しかも光莉ちゃんは食べてないって分かったんで、あれって思ったんだけど」葛城麻衣子が言う。「どうやら点滴に何かが混入されてたっぽいって分かって、またぞっとしたんだよね」

「やっぱりあの人じゃないかって」奥野美菜が呼応する。「昔、病院で働いてたって言ってたし」

「点滴とかやたらいじって、看護師の仕事なんか私でもできるみたいな感じでしたもんね」坂下百合香が言った。

畑中里咲や島津淳美あたりは野々花の犯行であることが腑に落ちない様子さえ見せていたが、この三人は野々花が犯人であることを疑っていないかのようだ。同じ病棟の看護師でもずいぶん見方が違うものだ。おそらくこうした証言が捜査の方向性に影響を与え、そして、その捜査の行方が彼女らに確信を与えていったのだろう。

「小南さんは犯行を否認してますけど、それについてはどう思います?」伊豆原はあえて物議を醸すことを狙うようにして訊いた。

「そりゃ、自分でやったとは言わないよねえ」と葛城麻衣子。

「いや、言ったんですよ」坂下百合香が伊豆原を抜きに噂話に興じているような調子で言う。「でもたぶん、目撃者がいないってことで、やってないことにしたんじゃないですかね」

「たぶん、弁護士が何か言ったんじゃない？　それで……あ……」

奥野美菜は途中まで話しながら、目の前にいるのがその弁護士だと思い出したように口をつぐんだ。

「いえ、忌憚のない考えを言っていただいてけっこうです」

伊豆原はそう言ったが、三人はお互いに視線だけ交わし、苦笑を噛み殺しているだけだった。

「葛城さんは竹岡さんと同じ主任ですよね」仕方なく、伊豆原は話を変えた。「葛城さんも看護記録を付けたりするときは、休憩室を使ってたんですか？」

「昔から何となく、副師長や主任は奥にいて、みたいなことになってましたからね」葛城麻衣子は繁田をちらりと見やりながらも、悪びれる様子もなく言った。「忙しい時間帯とか外が足りてないときはもちろん出てますし、そこはちゃんと見てやってたんで、それが問題だったかっていうと、そうじゃないとは思いますけどね」

「私や百合ちゃんなんかも、葛城さんと一緒に休憩室占領してたから」奥野美菜がそう言って笑う。

「副師長なんかも、私たちがいると逆に遠慮してたよね」

「お三方は普段から仲がよかったんですか？」

「そうですね」奥野美菜がうなずいた。「それは副師長なんかも知ってるから、夜勤で一緒になるようなシフトとかも組んでくれてたんじゃないんですか」

「私はまたかって思ってたけどね」と葛城麻衣子が言い、坂下百合香が「そんなぁ」と笑った。

「副師長も葛城さんには遠慮してるんですか？」伊豆原は訊いた。「副師長が一番威張っているという感じではなく」

「あの人はあれ、別に威張るようなタイプじゃないですから」葛城麻衣子は言った。「だからって別に、私が威張ってたわけじゃないですよ」

「川勝さんは端的に言って、どういうタイプなんですか？」

「どういうタイプ？」伊豆原のざっくりした問いかけに、葛城麻衣子は困惑してみせた。「と言われましても」

「仕事はやっぱりできるんですか？」

「まあ、それは一応ベテランですからね」

「確か三十七、八ですよね」伊豆原はもう少し突っこんでみる。「それくらいの年齢になると副師長を任されるようになるんですか？」

「ほかの病棟は四十代が中心ですよ」葛城麻衣子は繁田に一瞥を送って言う。「あの人は、私の歳にはもう副師長になってましたから、早いことは早いですよ。どうしてかは知りませんけど」

最後の言葉に含みがある。院長との仲のことを言っているのかもしれない。

「当院の看護師は四、五十代が少ないんですよ」繁田が言い訳するように言った。「いるにしても、子育てから復帰してキャリア的にはそれほどでもない中途採用組が多いんです。川勝さんはその点、プロパーで、ブランクもなくやってる人ですから」

「葛城さんも独身で〔古溝〕一筋ですけどね」

奥野美菜が対抗するように言うと、葛城麻衣子は「余計なお世話だわ」と、つっけんどんに反応した。「別に川勝さんに張り合って独身でいるわけじゃないわ」

その愛想のない口調は冗談を言ったようでありながら、半ば本心から不愉快さをあらわにしたもののようにも思えた。奥野美菜はしかられた子どものように、首をすくめておどけてみせた。

「そうすると、川勝さんが副師長をやっていることに対して妬むような声もあったりするんですか？」

伊豆原は、川勝春水をめぐるトラブルがあったかどうかという点に話を持っていった。

「いや、別に妬んでたなんて誰も言ってませんよ」

葛城麻衣子は片頬をゆがめて言った。

「何でいちいちそんなことで妬まなきゃいけないの」

奥野美菜も坂下百合香もそう言って冷笑してみせた。

「あ、そうですよね」

少し強引すぎたか……伊豆原は取り繕うように言って頭をかいた。

「事件のときは川勝さん、三〇五号室の担当でしたけど、ショックを受けてたようですか？」別の角度から川勝春水の質問をぶつけてみる。

「そりゃショックでしょう」葛城麻衣子は言う。「いくらベテランでも、あんなこと普通経験しないですもん。私だって夜勤で三〇五号見なきゃいけなくて、看護記録見ようかってときだったんで、他人事じゃない気分でしたよ」

「なるほど、そうですよね」

結局、三人からは川勝春水についての興味深い噂は出てこなかった。彼女らの口調からすると、川勝春水に対して妬みはおろか、興味さえそれほど強くはないようだった。上司としても特別気を遣わなければならないとか、指導が厳しいというような人物でもなく、不満はなかったようだ。

葛城麻衣子らはどこの職場にもいそうな口さがない女子の集まりで、人の目を盗んではこそこそと内緒話に花を咲かせているのが似合っていそうでもあり、話をしていて伊豆原は彼女らの醸し出す空気に居心地の悪さを感じるほどなのだが、反面、彼女らから噂が出てこないのであれば、それはどこを探してもないのだろうという気もした。


「ちょっと気になったんですが」帰りにご飯を食べに行こうと盛り上がる三人を見送ったあと、繁田が伊豆原に問いかけてきた。「川勝のことをいろいろ訊いていたのは、彼女に何か不審な点があると考えてのことですか？」

「いえ、我々にとってのヒントはないかという思いで、特に川勝さんのことだけを訊いていたわけではないです」

伊豆原はそう答えたが、繁田は納得した顔を見せなかった。

「私にはそう聞こえました」彼は言う。「質問されている者からすれば、川勝に何かあったのかなという気になりますし、それがもとで、院内に妙な噂が立たないとも限りません」

そうであれば今後の協力はしづらいと彼は言いたそうだった。

「そう聞こえたとすれば申し訳ありません」伊豆原はさらりと謝ってから続けた。「ただ、川勝さんは当日の三〇五号室の担当ですから、我々弁護側から見ても重要な人なんです。川勝さんがどうこうというより、川勝さんに恨みや妬みを持ってた人はいないかという点を知りたいと思っています」

「そういうのは警察が一通り調べているでしょう」繁田は困惑気味にそう言った。

「そうかもしれませんが、我々は、警察が捜査途中で捨てた情報までは分かりません」伊豆原はそう言ってから、思い切って訊いてみることにした。「例えばですが、警察は川勝さんと院長との関係には一時的にでも注目していたようですか？」

「関係？」

「ええ」いったん踏みこんだ以上、そのまま切りこむしかない。「川勝さんと院長は交際関係にあったという噂を聞いています」

「そんなこと……私は知りません」繁田は戸惑いを隠さず、そう言った。「どちらにしても、そんなことをいたずらに詮索（せんさく）されるのは迷惑です。やめていただきたい」

「関係そのものを詮索しているわけじゃありません。そうしたことに対して嫉妬だとか、第三者が絡む人間関係のもつれがなかったかを知りたいんです」

「ありませんよ」

繁田は決めつけるように言い、伊豆原が言い返そうとするのを制して続けた。

「こちらは古溝の指示で、厚意からそちらに協力しているまでです。そうした噂を面白おかしく広げようとされるのは、当然古溝の望むところではありませんし、これ以上の協力は難しくなると思います」

「いや、あの……」

雲行きが怪しくなり、伊豆原はいったん矛を収めようとしたが、繁田は「失礼します」と言い捨てて、そのまま事務局に戻っていってしまった。

ちょっと攻めすぎたか。

やはり、扱いの難しい問題だ。時間を置くしかない。

仕方なく帰ることにし、伊豆原は病院を出た。駅に向かって歩いていると、病院の裏門から女性が出てくるところに行き当たった。

「あ、どうも」

先日、病院のカフェで話を聞いた島津淳美だった。裏門に関係者の出入口があるようだ。

「どうも、先日は」彼女は気さくに挨拶を返してきた。「今日も何か調べに来られたんですか？」

「ええ、事件当日夜勤だった葛城さんたちにお会いして、話を聞いてきました」

伊豆原が答えると、彼女は苦笑いのような小さな笑みを口もとに覗かせた。

「あの三人、女子校の仲よしグループがそのまま大人になったようなノリでしょう」

言いえて妙だと思いながら、伊豆原は曖昧に笑った。

「私はちょっとああいうノリは苦手なんですよ」島津淳美は歩きながら言う。「まあ、あんまり関わることもなかったですけど」

「三人一緒のシフトになるよう、副師長に組んでもらったりしてたみたいですね」

「そうなんですよ」彼女は整った顔を少しゆがめてうなずいた。「そういうノリがね……それを許しちゃう副師長も甘いんですけど」

率直に物を言う人だなと思い、前回話を聞いたときもそういう印象を抱いたことを思い出した。

「島津さん、前回はちょっと訊けなかったんですけど」伊豆原はこれも何かの機会だと思い、切り出した。

「何ですか？」

「川勝副師長と院長の関係なんですが」

島津淳美は二回ほどまばたきをしただけで、表情は変えなかった。

「二人が交際関係にあったというのは、島津さんも承知されてますか？」

「葛城さんたちから聞いたんですか？」彼女はそう訊き返してきた。

「いえ、直接聞いたのは小南さんからです。患者の家族の方々の間では割と知られている噂のようで」

「ああ、小南さん、そういう噂が好きでしたもんね」彼女は言った。「患者の家族が知っている噂でしたら、当然、私たちも知っていると考えてもいいんじゃないですか」

「そうですよね」伊豆原は相槌を打ってから、さらに尋ねる。「訊きたいのは、そうした関係に対して、病棟の中でやっかみのような声があったかどうかですけど」

「うーん」島津淳美は少し考えてから答えた。「それはないんじゃないですか」

「あるいは、若くして副師長に引き立てられていることに対する反感みたいなものとか」

「ないと思います」今度は即答だった。「小児病棟はほかに比べても若い看護師が多かったですし、若くして副師長と言っても、川勝さんはその中で一番年上です。違和感は別にありませんでしたよ」

「そうですか……」伊豆原は肩透かしの感を覚えながら、少し食い下がってみた。「でも、竹岡さんや葛城さんの歳の頃には、もう副師長になってらっしゃったんですよね？」

「上が辞めちゃって、川勝さんが一番年上でしたからね」島津淳美は言う。「仕事もできる人ですし、私は順当だと思ってました」

「院長との関係ですけど……」

それならばと、伊豆原は話を戻したが、彼女はそれにも首を振った。

「川勝さんがそういう関係を笠に着て周りに自慢したり威張り散らすようなタイプだったら反感を買ってたかもしれませんけど、そういう人じゃないですから。葛城さんと二人でいたら、どっちが副師長か分かんないくらいですよ」

「そうですか……」

こちらもどうやら空振りらしかった。

「それに川勝さん、院長とは事件前に終わってます」

「え？」

島津淳美は人の耳を気にするように小さく後ろを振り返ってから続けた。

「私、ドクターの一人と付き合ってるんで、そういう話も入ってくるんです。今はもうみんな知ってると思うんですけど、私が聞いたのは事件前です。院長は銀座の女性にご執心だって聞きました。奥さんはほとんど別居状態だって聞きますし、病院の経営にはタッチしてません。だから院内で川勝さんとドロドロの関係になる人はいないんです」

多少のやっかみであれば、事件にはつながらない。もっと粘着的な人間関係の中で生まれるはずであり、当時の川勝春水の周りにそうした火種はなかったということだ。

「ただ……」

島津淳美はなおも話を続けようとしながら、にわかに口ごもった。

「ただ……？」

「いえ、この前、私、言おうか言うまいか迷ったことがあったんですけど、それがこのことだったんです」

確かに聴き取りの際、彼女はこちらの質問に対して率直に語ってくれたが、すべてを引き出し切れた気はしていなかった。

「引っかかっていたのは川勝さん自身のことです。院長に捨てられてしまった立場ですから」島津淳美は言う。「でも、そんなわけないなとも思いまして……病室の担当ですし、そうでなくても真っ先に疑われるわけですから」

川勝春水による犯行の可能性について言っているのだ。

伊豆原自身、その可能性を真剣に検討したことがなかったという意味では盲点である気もした。

しかし、彼女の言う通り、川勝春水は病室の担当看護師として真っ先に捜査の目を向けられる立場だ。自分の担当する患者の点滴に薬物を混ぜるというのは考えにくい。

しかも、動機はどうなる？

院長に捨てられて……。

自暴自棄になり、ある種の復讐心から、病院の評判を凋落させるような事件を起こそうとした――ということか。

動機としては成り立つのか。

そう気づいた瞬間、頭の中がもやっとした。

「川勝さん自身の様子がおかしかったわけでもないですし、無責任なことは言うべきではないと思ったんで、この前は言わなかったんです」伊豆原の思いをよそに、島津淳美はそう話をまとめた。「だから、事件の真相を突き止めるにしても、川勝さん以外のところに目を向けたほうがいいんじゃないかと思います」

島津淳美とは駅で別れ、伊豆原は電車に乗った。

自分が担当する患者の点滴に薬物を混ぜれば最初に疑われるのは自分だ。常識的にはそんな犯行を起こすとは考えづらい。

しかし、院長に対する当てつけであって、ある意味、自分のことなどどうでもいいという自爆テロ的な思考から企てたとすれば、ありえないことではない。結果的に警察の目が野々花に向いてしまい、容疑をかけられることから免れたというだけのことだ。

繁田ももちろん、院長と川勝春水の関係が破綻していることは知っているはずだ。それが事件に影響しているとなると、院長も倫理的な責任問題から逃れられなくなる。彼は本能的にそれを嫌い、蒸し返してほしくないと考えたに違いない。

本来、他者犯行説など軽々しく繰り広げるものではない。直接証拠がない野々花の犯行を否定するために、同じく何の証拠もない川勝春水の犯行を追及しようとするのは、正しい方法とは思えない。警察が取る思考であって、弁護士の立場で取るべきものではないとも思う。

しかし、そうでもしなければ、今の局面は打開できそうもない。やるからには立証できるレベルまで持っていかなければならないが、そこまでできるかどうかも分からない。

やり方を考えなければならない。

17

「何だよ、小南……暑気払い(しょきばらい)も出ねえのか」

昼休み、由惟が事務所で弁当をつつきながら、伊豆原からスマホに届いた、夕方に三崎涼介らと訪問する旨のメッセージを読んでいると、専務の前島京太が従業員に回した暑気払いの出欠表に目を通して、不愉快そうな声を上げた。

入社した当初は、妙に気を置かず「由惟」と呼んできたものだが、由惟が何をするにしても付き合いが悪いものだから、最近は突き放すように「小南」と呼ぶようになっている。由惟としてはそのほうがいいのだが、呼ぶ声自体にも何やら攻撃的な色が混ざっているから、結局のところ、落ち着かない。

「妹がいるので……すみません」由惟はいつも通りの言い訳を口にする。

「そんな、もう中学生になってるような子を、夜の何時間か一人にしたから何だって言うんだよ」

前島京太が顔をしかめて言う。「赤城さんだって、小学生の息子たち置いて参加するんだからよ」

赤城浩子には夫がいるから由惟の家庭とは比べられないのだが、口答えしても仕方ないので、由惟は「すみません」とだけ繰り返した。

「妹の飯なんか、そこの居酒屋で食べ残しを包んでもらえばいいんだよ。妹だって、たまにはそういう飯のほうが嬉しいだろ」

「まあ、小南さんはまだお酒も飲めないから、参加してもねえ」

赤城浩子が軽くフォローするように言う。前島京太とは逆に、赤城浩子からは初期の警戒心のようなものが取れ、事務所で一緒にいる時間が多いことも手伝って、由惟に気安く声をかけてくることも増えた。ただ、その口調には、必要以上に子ども扱いしている感が拭えない。

「飲めないわけないだろ」前島京太はそう言って笑い飛ばした。「まだ二十歳(はたち)になってないから飲めませんとか、お嬢さん学生でも言わねえよ。どうせ、家に帰ったら飲んでんだろ。いや、正直な話、ちょっとくらいは飲んだことあるよな？」

「ありません」

由惟が答えると、前島京太は呆れるように鼻を鳴らした。

「そういや、小南の母さんの裁判ってまだかよ？」

悪意のこもった問いかけに、由惟はぎゅっと胸を締めつけられるような感覚を抱いた。もはや母が捕まった件など秘密でも何でもないような口ぶりだ。前島社長がいないので、たしなめる者もいない。弁当を食べながら好き勝手に話しこんでいたほかの従業員たちの口も急に止まった。

「そろそろ決まる頃じゃねえの？　それとも何かごねてんのか？」

「知りません……」由惟は消え入るような声で答える。

「裁判始まったら、お前も出るんだろ？　まあさすがにそのときは、休むなとは言えねえな。不安だったら、一緒に付いていってやろうか？　油断してると遺族に殴りかかられるぞ」

無遠慮すぎて相手する気にもならない。

「まあでも、裁判なんて退屈だけどな」前島京太は由惟の無反応に構わず、話を続けた。「何を隠そう、俺も十代のやんちゃ盛りに家裁送りになってよ。いや、大したあれじゃねえよ。いわゆる子どもの喧嘩（けんか）だ。それがまた、裁判てなるとえらく退屈で、判決聞きながらうとうとして裁判官に怒られたよ。ははは」

前島京太は自分の席から横目で由惟に一瞥を向け、爽やかさのない笑みを顔に張りつけた。

「小南の母さんの裁判はまた違うだろうけどな。マスコミとかも押し寄せて独特だろうし、何より判決はビビるだろ。あれ知ってるか？　主文をいつ読むかって問題があってよ、主文が後回しだったらもう終わりだよ」

由惟は聞いていられなくなり、席を立った。

「お、出てくんなら、アイス買ってきてくれよ。コールドストーンのやつな」
前島京太は自分の無神経さをさらに強調するかのように言い、五百円玉を由惟に放って寄越した。

夕方、暑気払いに繰り出そうと浮かれているほかの従業員たちを尻目に、由惟は事務所を出て帰途につく。

歩きながら、思わず吐息がこぼれた。仕事にはだいぶ慣れたはずなのに、慣れた分だけ新しい負荷がかかってきて、息苦しさは変わらない。

幸い、明日からお盆休みが待っている。それがあるから今日は我慢できた。けれど、夏休みといっても何があるわけでもない。ただ、五日間、会社から離れられるだけだ。休みが終われば、またこんな日常が戻ってくる。今からそれが憂鬱だった。

本当は休みくらい遠出したい。

ディズニーランドくらい行きたいし、もし何事もなく大学生になっていたとしたら、今頃、バイトでお金を貯めて海外で羽を伸ばしていたかもしれない。

しかし、現実にある休みは由惟にとって、会社に行かなくていいというだけの日だ。逃げ出さない限り、それは延々続くし、逃げ出すにもお金がいる。そして何より、母の裁判が終わらなければ、動こうにも動けない。

おそらく本当の気持ちの限界が訪れるとするならそのときだろうと由惟は思っている。それまでの今日のような出来事一つ一つは、まだ我慢すれば乗り切れるはずだった。

電車に乗り、英単語帳を開いたが、まったく頭に入らなかった。

駅に着いて降りる。今日は痴漢事件の関係者が目撃情報を募っている姿はなかった。事件当時からもう日が経っているから、がんばって呼びかけても情報は集まらないだろう。ただ、今でも忘れた頃に立っていることがあり、それを見ると、はっとさせられる。

あの男性は保釈されたのだろうか。それともまだ捕まったままなのだろうか。保釈されたとしても、裁判などすぐには始まらないだろうから、日常はまだ取り戻せないに違いない。

自分がもっと強ければ力になれたかもしれないが……由惟はいまだ抱えている後ろめたさにそんな言い訳をして、今日もそれらのことを頭から振り払った。

公園の前を通り、ダンスをやっているはずの紗奈の姿を探した。相変わらず、毎日のように、三崎涼介たちが紗奈を連れ出して、ダンスレッスンに興じている。何も関係性を知らないで見れば、ちゃらちゃらとした遊び好きの少年少女におとなしい紗奈が無理やり付き合わされているようであり、まったく歓迎できないのだが、当の紗奈が楽しそうであり、また三崎涼介の「紗奈はペットじゃない」という言葉が由惟の痛いところに刺さっていて、夕方の三十分だけという条件で妥協(だきょう)している。

今日も紗奈の姿は公園にあった。しかし、ダンスはやっておらず、木陰で三崎涼介らと突っ立っている。彼らの向こうには何やら大人たちが数人集まっていて、それを眺めているようだった。

何事だろうかと訝(いぶか)りながら公園に入った。紗奈が由惟に気づいたが、すぐに大人たちの輪に視線を戻した。

近づいてみて、大人たちの一人が伊豆原だと分かった。ほかには主婦と思しき女性もいれば、老年の男性もいた。

「どうしたの？」

紗奈たちの近くまで行って訊くと、紗奈は哀しそうな困惑顔で「ここでダンスするなって、何日か前から言われ出して」と打ち明けた。

「音楽がうるさいみたいなこと言うから、音楽なしでやってんのに、ダンス自体やめろってケチつけてくるんだよ」三崎涼介が口調に静かな憤りを覗かせて言う。「伊豆原先生に言ったら、逆に抗議してやるから任せとけって」

「ダンス禁止なんて、どこにも書いてないんだから」原舞花がぷりぷりと感情をあらわにして言う。

「まさか向こうも、こっちが弁護士連れてくるとは思ってなかったっしょ」河村新太郎がそう言って、強気の笑みを浮かべてみせる。

相手は近所の主婦や町内会の役員などだろう。三崎涼介らは自分たちの権利を勝ち取ればそれで満足かもしれないが、伊豆原を立てたところで、問題が大きくなるだけである。ただでさえ肩身狭く暮らしているのに、これ以上周囲に目をつけられて生活しづらくなるのは由惟たち姉妹なのだ。

由惟は伊豆原たちが話しこんでいるところまで歩いていった。

「ほかの子どもたちが怖がって遊べなくなるんですよ」

「彼らの何を怖がるんですか？　ダンスなんて、今、どこの中学高校でも授業や部活でやってることですよ」

「茶髪の子とか、はっきり言って普通だとは思いませんよ。彼らが活動することで、ほかのグループもここに集まってきたらどうするんですか？」

「茶髪の子は公園を使えないなんていう規則はどこにもありませんよ。それに彼らは……」

「ごめんなさい」由惟は伊豆原の話をさえぎって、相手の主婦たちに頭を下げた。「ここでは遊ばせないようにしますんでお許しください」

伊豆原はぎょっとしたように由惟を見て、それからすぐに首を振った。

「由惟さん、それはいけない。こちらは何も悪くないんだから、謝ることじゃない」

「迷惑がかかってるんです」由惟は言った。「使う権利があるとか、そんなこと一方的に主張してどうするんですか。もういいですから帰りましょう」

「いや、よくないよ。ただ公園で遊んでいるだけのことに迷惑だなんて、そんな話に……」

「私も迷惑なんです！」由惟は伊豆原をきっとにらんで言った。「伊豆原先生がそうやってがんばるほど、ここに住みにくくなるんです。お願いだから、やめてください」

「そんな……」

伊豆原もさすがに意気消沈したようだった。

「ごめんなさい」

由惟は主婦たちにもう一度頭を下げ、伊豆原の袖を引っ張ってその場を離れた。

「明日から、ここでは遊ばないで」

子どもたちにそう言うと、彼らは困惑顔をさらに曇らせた。

「何でだよ」

「河川敷とか、ほかにも場所はあるでしょ」

由惟が有無を言わせないように言っても、彼らは納得いかないような顔をしていた。紗奈は眉を下げてしょげ返っている。

「悪くないなら悪くないって言わないとさ……」

「由惟さんを責めるのはやめとけ」伊豆原が静かな口調で涼介をたしなめた。「由惟さんには由惟さんの事情がある」

言われて三崎涼介は口をつぐみ、やるせないような吐息をついた。


夕飯を食べようと伊豆原に言われ、少し歩いたところにあるそば屋に入った。伊豆原は由惟たちのアパートを何度も訪れ、近所のどこに何の店があるかすっかり詳しくなっているようだった。

紗奈たち子ども四人が一つのテーブルに着き、奥のもう一つの四人がけの席に由惟と伊豆原が座った。

口数が少なくなっていた子どもたちも注文をし終える頃には早くも気持ちが切り替わったようで、公園の代わりに行くとすればどこがいいかという話を、それなりに楽しそうに始めた。

「昨日一昨日と妻の実家の勝浦に行ってきてね」由惟たちの席では、伊豆原がそば茶をすすりながらそんな話をしてきた。「さっき家に置いてきたけど、君らにお土産を買ってきた」

「ありがとうございます」由惟は形ばかりの礼を言った。

「君ら若い子たちにどうなんだろう。お菓子のほうがいいかなとは思いつつも、由惟さんもおかずを作るの大変だろうしと思って、結局、ひじき落花生にしたんだけど」

「ありがとうございます」

菓子のほうが気持ちは多少華やぐが、よくよく考えれば、おかずにできる食べ物のほうがありがたい。伊豆原の言う通りだった。

由惟の反応が悪いものではないと受け取ったのか、伊豆原はほっとしたように一つうなずいた。

「でも紗奈ちゃんはあれだね」伊豆原は言う。「そんなお土産にも、何これおいしそうって食いついて喜んでくれて、本当にいい子だね」

別に由惟の反応に不満があるという言い方ではなかった。おそらくそれは伊豆原の予想の範囲内だったのだろう。

紗奈は違う。母が飽きもせず買ってくるお徳用のビスケットにも目を輝かせて喜ぶくらいだ。由惟の作ったご飯もいちいちおいしいおいしいと言って食べるし、だからこそ、日々の家事もがんばれる。育ちは由惟と変わらないから、生まれ持っての気質が違うとしか言いようがない。いい子だという伊豆原の意見に異論はない。

それゆえ、今の環境にも気持ちがねじ曲がることなく育ってほしいという思いがある。

「由惟さんの気持ちも分かるんだ」伊豆原は言った。「ここんとこ、また張り紙がされてるときあるよね。怖いと思うし、もし自分がいないときに紗奈ちゃんに何かあったらって心配になると思う」

三崎涼介たちがダンスの練習のあと、部屋でゲームをやって遊んだ次の日など、ドアに「うるさい」という苦情の張り紙がされていることがある。二階の住人だって物音は立てているし、両隣も窓を開けていれば生活音や話し声は聞こえるのだが、まるで由惟たちだけ声をひそめて暮らしていなければ許されないかのようである。伊豆原が張り紙を持ってアパートのほかの部屋を訪ねて回ったが、誰も書いた当人とは名乗り出なかった。

ここ最近では「公園でダンスをしないでください」という張り紙もあった。アパートの住人だけではない。近隣の誰もが由惟たち姉妹の生活を監視している。

「でも、何でもかんでも我慢しておけばいいっていう考えも、それはそれで危ないんだよ」伊豆原は静かに言う。「理不尽なことには毅然と立ち向かわないとね。まあ、どこまで譲ってどこから譲れないかっていうバランスの問題でもあるけど」

今のところは身の危険までは心配していないが、権利だ何だとこちらが主張しだせば、それも分からなくなる。伊豆原がいくら後押ししてくれても、由惟は毅然と立ち向かうなどということはまったく望まない。

「それはそれとして、お母さんの裁判だけどね」伊豆原は運ばれてきたざるそばを前に、箸を割りながら話を変えた。「整理手続が進んでて、たぶん、あと二回か三回で終わる。そうすると裁判の日程が決まるんだ」

自分たちの日常のこと以上に気が滅入る話題であり、由惟は大した相槌も打たないまま、自分のそばをすすり始めた。

「由惟さんの調書はまだ保留してるけど、こちらとしては調書じゃなく、実際に由惟さんに法廷でお母さんのことを話してほしいと思ってるんだ」

警察の事情聴取では、由惟は母が変わり者で、光莉ちゃんのお母さんともトラブルを起こし、紗奈の点滴も頻繁にいじっていたというようなことを、疑心暗鬼な思いとともに率直に明かし、それが調書としてもまとめられている。

「私の言いたいことは、警察に全部言いました」

弁護側としては、それでは困るということなのだろうが、由惟は構わずそう言った。

「警察は事件に関連づけようとして、お母さんの性格を決めつけようとしてる。そうじゃなく、こういう面もあるんだっていう、お母さんの素の部分を話してほしいんだよ」

「どんなことですか？」

「お母さんが、どこにでもいる普通のお母さんだったってこと。ちゃんと毎日ご飯を作ってくれて、怒ることもめったになくて、優しかったってこと」

「怒ることなんか全然ありましたよ」由惟は冷ややかに言った。「早く起きなさいとか、行儀よくしなさいとか、そういうことはしょっちゅうだし、テレビ観てるときも、この人はどうしてこういうこと言うのかしらねとか、ぶつぶつ文句言ってるし」

「それはどこの家庭でもあるような、お母さんの小言でしょ」伊豆原は苦笑気味に言う。「急に激高するとか、子どもに手を上げるとか、そういう人ではないってことを言ってほしいわけで」

そういう意図だろうということは分かっている。気が進まないから、難癖（なんくせ）をつけるように言ってみただけだ。

「検察からだって質問があるんですよね？」由惟はそうした思いを口調にもこめた。「母は変わった人だったかって訊かれたら、私は正直に答えますし、嘘はつけないです」

「いや、もちろん嘘をついてもらおうとは思ってないよ」伊豆原は言う。「ただ、お母さんの味方が一人でも欲しいのは確かだ。それは隠すつもりはない。由惟さんしかいないんだよ……あと、紗奈ちゃんも」

「紗奈も呼ぶんですか？」

「紗奈ちゃんにもお母さんの話をしてほしいと思ってる。まだ本人には何も言ってないけどね」

紗奈ならおそらく、伊豆原が望むようなことも話すのかもしれない。しかしそれも、紗奈の純真さに付けこんでいるような気がして、いい気はしない。

「結局、母が無罪だっていう証拠は見つかったんですか？」

「僕らは無罪じゃないかと思って動いてるよ。そういう判決を勝ち取るためにがんばってるんだから」

「だから、証拠は見つかったんですか？」

由惟がもう一度訊くと、伊豆原は苦しげに頭をかいた。

「弁護側は基本的に検察側の立証を崩すのが最大の仕事で、無罪の証拠を見つけるとなるとまた話が違ってくるんだ。もちろん、それが見つかるに越したことはないんだけど」

「無罪でないなら、被害者の紗奈に加害者のフォローをさせろっていうことになりますよね？」

「うーん、でもそこは推定無罪ってことで……」伊豆原はそう口にしたものの、そんな言い方が由惟に通用しないと分かったのか、うなだれるようにしてため息をついた。「難しいかな？」

伊豆原の提案に対して、由惟には以前ほどそれを頑なに退けようとする気持ちがあるわけではない。

しかしそれは、伊豆原が由惟たち姉妹に何度となく世話を焼いてきたことから生じている変化であり、母への信疑とはまったく関係のないところでの話である。伊豆原がよくしてくれるから母に有利な証言をするというのは、考えるまでもなくおかしなことだ。

「例えばだけど」伊豆原はしばらく考えこんでから、由惟の顔色をうかがうように見た。「ただ紗奈ちゃんに、お母さんへの今の気持ちを率直に手紙にしてもらうということだったら、由惟さんも反対はしないかな？　よく書けていたら、それを法廷で読んでもらうってことで」

「それは……私がどうこう言うことじゃなくて、紗奈が判断することじゃないですか」由惟も少し考えて言った。「紗奈は、私のペットじゃないんですから」

「ペットだなんて……別にそんなことは言ってないよ」

伊豆原は苦笑しながらそう言った。それから、とりあえずの光が見えたように、一人でうんとうなずいた。

「ついでに言うわけじゃないけど、由惟さんも一度、お母さんへの気持ちを文章にしてみたらどうかな。法廷で発表するしないはまた考えればいいし、書くことで頭の中も整理できてくると思うから」

そう言われても、自分のこととなると返事はしづらかった。

「ちょっと考えてみて」

伊豆原は由惟の戸惑いをよそに、夏休みの宿題とばかりにそう言った。

18

お盆明け、伊豆原は午後になって小菅の拘置所に野々花を訪ねた。

川勝春水が古溝院長との破局（はきょく）をきっかけにして、病院の評判を落とすために事件を起こしたのではないかという可能性が見えてきている。ただ、その疑惑にどう切りこむかというのは、慎重に考えなければならない問題だった。

本人に直接問い質（ただ）すのは最終手段であり、それをするにしても、今は追及に必要な材料が少なすぎる。

野々花との接見は桝田と交代で行っている定期的なものだが、会って話をする以上は、川勝春水について何か材料を得られないかという思いがあった。

蒸し暑い日が続き、接見室に現れた野々花は、額周りの髪を汗で湿らせていた。化粧を施していない顔には長い勾留生活の疲れが隠せないが、それでも伊豆原が紗奈のここ最近の様子を話して聞かせると、目を輝かせて聞き入り、そして最後にはその輝いた目にうっすらと涙を浮かべて、満足そうな笑みを覗かせた。

「紗奈はもともとバレエをやっててね、踊るのが大好きなんですよ。私が送り迎えに行けなくなってやめさせたんですけど、そのときも泣いちゃってね……」

「楽しそうですよ。まあ、夕方の小一時間というとこなんで、こんがり小麦色とまではいかないですけど、ずいぶん顔色も健康的になりました」

「伊豆原先生のおかげです」野々花はぺこりと頭を下げた。「由惟はどうですか？」

「由惟さんも相変わらずがんばって、お仕事をされてますよ」

「あの子はアイスクリームが大好きなんですけど、寝る前に食べたりすると、簡単にお腹壊すんですよ。季節の変わり目だけじゃなくて、そういうところも気をつけるように言っておいてください」

「ははは、分かりました。寝る前には食べないように言っておきます」伊豆原はひとしきり笑ってから、話を変えた。「ところでちょっとお訊きしたいんですが、小南さん、前に川勝さんと院長の噂のこと、話してましたよね」

「ええ、ええ」

野々花は不意に切り出された話題に一瞬きょとんとしてから、すぐにいたずらっぽい笑みで反応してみせた。

「事件があった頃、その二人の関係がすでに終わってたってことはご存じでしたか？」

「えっ!?」彼女は目を見開いて驚いてみせた。「そうなんですか？」

「そうなんですよ。本人に確かめたわけじゃないんですが、噂によると、そうらしいです」

「あらあ、全然知らなかったわ」彼女は感情たっぷりにそう言った。「本当に？」

「ええ」伊豆原は言う。「ここだけの話、どうやら、院長のほうから関係を切ったみたいですね」

「あらまあ」野々花は大げさに目を丸くした。「奥さんにばれたのかしら。でも、奥さんとは別居状態だって聞いたけど」

「どうなんですかね。銀座の女性に目移りしたって話もありますけど」

「わあ」彼女は一気に顔をしかめた。「それは川勝さんが可哀想だわ。副師長になる前からだって話だから、四、五年は付き合ってたはずよ」

「ですよね」伊豆原はうなずいてから問いかけてみる。「あの頃、川勝さんの様子がどこか変だなとか感じたことってなかったですか？」

「いやあ、でも私、そうとは知らなかったから、無神経なこと言っちゃったかな……川勝さんは普段大真面目な顔してて、そういう噂があるもんだから、私もちょっとからかいたくなったりして……」どこか上のほうを見つめながらぶつぶつと一人でしゃべっていた野々花は、何かを思い出したらしく、「そうか」と伊豆原に目を向けた。「だからだ」

「何ですか？」伊豆原は訊く。

「いやあね」彼女は興奮気味に言った。「ちょうどあの事件の日、ナースステーションの休憩室に行って話してたら、急にあの人が冷たくなって、もう出てってって休憩室を追い出されたんですよ。あのときも、今思えば、院長のことに触れたから……」

「えっ？」伊豆原は訊き返した。「休憩室で院長の話をしたんですか？」

「千田さんに副師長のこと訊かれた話をしたのよ」

「千田さんっていうのは、食堂で働いてた知り合いですか？」

「そうそう」彼女は言う。「千田さんも噂のことは知ってて、でもやっぱりあの人も二人が別れたことまでは知らなかったのね。副師長がどんな人かも知らなかったのよ。それで私がこれこれこういう感じの美人さんよって答えたら、そんなにきれいな人なのに院長のお気に入りになったばかりに婚期逃すとしたら可哀想ねって言うから、いや、院長も別居状態らしいから、ちゃんと責任取るんじゃないのって話したの。けど、あの人は院長をそこまで信用してないらしくて、男の人はそういうとこずるいから、分かんないわよって……そういう話。もちろん、そのまま川勝さんに話したわけじゃないわよ。きれいなのに独身なのはもったいないわねってその人が言うから、私は、人の幸せはそれぞれなのよって言っておいたわよって……副師長にはそう話したの」

「休憩室で、そんなやり取りがあったんですか？」川勝春水と竹岡聡子から休憩室での会話を聴き取ったあと、伊豆原は一度接見に来て、野々花に実際その通りの会話だったか確かめている。「先日は、そんな話は出てきませんでしたよね」

「今思い出したの」野々花はとぼけたように言って笑った。

川勝春水らとの会話は日常的なもので、野々花の記憶の中に埋もれてしまっていたのだろう。しかし、何年かぶりに再会した千田との会話は印象に残っており、そこから休憩室での会話まで記憶から引っ張り出されてきたのだ。

伊豆原は彼女の話を聞いて腑に落ちた。

伊豆原が川勝春水と竹岡聡子から聴き取った限りでは、休憩室での会話は、『その知り合いに小児病棟にいるって話したら、副師長の話になって、どんな人って訊かれたから、そりゃきれいな人よって答えたの』という野々花の話で終わり、不意に川勝春水が『仕事中だから』と野々花を追い出したことになっている。考えてみれば、それまで和やかに話していたのに、素っ気なく『仕事中だから』と追い出しにかかるのは、いくら言葉通りに仕事中であっても唐突なのだ。『仕事中だから』という川勝春水の言葉には、その字面から想像する以上に不愉快さがこもっていたのだろう。野々花はそれに引っかかりつつも、理由が分からなかった。

『人の幸せはそれぞれなの』という野々花の言葉は明らかに古溝院長との関係を当てこすっていて、すでに院長から捨てられていた川勝春水の神経に障った。だからこそ、彼女は和やかだったはずの会話を終わらせ、野々花を追い出しにかかったのだ。

「ちょっと待ってください」伊豆原はバッグから手帳とペンを出した。「もう一度。『きれいなのに独身なのはもったいないわねってその人が言うから、私は、人の幸せはそれぞれなのよって言っておいたわよ』……実際、小南さんが副師長に言った言葉は、ほぼこの通りでした？」

「『人の幸せはそれぞれなのよ』ってとこはちょっと強調したんですよ」野々花は目で笑いながらそう言った。

「台詞として、これより長かったとか短かったとか、そういうことは憶えてますか？」

「こんな感じだったんじゃないかしらね」

「先日の話では、『副師長の話になって、どんな人って訊かれたから、そりゃ、きれいな人よって答えたの』っていう言葉で終わってるんですが、このあと今の言葉との間に何かほかのやり取りはありませんでした？」

野々花はしばらく記憶をたどるように考えていたが、結局首をひねった。

「ちょっと思い出せないわね」

「じゃあ、けっこうです」伊豆原は言って、手帳をアクリル板越しに広げて見せた。「ちょっと今の言葉の秒数を計りたいんで、小南さんが実際しゃべったようなリズムで読んでもらえませんか？」

伊豆原はスマホのストップウォッチ機能で、彼女が読み上げる時間を計った。

八秒七。

何度か繰り返してもらったが、平均して九秒前後というところだった。

ついでにほかの彼女の言葉も読み上げてもらい、秒数を計りながら、伊豆原は興奮を隠し切れなくなっていた。

この追加の九秒が持つ意味は大きい。

当初、ナースステーションと休憩室に滞在した野々花の行動に関しては、八十五秒の空白があるとされていた。その時間を使って彼女は点滴に薬物を混入させたと検察側は見立てている。

伊豆原は、休憩室にいた川勝春水や竹岡聡子から当時の野々花とのやり取りを細かく聴き取って、空白の時間を六十五秒前後まで縮めた。

検証では野々花が点滴に薬物を混入させるには急いでぎりぎりその程度はかかるから、この時点で検察側の見立てはすでに苦しいが、犯行が不可能だという主張を押し切れるほどの材料だとまでは言えなかった。

しかし、さらに十秒近く削れば、空白時間は五十秒台となり、手慣れた看護師でなければ不可能な時間しか残らなくなる。残った五十数秒はおそらく、現時点でも思い出せない会話や、実際にはあったはずの会話の間、あるいは休憩室のドアを開け閉めしたり、ナースステーションでゴム手袋をもらったりした時間として費やされたのだろう。会話の間などは弁護側の恣意的な計算と取られないよう、タイトに計っている。

野々花は無実なのだ。

伊豆原はようやくそれが確信できた。

それまでは、心証にも希望的観測がこもっていた。弁護団での自分の仕事が、善なる行為として昇華されることを望む気持ちがあり、心証もそれに引っ張られていたと言っていい。

逆に言えば、疑念も伊豆原の中でしぶとく残り続けていた。それは自分の意思で取り払えるものではない。冷静な判断をするために必要なバランサーだと割り切って、自分の中に置いておくしかないものだった。

しかし今、一気にそれが取り払われた。霧が消え、見つめるべきものがくっきりと目の前に現れた感覚だった。

彼女は無実なのだ。

いったいどれだけの辛苦(しんく)に耐えてそこに座っているのだろうか。伊豆原は改めてアクリル板の向こうに座る勾留中の女性に視線を向けた。伊豆原は何度も会いに来た。彼女は笑顔で迎えてくれたときもあれば、沈んだ顔で弱音をこぼしてきたときもあった。しかし、本当の意味で彼女のつらさは理解していなかった。無実だと確信したことで、そのあまりにも理不尽な境遇に耐えている彼女の気持ちが胸に迫って感じられるようになったのだった。

「ありがとうございました」高ぶった気持ちを落ち着けて伊豆原は言った。「小南さんがこうやってがんばってるんだから、僕ももっとがんばりますよ」

「まあ、そんな、ありがとう」野々花は伊豆原の言葉が響いたように目を潤ませた。「伊豆原先生は十分、がんばってくださってますよ。私なんかのためにね、いろいろ動いてくださって、由惟や紗奈の面倒も見てくださって、本当に感謝してるんですよ」

彼女の感謝の言葉は何回も耳にしてきた。

しかし、これほどまでに胸に突き刺さってくるのは初めてだった。

拘置所をあとにした伊豆原は、興奮冷めやらぬままに、銀座の〈貴島法律事務所〉に足を向けた。事務所に顔を出すと、事務員の取り次ぎを制して、スタッフルームの一角にある桝田の席へと歩を進めた。

「一歩前進したぞ」伊豆原は自席で仕事をしていた桝田の顔を見るなり、そう告げてから訊いた。「貴島先生はいるか?」

貴島にも今日の収穫を伝えたかった。しかし桝田は浮かない表情で小さく首を振った。

「また入院だ」

桝田は静かなスタッフルームでの会話を気にするようにマグカップを手にして立ち上がり、打ち合わせ室へと移動した。

「肝臓（かんぞう）なんかの数値が悪くて、痛みもかなり出てるらしい」

貴島のすい臓がんはすでに肝臓をはじめとするほかの臓器に転移していると聞いている。それが進行し、もはや末期の状態らしい。

昨日今日と、ここのパートナーたちが見舞いに行っているものの、帰ってきた顔を見ると、病状を楽観視することはできないようだった。

「意識はあるのか？」

桝田はうなずく。「まだ、そこまでじゃないようだが、痛みがこれ以上ひどくなってきたら、緩和ケアも必要になってくるだろうし、この先のことは分からない」

「そうか……」

先が危ぶまれているほどであるならいっそう、伊豆原は自分が手にした収穫について貴島に伝えておきたい思いが湧いた。

休憩室での新たなやり取りが分かり、犯行の不可能性が堂々主張できるレベルに達したことを桝田に話すと、彼はそれどころではないとでも思っているのか、大した反応は示さなかった。ただ彼自身、明日、見舞いに行く予定にしているということで、伊豆原もそれに同行させてもらうことにした。

次の日、伊豆原は桝田と一緒に、築地の病院に貴島を訪ねた。

貴島は酸素吸入の管を鼻に挿して横になっていた。伊豆原たちの姿を認めると、目だけを向け、「やあ」と力なく口を動かした。肌は土気色で、あご周りに短いひげが寂しげに覗いている。

「お加減はいかがですか？」

桝田がかけたそんな言葉に一つうなずいた貴島は、伊豆原に目を向け、「いい報告でもあるような顔だ」としわがれた声で口にした。

伊豆原としても貴島を心配する気持ちはあるのだが、彼の事務所の面々とは立場が違うだけに、それが顔つきにも表れているようだった。伊豆原は「そうなんです」と素直に応えた。

「小南さんが重要なことを思い出してくれまして……」

伊豆原は貴島の耳もとに顔を寄せ、休憩室での会話時間を積み増すことができた話をした。

貴島は目をつぶってそれを聞いていた。そして、「いい話だ」と満足そうに言った。

先日の精神鑑定の結果を受けて、彼の心には、もしかしたら野々花は有罪なのではないかという疑念が芽生えていたはずだ。それを取り払えたのではないかと思った。

「公判でちゃんと認められる形にしないとな」

貴島の言う通りだ。今はまだ、野々花がようやく思い出しただけである。川勝春水や竹岡聡子にも確認を取らなければならないし、会話全体でどれだけの秒数がかかるか、実際に本人たちに発声してもらうなどして、弁護側の証拠として形を整え、裁判員たちにも理解してもらえるようにしなければならない。

「私はこんなことで申し訳ない」貴島はぼそぼそと言った。「野々花さんを死刑台に立たせてはいけないよ。それだけは何としてもね……防がなければ」

死刑廃止運動にも力を注いできた貴島らしい言い方での静かな発破だった。

「そんなことはさせません」伊豆原自身は極刑回避どころか無罪を勝ち取る気でいる。

「桝田くんを支えてやってくれ」

「分かりました」

伊豆原の返事に対し、貴島は念を押すような視線とともにうなずいてみせ、それからまた目を閉じた。

伊豆原は先に病室を出た。やがて事務所の用件で打ち合わせがあった桝田が出てきた。

伝えたいことを伝えて気が落ち着いた伊豆原に比べ、桝田はその表情から沈んだ色が消えていない。彼はもう〔貴島法律事務所〕の一員だ。いずれは遠くない時期にこうした日が来ると承知で事務所に入ったのだろうが、それでもボスの病状が予断を許さないとなれば、ほかの事務所関係者と同様、明るい顔にはなれないのだろう。

「貴島先生が抱えてたほかの案件もいくつか回ってきてな」

事務所に入ったことで、野々花の事件だけでなく、ほかの案件でも貴島の穴を埋めなければならない立場になっているようだ。その大変さは重々察せられるが、それだけ貴島に買われているということでもある。前向きに捉えるべきだという意味をこめて、伊豆原は「がんばれよ」と声をかけた。

「こっちのほうは光明も見えてきたし、俺の手でできることはやるよ」

伊豆原は請け合うようにそう言ってみせた。

19

仕事から帰宅して取りかかった夕飯の支度が終わっても紗奈が帰ってこないので、由惟は彼女を呼びに外に出た。

新しいダンスの練習場所は紗奈からだいたい聞いている。平井橋から下りて旧中川の川沿いを歩いていくと、土手の上に水辺公園と呼ばれる芝生広場がある。公園と言っても、普段は犬を散歩させている人たちが通りかかるだけのところだ。そこに少年少女が集まってダンスをしている姿があった。日は暮れかかり、空の明るさより外灯の光のほうが勝ち始めている。

近づいてみると、十人くらいの集団の中に紗奈がいた。女子のユニットで曲をかけて踊っていて、紗奈は一番端に加わっていた。三崎涼介や河村新太郎は前で見ている様子だ。

どんどん仲間が増えていくな……由惟は半分呆れながら彼らに近づいていき、三崎涼介の隣まで来ると、挨拶もそこそこに「そろそろ終わりにして」と言った。

「よし、今日は終わり」

三崎涼介は素直にレッスンの終了を告げた。

踊り疲れた女の子たちはタオルで汗を拭い、ペットボトルの水をラッパ飲みしている。紗奈は原舞花とハイタッチをして、やはり首筋の汗を拭いながら由惟のもとに近づいてきた。

「〔ピースオブケーキ〕に入れてもらったー」紗奈が嬉しそうに報告してくる。「涼介くんとこの女子ユニット。舞花ちゃんも入ってるし、今日はみんな来てくれたけど、普段の稽古(けいこ)は亀戸なんだって」

今後は亀戸まで通いたいということらしい。

由惟はいいとも悪いとも言わず、ただ、「帰るよ」と紗奈を促した。

一緒に踊っていた女の子たちも停めていた自転車にまたがり、めいめいに帰っていく。踊っているときは何となく、とんがった子たちに見えるが、自転車をこぐ姿は普通の女子中高生だ。

「あ、お姉さん」三崎涼介が由惟を呼んだ。「紗奈が〔中央学舎〕に興味があるらしいから、話を聞いてやって」

「何それ?」

「俺が通ってたフリースクール。錦糸町にあって自転車でも通えるし、そのまま亀戸のスタジオにも寄れるし。言ってくれれば、一度見学できるようにするから」

「ふーん」由惟はそれにも、いいとも悪いとも言わなかった。

「いつまでも家で一人にさせとくわけにもいかないっしょ」三崎涼介は言う。「夏休み明けとか、タイミング的にもいいんじゃないかなって思うし」

「紗奈は私のペットじゃないしね」

由惟がそう返すと、彼は「根に持ってんな」と苦笑してみせた。

「平中に通えばいいんだよ」横から原舞花が口を挿んできた。「紗奈をいじめた子たち、私、知ってっから。今度は絶対手出しさせないようにするよ」

「子どもたちの世界だけの問題じゃないのよ」由惟は冷ややかに言い返した。

「そんな大人なんか、ろくでもないじゃん」原舞花はそう食ってかかってきた。「何でそんなのに負けなきゃいけないの？」

「向こうが正しいから」

「そんなことないよ」彼女は鼻息を荒らげて言う。「それは違う」

「正しいって向こうが信じてるから」

「こっちも信じればいいじゃん」彼女はなおも言う。「こっちが正しいんだからさ」

「勝てないのよ。勝つことなんて許されてないの。勝てないって分かってる勝負は避けるしかないの」

由惟がそう応えると、原舞花は不服この上ないというように、ぷうと頬をふくらませて由惟たちから離れていった。

「舞花ちゃん、優しい」

原舞花の背中を見送りながら、紗奈がぽつりと言った。

「そうだね」

それには由惟も同意した。みんな、紗奈のことを気にかけてくれているのは十分すぎるほど伝わってくる。

ただ紗奈は、それに乗せられて、何でもかんでもやれる立場ではない。調子に乗れば瞬く間に方々から手が出てきてたたかれるのだ。

裁判が始まればまた、世間の目がどんなふうに由惟たち姉妹に向けられるか分からない。世間に忘れられるまで、身をひそめて生きることに慣れていくしかない。

三崎涼介も自分の自転車にまたがり、「またな」と紗奈に声をかけた。

「ありがとう。バイバイ」

三崎涼介は自転車をこぎかけてから足を止め、紗奈を振り返った。

「勝てなくても負けんな」

そんな声をかけ、由惟にも一瞥を向けてから、彼は背中を向けた。

またちくりと胸に刺さるような言葉を吐かれた気がした。


次の日、昼休みになって、由惟のスマホに伊豆原からのメッセージが入った。

用件は、夕方お邪魔したいというものだったが、文章の最初に、事件のことで収穫があったと思わせぶりに記されていた。それを知らせたいということのようだ。

伊豆原は由惟たち姉妹に裁判で母に有利な証言をさせたがっている。これまであからさまには言ってこなかったものの、この前はそれをはっきりと口にした。母の弁護士なのだから当然と言えば当然だ。これまで由惟たちに親身になってきたのも、すべてはその目的があってこそだと思っていい。

彼が優しいからといって無条件で母に味方しようとは思わない。母が無実だという証拠はあるのかと由惟は繰り返し訊いたが、彼は困っていた。そんな状況で味方しろと言われても、こちらのほうが困る。

この前、そうしたやり取りがあっただけに、伊豆原も何か由惟を説得する材料を用意したのかもしれない。しかし、由惟が頑なだからそれを持ってくるのだとすれば、はなから眉唾に受け取らざるをえない。

由惟はそんなことを取りとめもなく考えながら、家に電話して伊豆原が夕方来ることを紗奈に伝えた。紗奈は素直に喜んでいた。

紗奈は先日、伊豆原から裁判での証言の話を聞いたときも、二つ返事で了解していた。母の味方として証言台に立つことに抵抗はないようだ。

紗奈の屈託のなさは幼いがゆえであるとも言えるし、元来の気質がそうだからとも言える。事件後、腎臓の数値が悪くなったことも、たまたま病状がぶり返しただけだと思っている節がある。事件についても、「気を失ってたから分かんない」と笑って言うほど被害者意識は希薄な面がある。

伊豆原に提案され、紗奈は早速母への手紙を書く気になっている。紗奈がそうしたいと思うなら、由惟も邪魔する気はない。由惟にとってはそれが伊豆原に対する最大限の譲歩である。

伊豆原にメッセージの返信を終えると弁当を食べた。納期がタイトな注文が立てこんでいるらしく、現場の人間たちは社長をはじめ、朝から作業場に詰めており、昼休みになっても誰も戻ってこない。

「現場が忙しいと、ここは平和よねー」弁当を食べ終えた赤城浩子が呑気な声を出した。「人が来なくて、うちらはマイペースで仕事できるし、売上は上がって会社は潤うし、いいこと尽くめじゃない」

由惟も共感できてしまい、思わずうなずきそうになるのを苦笑に代えた。現場の人間たちがのべつまくなし出入りしているときは落ち着かないし、専務の前島京太が姿を見せると、変に絡んできはしないかと緊張する。

「あ、アイス一個残ってた！」

赤城浩子は冷蔵庫の冷凍室からハーゲンダッツのカップアイスを取り出し、にんまりとしてみせた。お盆休み前、得意先からお中元にカップアイスが届き、社長が配れと言うので、仕事終わりに由惟がみんなに配ったことがあった。いくつか残って冷凍室に入れておいたが、まだ食べ切られていなかったらしい。

「これ、いいよね？」

赤城浩子は言い、由惟の答えを待たずにふたを開けた。十日以上経ってまだ残っていたのだから、別に構わないだろう。由惟もアイスクリームは大好きだが、さすがにこんな場で彼女に挑もうとは思わない。

「ハーゲンダッツって、何でこんなにおいしいんだろ」赤城浩子はわざわざ由惟の隣の席まで来て座り、見せびらかすようにして食べ始めた。「うちはアイス買ってくと、子どもたちがわーって寄ってきて、あっという間になくなるからね。業務用のやつしか買わないの。でも、あれだと味も単調だし、何かありがたみが湧かないのよねー」

赤城浩子には小六と小四の食べ盛りの男の子がいる。由惟は女の子だけの家庭で育ったが、それとはまた違う光景があるのだろう。

「ジムでプール始めてから、食欲が増しちゃってさ。逆に体重が増えちゃって、嫌になっちゃうわ。一時間、ウォーキングして、プールから上がると、身体が重くてくたくただから、すごい運動したと思うじゃない。だけどあれ、私気づいたんだけど、運動したからじゃないのよ。単に水の浮力に慣れてたとこに久しぶりの重力がかかっちゃうから、身体が重く感じるだけなの。水の中をゆらゆら歩いたって、大した運動にはならないのよ。まあ、気持ちはいいから続けるけどね」

赤城浩子は取りとめのない話を一方的にしながらアイスクリームを食べ終えると、満足げに自分の席へと戻っていった。

平和な昼休みが終わり、由惟が手持ちの仕事を再開した頃、現場の作業員たちが一人、また一人と事務所に戻ってきた。ある者は持参した弁当をかきこみ、ある者はカップラーメンを三分待たずに食べ始め、またすぐに現場へと戻っていく。

十四時頃になって、社長と専務が事務所に戻ってきた。

「今日は素麺(そうめん)だ素麺」

前島社長は素麺が好きなのか、そんなことを軽口口調で由惟に告げ、遅い昼食をとりに裏の自宅へと帰っていった。

「何でクーラー、弱(よえ)えんだよ」

専務の前島京太は、不機嫌そうにぶつぶつ言いながら、エアコンの設定をいじった。

事務所のエアコンは先月、買い替えられ、猛暑の中でも強力な冷風を送り出してくれるようになった。ただ、赤城浩子が以前の弱いエアコンに慣れていた上、直接冷風を浴びる位置に自分の席があるため、設定を弱めている。エアコンの風に直接当たらない由惟の席だと、動けばじんわり汗ばむくらいの室温である。

机に向かい、エアコンに背を向けている赤城浩子の横顔が軽くしかめられたのが分かったが、もちろん、彼女とてそんなことで専務に盾突けるものではなく、やりたいようにさせている。専務の休憩が終われば、また設定をいじるのだろう。

「おい！」

しばらくエアコンの冷風を浴びて汗を引かせていた専務が、由惟の横を通りすぎて手洗いのほうに回ったと思っていると、いきなり背後で怒声を上げたのでびっくりした。

「俺のアイスがねえじゃん！」

振り返ると、冷蔵庫の冷凍室を覗いている専務の顔が憤怒（ふんぬ）の形相に変わっていた。

「誰だよ、食ったやつ!?」

専務は殺気立った視線を事務所にいる面々に向けた。もともと気分屋で口が荒い男だが、これほど怒りをあらわにしているのも見たことがなく、由惟は思わず身をすくませながら視線を逸らした。

「知りませんよ」

コンビニ弁当を食べていた若手作業員の一人が、専務ににらまれ、困ったように答えた。

あのアイスに専務が唾をつけていたことも知らなかったが、たかがアイス一個に大の大人がこれほど激高するのも尋常ではないと思った。当の赤城浩子は、自分の席でパソコン画面に目を向けたまま身じろぎできない様子である。その横顔が蒼ざめているように見えるのも錯覚(さっかく)ではないだろう。

「ふざけんなよ、畜生(ちくしょう)……！」

ぶつぶつと悪態をつきながら冷蔵庫のドアを閉めた専務の気配が由惟の背後まで近づいたところで止まった。何か言いがかりをつけられたら嫌だなと思って身構えていると、「おい」という険のある声がかかった。

「お前か……!?」

専務は由惟のかたわらに置いてあるダストボックスを指差していた。ハーゲンダッツの食べ終えた空のカップが捨てられている。赤城浩子がそこに捨てたことをすっかり忘れていて、由惟はあっと声を上げそうになった。

「お前だな!?」

由惟のしまったという表情を見咎めて、専務が確信したように言う。

「あ、いえ……」

由惟はちらりと赤城浩子を見やった。しかし彼女はパソコン画面を見つめたまま動かない。いや、おそらく、パソコン画面も見てはいないのだろう。ただ、名乗り出る気はないようだった。名乗り出るにも出られないほど、専務の剣幕に取りつく島がないということもある。

「じゃあ、何だよこれ!?」専務は目を剝(む)いて、由惟に迫ってきた。「お前じゃなきゃ、誰が食べたっていうんだよ？」

「いえ、その……」

赤城浩子が自分から名乗り出ないのに、由惟が彼女の名を出すのは気が引けた。だいたい、たかだかアイス一個で、どうしてここまで騒ぎ立てる必要があるのかという思いもあった。これまでの数カ月で日々積もり重なっていた専務への嫌悪感や反感といったものが、彼の怒りに歯向かう形で反応し、事実を打ち明ける正直さを由惟から失わせてもいた。

「思いっ切りここに捨ててあんだろ!?」専務がさらに激高した様子で由惟に詰め寄る。「何だよ、これは!? しらばっくれんなよ！ 何とか言えよ！ てめえこら、謝る気もないのかよ!?」

赤城浩子に名乗り出る気がない以上、専務が自ら怒りの矛を収めない限り、収まりどころがないことになる。

「何とか言えって言ってんだろ！ アイスのカップここに捨てて、何、私は知りませんみたいな顔してんだよ！」

不快な現実から身をよじって逃げ出したくなるような衝動が湧き上がってきた。その衝動は由惟のぐちゃぐちゃの感情の中でいびつに形を変え、「すみません」という言葉になって口からこぼれ出てきた。

「あ……!?」

専務が物騒な目つきで由惟をただにらみつけている。

「お中元の残りがまだあったと思って……」

「馬鹿野郎！」専務ががなり立てた。「中元の残りなんて、とっくになくなってるに決まってんだろ。これはお前が昨日、買い物頼む前にさっさと帰っちまったから、俺が自分で買ってきて今日のために一つ残しといたんだよ！」

そんなの知るかと思った。

「専務はいつもコールドストーンだったんで、専務のアイスとは思いませんでした」

「コールドストーンなんていつもコンビニにあるわけじゃねえだろ！　中元のハーゲンダッツがうまかったからハーゲンダッツ買ったんだよ！」

「すみません……知らなくて」

「知らなかったで済みゃ、警察はいらねえよ。まったく呆れるよな。さすが、犯罪者の娘は違うわ。横のごみ箱に堂々とカップ捨てて、何のことですか？　みたいな面しやがってよ。怖えよ。怖え」

専務は目を剝いて由惟に顔を近づけ、挑発的な口調で罵倒した。

逃げたつもりがまったく逃げられておらず、由惟は捕まったまま、なぶり殺しにされている感覚だった。

「何、黙ったまま座ってんだよ。俺のアイス、どうすんだよ？」

「買ってきます……」由惟は悔しさに震えながら、そう声を絞り出した。

「当たり前だろ。一個でOKなんて思うなよ。箱で買ってこい。ほら、さっさと行けよ、さっさと」

財布を持って事務所を飛び出した瞬間、涙がこぼれて止まらなくなった。このまま黙って家に帰りたいと思った。

しかし、実際にはそんな決心ができないことも分かっていた。おめおめとアイスを買い、事務所に戻るのだ。由惟は自分が何に縛られているのか分からない。ただ、得体（えたい）の知れない何かに縛られ、社会で生きていくには自由に楽しくすごす道は選べないのだということは感じている。

限界だという気もした。自分がいつ、今の日常を放り出してもおかしくない。

それでもそうした本音とは裏腹に、由惟は身体をロボットのように動かした。コンビニでアイスを買い求め、事務所に戻った。

「おせーよ」

専務は不機嫌そうに言うと、由惟が買ってきたアイスを箱から二個取り出し、あとは冷蔵庫に入れておくよう言った。

アイスを立て続けに二個食べ終えた専務はようやく気が済んだのか、昼食をとりに社長の自宅へと出ていった。

「ごめんねー」

現場の男たちが事務所からいなくなると、赤城浩子が手を合わせながら近づいてきた。

「びっくりね。アイス一個であんなに怒る？　そんなに食べられたくなかったら、名前書いときゃいいのに。いくらだった？　もちろん払うから」

反射的に断ろうかと思ったが、意地を張って自分が損するのも馬鹿らしく、由惟は値段を言った。

「ハーゲンダッツって、そんなに高いの？」赤城浩子は目を丸くしてみせ、仕方なさそうに財布の中をジャラジャラとかき回した。「ごめん、細かいのこれだけしかないから、これで勘弁して」

彼女は微妙に値切って由惟にアイスの代金を払い、「それにしても、食べ物の恨みは恐ろしいわね」と嘆いてみせた。

20

一時間ばかり勉強を見てやったあと、紗奈をダンスの練習に送り出し、伊豆原は姉妹のアパートで餃子(ギョーザ)の下ごしらえをしながら留守番をしていた。

十七時半になるかならないかというちに由惟が帰ってきた。まるで十七時の終業と同時に会社を飛び出し、急ぎ足で帰路についたような時間だ。

スマホのメッセージに書いておいた伊豆原の収穫を聞きたいがために早く帰ってきたのだろうかと一瞬思ったが、「お帰り」と声をかけた伊豆原に対し、彼女は大して視線も合わせず、無言のまま寝室へと消えてしまった。しばらくして着替えて出てきたが、やはり伊豆原などいないかのような態度で冷蔵庫から麦茶を出している。無表情だが、その目には生気がないわけではなく怒りのようなものが覗いていた。見るからに不機嫌そうで、会社で何かあったのかと思わせるほどだった。

「アイス買ってきたから」伊豆原は声をかけた。「冷凍室に入ってるから食べて」

すると彼女からはなぜか敵意のある一瞥が向けられ、伊豆原はあごを引いた。

「いりません」彼女はぶっきらぼうに言った。

「食べたくなかったら、今じゃなくていいけど」ダイエットでもしているのかなと思いながら、伊豆原は愛想笑いを交えて取り繕った。「でも、寝る前はやめたほうがいいよ。お母さんが、由惟さんはよく、そうやってお腹を壊すって心配してたから」

由惟は面白くも何ともないと言いたげに、ふうと吐息をついた。

「何かあった？」伊豆原は訊いてみた。

「別に何も」彼女は言う。

「そう」伊豆原は無理やり納得すると、餃子の餡が付いた手を洗い、彼女を追って居間に移った。

「メッセージにも書いたけどね、お母さんと話してて、大きな収穫があったんだよ……」

伊豆原は早速、野々花が休憩室での会話を思い出してくれ、犯行の可能性が限りなく否定できるレベルになったという話を由惟にも話して聞かせた。紗奈にも勉強を教えるかたわら話したが、想像以上に喜んでくれ、まだそれで無罪が確実に取れるわけではないと落ち着かせなければならないほどだった。由惟に対してはそこまで期待していたわけではないが、意外なほどに反応が乏しく、伊豆原も内心戸惑うばかりだった。

「会話の記憶なんて、一字一句正しいわけじゃないでしょう」黙って伊豆原の話を聞いていた由惟は、冷ややかにそんな感想を口にした。「それに、しゃべってる時間なんて計り方次第じゃないですか」

「もちろん、人の記憶だから、一字一句、正しくは思い出せないよ。でも、逆に言えば僕は、ほかにも思い出せないやり取りがあったんじゃないかと思ってる。最低限、こういうやり取りはあったってことで出てきたのが重要なんだ。ほかの二人にはまだ確認してないけど、会話の流れから考えても、お母さんが思い出した言葉はそこにあったと考えるのが自然だ。要はそれをちゃんと、証拠として通用するようにすればいい。一字一句正しくとはいかなくても、お母さんはじめその場にいた三人に、おおむねこんな言葉だったたってことを認めてもらうんだ。三人に実際に自分のテンポでその台詞を言ってもらって、それをつないだ音声記録を証拠にする。今の段階でも無理やり時間を稼いで計ってるわけじゃない。会話の間だって、本当はもっとあったはずだ」

伊豆原は力説するが、由惟に響いている手応えはなかった。

「紗奈ちゃんはお母さんへの手紙を書くって言ってくれてるよ。ありがたい。力になる……由惟さんはまだ、気持ちの整理に時間がかかるかな？　いや、急かすつもりはないんだけど、裁判の前に手続きがあってね。そこで、裁判でこういうのを出したいってことを言わないといけないんだ。例えば、由惟さんの調書には同意しない、証人として法廷で話を聞きたいっていうこととかね。それをしとかないと、いきなり公判間際になって証人として呼びたいとか言っても、裁判所に認めてもらえないんだよ」

「私は手紙を書くつもりも証人になるつもりもありません」由惟は硬い表情を崩さず、そう言った。「私が証人になったところで母に不利なことしか言えないんだから、出ないほうがいいでしょう」

「うーん」

にべもない返事に、伊豆原はうなだれたくなった。彼女の気分的にも今日は切り出すタイミングではなかったかもしれない。

「あとは何が引っかかってる？」伊豆原はとりあえず、食い下がるように話を続けた。「前に、紗奈ちゃんをも被害に遭わせたのが許せないって言ってたよね。お母さんがそんなことをするはずはないって思ってたけど、代理ミュンヒハウゼン症候群っていう鑑定を聞いて、お母さんがやったんだって認めざるをえなくなったって。でも、そういう鑑定にしても、絶対的なものじゃないんだ。弁護側でも独自に鑑定を依頼してる。もちろん、人は誰しも、自分が一生懸命やってることを誰かに褒めてほしい、ねぎらってほしいっていう思いはあるよ。それはたぶん、お母さんの中にもあると思う。でも、だからって、点滴に薬物を混ぜて紗奈ちゃんの病気を重くしようとしたかっていうと、それは違うと思うんだよ。日頃、紗奈ちゃんの点滴をいじってたのだって、紗奈ちゃんの快復を遅らせようと思ってやってたわけじゃないし、看護師さんたちだってそんなふうには見てなかったんだよ」

由惟の表情は何も変わらない。

「それに、自白をしたのだって……普通に考えて、何でやってもいないことをやったなんて言うのかって思うかもしれないけど、人間、そのときの心理状態や周りからの圧力や本人でもうまく説明できないいろんな理由が重なって、そういうことを言ってしまうことがあるんだよ。人からなじられ、責められてるうち、今のこの状況だけでも終わらせたいと思って、心が折れたようについついそうしてしまう……人間ってのは弱いんだよ、一人にされると」

由惟は伊豆原を見てはいなかったが、その目は見開かれ、何かを思い出したような感情の揺らぎがその顔に浮かんだ。麦茶のグラスを持つ両手が小刻みに震えている。

自分の話が彼女の中で響いた感覚があったが、不意の変化でもあり、伊豆原はそれをどうつかんで引き寄せればいいのか、考えがまとまらないことで焦った。

「そうだよ……だから、お母さんのことをもっとフラットな目で見てほしい。俺はもう、今の段階で、お母さんの無実を確信してる。弁護団に加わった頃とは違う。裁判にも勝てるはずだし、勝たなきゃいけないと思ってる。君だって、以前の生活を取り戻したいだろ？　そのために力を貸してくれないかな？」

　そう言って祈るように反応を見たが、由惟は今しがたの感情の揺らぎが気のせいだったかと思えるほど、次第にその顔を厭世(えんせい)的な暗さで覆っていき、元の無表情に戻った。

「私に変な期待をしてもらっても応えられません」彼女はことさら突き放すように言った。「勝てるなら私が出る必要なんてないですし、私が出ないと負けるって言うなら、誓ったっていいですけど、私が出たところで負けます。私が証人として母をよく言ったとして、何がどうなるんですか？」

「意味はあるよ」伊豆原は半ばたじたじになりながらも言う。「家庭でのお母さんはこういう人だった――優しくて面倒見がよかった、紗奈ちゃんの付き添いもただ熱心なだけで退院を遅らせようなんて考えはうかがえなかったし、光莉ちゃんのお母さんとも多少ぎくしゃくしてたとはいえ、根に持っているようには思えなかった――例えばの話、そういうことを言ってくれたとしたら、お母さんの印象にはプラスに働くと思うよ」

「それだけのことで裁判所は無罪にしてくれるんですか？」

「いや、もちろん、要の部分で検察の立証を崩さなきゃいけない。つまり、さっき話したような休憩室の会話時間のこととかだよ。それは全力でやるから任せてほしい」

「勝てる自信があるなら、無理に私の力なんか使わないで勝ってください。裁判に勝ったら、そしたら私は、母のことを信じます」由惟はそう言って、ほのかに赤くした目を伊豆原に向けた。「何か間違ってますか？」

伊豆原は答えなかった。ただ、彼女の心を完全には動かし切れなかった事実だけを噛み締めた。

「私は自分のことで精いっぱいなんです。力もないのに母を助けてる余裕なんてありません」

いまだ野々花のことが信じられないというわけではないのかもしれない。余裕がないというのは、彼女の本音である気もした。今現在の生活環境が彼女の防御本能だけをひたすら刺激し、意思の動きを鈍らせている。紗奈が涼介や舞花らと打ち解けていくことすら警戒すべきことであるように見守っている普段の彼女の様子からすれば、その心情は容易に察することができる。

「分かったよ」伊豆原は引き下がることにした。「その歳で社会に出て仕事をするだけで、いろんなストレスがかかって大変なのも分かる。君の立場を考えずに一方的にこちらの話をして悪かった。俺も公判の勝負の行方を君に委ねようなんて無責任なことは考えてないし、真っ向から戦って、無罪を勝ち取るつもりだ。うん、そのときには、君にも心から喜んでもらうよ」

そう言って、この話を終わらせた。

九月の初週、第六回となる公判前整理手続が行われた。

貴島が不在であることには桜井裁判長も慣れたのか、桝田が今回も欠席すると告げても、了承の短い返事があっただけだった。

「弁護側の精神鑑定の結果は今回までに用意されるというお話でしたが」

前回の整理手続を受けて桜井裁判長がそう水を向けてきたところで、伊豆原は頭を下げた。

「申し訳ありません。結果をまとめていただくのに時間がかかっておりまして、次回までには必ず」

弁護側に不利な結果が出たので依頼し直しているとは言えず、依頼先の都合で遅れているように言うしかなかった。ただ、仁科栞に教えてもらった精神科医に依頼し直し、八月中に再鑑定を済ませている。結果の見通しとして、代理ミュンヒハウゼン症候群と言えるまでの精神傾向は見られないという言葉はもらっているので、あとは報告書にまとめてもらうのを待つだけである。

「犯行動機の代理ミュンヒハウゼン症候群の部分について、公判の争点にするということでいいですか？」

伊豆原が結果の見通しについて触れると、桜井裁判長はそう確認してきた。

「はい。小南さんは代理ミュンヒハウゼン症候群と言える精神症状にはありませんので、その動機は成立しません。その動機による犯行ももちろんありません」

おそらく公判では、無罪となれば検察側の鑑定も否定されるだろうし、有罪となれば認定されるのだろう。弁護側としてはがっぷり組んで争うだけだ。

さらに今回の整理手続で弁護側は、野々花のナースステーションでの犯行は時間的に不可能であるという考えを明確に打ち出し、それを公判の争点にすることを告げた。そして、その主張に関連した証拠を提出する予定があることも伝えた。

「それはいつ頃用意できそうですか？」

整理手続の終盤になって繰り出してきた弁護側の主張に、桜井裁判長も興味を覚えている様子だった。

「次回までに何とかとは思っていますが」伊豆原はわざと歯切れ悪く曖昧に答えた。「関係者の協力を仰ぐ必要がありますので……」

「できれば次回の前に見せてもらいたいと思いますね」江崎検事が言う。「検討する時間がないと、こちらの意見も言えません」

検察側から横やりが入って川勝春水や竹岡聡子の証言がぶれたりしては困るので、今のところは時間的に犯行が不可能ということを示す証拠というだけで、具体的にどういうものかは伝えなかった。

「では、今月いっぱいで出してもらうということでどうですか？」桜井裁判長が案を調整する。

「それで、次回の整理手続は十月の初めということで」

そのあたりが妥協点のようだった。

「異議ありません」

「それで大方まとまりそうですね」

いよいよ公判前整理手続の終わりが見えてきた。このまま行けば、年明けにも裁判員裁判が開かれることになるだろう。

休憩室での会話時間を証拠化するには、川勝春水や竹岡聡子らにもう一度会い、これまでに出てきたやり取りを認めてもらった上で、再現実験的に発声してもらい、それを録音して台詞の順番ごとに編集する必要がある。

そして、もう一度会うのであれば、その際、川勝春水犯行説の糸口も探したいというこちらの思惑がある。次の整理手続に川勝春水犯行説を相応の根拠とともにぶちまけ、公判の日程など立たないような状況に持ちこめれば言うことはない。

だからこそ、タイミングの見極めが重要であるし、斬りこみ方を慎重に検討しなければならない。

しかし、そんなふうにしてあれこれ考え、整理手続から一週間が経った頃、江崎検事から抗議口調の電話がかかってきた。

〈桝田先生には申し上げたが、ちゃんと理解されたかどうかも怪しかったんで、あなたにも伝えておきます〉彼は何やらそんな前置きをしてから話を続けた。〈ただの参考人にしかすぎない関係者をまるで犯人かのように追及するなんて、あなた方はいったい何を考えてるんですか?〉

何の話をしているのか分からず、伊豆原は「え?」という声を洩らしただけだった。

〈我々に代わって犯人を捕まえようと思ってるのか知らないが、弁護人の役目を何か履き違えてるんじゃないか?〉

「ちょっと待ってください」伊豆原は言った。「いったい何のことですか?」

〈〔古溝病院〕の院長からクレームが来てるんですよ〉江崎が言った。〈事件の弁護団がもう一度、川勝さんと話がしたいってことで、厚意で場を作ったら、まるで川勝さんが真犯人であるかのよう

に疑いをかけてきたと〉

「誰がそんなことを？」伊豆原は驚いて訊く。

〈桝田先生ですよ。それで彼に直接抗議したんだが、逃げるような言い訳ばかりで話にならないから、あなたにも一言釘を刺しておこうと思って電話したんだ〉

あれだけ慎重に考えていたのに、桝田が先走ってしまったらしい。最悪だ……伊豆原は頭を抱えたくなった。

〈川勝さんはショックを受けて仕事を休んでるそうです。彼女と院長が不倫関係にあって事件前にその関係が清算されてたことは、こちらだって把握している。けれど当事者間で解決してることであって、こじれた問題じゃない。そんなのを鬼の首を取ったように持ち出して、素人丸出しの捜査ごっこをするのはやめてもらいたい〉

「僕のほうは何も聞いてないので、一度確認させてください」

とりあえずそう言って江崎検事からの電話を切ると、伊豆原はすぐに桝田に電話した。

「おい、いったい、何をやってくれたんだ？」自然、投げかける言葉は尖ったものになった。「検事から抗議の電話があったぞ」

〈大げさな言い方するなよ。向こうが勝手に騒ぎ立ててるだけだ〉桝田は伊豆原の憤りをよそに、悪びれることなく言い返してきた。〈川勝春水に会って、直接問い質してやった。いつかはやらなきゃいけなかったんだ〉

「せめて相談してくれよ。川勝さんからは休憩室の件で協力してもらわなきゃいけないんだ。向こうがへそを曲げたらどうするんだ?」

〈そんなの、少し時間を置けば大丈夫だろ〉

桝田は桝田で自分の策が空振りした上、江崎に責められて気が立っているのか、言い返してくる言葉もつっけんどんだ。

「時間を置けばって、あと二週間そこそこのうちに証拠にまとめなきゃいけないんだぞ」

「そんなことは分かってる。だからこっちも勝負に出たんだ。うまくいかなかったからって責めるなよ」

ここ最近の桝田は、貴島から引き継いだほかの案件に忙殺されていたはずだった。ならば伊豆原に任せてくれていればいいものを、気まぐれのように手を突っこんできて、しかもすべてをぶち壊すような結果を招いたのだから、責めるなと言うほうが無理がある。伊豆原は電話を切り、憤懣やる方ない思いを嘆息に変えた。

江崎検事からの抗議をあとから思い返し、受け止め方に悩んだのは、川勝春水犯行説がどうやら見当外れにすぎないらしいということだった。

捜査側も、川勝春水と古溝院長が不倫関係にあり、しかも事件前に破局していることまで把握していた。ということは、そのことが事件と関係あるかどうかも一通り検討されているということだろう。

もちろん、同時に野々花が捜査線上に浮上したことで、川勝春水のほうは検討が中途半端になっている可能性もなくはない。ただ、江崎の口調だと、その破局はトラブルに発展するような形のものではないようでもある。

どちらにしても確認してみたほうがいいと思い、伊豆原は数日置いてから、〈古溝病院〉の事務局長である繁田に連絡を取ってみた。

繁田は桝田が川勝春水に対して追及の手を繰り出した場に同席していたようで、当然のようにその件を把握していただけでなく、いまだ憤りも冷めていないようだった。

〈こちらは善意から、そちらの申し出に協力してるんですよ。なのに、あんな失礼な話はないでしょう〉

「申し訳ありません。こちら側で検討が必要だと考えていた一つの可能性で、もっと慎重に扱うべきものでした」

〈疑いの声が出てたのなら、直接本人ではなく、まず私に言えばいいんですよ〉繁田が言う。〈何のために窓口になっているのか〉

「その通りですね。いろいろ失礼しました。お許しください」伊豆原は重ねて詫びを入れてから訊いてみた。「それで、一つお聞かせ願いたいんですが……川勝さんと院長の関係解消がトラブルに発展するような形のものではないというのは、具体的にどういうことなんでしょうか？」

〈手切れ金が支払われてるんです〉繁田は一つ吐息をついてから、仕方なさそうに答えた。〈もちろん褒められた話ではありませんが、彼女が一介の看護師には手の届かないようなマンションに住んでる時点で、何もこじれた話ではないと察しがつくでしょう。職場での待遇も古溝の一声で手厚くなってますし、顔を合わせれば多少は気まずいでしょうが、わだかまりが大きいなら彼女もうちを辞めているはずです。それに事件当時も、彼女はダブルチェックで点滴を作ったあとは、病室を回るまで竹岡と一緒に休憩室にいました。性格的にも冷静で責任感が強いですし、三〇五号室の急変時には率先して救命活動に加わっています。普通に考えて、こういう人間が自分の担当する患者の点滴に細工するわけないじゃないですか。警察も疑ってないんです。これだけ申し上げれば分かるでしょう〉

「そうですね……」

さすがに反論しようがない。改めて考えればかなりの無理筋だと分かる。ほかの材料もないのに本人を捉まえて追及するなど、警察の不当捜査と変わらない。伊豆原自身はこんな軽率なやり方をするつもりは毛頭なかったが、川勝春水犯行説に一縷の望みを懸けていたのは同様であるだけに、話を聞いていても我がことのように恥ずかしくなった。

「一度、川勝さんに、直に謝罪させていただけないでしょうか？」

伊豆原はそう申し出てみたが、繁田に〈けっこうです〉とにべもなく断られてしまった。

「そこを何とか」伊豆原は拝み倒す勢いで押してみる。「実は川勝さんと竹岡さんには、小南さんと交わした会話についても改めて確認したいことがありまして」

〈もう十分協力したと思います。古溝からも、これ以上はお断りするようにと言われていますし、ご勘弁願います。二人は証人として出廷する予定ですし、不明な点は裁判でお訊きになればよろしいかと〉

取りつく島もない調子で言われ、そのまま電話を切られてしまった。

伊豆原は思わず奥歯に力が入り、桝田のやつという恨み言が湧いた。

休憩室での会話は三人の供述が一致することで証拠能力が増すのであり、野々花のものだけでは弱い。このままでは川勝春水や竹岡聡子が証人として出廷したときに反対尋問で確認するしかないが、検察側も捜査段階で休憩室の会話について供述を得ており、二人がどちらを正しいとするかは読めなくなる。検察の尋問に押されて、三、四十秒程度の会話しかなかったとするもともとの供述が正しいとしてしまう可能性も出てくるのだ。

さらには、それぞれの証人尋問で問題にしたところで、争点としては散漫な印象になり、裁判員に訴えかけるものが弱くなってしまう。実際に台詞として三人に発声してもらったものを録音してつなぎ、その時間を計ってみせれば、裁判員にも疑うべくもない事実として受け取られるはずだが、それができないとなると、詭弁でもって言い包めようとしているだけと取られかねなくなる。

参ったな……検察と五分で戦える気になっていたのが、ここに来て呆気なく土俵際まで追い詰められてしまった感覚だ。

九月の中旬、伊豆原が現状の打開策に思いを巡らせていたところに、桝田から電話があった。

病院側から抗議を受けた一件から日が経っておらず、用件はそのことについてかと思ったが違った。

〈貴島先生が……昨晩亡くなられた〉

沈んだ声でそう告げられ、伊豆原は言葉を失った。

もしかしたら公判まで持たないのかもしれないという予感はあったが、その日は予想以上に早く来た気がした。

葬儀は近親者で執り行い、後日、事務所のほうでお別れの会を開くことになったと、彼は事務的に言った。それから一つ吐息を挿み、〈生きているうちに、いい報告を届けたかったけどな〉と口にした。

「まったくだ」

病状が進む中、薫陶を受けたと言えるほどには深く交われなかったが、それでも、刑事弁護の世界で大きな足跡を残してきた貴島義郎と一緒に仕事をすることができたのは得がたい体験だった。伊豆原にできることは、彼の墓前にいい報告を届けることくらいだ。

先日のぎくしゃくしたやり取りも棚上げされたような空気の中で電話を終え、伊豆原はふと、桝田が川勝春水の疑惑で先走ったのも、いつ命が果てるとも分からない貴島に何らかのいい報告がしたかったがためではないかという思いが湧いた。

あの一件はやはり感心しないが、そう考えると、桝田の心情も分からなくはないという気がした。

〈貴島法律事務所〉の一員となっている桝田が貴島の逝去で各方面への対応に追われていることは容易に想像できたので、伊豆原はいったん静観するように連絡も控えていた。しかし、次回の整理手続が迫った九月最後の週になっても桝田からの動きはなく、伊豆原のほうから電話で水を向けることで、ようやく打ち合わせの場を持つことになった。

久しぶりに訪れた〔貴島法律事務所〕は偉大な主（あるじ）を失い、スタッフの動きにもどこか精彩（せいさい）を欠いているように感じられた。桝田も疲れがにじんだ顔で伊豆原を打ち合わせ室に招き入れた。

「大変なときだとは思うが、こっちも待ったなしだからな」

伊豆原が言うと、桝田は「分かってる」と短く応えた。しかし、打ち合わせを始めると、やはり気持ちが乗り切らないかのように、淡泊な議論に終始した。

「由惟さんの証人尋問だが、彼女の複雑な心情を考えると、無理強いできないというのが結論だ。説得できなかったのは俺の力不足で申し訳ない。彼女の調書はこちらに有利とは言えないが、これに不同意した場合、検察側が証人調べの請求に踏み切るかどうかは読めない。調書を取った頃から時間が経ってるし、裁判では母親に有利な証言をしてくるのではと読んで、あえて請求してこない可能性もある。ただ、請求に踏み切る可能性ももちろんあるし、そうなったとき、由惟さん本人の気持ちを考えるとな……」

由惟が証人尋問に応じる可能性を考え、彼女の調書への意見は、弁護側としては保留を続けていた。しかし、何回も彼女の気持ちを確かめ、伊豆原は彼女を証言台に立たせるのは酷だと判断せざるをえなかった。由惟の調書だけは例外的に同意するのも仕方がない。ただ、由惟の説得を伊豆原に任せていた桝田からすれば、その結論は失望でしかないだろうとも思った。

ところが桝田はその報告を聞いても、さして顔色を変えず、「なら、その調書は同意でいいだろ」とあっさり応じて話を終わらせた。伊豆原としては、ほっとするどころか拍子抜けするような思いでもあった。

休憩室の会話時間については、あれから何度か〈古溝病院〉の繁田にアプローチしてみたものの態度は変わらず、川勝春水や竹岡聡子に会えない中では、証拠化も断念せざるをえなかった。この件だけで整理手続をさらに引っ張るのは難しいし、引っ張ったところで協力を得られるようになる保証はない。

この事態を惹き起こしたのは桝田自身だが、彼はこれについても「しょうがない」という一言で片づけた。

「反対尋問で問えばいいことだ」

「まあ、そうだが」

竹岡聡子は休憩室での会話に調書にはなかったやり取りがあったことを伊豆原に話してくれたが、今となっては、それを法廷でも証言してくれるかどうかも分からなくなった。

休憩室での会話について、従来の見解とは別の主張が弁護側にあることは、検察側にも伝わっているだろう。公判までにそれを狡猾に手当てしてくる可能性は十分にある。検察側は尋問が円滑に進むよう、証人に事前にテストを課すのが通例だ。そのとき、当初の供述内容が正当なものであると強引に確認を取ってしまえば、彼女らもいざ法廷で違うとは言いづらくなる。

伊豆原自身、それを懸念して音声を含めた弁護側の証拠を作成しようと考えていたのだが、難しくなってしまった。

「俺の落ち度だって言うなら、俺が尋問するよ」桝田は開き直ったように言う。

「いや、そこは竹岡さんの新しい証言を聞いた俺がやらないと、圧がかけられない」

伊豆原が慌てて言うと、じゃあ恨み言を言うのはやめろとばかりに、桝田はふんと鼻を鳴らした。

新たに依頼した精神鑑定の意見書は間に合った。月経不順や気分変調など拘禁性のストレス反応と思われるいくつかの症状は見られるが、代理ミュンヒハウゼン症候群を疑わせるまでの精神傾向は検出されなかったとしている。弁護側にとっては不満のない意見書となっている。

しかし、これについて、桝田は思わぬことを提案してきた。

「鑑定結果は、先に出てきた安永先生の分も一緒に出したほうがいいんじゃないか」

「どうして？」

安永の鑑定結果は検察側の鑑定結果を否定するものではなく、弁護側としては出す意味がない。

「提出を引っ張ったあげく、八月にようやく鑑定した形になる。それ以前の鑑定で思わしくない結果が出たことは、検察側にも丸分かりだ」

「そんなことは関係ない」伊豆原は言う。「問われれば、検察側の鑑定医と同じ医療機関の出身者だと分かり、客観性が担保できないと判断したと正直に言えばいい」

「それだけじゃない」

桝田はなおもごねるように言ったが、続く言葉はなかなか出てこなかった。

「何だ？」伊豆原は訊く。

桝田は思い詰めるような沈黙を挿んだあと、「伊豆原」と口を開いた。

「この裁判、無罪を取れる確信は持てるか？」

「もちろん、取るつもりでやってる」伊豆原は言った。「無罪の確信もある」

「お前の意気込みや心証を訊いてるんじゃない」桝田は言う。「裁判で勝てるかどうかだ」

「何が言いたい？」

「お前がこだわってる休憩室の会話時間の件は確かに面白い。ただ、それは魔法の剣じゃない。それだけで無罪判決が取れるほど、裁判ってのは簡単なものじゃないってことだ。別に証拠化を邪魔しちまったから言ってるわけじゃない」

それだけで無罪であると人に確信させられないのは確かだ。証言に出てきた台詞は一字一句その通りなのか。会話時間など計り方次第ではないか。伊豆原は由惟の凝り固まった疑念すら解きほぐすことはできなかった。だからこそ、当事者の発声による証拠化にもこだわったが、それすら絶対的なものではない。伊豆原の確信が裁判員に百パーセント理解される保証はどこにもない。

「俺は貴島先生が病室で口にしてた話が頭に残っててな」桝田は話を続ける。「小南さんを死刑台に立たせては駄目だって」

それは伊豆原も憶えている。死刑廃止論者の貴島らしい言い方で伊豆原たちの奮起を促したのだと捉えていた。

ただ、貴島は伊豆原が初めて病室を見舞ったときも、過去に無罪を勝ち取った経験談などではなく、死刑判決を無期懲役に落とした話を聞かせたものだ。貴島自身、野々花に対して無罪の心証が得られず、それが含みとなっていた嫌いは感じられた。桝田はそれに知らず知らず引きずられているのかもしれない。

「検察側は代理ミュンヒハウゼン症候群という鑑定結果を限定的に使って、我が子を被害者に含めた動機と殺意を両立させようとしてる。死刑求刑を念頭に置いてるのは明らかだ。無罪判決に確信が持てないってことは、有罪はもちろん、死刑判決の可能性を残すことでもある」

検察側が殺意を立証させたがっているという読みは、以前にも二人で話した通りだ。向こうが死刑求刑を狙っているかどうかまでは分からないが、今の時点でそこをあえて楽観視しても仕方がない。

そうであるなら、その狙いを封じるための一手もとりあえず打っておくというのが、桝田の考えらしい。

「つまりは、弁護側の鑑定でも同様の結果を出しておくことで、すべての犯行が代理ミュンヒハウゼンを背景とするものだと認定される可能性を残しておくってことか」

裁判員にそう判断させる余地をわざと作っておくということだ。

伊豆原はそこまで理解しながらも、その案に同意することはできなかった。

「駄目だ」伊豆原は首を振った。「それじゃあ、弁護側も有罪かもしれないと思っていると取られちまう」

「そんなことはない」彼は濁ったような目をして、ただ口もとを少し吊り上げ、引きつったような笑みを浮かべた。「客観的なデータを出すだけのことだ」

伊豆原の知る桝田はこんな複雑な笑みを浮かべるような男ではなかった。伊豆原は彼を見つめ、もう一度首を振った。

「お前、貴島先生を失って、自分がやらなきゃっていうプレッシャーに押しつぶされそうになってるんじゃないか」

もともとはそれほど気が強くない男だと思っている。死刑求刑がちらつく事件の弁護を担うなど、桝田にとっては手に余る仕事だろう。

「別に押しつぶされそうになんてなっちゃいない」桝田はことさら馬鹿馬鹿しそうに言い、冗談を引っこめるように続けた。「ちょっと思いついて言ってみただけだ。貴島先生が依頼してくれた鑑定だしな」

「誰の依頼だろうと関係ない。俺たちは冤罪を晴らすために最善を尽くすべきだ」

「分かってるよ」

そう言って肩をすくめる桝田の目は虚無的に感じられるほど力がなく、好ましいものには思えなかった。

ただ、それが公判前整理手続の終わりが見えてきた焦りから来るものであるとすれば、伊豆原にもその心情は分からなくもなかった。勝負の行方が読めない裁判員裁判の整理手続がだらだらと延びていくのは、それだけ証拠や証人のふるい分けに時間がかかるのと同時に、弁護側が手落ちを恐れるあまり、何かやり残したことはないかと慎重になりすぎることも大きいと聞く。

今回の事件、整理手続はどうやらこれ以上は延ばしようがない。そうなると公判開始を意識せざるをえなくなり、それだけである種の恐怖が募ってくるようになるのだ。

何とかしなければという思いが迷走を生む。

しかしそれで、極刑だけは回避しようという思考に嵌まるのは間違っているとしか言いようがない。

あくまでも冤罪を晴らさなければ、野々花を救ったことにはならない。

「貴島先生はお気の毒でした。傑出した法曹を失い、我々としても大変残念です」

十月に入って開かれた公判前整理手続は、桜井裁判長がそんなふうに悔みの言葉を述べて始まった。

「今後、主任はどなたが務められることになりますか？」

「私、桝田が務めます」桝田が手を挙げて言った。

もともと桝田が最初に受任した国選弁護であり、彼が主任を務めることには伊豆原も異存はない。ただ、貴島が欠けた枠を埋める気もないようで、そこは内心疑問があった。伊豆原としては一人でも手が多いほうがいいと思っているし、仁科栞がこの事件に興味を示していたこともあって、欠員補充を桝田に打診したのだが、今さら新しい人間が入って変にかき回されても困るということなのか、彼からはいい返事がなかった。

「前回、弁護側から提出する意思が示されていた証拠はどうなりましたか？」

桜井裁判長が休憩室の会話時間の証拠作成について確認してきた。

「申し訳ありません」伊豆原が答える。「関係者の協力が思うように得られず、個々の証人調べの中でこちらの主張を展開したいと考えています。内容としては、休憩室で三人が交わした会話を時間的に積算すると、残された時間で小南さんが犯行を遂行するのは不可能になるというもので、今回、予定主張として出したいと思います」

「時間的に犯行が可能であったかどうかを争点にするということですね」桜井裁判長が予定主張記載書面を確認して検察側に訊く。「検察官の意見はどうでしょう？」

「こちらで確認できている休憩室での会話は、弁護側が主張するようなものではなく、犯行に必要な時間は十分担保されると考えていますので、全面的に争います」江崎検事が受けて立つように言った。

この会話時間については、三人の証言がそろえば文句ないが、川勝春水から弁護側の主張に沿った証言を引き出すのはもはや望めないと考えたほうがいい。竹岡聡子が伊豆原に話した通りの証言をしたとしても、川勝春水が記憶にないと切って捨てれば効力は減衰する。それでも、今は竹岡聡子の証言に期待するしかないだろう。

ただ、江崎検事の言い方は、竹岡聡子にも不規則な証言はさせないというような自信を覗かせるものだった。伊豆原は分の悪さを感じた。

残っていた検討事項についても、粛々と整理が進んだ。

「小南さんの次女である紗奈さんですが、母である小南さんの献身的な付き添い看護の様子や、小南さんに紗奈さんの病状を作為的に悪化させようとする言動が見られなかったことなどを話してもらう予定です。ただ、彼女は若年であり、事件の被害者であると同時に、法廷では被告人席に座る母親の姿を見なければならないことなど複雑な立場にも置かれています。精神面での一定の配慮が必要だと思いますので、基本的には事前に書いた文章を朗読してもらう形で証人調べでの発言を補いたいと考えています」

検察側からは特段の意見は出ず、弁護側が請求した紗奈の証人尋問は、公判でなされることが決まった。

「小南由惟さんの調書の取り扱いについて、弁護人は意見を保留していましたがどうですか？」

「由惟さんの調書は、事件直後の精神的に動揺した中で取られたものであって、必ずしも彼女が認識するところを客観的に言葉にできているとは言えないと我々は受け止めています。ただ、現在においても気持ちが安定しているとは言いがたく、本人からも法廷での質問に耐えられる自信はないという申し出がありましたので、証拠調べ請求についても同意やむなしという結論に至りました」

「では、こちらの調書は証拠調べすることにします」

懸案事項が大方片づいたあと、江崎検事が過去の整理手続で処理された件について触れた。

「一つ、前々回に調書が不同意とされ、証人として呼ぶことになっていた看護師の庄村数恵さんですが、先月、転勤先の病院で転落事故に遭い、命に別状はないようですが、長期の入院が避けられない状態で、現時点では出廷の目処が立たないと言わざるをえないとのことです」

庄村数恵は事件後、〔古溝病院〕を離れた一人で、宇都宮かどこか、実家のほうに戻っていたはずだった。

「この方の証言ですが、事件当時、ナースステーションの中央テーブルで看護記録を付けていて、訪れた被告人にビスケットをもらったこと、そのあと被告人が休憩室のほうに向かったこと、被告人がナースステーションに入ってきてから奥の休憩室のドアをノックするまで十五秒から二十秒程度の時間だったと思われること、被告人がいつ休憩室を出てきたかは分からないことなど、取り立てて被告人に不利となる供述をしているわけでなく、事実関係の補完的な意味合いのものが中心ですので、今回はやむをえない事情を考慮していただき、調書の同意を再検討願いたいと思います」

確かに庄村数恵の供述内容は、一緒にナースステーションにいた畑中里咲のものとそれほど変わらない。そして今年の春先、当時まだ十分に動けていた貴島が庄村数恵本人に話を聞きに行ったものの、供述調書の内容以上の収穫はなかったと口にしていた。

「弁護人の意見はどうでしょう？」

桝田にもその思いがあったのか、桜井裁判長に訊かれると、伊豆原にも確認しないまま、「事情を鑑（かんが）みて、弁護側としても同意することとします」とあっさり歩み寄ってみせた。

「これで一通り出そろいましたかね……」桜井裁判長が手もとのメモを確認しながら言った。「弁護側は貴島先生の不幸もあって、なかなか集中しづらかったかと思いますが、時間は足りましたか？　今回で整理手続を終えて大丈夫そうですかね？」

このまま公判に突入するのが不安ならば、整理手続一回分くらいの時間的猶予を与えてやってもいいと言いたげな裁判長の情けに、伊豆原は遠慮なく甘えたい思いが湧いた。

しかし、時間的猶予ができたところで新たに打てる手などあるだろうか……伊豆原が返事をためらった一瞬の間に、桝田が「大丈夫です」と答えてしまっていた。

強がり以外の何物でもなかった。即答できるほどの自信は、今の弁護側にあるはずがない。整理手続前の打ち合わせでうかがわせた不安心理を隠そうとするあまり、今は反応が逆に振れてしまっているかのようだった。

「では、事件の争点及び証拠の整理について、最終的な確認をします」

桜井裁判長が整理手続のまとめに入った。

公判の日程も一月の中旬に決まり、最後の公判前整理手続が終わった。

「江崎さん」裁判官の三人が退廷し、野々花も刑務官に伴われて法廷を出ていったところで、伊豆原は江崎検事に声をかけた。「川勝春水さんと竹岡聡子さんですけど、公判前に弁護側の証人テストに応じてくれるよう、そちらから口添えしていただけませんか？」

江崎検事はかすかに眉を動かしてから、小さな冷笑を口もとに覗かせた。

「どうして私がそんなことをしなきゃいけないんですか？」

「病院側の態度が硬化して、こちらではらちがあかないんです」

「そっちが勝手に下手を打ったんだから、仕方ないことでしょうに」

「もちろん、謝罪も前提での話です。この公判では二人の証言が鍵になる。その重要性を直に伝えておきたいんです」

「なら、なおさら私がやることじゃないな」彼は冷ややかに言った。「敵に塩を送るどころか、加勢するようなものだ」

「江崎さんがどう思っているか知らないが、今回のは明らかに冤罪事件ですよ」伊豆原は彼に近づきながら続けた。「つまらない勝ち負けにこだわってる場合じゃない。あなたは担当検事として冤罪を作ることになるんです。必ず、あとあと悔やむことになる」

あえて強い言葉で迫ってみたが、江崎は逆に挑発的な一笑でそれをかわした。

「おかしなことを言う。我々は自分たちの仕事をしているだけだ。もし仮に……」江崎は強調するようにそこで言葉を切り、伊豆原を見据えた。「もし仮に、冤罪が生まれたとしても、それが自分のせいだなんてことは、私は思わない。この事件はこの国の法のもとで公正に裁かれるんだ。その結果がどうであろうと、我々検察がその責めを負う謂れなどあるはずがないじゃないか。我々が負わなきゃならないなら、君ら弁護士はいったい何のためにいるんだ？　この司法制度の中で、ただの冷やかし役でも任されていると思ってるのか？」

痛烈な反論を前に、伊豆原は口ごもった。

「もし万が一、冤罪が生まれるとするなら、それはほかでもない、君ら弁護人に百パーセントその責がある。君ら弁護人だけが被告人を守る役目を任されているからだ。それができない以上、自分たちの力不足を恨みこそすれ、ほかの人間に責任をなすりつけるのは筋違いだな」

伊豆原は言い返す言葉が見つからなかった。自分たちが背負っている責務の大きさを改めて思い知らされるだけだった。

彼のようなドライな考えのもとでは、こちらが何を言おうと言い訳にしかならない。逆に言えば、そんな相手であっても、こちらは手を尽くして無罪を勝ち取っていかなければならない。そうしなければ、弁護人の責務を果たさなかったということになってしまうのだ。

「江崎さんの言う通りです」伊豆原は言った。「けれど、だからこそ、もう一度お願いします。川勝さんと竹岡さんに会えるよう話をつけてくれませんか。僕はここで土下座してもいいと思っています」

江崎検事はさすがに思わぬ言葉を聞いたというように、軽くあごを引いてみせた。そこまで言うなら仕方がないと口にしそうな、鼻白んだ表情になった。

しかし、そこに桝田が「もういい」と割って入った。「神聖な法廷で、弁護士が検察官に土下座するなんて冗談じゃない」

その一言で江崎検事の目つきが冷静なものに戻った。

「至極賢明だな」彼は余裕の笑みとともに言った。「さすがは主任弁護人だ」

伊豆原には揶揄の色が混じって聞こえた。桝田は額面通りに受け取ったらしく、ことさらプライドを覗かせるようにして、胸を張りながら「行こう」と伊豆原を促してみせた。

21

九月に入ってから、紗奈は錦糸町にあるフリースクールに通い始めた。

紗奈自身はダンスチームを通して原舞花をはじめとする平井中学の友達ができたことで中学校に戻りたい意思も見せていたが、由惟は入学当初のことが忘れられず、いい返事をしなかった。紗奈が不登校になったことでほっとしているに違いない学校側やＰＴＡが黙っていないだろうし、友達ができたことで表立ったいじめは影をひそめたとしても、陰湿な悪口や嫌がらせはなくならないだろうと思うのだ。

その代わりと言っては何だが、フリースクールへの通学はOKを出した。やはりダンスチームに同じフリースクールに通う子がいるようだったし、以前そこに通っていた三崎涼介は今も時折出入りしているという。何だかんだ、彼の年下への面倒見のよさは由惟も内心評価をしていたので、渋々という形ながら了承したのだった。

しばらくは紗奈がフリースクールに馴染めているのか、やはり心配した。だが、日が経っても、紗奈の顔は明るいままだった。先生が優しく、気ままに勉強できる学習塾に通っているような感覚だという。生徒には風変わりな子もいるようだが、いじめられるような気配はなく、ダンス仲間もいるので、家で一人で勉強するよりは全然楽しいらしい。

もともとの性格がひねくれておらず、楽天的なのだな……由惟は紗奈の様子を見ながらそんなことをしみじみ思う。そんな性格が病気を経ても事件を経ても、どうやら曲がることなくいてくれたのは、幸いとすべきことだった。

一方で由惟の生活は、それを楽しむような余裕はどこにもないものだった。由惟自身の性格が紗奈のように屈託なくはできていないこともあるのかもしれない。ただ、それを差し引いたとしても、由惟が身を置いている環境はまったく愉快なものではなく、朝、仕事場に向かうたび、今日はどんな苦痛に耐えなければならないのだろうと思うような毎日が続いていた。

専務の前島京太は由惟に対して、嗜虐的な態度で接するのが日常となっていた。八月のアイスクリームの一件以降、彼は由惟のことを〝泥棒〟と呼ぶようになった。社長がいるときはさすがに控えているが、社長が作業場に出たり、自宅に引っこんだりしているときは、彼の振る舞いは王様のようであり、つまらない買い物で下僕のように使い走りさせた。

「五分以内で買ってこいよ」

残暑が続いていた頃、前島京太は一仕事終えた夕方になって、由惟に毎日のようにアイスを買いに行かせた。五分で買って帰るとなると、ほとんど小走りで行ってこなければならない。しかし、最寄りのコンビニに頼まれたアイスはなく、前島京太が好むハーゲンダッツを代わりに買って帰った日があった。

「何で勝手に違うもの買ってくんだよ！　ないなら別のコンビニ行けばいいだろ！　どうしたらいいか分かんねえなら、電話しろよ！」

そのとき、前島京太は目に怒気を浮かべて由惟を責め立てた。たかだかアイスを買うくらいのことで確認の電話をしようなどとは思わない。しかし、そんな考え方は、彼の前では通用しないのだ。時間を優先するべきか、品物を優先するべきか、そんなどうでもいいことに悩まされ、神経を削られ、あげく、当たり前のように怒鳴られる。これを理不尽だと思うのは由惟の甘えなのだろうか。自分では何をどう考えればいいのかもよく分からなくなっていて、ただ我慢するだけで精いっぱいだった。

「買い直してこいよ」彼は言った。「金返すって言うんなら、これで妥協してやってもいいけどよ」

買い直すのも馬鹿らしい。すでに十七時を回っていた。さっさと帰りたかったので、由惟は自分の財布を出した。

レシートの金額通りに小銭を出して前島京太の机に置くと、彼は面白くなさそうにそれを一瞥してから、由惟のほうに手で払った。

「冗談だよ。お前に金出させてたら泥棒と変わんねえからな。アイス泥棒は一人で十分だ」

彼はそう言って、その場にいる従業員たちに追従笑いを求めるような視線を向け、それから何事もなかったようにご機嫌な様子でアイスを食べ始めた。

由惟はその後、小銭を財布に戻して帰り支度を済ませると、タイムカードを押して帰路についたのだが、心が疲れていて、涙も出てこなかった。


前島京太が事務所に姿を見せるときは、大なり小なりそんなふうに理由をつけては当たられることが毎日のように続いた。

赤城浩子はアイスの一件以後、事務所に由惟と二人きりになると、由惟の肩を持つように前島京太への文句を口にしていたが、由惟は彼女に対してもわだかまりを残していたので、そんな言動にも素直に合わせることはできなかった。彼女はそのうち由惟の心のしこりを敏感に感じ取り、二人でいても話しかけてこなくなった。

「小南さん、昨日専務が事務所に戻ってきて、あいつもう帰ったのかって言ってたわよ。暑かったし、アイス買いに行ってきてほしかったみたい」

十月に入ったある日、赤城浩子が久しぶりに声をかけてきたと思ったら、由惟が終業時刻をすぎるとさっさと帰ることへの忠告だった。

由惟に与えられている事務仕事は、その日のうちにこなさなければならないものではないので、基本的に残業をすることがない。タイムカードを押す時間が終業の十七時より三十分を超えれば残業手当が発生するのだが、一度、だらだらとした雑用をこなしたあとタイムカードを押すのが十七時三十分を超えたときがあり、専務が目ざとくそれを見ていて、「無駄に残って残業代取ろうとすんなよ」と嫌味を浴びせてきた。十七時をすぎて由惟に買い物を頼むときも、残業にならないよう急がせる。

そんなことがあるから、由惟は終業時刻をすぎれば十分と残らず帰るようにしていたのだが、そのことにさりげなくケチがつけられた。

その日は言われたばかりでもあり、由惟は一応、十七時半近くまで残った。赤城浩子のほうが先に帰っていった。

ただ、現場のほうで作業が立てこんでいたらしく、由惟が残っている間は前島京太を含め、誰も事務所には引き上げてこなかった。

翌日、由惟が出勤すると、現場の作業員たちが作業表を見ながら打ち合わせをする中、阪本(さかもと)という二十代の男が声をかけてきた。

「小南さんさ、昨日、事務所のそのへんの床かどっかに銀行の封筒が落ちてるの見なかった?」

「さあ……知りません」

由惟は彼の視線に合わせて床に目を向けたが、そんなものを見た記憶はなかった。

「十万円入っててさ、フットサルチームのユニフォーム代で、仲間から集めた金を払いに行くことになってたんだけど」

そう言われても、知らないものは知らない。

「昼休みにロッカーから一回、バッグを出したんだよな。落としたとするなら、そのときだと思うんだよ」

阪本がいかにも参ったというような暗い顔をしているので、由惟も何となくあたりを捜してみたが、何も見つからない。「見つけたら言いますね」と言って、由惟は自分の仕事に取りかかった。

大金だから焦る気持ちは分かるが、この会社の従業員は総じてずぼらな人間が多く、必要な書類を書いて出してくれと言っても出さないし、普段から物を失くしただの、工具が見当たらないだのと誰かしら騒いでいることが多い。だから由惟も、阪本の話を聞いても不思議なこととは思わなかったし、そのうちどこかから出てくるだろうくらいにしか考えず、深刻には受け止めなかった。

昼休み、由惟が自席で弁当を食べながら、夕方にアパートにお邪魔する予定だという伊豆原からのメッセージを読んでいると、何やら壁際でタイムカードをチェックしていた前島京太が由惟を呼んだ。

「お前、昨日、赤城さんより帰りが遅かったんだな？」

「はい」

「何か、仕事が残ってたのか？」

「いえ」

話の方向が読めず、何かまた難癖をつけて叱責されるのではと警戒しながら、由惟は口ごもった。

「何も用事がないのに、事務所に一人で残ったのか？」

言い方に含みがあり、気味が悪い。

「専務に何か買い物を頼まれるかもしれないから、あんまり早く帰らないほうがいいって赤城さんに言われたんで」由惟は仕方なくそう答えた。

「買い物？」前島京太は眉をひそめた。「昨日なんて、作業が立てこんでて、お前に買い物頼むような暇なんてなかったぞ」

「私、そんな意味で言ったんじゃないわよ」赤城浩子が慌て気味の口調で自席から口を挿んできた。「前の日に専務が小南さんを探してたから、ただそのことを言っただけよ。早く帰らないほうがいいなんて、言うわけないじゃない」

しかし、言葉の真意はそういうことだろう……変に言い逃れる赤城が由惟には少し腹立たしかった。

「作業表見れば、その日、現場が忙しい日か早く上がれる日かくらい分かるよな」前島京太が言う。「早く上がれる日くらい、現場の俺たちにお茶でも出して帰ったらどうだってことだろ、赤城さんの言ったことは」

「そうです、そうです」

そんな話ではなかったのに、赤城浩子はうんうんとうなずいて言った。

「昨日みたいな日に、無駄に居残ってどうすんだよ」前島京太はぶつぶつと言いながら、今度はコンビニ弁当をかきこんでいる阪本のほうを見た。「阪本、金は見つかったのか?」

「いえ」阪本は相変わらずの冴えない顔で首を振った。

「昨日の昼までは、あったのは確かなのか?」専務が訊く。

「バッグに入れたのは確かなんですよ」阪本が言う。「そんで昨日は、昼休みしかバッグ開けてないんです。そんときはスマホとかタオルとか出しただけだったんで、封筒があるのを確認したわけじゃないですけど、それ以外はロッカーに仕舞ってたんで、落とすとしたら、そのときしかないんですよね。帰りにないのに気づいて、ここまで百メートルくらい捜しながら戻ったんですけど、そこには落ちてなかったですし」

「妙な話だな」

そう口にした前島京太の目が、由惟のほうにちらりと向いた。まるで顔色を盗み見るようであり、由惟は自分が疑われていることに気づいた。

自分は何も知らないと声を上げたかったが、下手に先走れば、何も言ってないのに自分から何を言い出すんだと、さらに勘繰りを入れかねないのが彼だ。由惟は一人で気まずくなり、無言で視線を外したが、そんな様子をどう取ったのか、彼が由惟をじっと見つめている気配だけは続いた。

昼休みの話はそれで終わり、由惟は据わりの悪さを覚えたまま仕事に戻った。現場の者たちもやがて作業場に出ていき、専務に都合よく話を合わせていた赤城浩子との間には微妙な空気が残って、まったく会話がなくなった。

夕方、十七時になる前に、専務が一人、作業場から引き上げてきた。

今日は現場作業に余裕があったのか、あるいは事務仕事でもあるのかと思いながら、由惟は仕事の手を止めて彼にお茶をいれた。もちろん、アイスを買いに行ってくれと言われる可能性も頭の中には留めていた。

しかし、専務はそうしたことは言わず、由惟が運んできたお茶をじっと眺めてから、おもむろに顔を上げて由惟を見た。

「お前、ロッカーの合鍵、管理してるよな？」

「合鍵……？」何のことか身に覚えがなく、由惟は首をかしげた。

「そこのキャビネットだよ。普通に開けてるだろ」

「ああ……」

由惟は壁際に置かれた小さなキャビネットに目を向けた。諸々の契約書のほか、社印や経理関係の書類、由惟らが使うノートパソコンなどもそこに仕舞うことになっているので、いつも何かしら出し入れしている。そう言えば、鍵束もそこに入っていたが、何の鍵か興味はなく、ロッカーのものとは知らなかった。

当然、管理しているという意識もない。キャビネットはダイヤル式になっていて、赤城から、右に3、右に3、左に8で開くと教えられ、その通り使っていただけだ。

「それ、現場の連中は開け方知らねえんだよ」

確かに、現場の社員たちには教えないようにとは言われていた。しかし、それがどうしたというのだ。

「私は、鍵なんか触ってません」

阪本の件で自分が疑われているらしいということははっきり分かったので、由惟はそう言った。

「だったら、ロッカーに入れてた金がどうして消えたと思う？」専務は獲物を追い詰めるような目をして問いかけてきた。「昨日、誰かが阪本のロッカー漁ってるのを見たか？」

二階の更衣室にも私服や作業着を仕舞うロッカーがあるが、貴重品はそこには置かず、事務所の小さなロッカーを使うことになっている。事務所のロッカーはもちろん、由惟の席から見通せる場所にある。

「昔、整備工の中に手癖の悪いやつがいてな、更衣室のロッカーなんか簡単に開けやがるんだよ。窃盗の前科持ちだったから、自分が真っ先に怪しまれるって分かってるはずなのにやるんだよな。もちろん突き止めて、クビにしたんだけど、それ以来、事務所にもロッカー置いて、貴重品はそこに入れることにしたんだ。俺は若い頃、喧嘩なんかで悪さしたことはあったけど、盗みは大嫌いでな。盗みってのは性癖なんだよ。言わば病気だ。言っても治らねえから、たちが悪いんだよ」

完全に疑ってかかられている。由惟は聞いていて腹が立ってきた。

「まあ、阪本が言ってるように、ぽろっとバッグから落とした可能性もなくはないわな。でも、そしたら見つけたやつが教えると思うよ。今うちにいる連中は金に汚くないし、ギャンブルやるにしても暇つぶし程度だからな。俺はそういうの、ちゃんと一人一人把握してんだよ。飲みに行くかってなっても、財布出さないやつはいないし、いろいろ都合つけて、そんな無駄金出したくないなんて態度なのは、お前くらいのもんだ。そりゃ、お袋さんの裁判費用もかかるだろうから、金がいるのは分かるけどよ。それとこれとは別問題だぜ」

「私は落ちてるのを拾ってもないですし、ロッカーから盗ってもないです」憤りで声が震えた。

「だったら誰が盗ったと思う？」彼はそう訊いてきた。「昨日は社長が六時に上がったのが最初で、六時半まではほかの誰も事務所に帰ってねえんだよ。阪本も上がったのは六時半だから、現場の連中にロッカー荒らすような暇がないのは確かだ。外部の物盗りだったら軒並みロッカー壊されてるはずだし、財布だって盗られてるはず。阪本の十万円の封筒だけ狙い撃ちされてるのは、事情を知ってるやつだからだろ。お前だって、阪本がフットサルチームのユニフォームを作った話、昼休みにしてたの聞いてたよな？」

「聞いてたって、支払いのお金を持ってることなんて知りませんでした」

当然のことを答えているだけなのだが、前島京太は疑念の晴れない目を由惟に向け続けている。

由惟は居たたまれなくなって、顔を背けた。

「お前は俺が見てると、すぐ視線を逸らすな」彼は低い声で言った。「はたから見たら自分がどれだけ挙動不審なのか、分かってんのか？　そのくせ、堂々としらばっくれようとするからな。人のアイス食って、横のごみ箱にカップ捨てておきながら、私は何も知りませんみたいな顔してやがるんだからな。泥棒ってのは、周りが怪しんでることなんか関係なく、平気で嘘つくんだよ。病気なんだよ、もう」

「私はアイスも食べてません！」由惟は我慢できなくなって言った。

「は？」専務は眉をひそめて由惟を見た。

「赤城さんです。私じゃありません」

専務は無言で束の間由惟を見つめたあと、自席に座っている赤城のほうを見やった。

赤城はぎょっとした顔をして由惟を見ていた。

「な、何言ってんの、小南さん」赤城は口ごもりながらもはっきりと白を切った。「びっくりなんだけど……何で私が出てくるの？」

明らかに目が泳ぎ動揺しているのに、彼女は自分の行為を必死で否定した。

「どうしたの、小南さん……いったいどうしちゃったの？」

信じられないのは由惟のほうだった。

専務の冷たい視線が再び由惟に向けられる。

「本当です……私じゃありません」

「お前、ヤバいな」専務は頬をゆがめ、不快そうに言い放った。「今頃そんなこと言って、誰が信じると思うんだよ？」

「あのとき……あのとき……」

あのときは赤城が困っていて、アイスなどで大騒ぎするほうがおかしいと思っていたから、黙ってそのままにしていたのだ……由惟はそう言いたかったが、いろんな感情が渦を巻き、口を開いても声が震えるばかりで、しゃべることができなくなってしまった。

いや、たとえ言ったとしても、この場にそれを認めてくれる人はいないという事実が立ちふさがり、口が動かなくなってしまったのかもしれない。

由惟はどうしたらいいか分からなくなり、感情の制御ができなくなって、ぼろぼろと涙をこぼした。

専務が冷ややかに舌打ちする。

「いやー、今日も働いたー」

前島社長がいつものひょうひょうとした様子で事務所に引き上げてきた。現場の若手も一人二人と社長に続いて入ってきた。

「何だ、由惟ちゃん、どうした？」

由惟が泣いているのを見て、社長は怪訝そうに声をかけてきた。

「どうしたっていうか」専務が答える。「阪本が金の入った封筒を失くした件で、この子に何か心当たりはないかっていろいろ訊いてたら泣き出しちゃって」

「うーん」社長は困惑したようにうなった。「そりゃお前、訊き方が悪かったんじゃないのか？心当たりはないかって意味でも、何か疑うような口ぶりで言ったら、誰だって傷つくぞ。そういう微妙な問題のときは、言い方ってもんがあるんだから」

「いやでも、この子もおかしいんだよ」専務が言う。「前に冷蔵庫の俺のアイスを勝手に食ってさ……」

「アイスって」社長が馬鹿馬鹿しそうに言う。「そんなの、あれば食うだろ」

「いや、それがそのときはごめんなさいって謝ってたのに、今になって、あれは自分じゃない、赤城さんが食べたんだって言うんだぜ」

「え？」

「赤城さんも、いきなり何言い出すんだってびっくりしてるし、自分のすぐ近くのごみ箱にカップを捨てておいて、さすがにそれはないだろって言ってんだけど」

「うーん」社長はまた、困惑気味に由惟を見てうなった。「由惟ちゃん、他人の名前を出すのはよくないな……それはよくないよ」

どうやら唯一の味方も由惟は失ったようだった。

「まあ、アイスなんてつまんないことでお前もわあわあ言うな」社長は専務をたしなめるように言った。「阪本の金の件はまた別だけど、そういうのは慎重に調べるもんだ。でもまあ、困ったな」

社長はその場を収めるように言ったが、結局のところ、何も収まってはいなかった。社長が自宅に引き上げると、事務所の片隅でそれまでのやり取りを眺めていた阪本が近づいてきた。

「怒んないから、もし封筒拾ってたら明日にでも返して。あれないと、本当に困るから」

彼はぼそりとそう言って、二階の更衣室に上がっていった。

「泣いたって許されねえぞ」現場の連中が二階に上がっていったあと、専務がわざとらしいため息をついて言った。「一晩ちゃんと考えろ。自分の立場を考えろよ。ここをクビになって、ほかに働き場所が簡単に見つかると思うなよ……」

話の途中で由惟は席を立った。バッグを手にしただけで、タイムカードも押さず、逃げるようにして事務所を出た。

いったい、どう言えばよかったというのだろう。

自分がどう言おうと、どう振る舞おうと、おそらくこうなることは変えられなかったのではないか……由惟は投げやりな思いとある種の諦念（ていねん）を抱えて、帰路の途中、ずっとそんなことを考えた。どれだけ真面目に生きようが、前向きにがんばろうが、それが評価される環境に自分はいない。解決策はどこにもないのだ。我慢するかしないかというだけの問題だ。

しかし、とっくに我慢の限界は超えていると思った。

電車の中でも、帰り道を歩く途中も、涙で視界がにじんだままだった。何とかそれをこぼさないようにするだけで精いっぱいだった。

アパートに着き、ドアを開けて、靴脱ぎのところで立ち止まった。

「お帰り」

明かりのついた居間から、紗奈の声が聞こえた。

「お帰り」

伊豆原も居間の入口近くにあぐらをかいていて、首を伸ばすように振り向きながら声をかけてきた。

由惟は靴も脱がず、立ち尽くしたまま何とか堪（こら）えていたが駄目だった。二人の声を聞いたとたん、強張（こわば）っていた感情がぐねぐねと波打ち、それが破裂（はれつ）するようにして涙となった。

「どうした？」

伊豆原が思わずというように膝を立て、由惟を見ている。紗奈も何事かと顔を覗かせた。

「私は……逃げちゃ駄目なんですか？」由惟はしゃくり上げながら伊豆原に訊いた。「逃げたら負けなんですか？　どうしても今の仕事、続けなきゃいけないんですか？」

「どうしたんだ？」伊豆原は言い、首を振った。「そんなことはない。何があっても続けなきゃいけない仕事なんてない」

「辞めてもいいよ」紗奈が由惟のところまで駆け寄ってきて、がばっと抱きついた。「何とかなるよ」

由惟は紗奈の小さな身体を抱き締め返しながら、声を上げて泣いた。


〈阪本のやつ、仕事場に持ってくるのとは別のバッグに封筒入れてたらしいんだ。はなから持ってきてなかったんだよ。捜したら、そのバッグに入ってるのが見つかって、お騒がせしましたって頭下げてきたよ。専務が早とちりして、あんたにいろいろ失礼なこと言ったみたいだけど、ちゃんと謝らせるから、一つ許してやってくれねえかな？〉

翌日、出勤しなかった由惟に社長からそんな電話があった。

しかし、ぷつりと切れた由惟の気持ちは、もう元には戻らなかった。会社を辞めますとだけ、ただ繰り返した。

「そうだ、うちの奥さんがそろそろ子どもを保育所に預けて仕事に戻りたいって言ってんだけど、空きがなくて困ってるんだ。保育所が見つかるまで、由惟さんしばらくベビーシッターできないかな？」

家に帰って泣いた日、伊豆原は由惟の会社での出来事を聞いて仕事を辞めたいという意思を確かめたあと、そんな提案をしてきた。

そのときは由惟の気持ちにも余裕がなく、本気で受け取りもしなかったが、数日してまた伊豆原が「どう、落ち着いた？」と顔を見せた。

「この前のベビーシッターの件、うちの奥さんに訊いたら、やってもらえたら助かるって乗り気でね。まあ、そんなにいいお金は出せないかもしれないけど、今までの会社のお給料と同じくらいは保証するよ。大丈夫。うちの奥さんは割と優秀な弁護士でね。復帰したらそれくらい払える稼ぎは期待できるから」

「でも、私、赤ちゃんの世話なんかしたことありませんし」

保育の基本も知らない自分に務まることとは思えず、由惟は尻込みした。

「大丈夫、大丈夫。やってほしいことは教えるし、何かあったらすぐ電話して訊いてくれればいいから」

そこまで言うならと、由惟は背中を押されるようにして了解した。何かあっても責任は持てないぞという開き直った気持ちだった。

ただ、話が決まって伊豆原が帰っていくと、由惟の心にちゃんとやらなければという前向きな思いが湧いてきた。

優しい人だなと思った。今までも優しく気遣われていたはずなのに、そんなことは少しも思わなかった。由惟自身に余裕がなかったし、すべては裁判のためにそうされていると思っていたのだ。

けれど、事件の弁護で知り合っただけの被告人の娘に、自分の大事な赤ん坊を預けることなど、普通できるだろうか。信頼していなければできないことだし、伊豆原がそこまで自分を信頼してくれていることに、由惟は驚いたのだった。

週明け、由惟は月島にある伊豆原のマンションを訪ねた。伊豆原の妻・千景は、由惟が土日に読みこんだ保育の手引きの本を手にしているのを見て、「真面目な子だって聞いたけど、本当みたいね」と笑った。

「自信がなくて」由惟は打ち明けた。「でも、がんばります」

由惟の言葉に、千景は笑顔でうなずき、「助かります」と応えてくれた。

その日と次の日は日中、千景にずっと付いて、夫妻の愛娘(まなむすめ)・恵麻の世話を見て学んだ。

恵麻は生後六カ月で、離乳食が始まっているほか、短い時間ながらちょこんと座ることもできる。日に日にベビーベッドの上での動きが活発になり、新しい変化が見られるのだという。

「最初は私も慣れないことばかりで右往左往してたけど、そのうち、あんまり心配しすぎても仕方がないって割り切れるようになってね」千景は言う。「どっしり構えても、あれこれ心配しても、かける愛情は同じって思うことにした。ただ、そうは言っても、仕事始めたら、今頃恵麻はどうしてるかなって気になると思うから、何かあったら遠慮なく電話して。あと、もしハイハイ始めたりしたら動画に撮っといてほしいな」

由惟は「分かりました」と返事をしながら、そういう愛情面でも実母の代わりを果たさなければならないのだと責任を嚙み締めた。

「でも、子どもができると、つくづく自分の母親がどれだけ自分に愛情をかけてくれたかってことも分かって、ありがたみを実感するわ」千景はしみじみとした口調でそう言った。「由惟さんもお母さんへの当たりが強いって聞いたけど」彼女はそんな言い方をして、由惟をいたずらっぽく見る。「あなた自身、何か虐待されて育ったわけじゃないんでしょ？　そうやって立派に育ってるんだから、お母さんから精いっぱいの愛情を注がれたってことは、私、太鼓判押してもいいけどね」

由惟は何と応えたらいいか分からなかった。母からの愛情がなかったなどとは思っていない。変なふうに絡まってしまった自分の感情がどうすればほどけるのか分からない。今は少し時間が必要だと思うしかなかった。

ただ、ベビーシッターを始めてからの新しい生活は、由惟にとって泥にまみれた心を洗うような日々になった。

一人きりでの子守りは、人見知りされて泣かれるところから始まり、千景が出がけに作った離乳食を今日はいっぱい食べてくれた、今日はあまり食べてくれなかったと一喜一憂した。あやして笑ってくれたときは心がとろけるように嬉しくなり、抱っこして恵麻が自分の腕の中で眠るのを見ていると、自分自身がまどろんでいるように心地いい気分になった。

ベビーシッターを始めて二週間ほどが経った日曜日、伊豆原が由惟のアパートを訪れた。土日は千景がそのまま子育てをするので、由惟は休みだ。

「どう、ベビーシッターはだいぶ慣れたかな？」伊豆原は由惟の顔を見ると、そんな声をかけてきた。「恵麻もちょうど人見知りするようになる時期でね、俺もたまにあやすと泣かれちゃったりするんだけど、そういう時期に親以外の人と触れ合うのはいいことなんだよ。うちの奥さんも本当助かるって言ってるよ」

彼はそんなふうに、由惟をねぎらってくれた。

「私も伊豆原先生のおうち、遊びに行きたいな」横で紗奈が言う。

「今度おいでよ。いつも俺のほうばかり、こっちにお邪魔してるのも悪いしな」

今日は由惟たちの様子を見に来ただけというわけでなく、裁判のことで用事があったらしい。

「紗奈ちゃん、手紙は書けたかなと思って」

裁判で読む手紙のことだ。由惟は書くことも証言台に立つことも頑なに拒否してしまった。今となってはどうしてか、胸の内に気まずさが生じている。

「書けたよ」紗奈は几帳面に封筒に入れた手紙を机の引き出しから出して胸に抱いた。「でもどうかな……自信ない」

「読んでみてよ」伊豆原が言う。

「えー」紗奈は恥ずかしそうにためらってみせる。

「法廷で読むんだから練習しなきゃ」伊豆原は正座をして聞く態勢に入っている。「さあ……お姉ちゃんと俺とで聞いて、もっとこう書いたほうがいいんじゃないのってことも言ってあげるよ」

「うーん。じゃあ、読むよ」

紗奈は仕方なさそうに言って、封筒から手紙を取り出して開いた。

伊豆原が拍手するので、由惟も何となくそれに合わせた。

何が緊張するのか、紗奈はしきりに深呼吸を繰り返し、最後にすっと息を吸うと、意を決したように読み始めた。

「お母さん、元気ですか？」

第一声はそんな言葉だった。大げさな抑揚も感情表現もなく、ただ飾り気のない慈しみがこもっていて、母に一年間会っていない十二歳の少女だけが出せる寂しさが少し混ざっていた。由惟の耳に素朴に響いて、そのまま胸を揺さぶった。

紗奈は手紙を読んでいく。偽りのない、母を信じる素直な気持ちがそこにはこめられていた。

どうしてこんなに、まっすぐ信じることができるのだろうと思った。

どうして自分は、まっすぐ信じることができなかったのだろうと思った。

自分だって、もう分かっていた。

やってもいないことをその場の空気で認めてしまい、あとから否定しても相手にされなかった。いったん色眼鏡で見られ、そこに味方がいなければ、誰だって母と同じ目に遭う可能性はある。けれど、それが分かったあとでさえ、自分は今の今まで分かったことに気づかないふりをして、母の味方になろうとはしていなかった。

戦う勇気がなかったからだ。

身体を丸めて首を抱え、自分を守ることばかり考えていた。

もう逃げ場所がないところまで追い詰められていたのに、それでも逃げることばかり考えていた。

怯(おび)え逃げまどう自分を見て、人は得意になって攻撃してきた。それでも逃げ、逃げるのに疲れ、母のことなど考えられなくなっていた。

紗奈は違う。小さな身体で全力で戦ってきた。だから一人、また一人と味方が付いてきたのだ。

「小南野々花の次女、小南紗奈」

読み終わり、紗奈がほっとしたように息をつく。「ちょっと噛んじゃった」と照れ隠しするように言う。

「よかったよ。すごくよかった」伊豆原が最初より大きな拍手で褒めちぎった。「直すところなんてないね。法廷でもそのまま読んでくれればいいよ」

「本当？」嬉しそうに言った紗奈は由惟に目を移すと、「やだ、お姉ちゃん」と一転困ったような顔になった。

由惟は頬に伝う涙を指で拭う。ごまかしようがなく、何を言えばいいのか分からなかった。

「そりゃ、泣いちゃうよ……うん」伊豆原が目を細め、由惟に理解を寄せた。

「伊豆原先生」由惟は自分の気持ちを確かめ、思い切って話しかけた。「私も話します。裁判に出してください」

伊豆原は由惟の意思表明に目を瞠(みは)り、それからゆっくり「ありがとう」と言った。

「でも、ごめん。整理手続が終わってしまって、今からじゃもう、間に合わないんだ」

まだ裁判はこれからだというのに……。

遅かったのか。

「私……何もできないんですか？」

そう呟きながら、分かっていたことじゃないかと心の中で自らをなじった。伊豆原は何度も呼びかけてくれていた。自分が馬鹿で意固地で弱いから、応じようとしなかっただけだ。

「大丈夫。裁判には支障ないよ」伊豆原は言った。「由惟さんがお母さんの味方なのは分かってる。見守っててくれればいいよ」

「私、お姉ちゃんの分も言ったよ」

伊豆原と紗奈に慰められる分、由惟は自分の無力さが悔しく、また泣けてきた。

「今度、みんなでお母さんに会いに行こう」

伊豆原がそう言ってくれ、由惟はうなずいた。紗奈がそこで堪え切れなくなったように泣き出してしまい、今度は紗奈を落ち着かせるのに伊豆原はかかりきりとなった。

紗奈は涙が引くと、母に会える嬉しさからか、今度は一転して元気になった。三人で駅前まで出てファミレスで夕飯を食べたが、その間も紗奈が一人でしゃべっていた。もはや、母が裁判で勝つことすら疑っていないようだった。

そんな紗奈を見つめる伊豆原は、笑っていても決して浮かれてはいない。裁判が簡単でないことをその表情が物語っているようだ。

しかし、由惟はもう何もできない。それを思うたび、胸がちくりと痛むのだった。

「面会の日は俺のほうで調整して、由惟さんに連絡するよ」

ファミレスを出たところでそのまま帰路につく伊豆原が言った。

「紗奈ちゃん、今日はお疲れ様。ありがとう」

伊豆原は紗奈にもそんな声をかけ、食事の礼を言う二人に軽くうなずいて、「じゃあ」と手を上げた。

「あ、伊豆原先生」

背を向けかけた伊豆原を、由惟は呼び止めた。

「関係ない話なんですけど……」

「ん？」伊豆原は由惟を見て、小首をかしげてみせた。

「いつか、駅のホームで痴漢の目撃情報を探してた弁護士の先生……今でも探してますか？」

伊豆原は軽く眉をひそめてから、「どうかな」と言った。「まだ裁判にはなってないだろうから、探してるとは思うけど……どうして？」

「私、見たんです。あの先生が目撃情報を探してる日の電車に乗ってて、男の人が痴漢だって叫ばれて、ホームで取り押さえられてたの」

「本当？」伊豆原は驚いたように言った。

「ごめんなさい。今まで言えなくて」

「いや、いい」伊豆原はそう言ってから、由惟に確かめる。「本当にその日？」

「はい」由惟は言った。「私、憶えてたんです。相手の女の人、〈古溝病院〉の奥野っていう看護師さんだったんです。男の人はふくらんだショルダーバッグ肩にかけてて、それがぶつかって奥野さんがイラッとしたように男の人をにらんでたんですけど、男の人は気づかなかったみたいで……」

「奥野さん、気が強いから、黙ってなさそう」紗奈が合いの手を入れるように言った。

「そのバッグが当たったのが痴漢と思われたってこと？」伊豆原が訊く。

「電車が揺れたときに接触したみたいですけど、痴漢じゃありません。その前にバッグが当たっても謝らなかったことに腹を立てていて、痴漢呼ばわりしたように見えました」

「そう……」伊豆原は半分放心したように言った。「それ、重要な証言だよ。もしかしたら、その男の人、その証言で助かるかもしれない」

「私で大丈夫ですか？」由惟は訊いた。「母のこともあるし……こんなに何カ月も経ってから名乗り出て、信じてもらえますか？」

「正直に言えばいい」伊豆原は由惟を正面から見据えて力強く言った。「名乗り出るのに躊躇した理由も含めて、正直に言えばいいんだ。大丈夫。正直に言うことほど強いものはないから」

覚悟を決められる一言を聞いた気がした。

「はい」由惟はうなずいた。

自分もようやく一歩を踏み出せたと思った。


週明け、伊豆原のマンションで恵麻の子守りをした夕方、千景より先に伊豆原が帰ってきた。

やがて、痴漢事件の担当弁護士である柴田孝彰（たかあき）が被告人を伴って現れた。柴田はリビングに入ってくるなり険しい目つきで由惟を見つめた。今まで黙っていたことを怒られるのではないかと由惟は身構えた。

「彼が訴えられている生嶋直弥さんです」

柴田はほとんど詰め寄るようにして興奮気味に被告人を紹介した。犯行を否認していたため、ずっと勾留されていたが、裁判が近づいた最近になって、ようやく保釈が認められたのだという。

「被害者として名乗り出てるのは、あなたが言われた方です。今日は生嶋さんに事件当時の格好をしてきてもらいましたが、憶えてらっしゃいますか？」

生嶋はスーツ姿で、ショルダーバッグを肩にかけていた。四カ月以上経っていたが、その風貌は記憶のものと一緒だった。

「憶えてます。バッグはもっとふくらんでたと思います」

由惟が答えると、柴田は生嶋と顔を見合わせ、がっと由惟の手をつかんだ。

「あなたを探してました。あなたをずっと」

「ごめんなさい……私……」

興奮気味の柴田に気圧されながら、今まで名乗り出なかったことを詫びようとすると、彼は猛然と首を振った。

「伊豆原先生から聞いています。勇気がいったでしょう。本当にありがとうございます。まずはそれだけを言わせてください」

生嶋も柴田の隣で深々と頭を下げている。

「あの……ほかに目撃者の方は？」そう訊いてみた。

「いません。電車に乗り合わせた方はいますが、現場を見た方は小南さんが初めてです」

車内の防犯カメラの映像はほかの乗客の身体にさえぎられていて、犯行があったともなかったとも断定できない状態だという。由惟は責任の重さを感じて気が遠くなる思いだった。自分が名乗り出なければどうなっていたかとも思う。すでに腹はくくっているので、どんな場に出ようと、正直に話すだけだ。

由惟は自分が見ていたままを憶えている限り、彼らに話した。たびたび思い出すことだったので、記憶は比較的残っている。生嶋はその通りだとばかりにうなずきながら聞き、途中からはシャツの袖で目もとを拭い始めた。電車の中で見た、どこか無神経な様子はそこになく、由惟は素直に同情を覚えた。

「正直、あの日は仕事でミスをして、プロジェクトチームから外され、散々な心境で家に帰ろうとしてたんです」生嶋は事件当時のことをそう話した。「いろいろくよくよ考えて周りが見えてなかったですし、多少誰かにバッグがぶつかろうが知るかという思いでした。そういう心境だったから、痴漢扱いされたときもやみくもに振り切ることしか考えられなかったですし、どんどん悪いほうへ嵌まってしまって……会社でのことも、そういうむしゃくしゃする出来事があったから痴漢を働いたんだろうって警察に決めつけられる始末で」

否認すれば逮捕は明るみに出て、会社にもいられなくなるのは確実だったが、むしろやっていないことを認めてまで今の仕事を続けても後悔するだけだという思いが勝り、どれだけ勾留が長引いても否認を続けたのだという。彼の口調には、理不尽な戦いを強いられた嘆きと、しかしその戦いを選択して間違っていなかったという感慨が複雑に入り混じっていた。

「しかし、触られたと勘違いしたわけじゃなく、バッグが当たったから痴漢扱いしたように見えたというのは、たちが悪い話だな」柴田は憤慨するようにそう言った。

「最初、痛そうに顔をしかめて振り返ったのが見えましたし、そのあと、また電車が揺れたりして接触したときも、ちらっとバッグを見たように見えました」由惟は言った。

「生嶋さんが車内に入ってきたとき、女性がちらっと振り返ったのは防犯カメラの映像にも残ってるから、その証言とも一致します」柴田が言う。「生嶋さんの無罪は当然として、向こうも虚偽告訴で捕まってもらわないと」

被害者になっていた人間が自分の証言で逆に捕まることもありうるのか……そう思うと由惟は背筋が強張るような感覚を抱いた。おそらく、生嶋が裁判で勝っても、由惟自身はそれを心から喜ぶような気持ちにはならないだろう。しかし、正直に話すと決めたのだ。それ以外の余計なことは考えないでおこうと思った。

「奥野さんは一度話をしたことがありますけど、確かにまあ、気の強そうなところはうかがえましたね」伊豆原が苦笑混じりに言う。「でも、虚偽告訴となると、そういう問題じゃなくなってきますよね」

「まあ、そうなったら向こうも、触られたと思ったたっていう認識で押し通してくるんでしょうかね」柴田が面白くなさそうに言った。「伊豆原さんの担当事件でも何か関係してるんですか？」

「現場の病棟の看護師です。ただ、当日は夜勤だったんで、直接関係してるわけじゃないんですよ」伊豆原はそう話していたが、不意に視線が定まらなくなった目つきを見せた。「でもまあ……

裁判には出てくるんですけど」

「何を話すんですか？」

「おそらく、小南さんの事件前の様子であるとか、印象みたいなことを話すんだと思います。当時の病棟の看護師はほとんど証人に呼ばれてます」

伊豆原の口調には動揺が見て取れた。由惟が痴漢事件の証人となることで、母の裁判では奥野が仕返しのような証言をしてくるのではないか……由惟が思い至ったそんなことを伊豆原も考えたようだった。

「大丈夫ですかね？」柴田もその点を気にかけてきた。「私が心配することじゃないかもしれませんが」

柴田の言い方には、だからといって今さら証人を辞退されても困るという思いがにじんでいる。

「大丈夫です」伊豆原より先に、由惟が答えた。「母のことは伊豆原先生に任せています。裁判でも影響がないようにやっていただけると思ってます」

伊豆原は由惟を見てから、戸惑いを消し去ったようにうなずいた。

「彼女の言う通りです。変なことを言ってきたら、こっちも反対尋問でやり返しますよ」

「ありがとうございます」柴田はほっとしたように言った。「お互い、無罪が取れるようにがんばりましょう」

柴田はまた後日連絡するということで、生嶋とともに帰っていった。

彼らを見送ったあと、リビングに戻ってきた伊豆原は、由惟と目を合わせて口もとを緩めた。

「由惟さんは一度こうと決めたら、迷いがないいんだな」

迷いがないわけではないが、ある意味、融通の利かなさがそういうところでも発揮されるのかもしれない。由惟は軽く肩をすくめ、苦笑を返した。


その週の半ば、由惟は伊豆原に連れられ、紗奈とともに東京拘置所を訪ねた。

小菅駅からの殺風景な道を歩き、東京拘置所に着くと、伊豆原が面会手続きをして二階に上がった。

窓口で教えられた番号の接見室に入る。椅子に座って待っていると、やがてアクリル板に隔てられた向こう側の部屋のドアが開いて母が入ってきた。

母はくすんだ肌に長い勾留生活の疲れを色濃くにじませ、紗奈の付き添いに没頭していた頃もさすがにこうではなかったという、やつれたなりをしていた。

それでも由惟たちを見ると、目を輝かせて無邪気(むじゃき)に手を振ってきた。由惟たちも懸命に手を振り返した。

「来てくれたのね」

「うん」

「元気だった？」

「うん……お母さんは？」

いざ母を前にすると、気の利いたことは何も言えなかった。由惟や紗奈はただ、自分たちの近況を話し、元気でやっていることを伝えただけだった。拘置所の接見室は独特の雰囲気があり、由惟は緊張していたが、母は相変わらずのマイペースな人間で、同じことを何度も訊き、由惟たちの話を理解したのかしないのかとぼけた顔で聞いている。一年ぶりに会う感慨は強かったが、久しぶりに会っても母は毎日見ていた母であり、そういう意味では気持ちが高ぶって言葉が出てこないということではなく、いつもの母だと安心するあまり、日常的な感覚が強くなって、気の利いた言葉が何も出てこないのだった。

そんな由惟たちにも、しかし母は、嬉しそうだった。

「やっと裁判の日が決まったからね。ここは冬は寒いから、そうなる前にやってほしいんだけど、とにかくあとちょっとの我慢だからね」母は自分にも言い聞かせるように、そう言った。

「出られたら、ベルーガ見に行こうね」紗奈は早くもそんな約束を口にした。

「ベルーガって何だっけ？」母はきょとんとした顔で訊く。

「シロイルカだよ。動画で見たでしょ」

「ああ、あの紗奈によく似たイルカね」

「似てないよ」紗奈が言い返す。「お母さんのほうが似てる」

「じゃあ、あのイルカ、お母さんの代わりになって、裁判に出てくれるかな」

「お母さんはベルーガの代わりに泳いでショーに出るの？」紗奈はそう言って笑った。「やだ」

母が相手だと、未来の希望を語っても、とぼけた笑いに変わってしまう。けれどそれが、由惟たち家族の間にあった空気そのものだった。

「また、二人を連れてきます」

面会を終える間際、伊豆原が母に言った。

「もう時間なのね」母は心から惜しむように言いながら、伊豆原に頭を下げた。「ありがとうございます。本当に伊豆原先生に担当になってもらってよかったわ」

伊豆原は少し恐縮するように唇を結んでから何か言おうとして口を開きかけたが、いったん躊躇し、結局、「いえ」と短く応えるだけにとどめた。

由惟には彼の気持ちが何となく分かる気がした。まだ裁判は始まっていない。伊豆原の頭の中は裁判に勝てるかどうかという問題で占められていて、感謝の言葉は裁判に勝ってから聞きたいということなのだろう。

迫りつつある裁判のことを考えると、由惟はどうすることもできず、ただ、すべてがうまく、いい方向へ転がってほしいと願うだけだった。

22

公判前整理手続が終わり、いよいよ公判対策に取りかからなければならず、気持ちも新たに引き締め直すべきときであるはずだったが、桝田との間にはどこか一山越えたような燃焼感が漂っていた。

十月中の弁護団会議は一度開かれただけだった。それも伊豆原が再三催促してようやく開かれたものの、ああでもないこうでもないという堂々めぐりの議論が続いただけで、証人尋問の具体的な攻め手はおろか、方向性も定まらなかった。

「求刑はどうなると思う？」

桝田は法廷戦術を詰めることより、検察側が出してくる求刑が気になるようであった。それは取りも直さず、求刑の八掛けと言われる量刑がどう出るか気を揉んでいる証拠であり、つまりは今の段階で有罪判決を意識せざるをえないと白状しているようなものだった。

「そんなこと気にしても仕方ないだろう」

伊豆原がそう言っても、桝田は分かっているとうなずきながら、その話題を続けた。

「いろいろ考えたんだが、死刑求刑じゃない気もしてきた。確かに四人死傷で二人死亡、しかも被害者は子どもという遺族感情も強い事件だけに難しいけれど、殺意を認定するハードルは高いよ。仮に動機の大半が怨恨だということになってもだ。医療の専門家ではないし、殺そうとまで考えていたかどうかというと、それを立証して裁判員に納得させるのはなかなかだよ。検察側も公判中は散々脅かしてくるだろうが、求刑はそれを汲んで無期にしてくるんじゃないか。それで実際の量刑は十数年から二十年くらいまでの有期ってとこになる。そのあたりに収まれば、まあいい線だ」

「何言ってるんだ？」伊豆原は眉をひそめて、彼の言葉の真意を探る。「有期刑に収まれば、弁護側の勝ちだとでも思ってるのか？」

「そんなことは言ってない」彼はうそぶくように言う。「もちろんこちらは無罪を主張してるんだから、有罪判決が下れば控訴する。それは当然だ」

「だったら何だ。今から予防線でも張ろうっていうのか？」

「現実問題、無罪を勝ち取れると保証できるのかって話だ」桝田は否定しなかった。「俺たちが無罪を信じるのと、裁判で判決が取れるのとは別問題だ。極端に言えば、裁判員は報道で、それこそ九十九パーセント有罪だと思っている。そこを出発点にして、無罪まで持っていくのは、口で言うほど簡単なことじゃないぞ」

「だからこそ、法廷で何ができるか、策を練ろうとしてるんじゃないか」

向いている方向が違い、議論がまったく嚙み合わない。

貴島を失ってからの桝田は、明らかに気持ちが守りに入ってしまっている。主任弁護人の責任を一身に背負いこみ、取り返しのつかない極刑だけは避けなければという思いだけで頭がいっぱいかのようだ。

伊豆原を弁護団に誘った頃は、無罪判決を狙える面白い事件だという姿勢だった。たとえ闘病中だろうと、貴島が弁護団に名を連ねていると思うだけで強気でいられたのだろう。精神的支柱がいなくなり、桝田はすっかり弱気になってしまった。

「小南さんは裁判が済めば、自由の身になれるもんだと思ってる。自白の重大さが分かってない。楽観的すぎて、逆に心配になる」

桝田はそう言うが、伊豆原からすれば、彼自身がことさら悲観論にとらわれすぎているようにしか見えない。少なくとも、今の時期に考えるようなことではない。

しかし、伊豆原はあとから弁護団に加わった立場であり、そんな桝田でも守り立てていくしかなかった。

十一月に入り、東京地裁の小さな法廷で柴田が担当する生嶋直弥の痴漢事件の公判が開かれた。点滴中毒死傷事件のような大事件ではないので裁判員裁判ではなく、裁判官は一人の単独審である。

伊豆原は二十席ほどある傍聴席の片隅で裁判の成り行きを見守った。証人として呼ばれている由惟を応援する意味もあったが、被害者が奥野美菜であることの興味もあった。

おやと思ったのは、傍聴席に葛城麻衣子と坂下百合香の姿もあったことだった。点滴中毒死傷事件当日の夜勤組で、伊豆原が一緒に話を聞いた三人だが、それほど仲がいいのかと改めて知る思いだった。

奥野美菜はおそらく、虚偽告訴で痴漢をでっち上げた自覚があるはずだ。その裁判に友人を呼ぶというのは、どういう感覚だろうか。支えになってほしいというより、自分が陥れた相手の末路を一緒になって見たいという嗜虐趣味的なものがあるのではないかという気がした。

葛城らは伊豆原の会釈にも応えず、裁判が始まるまで伊豆原をちらちらと見ては、何やら耳打ちで会話を交わし合っていた。

すでに前の週の初公判で、検察側、弁護側双方の冒頭陳述（ぼうとうちんじゅつ）が行われている。柴田からの報告によれば、検察側の冒頭陳述では、被告人はその日、会社の上司から叱責されたことでむしゃくしゃしていて、そのストレスを発散する目的から帰宅途中の電車内で痴漢行為に及んだと、さもそうであったかのように犯行が語られたという。電車に乗りこむ際も、しばらくホームをうろついていて、車内にいる奥野美菜に狙いを定めた上で発車ぎりぎりになって駆けこんだことが、ホームの防犯カメラから立証できるとした。

対して弁護側は一貫して無罪を主張した。当日は仕事での失敗を気に病み、考え事をしていたため、電車にも慌てて乗りこむことになったと事情が語られた。車内でも周囲に気を留める余裕がなく、ショルダーバッグが奥野美菜に接触したようだが決して故意ではなく、ましてや痴漢行為などには及んでいないとした。

二日目となるこの日の審理では証人尋問に入り、奥野美菜が法廷に姿を見せた。被告人の生嶋が座る弁護側との間には互いの姿が見えないようパーティションが設置された。

法廷中央の証言台に立った奥野美菜は、背中を丸め、自分の腕を抱くようにして頼りなげな様子を見せている。宣誓書を朗読する声は弱々しく、かすかに震えている。ただ、伊豆原は以前、口を尖らせてしゃべる気が強そうな彼女を見ているので、あまりにもギャップがあり、単に緊張などから自然にそうなっているとは素直に受け取れなかった。

裁判官に促されて着席した奥野美菜に検察官が質問を始めた。奥野は電車内で自分の背後に立った生嶋に左の臀部(でんぶ)を撫でられ、いったんは嫌がって身体を振ったものの、その後も再び行為に及び、執拗に続けたことから、相手の腕をつかんでやめるように注意したと証言した。そして、相手が行為を否定し、しらばっくれたため、さすがに憤りを感じ、駅に着いたところで周りに助けを求めて取り押さえてもらったと述べた。

弁護人の柴田は反対尋問で、加害者はどちらの手で触ってきたのか、奥野は加害者のどちらの手をつかんだのか、それは臀部を触っているまさにその瞬間を押さえたのか、というような詳細を一つ一つ確認した。奥野は、左手で触られ、触られていた瞬間、その左手をつかんだと思うと答えた。

検察側からは、生嶋の左手の指先に奥野が着ていたロングカーディガンの繊維が付着していたとする鑑定結果が証拠として提出されている。普通の痴漢裁判であれば、この時点で有罪やむなしと言わざるをえないところかもしれなかった。

その後、駅で生嶋を取り押さえた男性二人が証言台に立った。彼らは別車両にいたことで痴漢行為は確認していなかったが、奥野の呼びかけと逃げる生嶋の姿に反応して取り押さえに加わっていた。

休憩のあと、証人待合室で待機していた由惟が弁護側の証人として法廷に呼ばれた。法廷に入ってきた彼女の顔は緊張から蒼ざめているように見えたが、証言席に座る背筋はすっと伸びていて、覚悟のほどが伝わってきた。

柴田はまず、車内で由惟がいた場所を図で確認した。それから事件当時の車内の混み具合や様子を訊いた。

「電車はいつもよりブレーキがはっきりしていて、吊り革につかまっていないとよろけてしまうことがときどきありました」

由惟はそんな話をはっきりした口調で語った。

「奥野さんと生嶋さんが電車に乗ってきたときのことは憶えてますか？」

「はい。新小岩でまず奥野さんが乗ってきて、そのあと発車間際になって生嶋さんが乗りこんできました」

「生嶋さんはどんな様子でしたか？」

「ドアが閉まる間際に乗りこんできて、その勢いのまま二、三歩、中に進んだので、荷物でふくらんだショルダーバッグが周りの人にぶつかってました。奥野さんの手にも当たって、奥野さんは顔をしかめながら手を引っこめて、生嶋さんを少しにらんでました。生嶋さん自身はあまり周囲を気にしていない様子で、それには気づかなかったように見えました。イヤフォンを耳に挿していましたし、すぐにスマホを出して見ていました」

「小南さんは、生嶋さんとは面識がありましたか？」

「いえ、ありません」

「奥野さんとは面識がありましたか？」

「奥野さんは妹が入院していた病院の看護師さんで、顔は知っていました」

「車内で奥野さんを認識したのはいつですか？」

「最初に車内に入ってきたときは、どこかで会った人だという気がしましたが、誰か思い出せませんでした。痴漢騒ぎで声を聞いたとき、妹が入院してたときの看護師さんだと思い出しました」

「痴漢騒ぎのときに小南さんが見たことを教えていただけますか？」柴田が質問を続ける。

「電車が揺れて、生嶋さんが少し体勢を崩しました。吊り革につかまってた奥野さんと身体がぶつかって、奥野さんが不愉快そうにそれを背中で押し返しました。それで生嶋さんが奥野さんから離れるように身体をずらしたんですが、そのとき、ショルダーバッグが奥野さんのお尻に当たったたんじゃないかと思います。奥野さんは振り返って、そのショルダーバッグを見たはずなんですが、生嶋さんをにらんで、『おい』とか何とか、そんな声をかけました」

生嶋はイヤフォンを外して戸惑ったように対応していたが、奥野美菜は生嶋の腕をつかんで一方的に痴漢だと責め立てたと、由惟はその後の現場の様子を詳細に語った。

「奥野さんと生嶋さんが接触したとき、生嶋さんの手はどこにあったか憶えてますか？」

「左手はスマホを持ってたと思います。右腕は背中に隠れて見えなかったんですが、私のところからは曲がっているように見えて、ショルダーバッグのストラップを握っているような感じでした。右手で奥野さんのお尻の左側を触るのは、位置的に無理だと思います」

「奥野さんが痴漢だと言ってつかんだのは、生嶋さんのどちらの腕でしたか？」

「左手です。生嶋さんは振りほどこうとしてスマホを床に落としていました」

何かを床から拾うように生嶋が屈みこむ姿は車内の防犯カメラにも映っている。

「手を振りほどいたとき、生嶋さんの左手が奥野さんの服に触れたりはしましたか？」

「そこまでは見ていません」

「その後、平井駅に着いてからの二人の行動を教えてください」

「生嶋さんが先に電車から降りました。それを見た奥野さんが『逃げるの？』と言って追いかけて、生嶋さんの腕をつかみました」

「どちらの腕をつかみましたか？」

「生嶋さんの右側から取りついたので、右腕だと思います」

「それで生嶋さんはどうしましたか？」

「振りほどいて逃げました」

「振りほどいたとき、生嶋さんの左手が奥野さんの服に触れたりはしていましたか？」

つまり、左手に付着していた奥野のカーディガンの繊維は、そのときに付着したのではないかということだ。

「一瞬、奥野さんのほうを向いて振りほどいたので、左手で奥野さんの腕を逆に押さえて振りほどいたんじゃないかと思います」

「実際に腕を押さえたところを見たわけではないが、体勢的にはそう見えたということですか？」

「はい、生嶋さんが向き直るような形で振りほどいていたのは確かです」

後ろから右腕をつかまれ、わざわざ向き直って振りほどいたのであれば、左手で相手の腕を押さえた可能性は十分ある。手の微妙な動きまではホームの防犯カメラに捉えられていないが、生嶋が一瞬向き直っている姿は捉えられているので、由惟の証言の信憑性は裏づけられていると言っていい。

「小南さんが痴漢騒ぎの前から生嶋さんと奥野さんの行動に注目していたのはなぜですか？」柴田は質問を変えた。

「生嶋さんがバタバタと電車に乗ってきたときに目立っていたのと、奥野さんの顔に見憶えがあったからです」

「その時間、あなた自身、スマホを見たりなど、ほかの何かに目を移したりはしませんでしたか？」

「私の前方に二人がいて、ほぼずっとそちらを見ていました」

「二人の行動に注目していた間、生嶋さんが何か痴漢を疑わせるような不審な動きをしていたように見えることはありましたか？」

「まったくありません。私にはスマホを見ていたように見えました」

検事は由惟の発言をメモに取りながら、落ち着きなく首をひねったりして、動揺の色を覗かせていた。

「その後、駅で生嶋さんが居合わせた方たちに取り押さえられたのは見ましたか？」

「はい」

「そのとき、この人は痴漢じゃありませんと言おうとは思いませんでしたか？」

「すみません……自分には関係のないことだと思ってしまったのと、勇気が出ませんでした」

「後日、私が平井駅のホームで事件の目撃者を募っているのを、仕事からの帰宅中に見ることはありましたか？」

「ありました」

「そのときも名乗り出ようとは思わなかった？」

「そうしたい気持ちはありましたが、やはり勇気が出ませんでした」

「どうして勇気が出なかったのか、そして結果的には名乗り出て、この裁判の証人になろうと決意した心境の変化を、お答えできる範囲で教えていただけますか？」

「奥野さんが勤めていらっしゃる病院で患者が亡くなる事件があり、私の母が被告人になっています。生活は変わり、周りの目は冷たくなりました。そういう立場の人間が変にしゃしゃり出てきたところで、話を信じてもらえるだろうかという思いがありました。奥野さんが本当に痴漢と勘違いしていたなら、そうじゃなくてショルダーバッグが当たったんですと私が言う意味はあるのかもしれませんが、あのとき私には、奥野さんは痴漢されていないことを知っていながら、何か虫の居所が悪くて、生嶋さんを痴漢に仕立て上げることで憂さを晴らしたように見えました。でも、そんなことを私が証言したところで、本当に信じてもらえるかどうか分からず、もしかしたら自分が傷つくだけなんじゃないかという気がしていました。

けれど、こうやって名乗り出て、証人になることにしたのは、やっぱり世の中には無実の人が犯人にされることがあって、それについては逃げてちゃ駄目で、戦わなきゃいけないんだって思うようになったからです。私の母の事件も、最初は母がやったことなのかどうか分からなかったんですが、今は母が無実であることを確信しています。母を応援する以上、私が冤罪であることを知っているこの事件からも逃げるべきではないと思いました」

予定されていた質問ではあったが、由惟は自分の母の事件にも言及し、胸の内を正直に語ってみせた。立派な姿だった。彼女はこの痴漢事件の証言台に立ちながら、母親の事件と戦っているのが伊豆原にもよく分かった。

彼女が自ら母親の事件に触れたためか、検事が反対尋問であえてそれを取り沙汰するようなこともなかった。悪意的にそうしたところで、由惟の凛とした姿を目に焼きつけた裁判官の目が曇ることはなかっただろう。

閉廷すると、傍聴席にいた葛城麻衣子と坂下百合香は面白くなさそうな顔で伊豆原を一瞥し、そのまま法廷を出ていった。

その月の終わりに判決があり、生嶋直弥は無罪を言い渡された。伊豆原は柴田からの電話で報告を受けた。裁判所は、目撃者の証言などから判断するに痴漢行為があったとは認められないとする一方で、被害者は臀部と被告人のバッグとの接触を痴漢行為と誤認した可能性が高いとし、虚偽告訴の疑いにまでは触れなかった。

〈弁護士になって、初めて無罪を取りました。いやあ、しびれましたね〉

柴田はそんなふうに喜びを語り、伊豆原と由惟に感謝したいと続けた。

伊豆原はその日、ベビーシッターに来ていた由惟を捉まえて、早速報告した。彼女はほっとしたという表現がしっくりくるような反応を見せた。嬉しいというようなものではなく、自分の役割を果たした安堵感のようなものがそこには覗いていた。

由惟が痴漢事件の証人になったことは野々花にも話してあったので、翌日、東京拘置所を訪れ接見した際には、彼女にもこの結果を伝えた。

「それは由惟も、思い切って名乗り出たかいがあったわね」

この日、彼女は公判が近づいてナーバスになっているのか声に少し元気がないように思えたが、伊豆原の話を聞くと、そんなふうに由惟の働きを褒めた。

「由惟さんの証言があったから、無罪が取れたようなものですよ」

「無罪になる事件なんて、本当にあるのね」野々花の口調は、夢の話をしているかのようだった。

「もちろんですよ」伊豆原は言った。「小南さんの裁判だって、無罪を取るつもりです」

「でも、私の裁判は、そんなに簡単じゃないんでしょう？」野々花は不安を隠せないように言った。

「桝田先生もおっしゃってたし」

「もちろん、簡単とは言いませんが……」伊豆原はそう答えながら、ふと気になり尋ねてみた。

「桝田先生は何と？」

「言ってましたよ……無罪なんて、そんな簡単なもんじゃないって」

以前、野々花が無罪判決を疑っていないと桝田は困ったように話していた。しかし、そんなことを諭して何の意味があるのか。

「無罪を信じてない裁判員は、否認してること自体、反感を覚えるから、逆に厳しい判決になることもありえるって。でも伊豆原先生、まさか死刑が言い渡されることなんてないですよね？」

野々花は話しているうちに恐怖が募ってきたのか、最後はすがるような目になり、強張った顔で伊豆原に問いかけてきた。

「今、そんなことを考えてどうするんですか。我々はあくまで勝つつもりでやってますから」

「でも、桝田先生はどうしてそんな脅かすようなことを言うんですか？」

「それは……」

伊豆原は桝田の代わりに言い訳しようとしてためらった。

痴漢事件の由惟の勇気を野々花の裁判につなげられれば……伊豆原はそんな前向きな思いになっ

ていた。しかし、野々花の話を聞いて思い知らされたのは、弁護活動を引っ張るべき桝田が相も変わらず、重圧の中で前を向けていないという事実だった。

貴島には桝田を支えてやってほしいと言われている。伊豆原はそのつもりだった。

しかし、当の桝田が戦いに及び腰で、伊豆原に彼を支えるだけの役しか与えられないのであれば、できることには限界がある。

弁護士として一番に支えるべきは、被告人である野々花のはずである。どうしたら裁判に勝てるかを何より優先しなくてはならない。

「あの……別に桝田先生を責めてるわけじゃないですよ」

長々と沈黙している伊豆原を気にして、野々花が言う。

「いえ、ここ最近の彼については、僕も思うところがあったんです」伊豆原は言った。「貴島先生が亡くなって、方向性を見失ってる」

貴島が亡くなる前から焦って川勝春水に当たったりと、今思えば、桝田は貴島ばかりを見ていたように思える。

「ショックだったんでしょうね」野々花は同情するように言った。

「小南さん」そんな彼女を見据えて、伊豆原は口を開いた。頭の中には現状を打開する答えが生まれていた。「一つ提案したいと思います」

「はあ」野々花は勢いに押されるように肩を引いた。

「今、僕も桝田先生も国選弁護人として小南さんの事件を引き受けています。弁護人にはほかに、私選弁護人というのがあります。小南さんが指名するんです」

「はあ」野々花は理解しているのかいないのか分からない調子で相槌を打つ。

「僕を私選弁護人として指名してもらえませんか?」伊豆原は身を乗り出して言う。「いえ、お金の心配はしていただかなくてけっこうです。手弁当で何とかします」

「そうすると、何が変わるんですか?」野々花が訊く。

「自動的に桝田先生が弁護人から外れます」

「えっ?」

伊豆原の思い切った提案の意味が彼女にもようやく分かったようだった。

「もちろん、僕だけでは手が足りませんから、手伝ってくれる人を探します。当てもなくはないです」

「けど、そんなことしたら、桝田先生が怒るんじゃない?」

「怒るでしょうね」伊豆原は無理に笑った。「でもそれは、小南さんが気にすることじゃありません」

「気にするわよ」野々花は気が咎めるように言う。「桝田先生、優しいし、ちゃんと私の話を聞いてくれていい人よ」

「彼はいいやつです」伊豆原は言う。「けれど僕は、彼に縁を切られる覚悟で言います。小南さんは裁判に勝てるかどうかを何より第一に考えてください。その上で、僕に任せるか桝田先生に任せるか、どちらかを選んでください」

野々花はすっと息を呑み、丸い目でただ伊豆原を見つめていた。

23

母が何やら話があるらしいということを伊豆原から聞き、その日、午後の恵麻の子守りを彼に任せた由惟は、紗奈を連れて東京拘置所に足を運んだ。

「あら、紗奈も連れてきたの？」

由惟だけに用事があったらしく、接見室に入ってきた母は二人を見てそんなふうに言った。十二月は目の前で、拘置所の中は底冷えする。母は差し入れしたセーターを着ているが、クリスマスを待たずにもっと厚手のセーターを買ってあげる必要があるなと思った。

「裁判で活躍したらしいわね」

伊豆原から痴漢事件の裁判の話を聞いたのだろう。褒められるのも気恥ずかしく、由惟は「まあね」とことさら素っ気なく応えた。

「それでね」母はすぐに話を変えた。「伊豆原先生の話、由惟はどうしたほうがいいと思う？」

「伊豆原先生の話？」

「先生から聞いてない？」

母はきょとんとした顔でそう問うが、由惟は何も聞かされていない。

「実はね」と切り出した母の話を聞いて驚いた。伊豆原と桝田が仲たがいをして、母がどちらの弁護を受けるか決めなければならない事態になっているらしい。母の話は要領を得ないものだし、どこまで正しいのかは分からないが、伊豆原が桝田を外して私選弁護人としてこの事件を手がけたいと母に訴えたのは確かなようだった。

「お母さん、もう困っちゃってね」母は眉を下げて言う。「私のせいで喧嘩したみたいになるのも嫌だし、仲よくやってくれればいいんだけど。それに、伊豆原先生は、お金のことは心配しなくていい、手弁当でやりますからって言うんだけど、そういうわけにもいかないでしょう。桝田先生も外したら可哀想だしねえ。頼りないけど、貴島先生が亡くなって弱気になってるだけだと思うのよねえ」

伊豆原が由惟に何も話さなかったのは、家族で忌憚なく話し合ってほしいという思いからだろう。それだけ彼は本気であり、仲よくやるという妥協案はないのだ。

ならば、由惟に言えることは一つしかない。

「お母さん」由惟は言った。「二人が仲よくしてくれたらいいって、そんなのどうでもいいことだよ。大事なのは、裁判に勝てるかどうかだよ」

「そうだけど」母はあくまで困惑を隠さず言う。「仲よくしながらできないかしら……二人で力を合わせてくれたほうがいいと思うのよね」

二人が袂を分かてば力も半減すると思っているのだ。自分の裁判の話だから、そういう心配もあるのだろう。しかし、伊豆原はそう思っていないはずだった。

「できないから言ってるんでしょ。それだけ本気なのよ。お母さんも覚悟を決めないと」

「うーん……だったらどうすればいいの？」母はぶつぶつと言う。

「どうして迷うの？」由惟は声に力をこめて言った。「伊豆原先生は無罪を取るつもりだって言ってるんでしょ。桝田先生は無罪は難しいって言ってるんでしょ」

「難しいっていうか、簡単に考えちゃ困るみたいなことよね」

「同じよ。今から言い訳してるようなもんじゃない」由惟はさらに言う。「お母さんは無実なの？そうじゃないの？」

「それは無実に決まってるじゃない」

「だったら！」由惟は言い、隣に目を向けた。「紗奈も何か言ってやりな」

「お姉ちゃんが全部言ってるから」紗奈はそう言って笑う。

「お母さん」由惟はまた母を見据えた。「私が伊豆原先生んとこのベビーシッターを任されてるから言うんじゃないよ。お母さんのために言うの。伊豆原先生がそこまで言うんなら、それは本気だってことだから、伊豆原先生に賭けてみよ」

「そうねえ」母はなおも迷っていた様子だったが、やがて由惟を見返して小さく笑った。「由惟がそこまで言うなら、由惟に賭けてみよっか」

「うん、そうして」由惟はすべてを引き受けるように言った。

東京拘置所を出た由惟は、そのまま紗奈と一緒に月島の伊豆原のマンションに行った。

「やあ、お疲れ、お疲れ。紗奈ちゃんも」

紗奈が恵麻をあやしている間に、伊豆原は二人に紅茶をいれてくれた。

「お母さんから話は聞いたかな？」

ダイニングの小さなテーブルで向かい合い、伊豆原がそう切り出してきた。

「はい」由惟はティーカップに添えていた手を引き、改まって頭を下げた。「先生、母をよろしくお願いします」

「お願いします」紗奈も由惟にならって、頭を下げた。

「いや、こちらこそ」伊豆原も慌てたように膝に手を置いた。

「費用は何とかします」

「いや、それは気にしなくていいんだ」

「いえ、何年かかっても、何とかします」

「ありがとう」

伊豆原はそれで納得したのか、あるいは言葉だけ受け取るという意味なのか分からない調子でそう口にし、小さく笑ってみせた。彼にとっては本当にどうでもいいことのようだった。

「君らを不安にさせたんじゃないかと思うけど、俺も腹をくってやるつもりだ。任せてほしい」

彼はそう言い、自分自身にも言い聞かせるようにしっかりとうなずいた。

国選弁護人の解任が知らされたらしく、伊豆原は桝田から呼び出しを受けた。

普段、人を呼びつけるようなタイプではないが、当然腹を立てているのだろうし、伊豆原は籍を置いている〔ニューリバー法律事務所〕にいることはまれだから、そこは呼びつけるしかなかったのだろう。

〔貴島法律事務所〕を訪ねると、桝田は伊豆原の姿を見るなり席を立ち、無言で打ち合わせ室へと移った。

部屋に入った桝田は椅子に座ることなく、伊豆原に向き直った。

「小南さんからの申し出じゃないだろ」彼は怒りに震える低い声で言い、伊豆原をにらんだ。

「ああ」伊豆原は素直に認めた。「俺から提案した」

「どういうつもりだ？」

「どういうつもりも何も、ご覧の通りだ。今のままじゃ、俺はフルコミットできない」

「ただのお前の都合か」

「被告人の利益のためだ」

「格好つけるな」彼は悪しざまに言った。「そんな汚いやつだとは思わなかったよ。まさか乗っ取られるとはな」

「悪いとは思うが、無罪を勝ち取るにはこうするしかないと判断した」

「俺だって別に無罪を取る気がないなんてことは言ってない」桝田は憤怒の感情を声に乗せた。

「俺が見る限り、お前は疲れてる」伊豆原は冷静に言い返した。「貴島先生から引き継いだほかの仕事も多いだろう」

「そんなことは関係ない」桝田は大きくかぶりを振る。「この裁判は弔い合戦だ。貴島先生の遺志を継いだ人間を外して、それができるってのか？」

「それは違う」伊豆原はきっぱりと否定した。「弔い合戦なんかじゃない。もちろん、貴島先生が闘病の中、自ら手を挙げてこの事件に関わろうとしたその情熱は尊い。桝田を支えてやってくれという先生の言葉も忘れちゃいない。だが、これは小南さんの裁判だ。君ら師弟の絆がどんなものだろうと、それに優先するはずはない」

正論を前に鼻白んだのか、桝田の口からはそれ以上伊豆原を責める言葉は出てこなくなった。ただ彼は、伊豆原をにらんだまま、やり切れないように息を大きく吐いた。

「消えろ」桝田は吐き捨てるように言った。「消えろ」

小さく、感情の冷えた声だった。友人だった男の口からそれを聞くと、さすがに胸に突き刺さってくる。伊豆原はそれ以上言うなと手を上げて制し、その部屋をあとにした。

「国選でも割が合わない仕事だっていうのに、それをわざわざ手弁当でやろうだなんて……」

夕飯の食卓では、千景から白い目で見られた。

「しょうがないんだよ。苦渋の選択ってやつだ」

「私が仕事に復帰して家計の心配がなくなったら、もうやりたい放題ね」

「いやいや」これくらいの嫌味は彼女も本心から言っているわけではないと知っているので、伊豆原は冗談としてかわすしかない。

「それで、その仲間に今度は栞ちゃんを引きこもうって言うの？」

千景が呆れているのはその点のようだった。

「興味持ってるみたいだったから、一度訊いてみてくれってだけだよ」

「社交辞令に決まってるじゃない」千景は言う。「そんな物好きが世の中にごろごろいたら困るわよ」

「一応、訊くだけ訊いてみてくれよ」

伊豆原の言葉に千景は呆れ加減のひとにらみで応じ、箸を置いて仕方なさそうにスマホを手にした。

「あ、栞ちゃん？　ごめんね、今大丈夫？」

申し訳なさそうに「実はね」と切り出し、相手の返事を聞いていた千景は、おもむろに通話中のスマホを伊豆原に差し出し、「本当、物好き」と呟いた。

〈お声をかけていただいてありがとうございます。ご期待に沿えるよう、がんばりますので〉

電話からは仁科栞のそんな元気な声が届いた。


十二月に入ってからは、短期間で証拠類を読みこんだ仁科栞と連日顔を合わせ、弁護側の主張をどう展開していくか、検察側の立証をどの角度から崩していくかという作戦の検討と確認を繰り返した。

「とにかく、小南さんがナースステーションに入ってから出てくるまでの二分二十五秒の間に犯行が不可能であることを示すのが、何より重要だ」

「検察側の仮説では、お菓子を配ったり、休憩室で話をしたりということに一分。残りの一分二十数秒で犯行を遂行したということですよね。その仮説を崩すとすれば、二つの方法があって、一つはその一分二十数秒の犯行時間をひたすら削る。もう一つは、そもそも一分二十数秒で犯行が可能なのかという点に疑いを挿む、ということですね」

「犯行時間を削るには、休憩室での会話時間が争点になるけど、これは川勝、竹岡両看護師の証言次第でまだどう転ぶか分からない。川勝説で四十秒。竹岡説で一分。小南さん説で一分十秒。この時点で犯行時間は一分を切るから、犯行は不可能になる。問題は弁護側が小南さん説を主張し、看護師二人がそれを否定したとき、裁判員がどう取るかだ」

「その足りない部分は、犯行の難しさを訴えていくしかないですね。犯行としてそれをやるわけですから、心理的な緊張状態にある。物音も立てちゃいけない。そんな中で一分だろうと、一分二十秒だろうと、それくらいの時間で果たして犯行が可能なのかっていう疑いを裁判員に抱かせないと」

「検察側は検証実験を通して、一分強あれば犯行は可能だとしてくるのは間違いない。それどころか、五十数秒でも可能だと言ってくるかもしれない」

「看護師の実験を持ち出して、そう言うわけですか。それは手慣れた看護師だからできることですよね」

「おそらくは、こちらが犯行の難しさを訴えるのとは逆に、向こうは極めて簡単な作業だということを強調してくるんじゃないか。薬剤を混ぜるなんてことは、薬瓶から注射器に薬剤を移し替えて、輸液バッグに注入するだけだから、誰にでもできると。そして、小南さんは看護助手の仕事を通じて、点滴を作る作業を十分に見知っていると。それに加え、針仕事や編み物が得意で、手先が意外に器用だということも、わざわざ実作の縫い物を出して触れてくるよ」

「向こうも状況証拠を積み重ねるしかないわけだから、そのへんは見境なくやってくるでしょうね。こちらはまず、小南さんが医療実務の素人であることを丁寧に訴えないといけませんね。看護師と看護助手の違いをちゃんと裁判員に理解してもらわないと」

「あとは緊張と物音だね。看護師二人が看護記録を付けている後ろでこっそりやるわけだから、気にしなきゃいけないことは多いはずだ」

「大事なのはそこですよ。一分だとか一分二十秒だとか、最初から制限時間ありきで犯行がなされたわけじゃないんです。犯人からしてみれば、まず、気配だとか物音を気にするのが最優先で、何秒以上かかったら誰かに見つかるとか、そういう条件下ではなかったんですから」

「急いでやったわけじゃない犯行を、小南さんが滞在した時間内に収めようとしているところに、検察側の強引さが出ちゃってるんだ」

検討を重ねれば重ねるほど、検察の立証は結論ありきのものでしかなく、そこかしこの穴に継接ぎを当てたような粗が見え隠れしているのが分かってくる。しかし、それは伊豆原が冤罪を確信しているからこそそう思えることでもあり、裁判員がどう感じ取るかはまた別問題だ。

少しでも裁判員に訴えかけられるような弁論を展開しなければならない。

気づくと年を越していた。

その間、恵麻はハイハイができるようになり、ベビーシッターの由惟から送られてくる動画が日中の伊豆原の気休めになった。子どもは日々変わっていく。

公判準備に正月はなく、仁科栞と各証人への想定質問を練り合い、弁論に使うパワーポイントもこうしたほうがいい、ああしたほうがいいと修正を繰り返した。

しかし、それらの作業にどれだけ時間をかけたところで、公判に対する自信が増すわけではなかった。むしろ公判日が近づくにつれ、不安が募っていく。野々花は裁判の日を拘置所の狭い部屋の中で日々待ち侘びているに違いない。だが、伊豆原の本音を言えば、公判日を遅らせられるものなら遅らせたい思いだった。

以前、江崎検事が話していたことが、半ば脅し文句となって伊豆原の頭に残り続けていた。被告人を救えるのは弁護人だけであり、もし無実の人間が有罪となるのであれば、それは誤った立証をした検察のせいではなく、誤った判決を下した裁判所のせいでもなく、冤罪を晴らせなかった弁護人にすべての責任があるという話だ。

検察は手心など加えてくれない。刑事裁判自体、九十九・九パーセントの有罪率というこの国の司法システムの中に組みこまれているものであり、この事件だけ例外的に被告人目線で見てくれるなどということはありえない。

そんな中で無罪を勝ち取るには、検察側の立証を覆す圧倒的な何かが必要なのだが……。

伊豆原にはそれを自分たちが手にしているという実感がなかった。

そしていよいよ、野々花の裁判が始まった。土日を挿み、三週にわたって九日間の日程が組まれている。

初公判の日、野々花はベージュのタートルネックのセーターに紺のスカートという姿で法廷に現れた。化粧は施されていないが、髪をゴムでまとめ、できうる限りは人並みの品を保とうと努めているのが分かる格好だった。

傍聴席には由惟が来ていた。野々花が入廷時に手錠と腰縄を付けられていることは伊豆原の口から説明していたが、それでもその姿を目の当たりにした彼女は少しつらそうな表情をしていた。

手錠と腰縄は裁判員が入廷する前に解かれた。野々花は伊豆原たち弁護人の隣に、二人の刑務官に挟まれるようにして座った。

裁判官と裁判員が入廷し、一同起立して一礼する。裁判が始まった。

野々花は法廷中央の証言台に移り、桜井裁判長から氏名と生年月日の確認があった。その後、江崎検事が起訴状を朗読した。

それが終わると、裁判長が再び野々花に呼びかけた。

「あなたには黙秘権がありますので、言いたくないことは言わなくてけっこうです。発言すれば、それはすべて証拠となりますから承知してください」彼は黙秘権を告げてから、続けた。「ただ今、読み上げられた起訴状の中で、事実と違うと思うことは何かありますか?」

「はい、あの」野々花は緊張気味のかすれた声で答えた。「私はそのような事件は起こしていません。取り調べで認めたことになってますが、本当は違います」

「弁護人としても、罪状はすべて認めません」

伊豆原がそう述べ、罪状認否が示された。

裁判は検察側による冒頭陳述へと進んでいく。本で言えば前書きのようなもので、検察がこの裁判でどのような事実を立証しようとしているのかの説明がなされる。通常の裁判と違うのは、一般市民である裁判員を意識して、語りかけるような分かりやすい形でそれがなされることだ。

「この事件では、二人の幼い命が奪われました。小さな身体で健気に病魔と闘い、元気に遊び回れる日を夢見ていた子たちでした。それぞれの家庭の宝であり、家族たちは彼女らの日々の病状に一喜一憂し、献身的に看護する一方、病気が治るのであればどんなことでもしてあげたいと願っていました」

事件概要が説明されたあと、法廷に設置されたモニターには、亡くなった二人の被害者の生前の写真が順番に映し出された。

「梶光莉さんは喘息の治療のために入院していました。発作が起こると小さな身体を丸め、懸命に呼吸して、病気と闘っていました。少し気弱でおとなしく、付き添いのお母さんが用事で外出しようとすると、『どこに行くの?』と不安そうに訊いてくる甘えん坊の一面もありました。春に入学したばかりの小学校に元気に通えたのは登校日のおよそ半分ほどでしかありませんでしたが、クラスには友達もでき、秋に入院したときにはクラスメートや先生から寄せ書きと折り鶴をもらい、早くまた学校に通いたいと毎日のようにお母さんに話していました」

早くも傍聴席からすすり泣きの声が聞こえてきた。梶光莉の母親かもしれない。伊豆原は視線をそちらに向けて確かめることまではしなかったが、法廷全体が江崎検事の口から語られる惨劇(さんげき)の犠牲者に心を寄せていく空気に包まれつつあるのは敏感に感じられた。

江崎検事は恒川結芽についても、彼女がどんな子どもでどんな病と闘っていたか、家族との触れ合いのエピソードを交え、生前の小さな歩みに触れてみせた。佐伯桃香が一命を取りとめたものの、いまだに自律神経の不調に悩まされている現実も語られた。

何も知らない裁判員の目に奇妙に映ったであろうことは、被告人の野々花自身も江崎検事の話を聞くうち、何度も洟をすすり、目もとに手をやっていたことである。おそらくは身につまされ、涙を抑え切れなかったのだろう。

「そして、三〇五号室の四人目の患者である小南紗奈さんも被害者の一人であることを忘れてはなりません。彼女は命こそ救われましたが、一時は混入された薬剤の影響により意識が消失し、一歩間違えば呼吸不全など重篤な症状を招きかねない状態に陥っていました。治療中の腎炎にも悪影響があり、入院日数も想定より大幅に延びました。何より彼女が負ったのは精神的な傷にほかなりません。それは実の母親の犯行で、自らもが被害に遭ったからです。幼い心には受け入れがたい事実でありましょう。

なぜ被告人は我が子までをも犯行対象に選んだのか。それには理由が複雑に絡み合っていました。まず、我が子を被害者に含めることで自身の犯行を隠す狙いがあったことは疑いがありません。被告人は事前に紗奈さんにビスケットを食べさせることで混入させたインスリンの効果が弱まることを狙い、さらに自身の手で点滴の速度を落として、重篤な状態には陥らないように気を遣いました。もし被告人の犯行でないのであれば、どうしてこのような手当てが偶然にもできたのでしょう。

しかし、いくら気を遣ったとしても、薬剤を点滴する以上、何の害も及ぼさないという保証はありません。そうであるからには、普通は我が子にそのような真似など、怖くてできないはずです。実はここに、被告人の特異なパーソナリティが潜んでいました。みなさんには、この事件を解く一つの鍵として、『代理ミュンヒハウゼン症候群』という精神疾患(せいしんしっかん)を知っていただきたいと思います。『ミュンヒハウゼン症候群』というのは虚言癖(きょげんへき)を持ったドイツの貴族の名から取った精神疾患で、周囲の関心や同情を惹くために仮病を使ったり、わざと自分の身体を傷つけたりする行為を伴うものです。『代理ミュンヒハウゼン症候群』は、自分の代わりに我が子や配偶者などの身近な人間を傷つけます。その行動形態ゆえ、入院患者を看護する付き添いの家族に多く見られるのが特徴で、さらに言えば、その人物自身、医師であるとか看護師であるなど医療の知識を有している人間であるケースが目立つとされています。

被告人もかつては総合病院の看護助手の職に就(つ)いた経験があり、薬物が人の健康に害を与える危険性について、十分に関心を持っていると思われる言動を常日頃繰り返していました。被告人が勤めていた病院では、当時、誤点滴による死亡事故も発生していたのです。

本裁判では、こうした被告人の人生の歩みを追いながらパーソナリティに影響を与えたと思われる出来事を検証し、専門家による精神鑑定の結果を交えて、我が子をも被害者に含めた彼女の犯行動機を解明していく予定です」

やはり検察側は、野々花の職歴や周囲で起こった出来事をすべて彼女の犯行動機の背景に紐づけていくつもりのようだった。直接証拠のないこの事件では、そうやって、いかにも彼女ならやりかねないという形に収めてみせるのが一番効果的だと考えているのだろう。

「ただし、本事件の犯行を企てるに至った直接の動機は、複雑なものではありません。娘が入院する病室での、ほかの患者の母親との人間関係のこじれが引き金でした。特に梶光莉さんの母親である梶朱里さんとは幾度も衝突し、口論に至ることもしばしばでした。梶朱里さんは喘息の娘を静かな環境で治療させ、自身もそうした環境で付き添い看護に専念したいと考えていましたが、一方で被告人は彼女ら親子に過度に干渉し、プライベートをことさら詮索するような質問を繰り返したほか、治療方針とは無関係な民間療法を勧めるなど、あまりにも無神経な言動で梶朱里さんに大きなストレスを与えていきました。梶朱里さんがそれを嫌い、そっとしておいてほしいと苦情を言うと、被告人はあたかも自分が正しく梶朱里さんが間違っているかのように振る舞い、周囲にもそう話すので、梶朱里さんはますますストレスに苛まれていったのです。そうして被告人に拒絶反応を示すようになった梶朱里さんに対し、被告人はにわかに、逆恨みにも似た憎悪を募らせるようになりました。

ほかの二人の患者の母親である恒川初江さんと佐伯千佳子さんも表立って被告人と対立こそしていませんでしたが、被告人のお節介な言動には内心、違和感を抱いており、心情的には梶朱里さんと同じでした。被告人の過度に近い人間的距離の取り方は、一般的な感覚では戸惑いを覚えるものでした。一方で被告人は、梶朱里さんと口論になった際、むしろ梶朱里さんの肩を持とうとするかのような言動を取った二人にも恨みを抱くようになりました」

検察側は野々花を境界性パーソナリティ障害として捉え、そういう人間であるから、他者との人間関係の構築に失敗し、そのことが犯行動機につながったという見立てを持ち出してきている。

しかし、伊豆原は由惟からも当時の院内の様子を聞くようになって、そうした見立てがいかに一方的なものか分かるようにもなった。野々花は確かにマイペースで、相手がどう思っているかあまり気にしていないような独特のところがあるが、由惟によれば梶朱里も短気でたぶんにエキセントリックなところがあり、娘の光莉もわがままを言えないような様子が見受けられていたという。

そういう人物であるだけに、恒川初江や佐伯千佳子も梶朱里側に立っていたというよりは、理解を示すふりをして迎合することで梶朱里のなだめ役に回っていたというほうが正しいと由惟は見ているようだ。ただ、野々花が被告人という立場に置かれた以上、恒川初江や佐伯千佳子は、最初から自分たちは梶朱里側だったと記憶上でも正当化し、そうした証言をしてくる可能性は高い。

それを裏づけるように、江崎検事は、彼女らの証言から被告人が犯行に至った動機を解き明かしていく予定であると述べた。

さらに冒頭陳述は野々花がナースステーションで輸液バッグに注射器を使って薬剤を注入したという、実際の犯行そのものに触れた。

「このとき、薬品が保管されていた冷蔵庫や輸液バッグが置かれたワゴンのあたりは、ナースステーション内にいた看護師からは死角の場所となっていました。また、休憩室から出てきた被告人は一分二十数秒、ナースステーション内にとどまり続けていたということも分かっています。被告人は誰も目撃していないその一分二十数秒の間、ナースステーションでいったい何をしていたのか。我々はその不可解な時間の存在を、その前後に被告人と接触していた複数の看護師の証言から確定させ、その時間にまさしく点滴に薬剤を混入させることが可能であったということを、検証結果などを交え、立証していきたいと考えています」

江崎検事は「不可解」という言葉を使って、野々花にはナースステーションで誰にも見られることなく点滴に細工ができた時間が存在したように語った。もちろん、弁護側はこの点について徹底的に争うつもりだが、検察側はおそらく、川勝春水や竹岡聡子らに証人テストを行っているものと考えられる。江崎の口調には、その手応えに対する自信のほどが覗いているかのようだった。

「そして、先ほど被告人は起訴事実について否認し、全面的に争う姿勢を見せましたが、本裁判には被告人本人の供述調書を証拠として提出しています。この調書の大事な点ですが、被告人は犯行を認めています。取り調べ時点では、被告人は取調官に『私がやりました。ごめんなさい』と自身の犯行を打ち明け、その調書に懺悔(ざんげ)の涙を流しながら自らサインをしているのです。

これは何も、取調官が違法に自白を強要したり誘導したりといったものでないことは、取り調べ状況の録画映像を観ていただければお分かりになると思います。担当した取調官も証言する予定です。それら映像や証言から調書の正当性を揺るぎないものとし、同時に弁護人と協議してから一変して否認に転じた被告人の態度の不可解さを浮き彫りにしたいと考えています」

江崎検事はここでも「不可解」という言葉で弁護側の態度を批判し、正義は我にありとばかりの姿勢を貫いた。

「量刑を決めるに当たっては、この事件の残虐性を考慮する必要があります」江崎検事は有罪判決を下す際の情状面にも言及した。「本件では、母親同士の確執の矛先が、何の罪もない子どもたちに向けられました。病気と闘っていた、いたいけな子どもたちが攻撃対象とされ、無慈悲に命を奪われてしまったのです。点滴への薬剤混入は、いわば毒殺と言い換えてもいいものです。誰かが刺されたとか、殴打されたとか、血が飛び交うような事件ではありませんが、事件現場はいろんな指示が錯綜する中で医療スタッフが救命に奔走し、つながれた心電図の機械音が冷たく鳴り響き、被害者の母親たちが我が子に必死に声をかけるといったように、静かな小児病棟が地獄絵図へと化しました。

また、本犯行は被告人がナースステーションに立ち入ったときに、衝動的に行ったものとは到底考えられません。一定の計画性のもとにナースステーションに立ち入って、点滴に工作したと見るのが妥当であり、犯罪としての悪質性が高いことも見逃せません。我が子をも犯行対象にしていることも、狡猾な計画性と冷酷さを表しています。

そして何より、自白から一転、本件への関与を全面的に否認した態度は、事件への反省と改悛の情が皆無であることを物語っています。情状面で酌量の余地は乏しく、重刑をもって臨まなければならない犯罪であることを、我々はこの裁判の中で訴えたいと考えます」

張りのある声を法廷に響かせ続けた江崎検事は、「以上で冒頭陳述を終わります」と結んで前方に一礼し、やや高揚感の残った目を光らせたまま着席した。

「それでは弁護人の冒頭陳述をお願いします」

伊豆原は法廷中央に進み出て証言席の前に立ち、裁判官や裁判員らに向き合った。

「『お母さん』と聞いて、みなさんがその心に思い浮かべるものは何でしょう?」

伊豆原は裁判員一人一人の顔を見回しながら語りかける。

「おそらくはそれぞれにいる、かけがえのない一人のお母さんではないでしょうか。ときにはお節介で分からず屋で文句の一つも言いたくなるけれど、でも愛情深くて優しい、大事な大事なお母さんではないでしょうか。

この法廷の被告人席に座る小南野々花さんも、どこにでもいる、二人の娘にとっての大事な大事なお母さんでした。彼女は当時小学六年生だった次女紗奈さんの入院で、献身的に付き添い看護をしていただけでした。同じ病室で自分の娘も巻きこまれた点滴の薬剤混入があり、たまたま当日、お菓子を差し入れるためにナースステーションに出入りしていただけの理由で、警察に疑いの目を向けられるようになりました。警察はひとたび追及を始めると執拗で容赦がなく、どこにでもいるお母さんでしかなかった彼女には対処の仕方がまるで分かりませんでした。その結果、彼女は今こうして被告人席に座らされているのです。彼女がどこにでもいるお母さんである以上、これはタイミングさえ違えば、誰の身に降りかかってもおかしくないことであると言えるのです」

仁科栞がパソコンを操作し、法廷のモニターに「弁護側の主張は無罪」という簡潔な一文が映し出された。

「この裁判では、我々は一貫して無罪であることを主張していきます。どうかみなさんには、先入観のない、まっさらな頭で我々の主張を受け止めていただきたいと思います。

そうは言っても、みなさんは検察官の立証を聞いて思うかもしれません。小南さんがやっているんじゃないかと。例えば、やっていないなら、どうして自白し、自白調書にサインして、それがこの裁判での証拠調べに取り上げられることになったのかと」

モニターには、「争点① 自白の有効性」という一文が映し出された。

「みなさんは、図らずも本意ではないことを口にしてしまったことはないでしょうか。相手が自分のことを責め立てて、腹を立てている。その言い分に必ずしも納得はできないけれど、そうですね、こちらが悪かったかもしれませんと、とりあえずは折れて事を収めようとした経験はないでしょうか。

そのとき、小南さんに味方はいませんでした。その年の春、外に家庭を作った夫との離婚が成立し、小南さんは女手一つで二人の子どもを育てていく現実に身を置いていました。長女は大学受験を控え、次女は中学に上がる。親としてもいろんなことを考えなければならない難しい時期です。そんな中、次女が急性腎炎に倒れ、入院することとなり、小南さんは仕事を辞めて、連日、泊まりがけの付き添い看護に当たりました。日々、笑顔は絶やしませんでしたが、その毎日は簡単なものではなかったはずです。病状は一進一退で入院は一カ月半の長期に及んでいました。同室のほかの母親らとの小さな揉め事もあり、知らず知らず神経はすり減らされていきました。客観的に見て、彼女はぎりぎりの状態で母親の務めを果たそうとがんばっていたのです。

そこに、紗奈さんを巻きこんだ点滴中毒死傷事件が起こりました。同室の子どもたちが亡くなり、紗奈さんも被害に遭いました。犯人が誰かも分からない。不安と恐怖で頭は混乱します。なぜか警察は小南さんに疑いの目を向けました。任意の事情聴取で、小南さんはインスリンは冷蔵庫で保管するものだと知っていることを話しました。小南さんの父親が生前、糖尿病を患い、インスリンを使っていたためにたまたま知っていただけのことです。しかしそれ以降、警察の態度は明らかに変わりました。点滴に変な薬を混ぜれば危ない。自分は看護助手をやっていたから、薬の加減で苦しんだり、病状を悪化させて亡くなった人もいっぱい見てきた。小南さんとしては、自分が見知っていることを正直に話しただけなのに、警察はそれをすべて事件に結びつけていきました。あれよあれよという間に逮捕され、犯人扱いされることになってしまいました。

小南さんは娘たちと引き離され、彼女らがどうしているかも分からないまま、一人、取調室で刑事と対峙しなければならない環境に投げこまれてしまいました。いったい誰が、冷静にその現実を受け止めることができるでしょうか。ただ、自分は無実なのだから、いずれは警察もきっと分かってくれるという思いがあっただけでした。

一方で、警察の取調官は被疑者から自白を取ることを任務として課されています。経験豊富な捜査員が担当に指名され、プライドに懸けて成果を挙げようとします。そのため、過酷な取り調べが横行し、被疑者がやってもいない罪を認めさせられる事例が多発しました。そうした事例があとを絶たないからこそ、取り調べの可視化や取り調べ時間の制限など、ルール作りが図られるようになったのです。しかし、捜査側には依然として、自白させた者勝ちという観念があります。ルールを破ろうと、いくらでも言い訳のしようはある——残念ながら、本件の捜査でもそうした考えのもとに違法な取り調べが行われた形跡が見られます。

　小南さんは、逮捕されてから六日目の取り調べで不本意ながら罪を認める形に追いこまれました。自分の話は理解されず、取調官からは連日一方的な追及を受け、このまま否認を続けていれば死刑になる、母親が死刑になれば子どもの将来も絶望的だと脅かされました。警察は規定内の一日八時間程度の録画記録しか残さず、取り調べは適正だったとしています。しかし、自白に追いこまれるまで、一日十二、三時間にも及ぶ取り調べが続いていたことは、警察署の留置記録からも明らかです。こうした、異常な状況下で作られた自白調書に証拠能力があるはずはありません」

　冒頭陳述はこの公判を通して裁判員らに先入観を与えかねない自白について、いかにそれが信用に値しないものであるかを訴えることに多くの時間を割いた。この一点さえ念頭に置いて事件を見てもらえば、裁判員らの目にも検察側の立証の粗が見えやすくなるはずだという思いがあった。

「検察側にあるのは状況証拠だけです。本件の状況証拠というのは、犯行の見立てに都合のいい事実を寄せ集めたものにほかなりません。誰も見ていないことをいいことに、あたかもそうだったというように思わせるものです。しかし、そこには必ず矛盾が生じます」

「争点②　犯行の時間」という文字をモニターに映しながら、伊豆原は二つ目の大きな争点に話を進める。

「検察側は小南さんがナースステーションにお菓子を配りに来た際に、人目を盗んで点滴に薬物を入れたとしています。小南さんが犯人であるなら、そのときにしか犯行のチャンスはないからです。

病棟通路の防犯カメラの記録から、小南さんがナースステーション内に滞在していたのは二分二十五秒であることが分かっています。この間に、ナースステーションで仕事をしていた看護師にお菓子を配り、休憩室で世間話を交わしました。果たして、人目をはばかり四つの点滴に薬剤を入れるような時間がそこにあったでしょうか。その鍵は、休憩室で交わされた会話にあります。

過去のあるとき、ある場所において、どんな会話を交わしたか……それをすべて思い出すのは不可能に近いことです。しかし、この休憩室にいた、小南さんを含めた三人がかろうじて思い出した会話だけであっても、そのやり取りを積み重ねていくと、残された時間での犯行は到底不可能だと言わざるをえなくなるのです」

弁護側としては関係者への質問において休憩室でのやり取りをつまびらかにし、犯行に使えるような時間はなかったことを明らかにしていくと、伊豆原は力をこめて話した。

犯行に至る動機も存在せず、梶朱里との言い合いはあっても恨みなどはまったく募らせていなかったこと、代理ミュンヒハウゼン症候群の鑑定結果なども一面的な見方にすぎず、弁護側の独自鑑定ではそうした見解は取られていないことなどにも触れた。

「無理な取り調べによる自白と恣意的な状況証拠の積み重ねによって犯行を立証しようとする検察側の姿勢は、司法権力の暴走とも言えるものです。今、それを前にして、一人の女性がどうすることもできず立ち尽くしています。彼女は入院中の娘を懸命に看護していただけのお母さんです。本法廷に今回何より問われるのは、その権力の暴走を止められるのかどうかということでしょう。弁護人は先頭に立って立ち向かい、公判を通して一貫して無罪を主張します」

ともに手を取り合って権力の暴走に対抗しようと、裁判員へ呼びかけるようにして言葉を結び、伊豆原は冒頭陳述を終えた。

気持ちとしては江崎検事の挑戦を真っ向から受け止め、がっぷり組んでみせたつもりだった。裁判員にもそれなりに響いたと思いたい。

しかし、今の時点で優劣を気にしても仕方がない。戦いの火ぶたは切られたばかりだった。

その後、二日目までは捜査報告書をもとに、写真や図面、あるいは防犯カメラの画像などを用いながら事件状況が説明された。病室での各患者の位置関係から始まり、ナースステーションの様子や冷蔵庫などの設備品も裁判員の目に見える形で紹介された。さらには、どんな作用効果がある薬剤がどれだけの分量混入し、被害者の体内にどれだけ入って、どんな身体的変化が現れたかという鑑定報告もなされた。

これらいわゆる事件事実の詳細を書面証拠で検証する書証調べは、捜査報告書などの甲号証(こうごうしょう)から、野々花の供述調書などの乙号証へと進んでいった。野々花の供述調書の取り扱いをめぐっては、野々花本人や取調官である長縄警部補らが証言台に呼ばれた。

野々花は緊張からか、取り調べの不当性を訴えるというより、とにかく自白内容が事実とは違うということを繰り返し、事前にテストしたはずの伊豆原からの質問にも「どうしてなんでしょうね」と考えるのを放棄したような返答をたびたび口にするなど、総じてその主張に鋭さが欠けるものとなってしまった。

反対に長縄警部補ら二人の取調官は、無理がある言い訳を語るにも堂々としていた。彼らは伊豆原の追及にも平然と言い逃れ、まったく表情を変えなかった。結局、野々花の自白調書は任意性ありと裁判官に判断され、書証調べに組みこまれた。

その結果に野々花はひどく落胆していたが、もともと自白調書の任意性はよほどのことがない限り認められてしまう傾向にある。証拠調べに取り上げられたからと言って、供述内容が事実であると認められたわけではないと野々花を勇気づけるほかなかった。

週が明けた公判三日目には証人尋問が始まった。被害者の親である梶朱里、恒川初江、佐伯千佳子の三人が証言台に立ち、付き添い看護の日々の中で生まれていた野々花との摩擦や具体的な言い争いの事実などが彼女らの口から語られた。

梶朱里らは検察側からの質問の段階で事件を振り返ることになり、時折声を詰まらせたり、涙声になったりした。気が強く、お節介を焼く野々花との摩擦をいとわなかったとされる梶朱里も、証言台の前に座れば同情を禁じえない被害者遺族以外の何者でもなかった。彼女は嗚咽を抑えるようにして無念を口にし、野々花の言動にいかに振り回されていたかということを切々と語った。

弁護側の反対尋問は仁科栞が受け持った。被害者遺族というデリケートな立場にある彼女らへの質問は、一歩間違えれば被害者側を貶めようとする攻撃とも取られかねず、裁判全体への心証にも影響を及ぼしかねない。そうした考慮から少しでも当たりを柔らかく感じさせるよう仁科栞に任せたが、現実には彼女もやりにくそうだった。

「事件前日、小南さんと言い合いをしたときですが、『おかしなこと言うわね』という小南さんの台詞はどのような言い方でしたか？　独り言のようであったとか、苦笑いしながらであったとか、口調のようなものを憶えていれば教えてください」

「憶えているのは、私のほうは見ていなかったのですが、はっきりと私に聞こえるように言ったことで、何というか、腹を立てているのがはっきり分かりました」

「事件当日の朝、小南さんから『おはようございます』という挨拶をされたことは憶えていますか？　小南さんは朝の挨拶を欠かさなかったということですが」

「当日の朝もそうだったかは憶えていません」

「前日に言い合いがあり、そういう状況で挨拶をされると、昨日のことは忘れたのかなとか、そんな疑問が湧いたりすると思うんですが、そうしたことを思ったりした記憶もありませんか？」

「接しているとすぐに分かりますけど、彼女は変わった人で、ちょっとした言い合いをしても、すぐにそんなことを忘れたように話しかけてくるんです。ずっとそんな調子で、本当の感情が見えにくくて、気持ち悪いほどです。わざと人の神経を逆撫(さかな)でして、楽しんでいるかのように思えるんです。だから、言い合いのあとに挨拶されたところで驚きませんし、いちいち憶えてはいません」

「事件前日の言い合いでは腹を立てているのがはっきり分かったということですが、一方では言い合いをしても感情が見えにくい人だったということですよね。事件前日の言い合いは、それまでの言い合いとは様子が違っていたということですか？」

「違っていたと思います」

「具体的にはどういうところでしょう？」

「お互い、ヒートアップしたところがあったと思います」

「お互いということは、梶さんも興奮されたわけですね？」

「何度言っても伝わらないので、口調が強くなることはあったと思います」

「それに対して、小南さんの反応も強くなったように思えたわけですね。それは梶さんの口調どころでない、異常とも思える反応だったのでしょうか？」

「異常かどうかは分かりませんが、いつも以上に興奮しているように思えたのは確かです」

「小南さんとの関係について、看護師さんに相談したり、苦情を言ったりしたことはありますか？」

「何度もあります」

「看護師さんから、病室を替わることを提案されたことはありますか？」

「ありますが、ほかの病室は窓際のベッドが空いていなかったので、替わりませんでした」

「小南さんとのトラブルの程度よりは、病室のベッドが窓際かそうでないかという問題のほうが、そのときは重要だったということですね？」

「どっちが重要かとかそういうことじゃありません」

「事件前日にトラブルがあったときは、病室を替えてほしいというような希望は出しましたか？」

「どうして、こちらが替わらなきゃいけないんですか？　向こうが替わるべきだし、そう勧めてほしいと看護師さんにはずっと言っていました」

「事件当日、小南さんが前日のトラブルの興奮を引きずっているように見えたことはありますか？」

「なるべく顔を合わせないようにしていたので分かりません」

「光莉さんが急変する前、喘息の発作を起こしていて、小南さんは光莉さんの背中をさすってあげていましたね。そこに梶さんが帰ってきて、小南さんは光莉さんから離れたと思いますが、そのときはどうでしたか？　あなたには険悪というか、興奮した態度だったんでしょうか？」

「そのときはいつもの、何を考えてるのか分からないような気味の悪い感じでした」

「普段と変わらないような様子だったということですね？」

「気味が悪かったんです。前の日にあれだけぎくしゃくしたのに、また何もなかったようにお節介を焼いてきて……でも、事件が起きて、あとから考えたら、どういうつもりだったか分かったような気がします」

「はい、質問の答えとしてはそれでけっこうです。ありがとうございます」

「彼女は楽しんでたんです。もうすぐ光莉が急変するってことを知りながら、わざと親身になったりして」

「梶さん、それでけっこうです」

「楽しんでたんです！」

「以上で質問は終わります」

仁科栞は慎重に言葉を選びながら、野々花と梶朱里の衝突が現実的には大した問題ではなかったことを何とか引き出そうとしたが、最後には梶朱里の涙の叫びを呼びこんでしまった。

仁科栞はその後、佐伯千佳子や恒川初江らへの反対尋問においても、事件前日の野々花と梶朱里の衝突の様子について尋ねた。野々花や紗奈から話を聞いた限りでは、興奮していたのは梶朱里のほうであって、はたから見ても野々花がその件で一方的に恨みをこじらせるようなトラブルではなかったという感触を伊豆原たちは得ている。だから、佐伯千佳子や恒川初江の口からもそうした声を引き出したかったのだが、二人は明らかに梶朱里側に立っていた。事件の被害者という絆がそうさせるのだろう。二人とも梶朱里が野々花のお節介を迷惑がっていたことに理解を示し、野々花のことは言動が変わっていて、気味が悪い思いをしていたと口をそろえた。

仁科栞は思うようにいかなかった尋問が終わると、悔しさに徒労感(とろうかん)が混ざったような表情で自分の席に戻った。

四日目からは病院関係者の証人尋問が始まった。この日、証言台に立ったのは古溝院長ら小児科病棟の担当医師だった。

彼らは、それぞれの患者の病状は把握しているものの、母親同士のトラブルなどの問題については事件が起こるまで関知していなかったようだった。子どもの頃の由惟の喘息を治療した古溝院長や紗奈の担当医師だった石黒典子は、もちろん野々花のことをよく知っていたが、総じて彼らの発言は客観的で、それは事件との距離を無意識に取ろうとしている表れであるようにも思えた。

そんな中でも検察側は、医師の目からも野々花を怪しく見ているかのような言葉を引き出そうとする質問を重ねた。

「古溝さんは、小南紗奈さんが同室の被害者の中で比較的薬剤混入の影響が軽微に済んだ理由はどこにあると考えていますか？」

「点滴前に食べたビスケットが、インスリンによる過度な低血糖化を抑えたこと。点滴の速度を落としていたので、体内に入ったインスリンの量が多くなかったこと。紗奈さんは当時小学六年生と、ほかの被害者のお子さんと比べて身体が大きく、その分、重篤な症状を呈するまでの薬剤の許容量があったと思われることなどが挙げられると思います」

「例えばですが、仮に高血糖の症状がない方にインスリンを点滴で投与するとして、低血糖を招かないために考えられる対策としては、糖分を摂取させることと点滴の速度を落とす以外に何か考えられますか？」

「医療的にはインスリンと拮抗作用があるグルカゴンを打つとか、点滴のルートからブドウ糖を投与することなどが考えられると思います」

「素人にもできる対応としてはどうでしょうか？」

「その場合はやはり、糖分を経口摂取させるか、インスリンがなるべく体内に入らないよう、点滴を調整するかということになるでしょう」

「つまり、被告人が事件直前に取っていた行動は、結果的に紗奈さんのインスリン混入による被害を減衰させるのに、非常に理に適っていると言ってもいいわけですね？」

「まあ、そうですね」

石黒医師とのやり取りでは、検察側は、野々花が長い付き添い看護生活で精神的に不安定になっていた可能性があるように話を引き出そうとした。

「長期間の入院が必要になるという説明をされたとき、被告人はどんな反応を見せましたか？」

「本当にそんな治療が必要なのか、自宅療養で十分じゃないのかということは繰り返し訊かれました」

「入院を渋っていたわけですね。それはどういう理由で被告人がそう言ったと思われていましたか？」

「紗奈さんの病状をあまり深刻に捉えていないのではと思いました。それと、母子家庭だということで、働きに出られなくなる不安も理由の一つなのかなと思いました。ただ、入院後の治療の中で、お母さんの反応を見ていると、一つ一つ本当に必要なのか確認されるので、化学療法自体にあまり信頼を置いていないような印象は持ちました」

「〔古溝病院〕の小児病棟では、親族の付き添い看護を容認していますね。これについて被告人はどういった姿勢を見せていましたか？」

「小児の入院治療では、どうしても親御さんの力が必要となりますので、泊まりの付き添いを可能な限りお願いしているのが現状です。紗奈さんのお母さんには、これに関しては当初から割り切って協力していただいていました」

「一般的にですが、泊まりを含めた長期の付き添い看護が続いた場合、その人には一定の心身の負担があると考えられますか？」

「心身の負担は大きいと思います。親御さんは子どもに付きっきりになって病状の変化に一喜一憂されますし、気を張っていて疲れが溜まりやすい状態にあります。付き添い用のベッドも残念ながら快適なものとは申し上げられません。環境的な理由も含めて眠れないとか体調を崩すような方も珍しくはないですし、退院してから、一気に疲れが出るような方もいらっしゃいます」

「一カ月、二カ月という長期の入院で言動に変化があった親御さんもいらっしゃいますか？」

「どうしてよくならないんだとか、病院を替えたいとか、そういうことをおっしゃってくる方はいらっしゃいます。あるいは宗教関係者を病室に呼び入れたりだとか、そういうものにすがろうとする方もたまにいらっしゃいます」

「被告人については付き添いが長期に及ぶ中で、何か変化のようなものは感じられましたか？」

「入院中は病状の目立った悪化がない限り、夕食前後に短い時間、現状を確認するのが主な対応になりますので、その中では特に感じられませんでした」

「紗奈さんの回復具合は当初の見込みと比べて順調でしたか？」

「順調に回復傾向が続いたわけではありませんでした。数値的にも停滞したり、悪い値に戻ってしまう時期もありました。ただ治療の効果にはどうしても個人差がありますので、想定外というほどではありませんし、仕方がない面はあると思います」

「被告人は紗奈さんの点滴の速度をいじることが頻繁にあったということが分かっていますが、このことが治療効果に影響していた可能性はありますか？」

「もちろん褒められることではありませんし、影響が少しもないという断言はできませんが、その日における必要な投与量はこなしていますので、そのことが直ちに大きな影響を及ぼしていたとは考えていません」

「被告人とのやり取りの中で、被告人が治療法や薬剤に詳しいとか、非常に興味を持っているというような印象を受けたことはありますか?」

「投与する点滴については、効用とか副作用をこまめに尋ねてこられたので、そういうものをある程度納得するまで勉強したり調べたりするタイプの親御さんなんだろうとは思っていました」

「薬の効用や副作用には強い関心が見られたということですね。具体的に被告人はどのような言い方をしていましたか?」

「薬は毒と同じですからね、というようなことは口癖のように言ってました。こちらはちゃんと状態を見ているから大丈夫だってことを言いはするんですが、前に病院勤めしてて、薬でよくなった人ももちろんいたけど、悪くなった人もいっぱい見たというようなことを言っていました。興味があるという言い方はその通りなんでしょうが、だいぶネガティブな見方でのことだなという印象はありました」

「薬が毒として人体に作用するという側面を、普通の人より強く意識しているという印象はあったわけですね?」

「まあ、そういうことになりますね」

担当医師でさえ入院中は日に一度、回診に来て治療の効果を確認するだけの接触しかなく、患者の母親である野々花について語れることはそれほどない。検察が印象操作のように尋問を進めるのも苦しまぎれのように思え、弁護側としてはそれほどダメージがないものと受け止めたかった。

ただ、反対尋問でも形勢を押し返すような証言は引き出せず、結果としてはじりじりと追い詰められていくような気分だけが残った。

五日目には小児病棟の看護師たちの証人尋問が始まった。

まずは当日の夜勤で、野々花がナースステーションで点滴に薬剤を混入させたと見られている時間帯にはまだ出勤していなかった三人――葛城麻衣子、奥野美菜、坂下百合香が証人として呼ばれた。

彼女らから犯行に直接つながる証言が飛び出してくる可能性は薄かったが、癖のある三人でもあり、野々花のことをどう言うのかという点については気になるところであった。特に奥野美菜は、痴漢裁判を引っくり返され腹立たしい思いでいるだろう。

主任でもある葛城麻衣子は、何度注意しても野々花が点滴の速度をいじることをやめず、看護師の間でも要注意人物として見られていたとはっきり語った。

「注意をすると、被告人はどんな反応を示しましたか？」

「結果的には全部身体に入るんだから一緒じゃないって開き直ったりだとか、あとは、明らかにいじってるのに、いじってませんよって嘘をつくこともありました」

野々花なりに冗談でとぼけたのだろうが、葛城麻衣子の口から聞くと、虚言癖があるかのようにも取れ、弁護側にとっては嬉しい証言ではない。伊豆原が反対尋問で、「嘘をついたというより、ばれるのを承知で冗談っぽくとぼけたような言い方ではありませんでしたか？」と質したが、葛城麻衣子には「本気で嘘をついて言い逃れようとしている口調に聞こえました」と返されてしまった。

野々花が犯人であるという先入観に凝り固まっているのか、悪しく言うことにはまったく抵抗がないようだった。

奥野美菜もその点はまったく変わらなかった。むしろ葛城麻衣子以上に野々花への攻撃的な姿勢が目立った。彼女も、野々花が点滴をいじることで何回か注意したが聞かなかったと語った。

「ほかに、被告人とは点滴のことで何かやり取りはありましたか？」江崎検事がそのあたりを掘り下げようとして尋ねる。

「薬のことはよく訊かれました。これはどんな作用があるのかとか。それから、ヒドロコルチゾンって何ですかって、紗奈さんには使っていない薬のことを訊いてくることもありました。よくよく話を聞いたら、光莉さんの喘息治療に使ってる薬で、そんなことにまで関心を持ってるのかと驚いた記憶があります」

「薬について、毒になりうるというネガティブな捉え方も被告人は口にしていましたか？」

「彼女と接した看護師ならみんな聞いてると思います。紗奈さんの治療でステロイドを集中的に投与する必要があったので、その不安があるのかなと思っていたんですが、持論のように繰り返しているので、それだけとも言い切れない印象がありました。医療不信の一種なのかなという気もしたんですが、信じてるとしっぺ返しが来るとか、副作用の怖さは体験しないと分からないとか、言い方が何というか不気味で、ある種の警告というか予告というか、あとになって考えると、むしろそういう事態が起こることで、自分の考えを真面目に取り合ってくれない人たちの目を覚まさせてやりたいという願望があったんじゃないかと思えてくるような発言でした」

「異議あります」

本来、異議は証言に対して申し立てるものではないが、伊豆原はたまらず立ち上がった。

「異議事由は何ですか？」桜井裁判長が訊く。

「証人はただの意見を言っています。小南さんが逮捕された事実に引っ張られた後付けのものであり、客観性が著しく損なわれた意見です」

「証言に文句があるなら、反対尋問でやればいい。妨害しないでいただきたい」

江崎検事が不愉快そうに言い、桜井裁判長が「続けてください」と促した。

「証人がそう考えるようになったのは、被告人が逮捕されたことがきっかけになっていますか？」

「違います」奥野美菜は言った。「事件が起きたあと、誰かがあの病室の患者の点滴に薬剤を混ぜたという話を聞いて、それを思い出しました。だから警察にもその話をしました。小南さんが逮捕される前のことですし、私の周囲ではすでにそういう話をしてました」

逮捕がきっかけになった話ではなく、逆に奥野らのそういった証言から警察の目が野々花に向かったと言ったほうが正しいようだ。悪意はなかったのかもしれないが、野々花の無実を確信している立場からすれば、迷惑な話だとしか受け取れない。

「周囲というと、具体的にどなたですか？」

「葛城主任や坂下さんです」

「奥野さんは三〇五号室の急変時、夜勤番として勤務に就いたばかりでしたが、そのまま救急対応に加わっていますね。病室で被告人の姿は見ていますか？」

「対応に追われていたので特に注意していたわけではありませんが、見てはいます」

「彼女の様子で何か気づかれたことはありましたか？」

「一つだけあります。梶光莉さんに続いて佐伯桃香さんも急変してるのが分かって、先生たちがどういうことだって戸惑っている最中に、小南さんが紗奈さんの点滴の速度調節器をいじったのが見えたんです。慌ててそうした感じだったんで、目に入りました。それからしばらくして、恒川結芽さんも無呼吸だって分かって、点滴に何か混ざったんじゃないかってなったときに紗奈さんの点滴を確認したら、すでに止まってたんです。小南さんがあのとき止めたんだって思いましたけど、ちょっと違和感が残りました」

「その違和感というのは、具体的にどういうことですか？」

「点滴を止めるってことは、その点滴に何か有毒なものが混ざってるんじゃないかって思ったからだと思うんですが、彼女が点滴を止めたときは、まだ先生も誰も、点滴に何かあるんじゃないかなんてことには考えが至ってないんです。そんなときに小南さんだけ、点滴がおかしいなんて気づけるのかなってことです」

奥野美菜の証言は雄弁であり、江崎検事も補足は必要ないと思ったのだろう、そうする代わりに、証言の重みを噛み締めるように、時間を使って二度、三度とうなずいてみせた。

さらに奥野美菜は事件前々日に三〇五号室を担当した際、野々花が病室の洗い場でタオルを洗い、その音が梶朱里の気に障ってちょっとした言い合いになったことを、伊豆原に話したときのように饒舌に語った。

「奥野さんは被告人がナースステーションに入ってくるときに居合わせたことはありますか？」

まだまだネタは尽きないとばかりに、江崎検事は質問を進める。

「たびたびありました」

「被告人はナースステーションで主にどんなことをしていましたか？」

「スタッフにお菓子を配ったりだとか、配るついでに世間話をしたりだとかです」

「ほかに何か、被告人の行動で印象に残っていることはありますか？」

「一度、小南さんが冷蔵庫の前に立って、じっとそれを見ていたことがありました。私が何してるんですかって訊いたら、壁のシフト表を見てたって、ごまかしてましたけど」

警察が取った奥野美菜の調書には載っていない話だった。ただ、江崎検事の落ち着いた様子を見ると、想定していた証言には違いないらしい。証人テストの過程で出てきたものかもしれない。

「それはいつ頃の話ですか？」

「詳しくは憶えていませんが、事件の一週間くらい前だったと思います」

「冷蔵庫はガラス戸になっていて、中に入っている薬品などが見えるようになってますよね。ちなみにシフト表というのは、看護師の誰が日勤に入って、誰が夜勤に入るかっていう勤務表ですね？確かに写真で確認すると、冷蔵庫の横にそれがあるようですが、奥野さんにはどちらを見ていたように見えたんですか？」

「私には冷蔵庫を見ているように見えました。第一、シフト表は患者さんも見られるようにナースステーション前の通路側にもあるんで、そこでわざわざシフト表を確認するのはおかしいんです」

野々花は被告人席で、本当にシフト表を見ていたのだとばかりに首を振っている。伊豆原はその彼女に二、三の確認をしてから、反対尋問に立った。

「小南さんがナースステーション内でシフト表を見ていたと言ったとき、小南さんはどこに立っていましたか？　つまり、冷蔵庫の前か、シフト表の前かということですが」

「ちょうど、その真ん中くらいだったと思います」奥野は気の強そうな目を伊豆原に向けて答える。

「それに対して、あなたはどこから彼女を見ていましたか？」

「一、二メートル離れた後ろからです」

「後方からですね。そこから被告人の視線がどちらに向いているかが分かりましたか？」

「首の角度でどこを見ているかは何となく分かります」

伊豆原は裁判員席のほうに進み出て、奥野に背を向ける。顔を裁判長に向けながら、視線は書記官のほうに落とした。

「私が今、どこを見ているか分かりますか？」

「異議あります」江崎検事が口を挿んだ。「引っかけることを狙っただけの不適切な質問です」

奥野美菜は質問に答えず、桜井裁判長が伊豆原に質問を変えるように促した。

「奥野さんは小南さんがナースステーションに入っているのを見たとき、注意することはありましたか？」

「見かけたときはたいてい注意していました」

「あなたのように、ちゃんと注意する看護師さんはほかにもいましたか？」

「副師長などに任せてしまう人が多かったと思います。ただ、間違っていることですので、私はちゃんと言いました」

「どんな言い方で注意してましたか？」

「入ってきちゃ駄目ですよとか、そういう言い方です」

「見つけていきなりですか？　小南さん、何してるの？　というような感じの言葉をかけたりとかはしませんか？」

「もちろん、そういう言葉をかけたりもします」

「小南さんがシフト表を見てたと答えたとき、あなたは、何してるんですかと呼びかけたとおっしゃいましたが、それは小南さんが冷蔵庫を見ていて不審に思ったからそう声をかけたんでしょうか？　それとも単に、ナースステーションに入ってきているのを咎める意味で、何してるんですかと言ったんでしょうか？」

「両方の意味です」

「小南さんが口にしたのは、具体的に、『シフト表を見ていたの』というような言葉でしたか？」

「一字一句は憶えてませんが……『夜勤が誰かと思って』みたいなことを言ってたと思います。意味的にはシフト表を見ていたということでおかしくないと思いますけど」

「それに対して、あなたは何と言いましたか？」

「具体的な言葉は忘れましたが、ナースステーションを出ていくように言いました」

「冷蔵庫を見ていたことについて、何を探していたのかとか、問い質すようなことはしなかったのですか？」

「それは、シフト表を見ていたということなので」

「あなたからは、冷蔵庫を見ているように見えて、半分はそれを不審に感じて声をかけたわけですよね。そして、小南さんがシフト表を見ていたようなことを答えてきたとすると、あなたにとっては嘘をついているように感じられて、ますます不審に思えてくるのではないかと思うのですが、あなたはそれで納得したということでしょうか？」

「ナースステーションから出すことが大事だと思いましたので」

奥野美菜は少し苛立ったような口調で答えた。束の間、伊豆原と彼女の間で視線の交錯が続いた。

「質問を終わります」

伊豆原はそう言って席に戻った。痴漢事件のことを取り上げ、あの裁判で証言台に立った由惟の存在が今日の彼女自身の証言に何か影響を及ぼしているかどうか問い質してみたい気持ちに駆られたのだが、品位に欠ける手である気もして思いとどまったのだった。彼女がそれを認めるわけはないし、そもそも検察側から本件とは無関係だと横やりが入るだろう。裁判員にそうした因縁を知らせる目的が果たせればいいとしても、逆に卑怯だという印象を与えないとも限らない。

しかし、どんな手を使ってでも、できる限りの反撃をすべきではなかったか……結果として自分の反対尋問が中途半端に終わった感覚が残り、伊豆原は苦くそんなことを思った。裁判員の心証をこちら側に引き戻せた手応えがまるでない。

本日予定された証人尋問が終わって閉廷する頃には、野々花の表情も暗くなってしまっていた。

これまでの不利な形勢を敏感に感じ取っているのだろう。特にこの日は悪意さえ感じられる証人が続き、気持ちが弱るのも無理はないと言えた。

「逆風の峠は、今日で越しましたよ」

伊豆原はそんな言い方で野々花を勇気づけた。証人として残っている島津淳美などは、伊豆原が聴き取りをしたときでも野々花に同情的だったし、中立的な意見が期待できる。そして、川勝春水や竹岡聡子の尋問は、休憩室での会話時間の弁護側の主張を展開する場となる。今は守勢でも、そこで形勢を逆転させる可能性は残っている。

「そうですよ。これからはこちらが逆襲する番ですから」

仁科栞もそう言って、野々花を励ました。

野々花は戸惑いながら、それを信じたいというようにうなずいてみせた。

次の日も看護師の証人尋問が続いた。検察側の有力な証言こそ飛び出してこなかったものの、弁護側に加勢するような証言も引き出すことはできず、弁護側が劣勢に立たされたままでの膠着状態が続いた。

そんな中で、島津淳美が紺のワンピース姿で証言台に立った。以前、伊豆原に偽りなく病棟スタッフの人間関係を話してくれたときのように、凜とした佇(たたず)まいで宣誓書を朗読した。

しかし、席に着いて検察側の質問が始まると、伊豆原はおやという感覚に襲われた。彼女の受け答えに歯切れの悪さが感じられたのだ。

「島津さんは事件前日、日勤で三〇五号室を担当していますね。このとき、被告人と梶朱里さんの間で何か言い合いがあったことは承知していますか？」

「はい……午後の二時すぎだったと思います。私が病室を訪ねると、梶さんが、本当にいい加減にしてほしいとかそのようなことを割と大きな声で言ってました。それに対して、小南さんが、そんな大きな声出すから光莉ちゃんが発作を起こしちゃうのよと言い返していました。お互い面と向かってというわけじゃなく、それぞれ子どものベッドの横にいて、声だけでやり合っているという感じでした」

「それで、島津さんはどうしましたか？」

「お互いの言い分を聞いて、まあまあという感じでなだめました」

「理由はどういったものでしたか？」

「小南さんがパンを食べたあと、落ちたパンくずを払うために椅子のクッションをはたいていたのを、外でやってほしいと梶さんが苦情を言ったのがこじれたようでした」

「話を聞いた限りでは、島津さんはどう受け取りましたか？　例えば、梶さんが神経質すぎるのではとか、反対に被告人が無神経なのではとか」

「ある程度離れているとはいえ、音を立ててそういうことをされると気になるでしょうし、埃によってアレルギーが誘発されることはよくありますから、梶さんがことさら神経質だとは思いませんでした。小南さんにはそれ以前にも何度か梶さんからの苦情があったはずなので、もう少し気を遣ってもらえたらという思いはありました」

「それは被告人にそう伝えましたか？」

「一応は言いました」

「一応というのは？」

「言いはしたけれど、ちゃんと聞いてくれたかどうかというのは……」

「分からないということですか？」

「そうですね……なかなか、自分のやり方を変えない方ではあったので」

「島津さんの注意に対して、被告人が反発するような素振りはありましたか？」

「埃なんかを気にするより、乾布摩擦で鍛えて免疫をつけさせたほうがいいというようなことは言ってました」


ことさら野々花を悪く言うわけではないが、かといって、あえて肩を持つようなこともせず、どこか検察の質問に押されるようにして答えている光景が終始続いた。

反対尋問には伊豆原が立った。


「小南さんが紗奈さんの付き添い看護をしておられた頃ですが、ほかにナースステーションに立ち入るような患者さん、あるいは患者さんのご家族はいらっしゃいましたか？」

「私が知る限り、いませんでした」

「島津さんは［古溝病院］の小児病棟にどれくらい勤務されていますか？」

「九年弱というところです」

「昔の話でもいいんですが、その間、小南さん以外にナースステーションに入ってくる方を見かけたことはありますか？」

「昔はときどき見かけました」

「奥の休憩室まで入ってくる方は？」

「そういう方も、中にはいらっしゃいました」

「どんなときでしょうか？」

「患者さんが退院されるときなどです。菓子折りを持って挨拶に来られて、たぶん、通路でそれを受け渡しするのは何だということで、入ってこられたんだと思います」

「ほんの十年近く前まではそういう光景も珍しくはなかったということですね。近年、それがあまり見られなくなったというのは、病院の方針でしょうか？」

「七年くらい前に、関係者以外の立ち入り禁止が厳しく言われるようになりました」

「そういう方針になったとき、患者や付き添い家族にも分かるような、何か表示みたいなものはありましたか？」

「『関係者以外立入禁止』と書かれたプレートがナースステーションの出入口の横に置かれていました」

「それは事件当時もありましたか？」

「誰かが邪魔に思って撤去したのか、ここ二、三年は置かれていませんでした」

「小南さんがナースステーションに入っているのを見かけたことはありますか？」

「何度かあります」

「あなたがそれを注意したことはありますか？」

「ありません」

「それはなぜですか？」

「副師長や主任らが注意してくれるだろうと任せてしまっていました」

「昔はそういうことも珍しくはなかったという思いは影響していませんでしたか？」

以前の聴き取りでは、そういう話だった。それを証言として引き出して、野々花の行動が必ずしも異常ではないのだという印象を裁判員に与えたかった。

しかし、島津淳美は少しためらったあと、うなずくことなく口を開いた。

「というより、自分の性格的に人に注意するのが苦手なので、人任せにしてしまった部分が大きかったと思います。副師長や主任らが注意しても入ってくるということは知っていましたので、私が注意しても聞かないのだろうなと思ってしまった面もありました。本当はちゃんと注意すべきでした」

「そうですか」伊豆原は仕方なく、質問を変えた。「事件前日の小南さんと梶さんとの間にあったトラブルですが、島津さんはその深刻さをどう捉えていましたか？」

「それが初めてではありませんでしたので、注意して見ておかなければならないという思いはありました」

「注意して見ておくというのは、何か対応を迫られている段階ではまだないということでしょうか？」

「いえ、本来ならどちらかの病室を替えるべきなんですが、梶さんは自分が動くのではなく、小南さんに移ってほしいという考えですし、小南さんは小南さんで、自分がそうするべきとはまったく思っていないようでしたので、そこが難しかったように思います」

彼女ならば、それほど深刻なトラブルだとは受け取っていなかったと言ってくれるのではないかという期待があったが、呆気なく空振りに終わった。

「小南さんが紗奈さんの点滴の速度をたびたびいじっていたことについてはご存じでしたか？」

「はい」

「それを注意したことはありますか？」

「ありません。止めてしまうのなら注意しますが、そうではなかったので」

「小南さんが点滴の速度を落とすのは、どうしてだろうと考えたことはありますか？」

「速く点滴することで紗奈さんの身体に負担がかかるような気がしていたのではないかと思います」

「あなたはそれに対しては、どう思っていましたか？　例えば、困った人だなとか、あるいは親御さんの立場としては分からなくもないとか」

彼女なら、一定の理解を示してくれるのではという期待をこめて訊いた。

しかし、島津淳美はこの問いかけにも、どっちつかずの答え方をした。

「分からなくはないというより、それで満足してくれるなら仕方ないかという気持ちでした。治療も予定を立ててやっていますので、本来ならこれも注意したほうがいいのでしょうが、やはり私個人としては、病気のお子さんに一生懸命付き添っている親御さんに注意するというのは、できる限り避けたいという思いがあったものですから」

「小南さんは、あなたの目から見て、一生懸命紗奈さんの付き添いをしておられたようですか？」

伊豆原はとりあえず野々花のポジティブな評価を引き出そうと、そんな質問を投げかけた。

「付き添いの親御さんは、みなさん一生懸命だと思います。毎日病室に寝泊まりされて、頭が下がります」

「小南さんもその一人だと見られていたわけですね」

「はい」

無理やりのようにそんな答えを引き出し、伊豆原は一つ息をついた。

形勢を逆転させる糸口が見つからない。

公判七日目となる金曜日、法廷の傍聴席には桝田の姿があった。

昨年、国選弁護を解いたいきさつもあり、伊豆原は少なからずはっとさせられる思いがあったが、彼のほうはと言えば、とうにわだかまりなど拭い去ったかのようなさっぱりとした表情で、伊豆原と目が合うと小さくうなずいてみせた。

途中まで自分が引っ張ってきた案件であるだけに、やはり、その行く末が気になるのかもしれない。

彼を外してまでして弁護態勢を整えてきただけに何とかいいところを見せたい思いはある。しかし、現状そうはなっておらず、伊豆原は忸怩たるものを感じざるをえない。

この日は、野々花がナースステーションを訪れた当時、ナースステーションや休憩室にいた看護師たちの証人尋問が予定されていた。

入院中で出廷できない庄村数恵については、調書が証拠として提出されている。庄村数恵は野々花がナースステーションを訪れたとき、中央テーブルで看護記録を付けていた。調書では、そのとき野々花からビスケットをもらったことや、その後、野々花が休憩室に向かったこと、いつ出てきたかは分からず野々花がナースステーションを出ていくときに気配に気づいたこと、あるいは、三〇五号室の点滴は彼女と川勝春水がダブルチェックで用意したものであり、その時点で件(くだん)の薬剤が混ざる余地はなかったことなどが淡々と供述されている。

庄村数恵と同じく、野々花がナースステーションを訪れたときカウンターで看護記録を付けていた畑中里咲は、白のニットにロングスカートという出で立ちで証言台に立った。

江崎検事の質問に答える彼女の証言は、庄村数恵の供述と内容的に変わりはなかった。ナースステーションに入ってきた野々花にビスケットをもらったこと。かけられた言葉は「お疲れ様。おやつにどうぞ」という程度の短いもので、野々花が休憩室に入るまでのナースステーションの滞在時間はおよそ二十秒ほどと思われること……などである。

「被告人が休憩室から出てきたのはいつか分かりますか？」

「それは分かりません」事件当時、入職一年目だった畑中里咲はやや舌足らずの、おっとりとした口調で答える。「休憩室に入るときはノックの音が聞こえるので分かるんですけど、出てくるときはそれがないので」

「ナースステーションを出ていく被告人の姿は見ましたか？」

「はい、見ました」

「それは出ていく姿が視界に入って、そちらを見たということですか？」

「出入口付近を誰かが歩いていく気配というか物音がしたのでそちらを見たら、小南さんが出ていくところだったということです」

「それまで――つまり被告人がノックをして休憩室に入って、いつの間にかそこを出て、そしてナースステーションを出ていくのにあなたが気づくまでですが、あなたはカウンターに向かって後方、つまり冷蔵庫や点滴が置かれたワゴンがあるあたりを振り返ったことはありますか？」

「いえ、ありません。何か物音や声があれば振り返ったと思いますが、庄村さんがキーボードをたたく音が聞こえるくらいで、静かだったものですから……」

「被告人がそうやってナースステーションにお菓子を配りに来ることはたびたびありましたか？」

「何度かありました」

「休憩室まで覗くこともありましたか？」

「配りに来たときは休憩室まで覗いていたと思います」

「それらのときと比べて、その日、被告人が休憩室を含めたナースステーション内に滞在した時間は長かったと思いますか？　それとも短かったと思いますか？」

「長いほうだったかなとは思います。配ってすぐ出ていくときもありますので」

江崎検事はまた一つポイントを稼いだとばかりに、彼女の証言に満足げにうなずいた。

「三〇五号室の急変についてですが、畑中さんもナースコールを受けて、病室に駆けつけてますね」

そう質問を進めた江崎検事に対し、畑中里咲は「はい」と答えながら、「あ、先ほどの続きなんですけど」と話を戻した。

江崎検事が小首をかしげて彼女を見る。

「考えてて思い出したんです」畑中里咲は言った。「小南さんがナースステーションを出ていくときの気配って、足音じゃなくて、お菓子袋のガサガサっていう音だったんです。口のところをぎゅって握ってて、それが手を振った拍子に鳴ったと思うんです。でも、それまでは少しも鳴ってなかったんです。もし小南さんが点滴に薬を入れたりしたなら、その間、お菓子袋はどこかに置かなきゃいけないし、置いたり持ったりするときに少しは音がすると思うんですけど、私は全然聞いてないんです」

おそらく検察側は畑中里咲にも証人テストをしていたはずで、そのときにはこんな話は出てこなかったのだろう、江崎検事は不意をつかれたような顔で、ただ彼女を見ているだけだった。

「少しも鳴っていなかったというのは間違いないんですか？」江崎検事はそう問い返した。表情はかすかに強張り、怒っているようにさえ見えた。「あなたは看護記録を付けてたわけですよね？一日の勤務を振り返りながら、記録洩れがないように、集中して付けてたわけですよね？」

「そうなんですが、音がしたら気づいたんじゃないかという気がして……」

畑中里咲は少し気圧されたように口ごもりながらそう言った。

「意識がそちらに向かうほどの大きな物音は聞こえなかったということですか？」

「はい……」

「分かりました。それでは、急変時のことについてですが……」

江崎検事は半ば無理やり区切りをつけ、急ぐようにして次の質問に移った。

しかし、彼女の今の証言には、現場にいた者の五感の裏づけが確かにこもっていると感じた。伊豆原は頭で考え、点滴に細工する時間がどれだけあるのかとか、看護師でない野々花がスムーズに細工を施せたのかとか、そういう疑問ばかりを弁護の突破口にしようとしていた。菓子袋の音などまったく意識が向いていないなかったが、その場にいた者からすれば、それこそが野々花の存在証明の重要な鍵だと言えるのだ。

検察側の質問が終わり、反対尋問に伊豆原が立った。

「先ほど畑中さんは、ナースステーションを出ていくときまで、小南さんが手にしていた菓子袋の音が聞こえなかったという話をしましたね」

伊豆原が早速そのことを切り出すと、畑中里咲は検察側の尋問では話し足りなかったと見え、「はい」と気乗りするような返事を寄越した。

「ナースステーションを出ていくときに鳴った菓子袋の音は、はっきり聞こえたわけですね？」

「聞こえました」彼女は言う。「小南さんが配ってたお菓子はいつもだいたい同じビスケットだったんですけど、袋がいかにもごわごわしてて、ビスケットを取り出したりするときにもけっこう大きな音が鳴るんです。ナースステーションを出ていくときも、袋を握り直したのか歩く拍子に手を振ったのか、それは分かりませんけど、ガサッて音がしたのは憶えてます」

「小南さんが出ていく気配に気づいたのは、その菓子袋の音によってですか？　それとも、その少し前に足音か何かが聞こえて、意識がそちらに向いたときに菓子袋の音が鳴ったんでしょうか？」

踏みこんで訊いてみると、畑中里咲は頭の中で確認するような間を置いてから、「お菓子袋の音です」と答えた。「足音はそれほど聞こえなかったと思います」

「とすると、畑中さんは看護記録を付けることに集中していた状態で、菓子袋の音に気づいたということですね。もし仮に、ワゴンの前でその音が鳴ったとしたら、やはりあなたは看護記録を付けることに集中していたとしても気づいた可能性が高いと思われますか？」

「異議あります」江崎検事が口を挿んだ。「仮定の話に意見を求めています。証人が確信を持って答えられるはずがありません」

「検察官は先ほどの質問の中で、証人は看護記録に集中していたのだから、多少の音には気づかなかったはずだという見方を半ば決めつけるように取っていました」伊豆原は言い返す。「しかし、証人自身は必ずしもそうは考えていない節があると受け取りましたので、それを確認しています」

「続けてください」桜井裁判長が畑中里咲に先を促した。

「気づいた可能性は高いと思います」彼女は言う。「というのも、私はあのとき、主任か副師長が休憩室から出てきたら訊こうと思っていたことがあったんで、確かに看護記録を付けるのに意識は向いていたんですけど、その一方で後ろの気配も気にはしてたんです。あのとき、ナースステーションは静かで、ナースコールも鳴りませんでしたし、もらったビスケットの包みを取る音が響くらいでした。後ろの庄村さんからはその音がしないから、庄村さん、ビスケット食べてないな、あんまり好きじゃないのかななんて思ったことも憶えてます」

伊豆原は断崖絶壁の上で一群の救援を得た気持ちになり、静かに興奮した。

「もし小南さんがワゴンのあたりで、注射器を使って点滴に薬剤を入れていたとしたら、証人はその物音に気づいたと思われますか？」

「普通にそれをやっていたら、気づいたと思います。ただ、よほど慎重に音がしないように菓子袋を置いて、混注作業も音がしないようにやっていたら分かりません」

畑中里咲は江崎検事の追及が頭に残っていたのか、少し控えめな答え方をした。

「点滴を作る経験からお尋ねしますが、そうやって音を立てないように気をつけながら作業した場合、通常より時間はかかると思われますか？」

「当然、かかると思います」

「ありがとうございます」

裁判員に印象づけるため、質問はそのことだけに絞って終えた。音を立てれば畑中里咲は気づいたであろうし、音を立てないようにしたなら相応の時間がかかったはず。この相反する二つのハードルをクリアして素人の野々花が点滴に細工をすることがどれだけ困難なことか……それがある程度は伝わったのではないか。

畑中里咲も話したかったことを吐き出してすっきりしたのか、法廷には似合わないとも言えるあどけない笑みを浮かべて一礼し、証言台の前から退いた。

連日、公判が続いていると、地下の食堂での昼食にも飽きる。この日の昼休みは虎ノ門まで歩いて牛タン定食の店に入った。

「畑中さんの話は、こちらのポイントでしたね」

その席で仁科栞と交わす会話は、やはり畑中里咲の証人尋問での収穫だった。

「江崎さんもちょっと焦ってたね」伊豆原は彼女の話を受けて言う。「できればこれを、単発的な反撃に終わらせず、形勢逆転の流れに結びつけたいところだけど」

午後からは川勝春水や竹岡聡子らの証人尋問が待っている。流れが弁護側に来るのか、それとも再び押し返されるのかはそこで決まる。ただ、彼女らには病院側の態度の硬化で一度しか話を聞けていない。証人としてどんな発言があるかは読めない。

「庄村数恵さんって、何の怪我で入院してるんですか？」

午後からの証人尋問に意識が向いていた伊豆原をよそに、仁科栞はふとそんなことを尋ねてきた。

「転倒だか転落だか、何かの事故だって言ってたな」

伊豆原は江崎検事の話を思い出して答える。そのときは伊豆原ももう少し詳しく訊きたい思いがあったが、桝田があっさり調書の同意に応じたのだった。

「でもそれ、かれこれ三カ月以上も前の話ですよね。今はもう退院してませんかね？」

「してるかもね」伊豆原は答えながら、話の意図を問うように彼女を見た。

「法廷に呼べるなら呼んだらどうですかね？　菓子袋の音の件だけでも、畑中さんと証言がそろうと、裁判員へのアピールになると思うんですけど」

「うーん」

庄村数恵は実家のある宇都宮に戻ってしまっている上、貴島が一度足を運んだものの供述調書に書かれていたこと以上の収穫はなかったと話していたことから、伊豆原は彼女の存在を重くは見ていなかった。

しかし、当然のことながら、彼女はあの場で菓子袋の音が聞こえたかどうかまでは供述していない。野々花がナースステーションを出ていくのは見たと言っているだけだ。

ここが勝負どころだと見るなら、庄村数恵を法廷に呼ぶ選択肢もありうるか。

「けど、そうなると、期日間整理を請求することになるのか」

庄村数恵の証人調べは、怪我による入院というやむをえない事由によって請求できなかったのだから、退院しているのなら改めて請求できるはずだという理屈は成り立つかもしれない。ただ、審理を止めてそれをねじこむとすると、一般人である裁判員らのスケジュールまで狂わせることになり、裁判所がいい顔をしないおそれはある。

「いや、それくらいだったら普通に理由を言って証人調べ請求を出せばいいと思います」仁科栞は言う。「重要だと判断したら、裁判長が職権採用してくれるでしょう」

「要は裁判長に重要だと思わせられるかどうかだな」伊豆原は思案気味に言う。「それ以前に、退院してるかどうか確かめなきゃいけないけど」

「まあ、そうですけど」

結局、どうするかという結論には至らず、地裁に戻った。土日の間に考えるしかないという思いだった。それで間に合うかどうかは分からないが、今は午後からの証人尋問のことで頭がいっぱいである。

午後からの再開を待つ法廷の傍聴席には、新たに古溝院長の姿があった。川勝春水の証人尋問を見に来たようだ。何か二人の関係に言及することがないかどうか気になっているのかもしれない。川勝春水も彼の傍聴を知っているとすれば、証言に自然と抑制がかかってしまうおそれがある。伊豆原はそのことを危ぶんだ。

再開の十三時半が近づき、裁判官や裁判員らの入廷を待つだけとなった頃に、仁科栞が不意に弁護人席から立ち上がった。

「私、やっぱりちょっと調べてみます」

「えっ？」

「こっちはお願いします」

「いや、でも……」

彼女は彼女で、昼休みに話した庄村数恵の件が頭の中を占めていたらしい。これから一番重要な証人尋問が始まるというのに、止める間もなくバッグ片手に法廷を出ていってしまった。

入れ替わるようにして、裁判官や裁判員が法廷に入ってきた。全員で一礼して再開が告げられる。

「弁護人が一人いないようですが」桜井裁判長が弁護人席を見やって言う。

「すみません。仁科は事情があって少し席を外しますが、このまま進めていただいてけっこうです」

内心、呆気に取られたままながらも、伊豆原としてはそう言うしかなかった。

桜井裁判長は軽くうなずき、仁科栞不在のまま審理が始まった。当時小児病棟の副師長だった川勝春水が事務官の案内で姿を見せた。

裁判官たちの法衣と合わせたような黒のパンツスーツ姿で証言席に座った川勝春水は、江崎検事が繰り出す質問に落ち着いた口調で答えた。彼女は副師長の役割から、当時の病棟で副師長や主任が休憩室で看護記録を付けることが慣習的に行われていたことまで、問われるままに語った。

そして質問は、彼女と竹岡聡子が休憩室にいるところへ野々花がお菓子を配りにやってきた当時の状況に触れた。

「それで、被告人が休憩室に入ってきたわけですね。あなたに何か声をかけてきたんですか？」

「『お疲れ様』とか、『おやつどうぞ』とか、そんな声をかけてきたと思います」

「あなたはそのとき、被告人が休憩室にまで入ってきたことについて注意などはしましたか？」

「はい。『小南さん』と咎めるように言いはしました。小南さんは、いけないことはもちろん分かってる様子で、笑ってごまかしていました」

「それで被告人はお菓子を配ったわけですね。ほかに会話などはありましたか？」

「病院の食堂で働いている方が知り合いだったたっていう話をしてきました。どこかで見たことがあると思ったら、前に勤めてた総菜屋さんで一緒だったたって。マスクしてたから分からなかったけど、向こうは前から気づいてたらしいって。そんな話を一方的にされて、私はただ聞いていただけという感じでした。一通り小南さんの話が終わったところで、私が『仕事中だから』って言って出ていってもらったような形です」

「なるほど、副師長という立場的にも、長居を黙認するわけにはいきませんからね。食堂で働いている人が知り合いだと分かったという話を聞いたということですが、被告人の滞在時間はどの程度だったと記憶されてますか？」

「時計を見ていたわけではないので分かりませんが、そんなに長くはなかったと思います」

「感覚的にどれくらいだったかということでけっこうですよ。言いたいことを言うだけであれば三、四十秒もあれば十分だと思いますが」

「異議あります」伊豆原は立ち上がる。「時間という物理的な問題を感覚的な根拠で立証するのは不適当です。さらに、『三、四十秒もあれば十分』と誘導によって答えを求めるのも不適当です」

「実際の時間を計っていない以上、感覚を問うのに一定の意味はあると思います」江崎検事はそう応じつつも、「ですが、質問を変えます」と自ら修正して続けた。

「以前、こちらの事情聴取に川勝さんが語ったところによれば、会話としては、『お疲れ様。おやつどうぞ』と被告人。『もう、小南さん』と川勝さん。『ここの食堂の盛りつけの人、どこかで見たことあると思ってたけど、ようやく思い出したの。前に勤めてた総菜屋さんで一緒だった人。マスクしてるから、ずっと気づかなくて。今日のお昼にあれ、もしかしたらって声をかけてみたの。そしたら向こうは前から気づいていてたみたい。言ってくれたらよかったのに』と被告人。『世間は狭いですね』と竹岡聡子さん。そして、川勝さんが『仕事中だから』と会話を打ち切り、追い出したということを答えていらっしゃいます。これは憶えていますか？」

「はい」

「このやり取りを実際に声に出してみると、時間にしてせいぜい三、四十秒。川勝さんもその程度ではなかったかというお答えでしたが」

「そうですね……それくらいじゃなかったかと」

検察側は巧みに川勝春水を引っ張り、結局は当初の供述通りであり、検察側のストーリーにも沿った休憩室の会話時間を彼女に証言させてみせた。

野々花があの休憩室で続けたはずの会話は、彼女の中で封印されている。それは古溝院長との関係を当てこすったものであり、彼女が負った心の傷を刺激するものであるから、憶えはあるかと突きつけたとして、認めはしないのかもしれない。

しかし、川勝春水が多少困惑し、あるいは気色ばむだけの結果に終わったとしても、ここは弁護側の説を彼女にぶつけるしかない。そうしないと野々花は救えないのだ。

伊豆原は反対尋問に立った。

「事件当日の十五時四十五分頃、川勝さんと竹岡さんが詰めていたナースステーション奥の休憩室に、小南さんがお菓子を配りに訪ねてきたときの会話についてお尋ねします。弁護側は居合わせた三人にそれぞれ聴き取りを行っていまして、そのときのメモをもとに、いくつか確認させていただきます。まず、去年の七月四日に〈古溝病院〉にて川勝さんからお聞きした休憩室での会話です。小南さんが休憩室に入ってきて、『お疲れ様。おやつどうぞ』とお菓子を配る。川勝さんが『また、小南さん』と咎める。小南さんは笑ってごまかし、『食堂のおかずを盛りつけてる女の人、知ってます？』といきなり訊いてくる。その後、話を続け、『どこかで見たことあると思ったら、私が前に勤めてた総菜屋さんで一緒だったの。もうずっと気づかなくて。マスクしてるから分かんないのね。今日、お昼にあれ、もしかしたらって。向こうはとっくに気づいてたみたい。言ってくれたらよかったのに』などと言いながら笑う。竹岡さんが『世間は狭いですね』との相槌。小南さん、『本当に』としみじみ。そのあと、川勝さんが『仕事中だから』と言って小南さんを追い返すと……これは先ほど検察側からも出てきたやり取りとおおむね一緒だと思いますが、今もあなたが記憶されている会話はこの通りだということでよろしいでしょうか？」

「はい、そんな感じで憶えています」川勝春水が答える。

「八月三日に同じく〈古溝病院〉内で竹岡さんにもお話をうかがっているのですが、会話の中で『ここの食堂で働いてる女の人、知ってます？　私が前に勤めてた総菜屋さんで一緒だったの』と小南さんが言ったあとに、来院者用の食堂に入ったことがない竹岡さんが、『どんな人か分かんないや』と口を挿んだとのことです。それに対し、小南さんが『おかず盛りつけてる人よ』と応え、『私たち、上の食堂だから』という竹岡さんの言葉に、『あら、上にも食堂あるの？』と驚いた様子だったと。ただ、来院者も使える食堂だと勘違いしたように見受けられたのと、本来、『上の食堂』『下の食堂』という言い方は来院者の前でするべきではないとされていたこともあってか、川勝さんが『職員専用のね』と、言い直されたということなんですね。それを聞いて小南さんは、『ああ、だから看護師さん、食堂で見ないのね。昔働いてたとこは、患者も先生もみんな一緒の食堂だったから』と、そんなふうに言ったということですが、これらの会話については憶えておられますか？」

「『おかずを盛りつけてる人』というのは聞きました」

「そのほかの例えば、ご自身の言葉などについてはどうですか？」

「どう言ったかは憶えていませんが、『上の食堂』というと、どうしても来院者食堂よりいい食堂と聞こえてしまうので、それに引っかかって何か言ったような気はします」

「『上の食堂』という言葉が出てくる会話の流れはあったということですね。小南さんが昔働いていた病院の食堂が職員も来院者も一緒だったという話は聞き憶えないでしょうか？」

「はっきり憶えていませんが、事実そうで、竹岡さんがそう聞いたということなら」

「実際、小南さんが勤めていた病院の食堂は、来院者も職員も一緒です」

「なら、そこでそういう会話があったのだと思います」

「もう一つ。竹岡さんの話では、竹岡さんの『世間は狭いですね』という言葉に、小南さんが『本当に』と合わせたところで会話が終わったわけではなく、そのあと小南さんがまた、『その知り合いに小児病棟にいるって話したら、副師長』つまり川勝さんですね、『副師長の話になって、どんな人って訊かれたから、そりゃきれいな人よって答えたの』と、そんな言葉も出てきたということなんですが、これは川勝さんの記憶にございますか？」

伊豆原は彼女にどれだけの圧をかければいいのかも分からず、努めて自然な口調で訊いた。そして、息を詰めるような緊張感で彼女の答えを待った。

半分は否定の返事を見越して構えるような気持ちができていた。自分の心の傷を刺激するからこれまで触れてこなかったとするなら、記憶にはそのやり取りがあって不思議はない。しかし、記憶にないと言われてしまえばそれまでだ。

「はっきりとは憶えていませんが、そんな話を聞いたような気もします」

川勝春水がそう口にしたのを聞き、伊豆原は思わず、喉から意味不明の声が洩れそうになった。半分は期待していたつもりだったが、実際の驚きを思うと、それ以上に悲観していたのが自分で分かった。

竹岡聡子の話だからということで何となく受け入れてしまったのだろうか……伊豆原は注意深く確かめてみる。「休憩室の会話の中で、そんな話が出てきたかもしれないということですね？」

「はい」

川勝春水の返事を聞き、伊豆原は息を大きく吸いこんだ。それをゆっくりと吐き出し、質問を続ける。

「小南さんにもそのときの話を聞いています。それによると、その先にも続きがあり、小南さんは、『きれいなのに独身なのはもったいないわねってその人が言うから、私は、人の幸せはそれぞれなのよって言っておいたわよ』と、そんな言葉も口にしたということなんですね。これは客観的に考えても腑に落ちる話でして、川勝さんはそのあと、『仕事中だから』と小南さんを休憩室から追い出すんですが、『そりゃきれいな人よって答えたの』という、川勝さんを褒めている話のあとにそれを言うのは、妙な唐突感があるんです。しかし、『人の幸せはそれぞれなのよって言っておいた』という言葉にはちょっとした含みがあって、川勝さんがそれ以上のやり取りを嫌った理由として説明がつくように思うのです。よく思い出していただきたいのですが、川勝さんはあの場で小南さんからそんな言葉を聞いた憶えはないでしょうか？」

「あります」川勝春水は伊豆原の胸もとあたりに視線を置き、静かにそう答えた。

「ある？」伊豆原は静まり返った法廷の中で、自分の声が上ずるのを聞いた。「あるんですね？」

「言われて思い出しました」川勝春水は顔色を変えることなく、淡々と言った。「当時私はある男性と交際していたのですが、その方は家庭を持っていらっしゃったのでうまくいかず、またほかの事情もあって、ちょうど別れたばかりでした。小南さんは噂で交際のことを耳にして、からかい半分に言ったのだろうと思います。ただ実際には別れたばかりだったので、私はちょっと気まずい気持ちになり、『仕事中だから』という言い方で話を打ち切りました」

言われて思い出したという言葉通りの表情ではなかった。

弁護側が真犯人の可能性を疑ったことで関係がこじれ、伊豆原は川勝春水から協力的な姿勢での証言を得ることはもはや不可能だろうと思いこんでいた。

しかし彼女は、それはそれとして、証言台に立てば、問われたことは正直に話そうという心の準備をしていたのではないか。彼女の中にある正義感が否応なくそうさせたのではないか……そんなふうに思える、覚悟ある態度だった。

傍聴席で古溝院長が席を立った。彼女の証言を見届け、用は済んだということか。その顔には特段の困惑の色はなく、すでに心積もりがあった様子にも見えた。

「ありがとうございます……ありがとうございます」伊豆原はほとんど無意識にそう繰り返し、自分の気持ちを落ち着かせると、上着のポケットからストップウォッチを取り出した。「裁判長、証人の供述を明確にするため、ストップウォッチの使用許可を願います」

「許可します」

「では、休憩室で交わされたと思われる会話を、もう一度整理し、通常の会話のようなテンポで読み上げてみたいと思います。証人はテンポが遅いとか速いとか、あるいはここには会話の間があったとか、気づいたことがあれば教えてください」

伊豆原はそう言ってストップウォッチを押すと、メモを片手に休憩室での会話を読み上げた。読み終わり、ストップウォッチを押すと、一分九秒と表示されていた。

「どうでしょうか？」と伊豆原は川勝春水に尋ねた。

「私が『小南さん』とにらんで咎めたあと、小南さんは笑ってごまかしながら、袋からお菓子を出して私たちの前に配ってましたので、その間、何秒かの間があったと思います」

「お菓子を配っていたのは、だいたい何秒くらいだったか憶えてますか？」

「はっきりとは憶えてませんが、十秒程度だったと思います」川勝春水はそう答えたあと、付け足した。「それから、最後に『仕事中だから』と言って話を終わらせたときも、私はパソコンに向き直っていたんですが、小南さんがなかなか出ていかないことに気づいて、もう一度にらんだような気がします」

「それは秒数にすると、どれくらいの時間でしょうか?」

「たぶん、四、五秒というところかと思います」

「小南さんは入ってくるとき、あるいは出ていくとき、せかせかした足取りでしたか? それとものんびりした足取りでしたか?」

拘置所の接見室を出入りするときの野々花の様子を見る限り、野々花はせかせかと歩く人間ではない。

「小南さんはあまりせかせか歩かれるイメージはありませんし、そのときもいつものようにのんびりした感じだったと思います」

川勝春水は伊豆原の期待通りの返答を寄越してくれた。

「先ほどの会話をストップウォッチで計ると一分九秒」伊豆原はストップウォッチを高々と掲げた。「ナースステーションで畑中里咲さんと庄村数恵さんにお菓子を配り、休憩室に向かったままでの時間を二十秒として、今、川勝さんが指摘した会話の間なども十五秒と見積もると、犯行に使える時間は小南さんがナースステーションに入ってから出た二分二十五秒のうち、ほぼ四十秒にまで削られることになります。その四十秒も、いまだ思い出されていない会話や、あるいは帰り際、ナースステーションの作業台からゴム手袋をもらった行為などで消費されたものと考えられますが、一応、念のためにお訊きします。例えば四十秒で、注射器の扱いに慣れていない素人が、物音を立てないようにしながら、四つの輸液バッグに薬剤を注入することは可能だと思われますか？」

「正直、不可能だと思います」

川勝春水は考える間を置かず、そう答えた。

「ありがとうございます」

席に戻った伊豆原に代わり、裁判員の一人から川勝春水に質問が向けられた。

「検察側の質問では、被告人の休憩室での滞在時間は三、四十秒ではなかったかということでしたが、改めて考えて、一分二十五秒ほどはあっただろうということですか？」

「三、四十秒というのは何となくそれくらいだろうと思った感覚的なもので、実際に時計を見ていたわけではありません。会話としては弁護士さんがおっしゃったやり取りは実際にあったと思うので、時間を計って一分二十五秒ということであれば、それが近いのではないかと思います」

伊豆原は興奮と放心がない交ぜとなった頭でそのやり取りを聞いていた。

流れは明らかに弁護側に傾きつつあった。

休憩を挿んで、竹岡聡子が証人として呼ばれた。

彼女も川勝春水と同じく、検察側の質問に対しては、基本的に供述調書に沿った返答を寄越した。

江崎検事は休憩室での会話時間が三、四十秒だったとする録取時の回答を確認し、無理に自己満足を得るようにして彼女にうなずかせた。

「昨年八月三日に〔古溝病院〕内でお話を聞かせていただきましたが……」

反対尋問に立った伊豆原は、彼女にも聴き取りの際に出てきたやり取りの確認を求めた。

「……そこで話は終わらず、そのあと小南さんが、『その知り合いに小児病棟にいるって話したら、副師長の話になって、どんな人って訊かれたから、そりゃきれいな人よって答えたの』と言ったと、そんな話もお聞きしているんですが、これはご記憶の通りでしょうか？」

「記憶としては、はっきりしているわけではありません。何となくそう聞いた気もするということを話しただけなので」竹岡聡子は言葉を濁すように答えた。

伊豆原は一つうなずいて問いを進める。「続けますと、『きれいなのに独身なのはもったいないわねってその人が言うから、私は、人の幸せはそれぞれなのよって言っておいたわよ』と、これは小南さん自身が思い出したんですが、こういうことも言ったという話が出てきています。これについて川勝さんは、当時の自分のプライベートな事情をからかわれているように感じたので気まずくなり、『仕事中だから』と、小南さんに出ていくように言ったということなんですね。話の流れとしては自然で、竹岡さんが話してくださった『副師長の話になって、どんな人って訊かれたから、そりゃきれいな人よって答えたの』というくだりもその前段にあるべきだと思われますが……」

「異議あります」江崎検事が流れを渡すまいとするように立ち上がった。「ほかの証人の証言を使って誘導しようとしています」

「証人の記憶を喚起するために会話の流れを追っているだけです」伊豆原が応じる。

「続けてください」桜井裁判長が大目に見るように促した。

「竹岡さんの記憶としては、そのあとに続く『独身なのはもったいないわねってその人が言うから、私は、人の幸せはそれぞれなのよって言っておいた』というくだりも含めて、そう言えば聞いた気がするとかしないとか、そのあたりはいかがですか?」

「聞いた気がします」

「小南さんが思い出した言葉も含めてですね?」

「はい。川勝さんのプライベートを当てこすったように聞こえて、少し気まずく感じた記憶があります」

竹岡聡子もこれまで出てきている休憩室での会話について、そんなふうに認めるに至った。

瀬戸際まで追いこまれていた形勢をかなり戻した手応えはあった。もしかしたら逆転したかもしれない。

弁護人席には、竹岡聡子の反対尋問の途中で仁科栞が戻ってきていた。最後のほうのやり取りだけで弁護側の得点を察知したらしく、伊豆原を迎える目にも力強さがあった。

彼女は伊豆原が着席したところで、すかさず耳打ちしてきた。

「庄村さん、退院して自宅療養だそうです」

彼女はそう言って、書類を差し出してきた。証拠調請求書を作成してきたようだった。

「本人が来れるって?」伊豆原は確かめる。

「話せるようなことは何もないって言ってましたけど、動けない状態ではないようです」

こちらの説得次第か。

週が明ければ、弁護側の証人である紗奈が呼ばれ、そのあと被告人質問に入る。野々花は無実を主張するだろうが、検察側も自白調書を盾に攻め立ててくるだろう。それが終わるといよいよ検察側の論告求刑と弁護側の最終弁論を経て審理が終了する。

今のままの流れで無罪がつかめるだろうか。可能性はあるとしても、絶対とは言い切れない。九十九・九パーセントの呪縛がかかったこの国の刑事法廷では、有罪判決を下すこと以上に、無罪に一票を投じることのほうが大きな勇気を迫られると言ってもいい。ひとたび有罪判決が下れば、控訴審まで野々花は心身の自由を奪われ続ける。そんな結末を迎えてはならない。

あともう一歩、動くべきだと思った。新しい証言でなくてもいい。畑中里咲の菓子袋の音について追認してくれるだけでも、今の流れに棹(さお)を差す効果が期待できる。

「自殺を図ったみたいです」

「え?」

思わぬ耳打ちに、伊豆原は仁科栞の真面目くさった顔を疑うようにして見た。

「入院した病院が彼女の向こうの勤め先だったようで、そこの職員に聞きました。上階から落ちたって。はっきり自殺とまでは言いませんでしたけど、そうとしか思えません」

建物の上階から落ちて、その理由を濁しているなら、自ら身を投げたと見るのが自然だろう。

しかし、庄村数恵の身辺に何があったのかも分からず、伊豆原はその話をすぐには消化し切れなかった。

「それでは次回は来週月曜日、十時の開廷とします」

桜井裁判長の口から閉廷が告げられそうになり、伊豆原は頭の中が整理できないまま、とりあえず動くしかないと反射的に手を挙げて立った。

「裁判長、証人調べ請求の申し立てをします」

仁科栞が桜井裁判長と江崎検事に証拠調請求書を配りに走った。

「小南さんがナースステーションにお菓子を配りに来たとき、そこに居合わせていた一人である庄村数恵さんですが、公判前整理手続のときには入院中で出廷が見込めないということで、弁護側としてもやむなく調書に同意した経緯があります。しかし、こちらで確認したところ、庄村さんはすでに退院されているとのことです。彼女はナースステーション滞在時の小南さんの様子を証言できる重要な人物ですので、ぜひ証人として呼びたいと思います」

桜井裁判長は左右の陪席と一言二言小さく言葉を交わしてから、江崎検事を見た。

「検察官の意見はありますか？」

問われて、江崎検事は不服そうに立ち上がった。

「異議あります。本裁判は公判前整理手続で決められた内容により進められるべきです。整理手続はすでに終了しており、庄村さんの証人請求はされていません。公判がここまで進んでのこの請求は、元より認められるものではないと考えます」

伊豆原は再び挙手して立ち上がった。

「刑事訴訟法三一六条の三二で、整理手続後の証拠調べ請求ができないのは、やむをえない事由によって請求できなかったものを除いてということになっています。申し上げましたように、庄村さんに関しては、入院していて出廷の見込みが立たないという、やむをえない事由がありましたので証人調べを断念した次第です。しかし、その事由が消滅していることが分かったわけですから、請求は認められるべきと考えます」

江崎検事も負けずに立ち上がる。

「もう一つ、庄村さんは証拠調べに取り上げられた調書の上でも、菓子をもらって一言二言会話を交わした以外、被告人の行動については関知していない供述をしています。この公判の争点においては重要な証言をする見込みは何もありません。弁護人はただ、公判終盤に新たな証人調べ請求を行うことのインパクトによって、弁護側があたかも攻めに動いているという印象を形成することだけが目的であるように思われます。このような法廷戦術ありきの請求は公判をいたずらに攪乱するものであり、不適当だと言わざるをえません」

正直なところ、彼が指摘するような狙いが伊豆原にあるのは確かであり、苦々しく思うのも分かる。しかし、伊豆原も反論に立ち上がる。

「本日の畑中里咲さんの証人調べで、菓子袋を手にしていた小南さんが点滴に細工をしたとすれば、手にしていた菓子袋の音が聞こえたはずだという新たな観点での証言が出てきました。庄村さんがこの菓子袋の音を聞いたか聞かなかったかは、供述調書において言及されていません。畑中さんよりワゴンに近い場所に座っていた庄村さんにこれについての確認を取ることは、小南さんの犯行可能性を見る上で非常に重要であると考えています。病室のごみ箱から押収された菓子袋も併せて証拠申請したいと思います」

「証人調べは月曜日に行えますか？」桜井裁判長が伊豆原に訊く。

「証人と調整いたします」

まだ出廷するという返事すらもらっていないが、伊豆原はそう答えた。

桜井裁判長が左右の陪席に目配せし、一つうなずいた。

「では、月曜日にその証人調べを予定いたします」

仁科栞がガッツポーズをしかねないような力み加減で、言葉にならない声を小さく洩らした。

「本日はここまでとします」

閉廷が告げられ、裁判官や裁判員らが法廷を出ていく。刑務官に連れられていく野々花を見送り、伊豆原は一日の疲労を感じながらゆっくりと書類を片づける。そこに「意味のない請求だよ」という江崎検事の吐き捨てるような声が耳に届いた。いまだ腹の虫が治まらないらしく、法廷を出ていこうとする彼の視線は伊豆原に向いている。

「江崎さん」伊豆原はその彼に声をかけた。「庄村さんが自殺未遂だってことは、どうして言わなかったんですか？」

江崎検事は立ち止まっただけで、すぐには答えなかった。

「もちろん、知ってたんでしょう？」

「訊かれなかったから、言わなかっただけです」彼は開き直るように言う。「何か問題でも？」

「理由は把握されてるんですか？」

伊豆原の問いに、江崎検事はかすかに眉を動かしてみせた。

しかし、事件の関係者の一人が自殺を図っていると聞けば、違和感を持たざるをえない。

野々花が無実だとすれば、真犯人は当然、ほかにいる。普通に考えれば、看護師を含むナースステーションに出入りしている医療スタッフの誰かである可能性が高いのだ。

「何の勘繰りですか」江崎検事は伊豆原の意図をすぐに察したようだった。その上で、ことさら平静を装ったような態度を取っている。「あなたも桝田先生と変わらないな」

「理由を訊いているだけです」

「もちろん、把握はしていますよ」彼は言う。「彼女は一昨年流産されたのを機に夫婦関係がうまくいかなくなり、昨年に入って離婚し、実家に戻っていました。それで向こうの地元の病院に勤めていたけれど、気持ち的には立ち直れなかった。そういう極めて個人的な事情です」

庄村数恵が看護師としての激務の影響があってか流産していることは伊豆原も聞いている。その不幸がさらに夫婦関係の破綻に結びついたということであれば、腑に落ちる部分はある。

しかし、本当に流産やその後の夫婦関係の破綻が自殺の理由なのだろうかという疑念も拭えない。検察が勝手にそう見ているだけではないか。

伊豆原はこの看護師に一度も会ったことがないだけに、どんな心証も持ちようがない。

「妙な勘繰りで、川勝さんみたいに訳ありの人を傷つけるのだけは勘弁してくださいよ」

モラルを説くような言葉で弁護側の反撃を牽制(けんせい)し、江崎検事は法廷を出ていった。

「明日にでも宇都宮に行ってきます」

裁判所を出て夕暮れの霞が関を歩く仁科栞が興奮気味に言う。

「いや、もちろん俺も行く」

庄村数恵は考えれば考えるほど扱いが難しい。現在、どんな状態なのかも分からないし、簡単に証人尋問に応じてくれるかどうかも分からない。本当に夫婦関係の問題だけで自殺を図って療養しているなら、不安定な精神状態が続いているだろう。一方で、今となっては真犯人の可能性があるだけに、慎重にそれを見極めたい思いもある。

「その前に〔古溝病院〕に行こう」伊豆原は言った。「庄村さんについては知らないことが多すぎる」

伊豆原たちはその足で〔古溝病院〕に向かった。受付で事務局長の繁田を呼び出してもらうと、少しして、繁田が怪訝な表情で出てきた。

「いきなりおうかがいして申し訳ありません」伊豆原は言い、その節は大変失礼しましたと頭を下げた。「公判ではスタッフのみなさんから公正な証言をいただき、感謝します」

「裁判での証言は各人に任せています」繁田は困惑気味にそう言った。「今日は何ですか?」

「こちらを退職された庄村数恵さんについてです」伊豆原は切り出した。「庄村さんのその後については、繁田さんもお聞きになってますか?」

「噂では」繁田はそう答えた。

「証人としての出廷をお願いしたいと思ってるんですが、接触には慎重を期したいと考えています。我々は庄村さんについて予備知識がないので、どういう人なのか、こちらで一緒に仕事をされていた方からお話を聞かせていただけないかと思いまして」

「今からですか？」

金曜の夕方十七時をすぎている。日勤の看護師であれば、ちょうど勤務を終えて帰り支度を始めている頃合のはずだ。

「土日の間に動かなければならないんです。何とかお願いします」

伊豆原がそう言って、もう一度頭を下げると、繁田は仕方なさそうに事務局のほうに戻っていった。

しばらくして、彼は戻ってきた。

「川勝、竹岡、畑中は、ご存じかと思いますが、今日は裁判に出ていて、仕事は休んでいます」

「存じています」伊豆原は言う。「そのほかに誰か」

「葛城、奥野、島津あたりでしたら、今日は日勤で、時間的にちょうど勤務を終えたところでしょうから、声はかけられると思います」

葛城麻衣子や奥野美菜では、聞きたい話がどれだけ聞けるか分からない。

「では島津さんに声をかけてもらえますか？」

そう頼んでカフェで待っていると、間もなく島津淳美が私服姿で現れた。すでに退職した庄村数恵の話だからということなのか、繁田は同席しないようだった。仁科栞がコーヒーを買いに走る中、島津淳美は何となく気まずい様子で伊豆原に挨拶を寄越した。

「あの、裁判では小南さんの力になれるようなことを何も言えなくて、すみませんでした」

そのことを気にしているようだった。

「川勝さんのことで、院長が怒ったたって話が伝わってきて……私が思わせぶりなことを口にしたばかりに、弁護士さんたちにも川勝さんにも、申し訳ないことしたなって思っています。二人の関係がどう収まったのかも知らないのに、無責任な推測を広げて、ここの医師を務めてる彼にも怒られました。情けないですけど、それで格好いいことは何も言えなくなって……」

証言することの影響が怖くなり、当たり障りのない話しかできなくなったということか。

「川勝さんの件については我々も慎重になるべきところを、まずいやり方で事を大きくしてしまって、逆に謝らなければなりません。それでも川勝さんには真摯に証言をしていただけましたし、我々としては島津さんを含め、いろんな方に助けられていると思っています」

仁科栞が島津淳美のコーヒーを運んできたところで、伊豆原は本題を切り出した。

「実はここを退職された庄村数恵さんのことなんですが……」

証人としての出廷を頼もうと考えていて、本人に当たる前に人となりやプライベートに関することなど、同僚の立場から知っていることがあれば教えてほしいと言った。もちろん、庄村数恵が事件の犯人である可能性については触れなかった。

「庄村さんが転職先の病院の上階から飛び降りたらしいという話は、噂で聞いています」島津淳美は口重そうに言った。「性格的には優しい方です。特別プライベートで遊んだりということはなかったんですが、以前は同僚としてよく話をさせていただいてました。でも、やっぱり流産がショックだったようで、それ以降はどこかふさぎこんでるように見えましたし、話す機会も少なくなって……」

「ちなみに、流産されたのはいつ頃ですか？」

「一昨年の八月頃だったと思います。妊娠四カ月くらいだったらしいんですけど、夜勤中に出血して切迫流産じゃないかということで、うちは産科がないものですから、近くの総合病院に運んだんです。でも結局流れてしまって……」

「妊娠中に夜勤をされてたんですか？」

伊豆原が驚いたように問うと、島津淳美は少し気まずそうに顔をしかめた。

「配慮してシフトを組むにもほかにしわ寄せが行きますし、本人が強く求めない限りは、特別扱いしてもらえないのが現状なんです」

「それが流産の原因となった可能性はあると思いますか？」

「可能性の話をするなら、あると思います」島津淳美は言った。「夜勤で流産の確率が上がるってことは言われていることです。ただ、まったく配慮されてなかったわけじゃなくて、三カ月目の夜勤は週一だったと思います。それが四カ月目に入って、安定期に入ったし、週二でもいいでしょうと」

「いくら安定期でも、週二で夜勤はきついですよね」仁科栞が言う。

「週二というか、あのときは連勤だったと思います」島津淳美は言った。「先月の分を取り返してもらうみたいな感じで」

「シフトはどなたが組むんですか？」

「最終的な調整は副師長ですけど、希望を聞いて大枠をまとめるのは主任がやってました。あの月は葛城さんが担当してたと思います」

「そのときは、誰の意向が働いて連勤になったかとか、そういうことは何か聞いてますか？」

伊豆原の突っこんだ質問に、島津淳美の口がにわかに重くなった。

「もしかして、庄村さんを疑ってますか？」彼女はそう尋ねてきた。

「いえ、そういうわけでは」

伊豆原はそう否定したが、当日の三〇五号室担当だった川勝春水に庄村数恵が恨みを抱いていたという背景がそこにあるなら、点滴に細工をしてトラブルを起こし、川勝春水を困らせるという動機も成り立ち、庄村犯行説の可能性も高まると思ったのは事実だった。

「私が何か言うことで、妙な憶測を呼ぶのはどうも心苦しくて」島津淳美は言う。

「そうですよね」川勝春水の件では彼女に迷惑をかけた形になり、伊豆原としても踏みこみづらい。

「でも、シフトで副師長が動くのは、どうしても夜勤が足りないときに、できそうな人に打診するくらいで、それも無理やりという感じじゃないですし、恨まれるような立場ではないはずです」

「そうですか」伊豆原はひとまず庄村数恵と事件の関係を疑うような質問は控えることにした。

「それで、流産されて、庄村さんは相当ショックを受けられた様子でしたか？」

「二週間くらいで復帰されて、仕事そのものは表向き変わらずやられてましたけど、元気がないのは感じてました」

「病院を辞められたのは去年の三月あたりですよね。その頃は何か庄村さんと話されましたか？」

「いえ、私も庄村さんも部署が替わってしまったので」島津淳美はそう言ってから付け足した。

「ただ、院内で見かけたときは、だいぶやつれているように見えました」

「結局、離婚されてご実家に戻られたということは、その頃になると流産のショック以上に夫婦関係がうまくいかなくなったことの影響があるようにも思うんですけど、それについては何かご存じですか？」

「噂ではいろいろ聞きました」

そう答えた彼女の口がまた重くなった。伊豆原もかなりセンシティブなことを訊いている自覚はあったので、催促するように口を挿むことはしなかった。

「もともと旦那さんに借金があって、夜勤も手当なんかを考えると余計に拒めなかったってことがあったみたいです」

「旦那さんのために一生懸命働いて、結果流産してしまった。本来ならいたわってくれるはずの旦那さんの態度がそうではなかった……みたいなことだったんですかね？」

「いたわってくれていたら、離婚にはならないでしょう」島津淳美はぼそりと言う。「でも、結局のところ、詳しくは分かりません」

「庄村さんは三十四でしたか」仁科栞が彼女に代わるようにして言う。「今は高齢出産も当たり前だから、はたから見れば三十四、五ならまた次がんばればと思えますけど、本人たちからしたら、やっと授かった命がっていう思いが強かったのかもしれませんね。お互い引きずって、相手のことをいたわれないみたいな……」

「これは庄村さんから直に聞いたわけじゃないんで、本当かどうかは分かりませんけど」島津淳美はそう前置きして言う。「四、五年前にも一度流したことがあるみたいな……そうだったら、次は余計に期待していたでしょうし、その分、落胆も大きかったんじゃないかと思います」

「なるほど……」

庄村数恵の立場に思いを馳せると、何となく気持ちがふさがれ、伊豆原の口も重くなってしまった。

「妊娠してるって教えてくださったときは、幸せそうな笑顔を見せてたんですけどね」

島津淳美はやり切れないように、そんなことをぽつりと呟いた。

不可抗力的な不幸をきっかけに人生が暗転してしまった人物を話題にしているだけに、話していても何となく気が滅入ってくる。その彼女が事件の真犯人かもしれないなどという憶測を絡めたような質問は、話を聞けば聞くほど無神経には口に出せなくなってしまった。

「貴重なお話、ありがとうございました」

庄村数恵にどう当たるべきか、考えがまとまらないまま、伊豆原は気鬱なこの話を自ら終わらせた。

「仕事が終わったばかりのお疲れのところ、ご協力に感謝します」

再度礼を言って、伊豆原は立ち上がった。島津淳美もそれに合わせて立ち上がったが、その動きは迷いを抱えているように緩慢だった。彼女と何度か接した経験から、言い残したことがあるのだと分かった。

「私は本当、言いたいことを言ってしまわないと気が済まなくなるたちで……」彼女は困ったことのように言う。

「何か……？」伊豆原は先を促すように訊く。

「こんなことを言うと人を疑ってばかりみたいですし、庄村さんを疑いたいわけじゃないんです」

島津淳美は言い訳するように言った。

「我々もよく思います。疑いたいわけじゃないけれど、そうせざるをえないことがある」

伊豆原の言葉に彼女は小さな笑みを浮かべてから、思い切ったように話し始めた。「庄村さん、以前から葛城主任に強く当たられてたんです。葛城主任だけじゃなくて、奥野さんや坂下さんたちが加わると、ほとんどいじめみたいな感じで」

こうした人間関係は初めて聞く話だった。

「庄村さんは葛城主任の一つ下なんですけど、若い頃は仕事覚えがあまりよくなかったらしくて、その頃から目をつけられてたみたいです。葛城さんが主任に上がってからは露骨になって、何でもないことで変にケチをつけられたり、雑用を押しつけられたりなんてこともしょっちゅうでした。これは私の思いこみかもしれませんが……」

島津淳美はそう言い置き、少しためらう素振りを見せたが、話を止めることはしなかった。

「葛城さんはまだ独身なので、そういう意味でも庄村さんの存在が目障りに感じていたんじゃないかって気がします。庄村さんの妊娠が分かってから、ますます当たりがきつくなったっていうか……竹岡主任がシフトを組んだときは、庄村さんもせいぜい週一の夜勤で配慮されてたんですけど、葛城主任が組む番になると、先月は夜勤が多くて迷惑したみたいな言い方で、庄村さんに夜勤を回したんです。流産したあの月は、ほかの人よりも夜勤が多かったと思います」

なるほど、先ほどの話にはそうした人間関係の裏があったのかと、伊豆原は気づかされた。

「庄村さんの旦那さんに借金があるとか、四、五年前にも流産してるとか、本来なら私なんかが知るはずのない話も、葛城さんが上司として本人から聞いたことを周りに話しちゃうんです。奥野さんたちも葛城主任に乗っかるようにして、先輩とも思っていないような態度を取ってくるから、あの人にとって楽しく仕事ができるような職場ではなかったと思います」

島津淳美は明らかに庄村数恵に同情的だった。しかし、彼女の話は庄村の流産に結びつくストレスの原因を語っているだけでなく、点滴中毒死傷事件の犯行動機にもつながるような強い恨みの背景をも語っている。実際、彼女自身、そうした意識があるからこそ、口にするのをはばかる思いがあったのだろう。

ただ、そうやって考えたとき、今一つ解せないのは、庄村数恵が恨む相手が葛城麻衣子たちであり、三〇五号室の担当だった川勝春水ではないということだ。

「川勝さんは、何か対応されたんですか？」伊豆原は訊いた。

「いえ」島津淳美は首を振る。「葛城さんが庄村さんに当たりが強いことくらいは分かってたでしょうが、仕事の上で何か事故が起きたわけでもないですし、庄村さんから相談でもない限り、いちいち人間関係には口を出さないと思います」

「しかし……」

頭の中では庄村数恵への疑念がふくらんでいる。川勝春水がどこかで絡んでいないと、話が成り立たないのではと思った。

「弁護士さんたちが、今度は庄村さんを疑ってるんじゃないかと思ったとき、一つ気づいたんです」

島津淳美は伊豆原の声をさえぎるように言った。庄村数恵を疑っているかどうかについては伊豆原は反応せず、口をつぐんで彼女の話に耳を傾けた。

「あの日の夜勤は葛城主任たち三人でした。あの月は葛城主任がシフトの担当でしたし、仲のいい三人で夜勤を組むことはよくありました。私が思ったのは、点滴で急変するのはもう少しあと、夜勤に引き継がれて日勤のメンバーが上がった頃を狙ってたんじゃないかってことです。三人であの急変に対応してたら、それこそあれ以上のパニックになってたと思うんです」

伊豆原は絶句し、思わず仁科栞と顔を見合わせた。川勝春水は関係ない。絡まっていた糸は、庄村数恵を一方に、葛城麻衣子ら三人をもう一方に置いて引っ張るだけで、するりとほどけるのだ。

点滴に薬剤を混入させても、それがどれくらいの時間で異変を生じさせるかということまでは、看護師といえども計算できなかったのだろう。本当は日勤と夜勤のスタッフが交代したあとを狙っていた。そう考えれば、確かに腑に落ちる。

結果的に急変はまだ日勤の時間中に発生したので、夜勤スタッフとの関係性には意識が向かいづらい形になった。

葛城麻衣子たちはどう思っただろう。

仮に庄村数恵を怪しむ気持ちが湧いたとしても、自分たちの素行が問題視されるだけであり、余計なことは言わないほうがいいと判断したのではないか。彼女たちは結局、警察の調べには野々花のことについて話し、それが捜査の方向づけに影響を与えることになったのだ。

「それだけです」

話を終えてそう口にした島津淳美に、伊豆原は呆然とした心持ちで「ありがとうございます」と頭を下げた。

「うかがったお話は慎重に扱わせていただきます」

仁科栞がそう声をかけると、島津淳美は会釈で応えて、カフェを出ていった。

「どうします？」仁科栞が伊豆原に問う。

「どちらにしろ、宇都宮に行くしかない」

庄村数恵に当たってどうするかは、また考えなければならないことだった。

その夜、伊豆原は風呂から上がると、疲れた身体をソファに預けてぼんやりと夜をすごした。

「明日、急遽、出張に行かなきゃいけない」

寝ついた恵麻の横で洗濯物を畳んでいる千景に言う。

「今の裁判の関係で？」

「うん……あと一押しなんだ」

千景も千景で、由惟が裁判を傍聴しているために恵麻のベビーシッターを別に探さなければならず、この週はいろいろ駆け回ってくたびれたに違いない。土日くらい、伊豆原が家事や子守りをするべきところだが、その余裕はどこにもない。

「裁判員裁判って大変なのね」

いつもなら、「手弁当の上に出張までしなきゃいけないの?」と、ことさら呆れてみせる彼女も、伊豆原の思案に暮れた様子を持て余してか、ねぎらい気味の言葉を返してきた。

畳んだ洗濯物を千景が寝室に運んでいく。

庄村数恵は今、どんな状態なのだろう……伊豆原はそんなことを考えている。

電話だけでは療養を理由に出廷を断られるおそれがあるので、直に会いに行く必要はある。問題はそのとき、彼女の犯行の可能性に触れるかどうかだ。

もし庄村数恵が犯行を認めれば、その時点で野々花の無罪は確定的となる。逆に庄村数恵の自白がないのであれば、いくら野々花の冤罪が色濃くなろうと、有罪判決の可能性はゼロにはならない。だから、野々花の無罪を確実にするためには庄村数恵に犯行を認めさせるのが一番なのだが、それをするのは捜査当局の仕事であって、伊豆原らがするべきではないとも思う。川勝春水への疑いとは違い、庄村数恵への疑いはもはやそこに帰結するしかないものだ。それでもこの問題は、力ずくでは動かせない。彼女が真犯人であれば、自殺を図った理由は犯行そのものにあると考えられる。精神状態は不安定であるだろうし、そんな彼女に犯行の認否を迫ることは、やはり慎重に考えなければならない。

庄村数恵に当たっても、用件は証人としての出廷要請だけにとどめる。それはいいが、それで本当に無罪を勝ち取れるのか……今度はそんな問題に行き当たる。実際に会って、どうするか考えるしかないか……そんなふうにも思う。

目の前のテーブルに置いたスマホに着信があり、見ると桝田の名前が表示されていた。

桝田は今日の裁判を傍聴していた。

電話に出ると、桝田は以前と変わらない屈託のない様子で、〈伊豆原か。お疲れ〉と呼びかけてきた。

「お疲れ。今日はわざわざありがとう」伊豆原は傍聴の礼を言った。

〈どうにも気になってね〉桝田はさらりと言った。〈しかし、今日はやったじゃないか〉

解任の一件は彼の中ですでに水に流したかのようだった。本音の部分ではわだかまっていてもおかしくはないが、そうは見せないのが桝田という男だ。

「畑中さんの菓子袋の証言から流れが変わった」伊豆原は言う。「川勝さんはどう出てくるか、まったく読めなかったが、彼女の中にちゃんとした正義があったんだろう」

〈俺も川勝さんの証言が気になってたんだ。変にへそを曲げてなくてほっとしたよ〉

桝田の勇み足で病院側との関係がこじれただけに、ほっとしたというのは本音だろう。弁護人を解任されたわだかまり以上に、そのことが気になっていたとしたら、桝田らしいというほかない。

〈これで形勢は逆転したんじゃないか〉

「そう思いたいところだが、裁判員がどう受け取ってるのかは読めない。まだまだ油断できる段階じゃない」伊豆原は慎重に返した。

〈それで、さらなる証人調べをねじこもうってことか〉桝田は言う。〈あれは驚いたな。裁判員に

も、普通の裁判とは違うっていうインパクトがあっただろ〉

「まあ、そういう狙いもあった」そう応える一方で、伊豆原は逆に問いかけた。「そう言えば、貴島先生が庄村さんからは大した話が聞けなかったようなことを言ってたが、桝田はそれに同行してたのか？」

〈いや、俺は行ってない。去年の三月の終わりだったかな。病院で話を聞くつもりが、ちょうど何日か前に辞めて実家に帰ったって聞かされた。それであきらめかけてたんだが、先生が急遽一日空いたらしく、会いに行ってくるって言ってな。ただまあ、そうやって宇都宮まで足を運んだ割には調書以上の話は出てこなかったって、がっかりして帰ってきた。そういうことだ〉

「向こうはどんな様子だったとか、そういう話は聞いたか？」

〈様子とは……？〉

人物像ではなく「様子」を訊いたことに、桝田は反応した。

「いや、庄村さんの怪我は自殺未遂によるものだっていう噂があってな」

〈なるほど〉桝田は小さくうなるような相槌を打った。〈離婚して、いろいろ疲れて実家に帰ってきたってことだったな。大した話が聞けなかったってことは、向こうのメンタル的な問題もあったのかもしれない。その後、そういうことがあったんなら、それも無理はないな〉

自殺未遂と聞いても、彼女が真犯人である可能性にまでは思いが至っていないようだった。

「そうか……とりあえず、気をつけて当たってみるしかないな」伊豆原はそんな思いを呟くだけにした。

〈力になってやれないのが残念だ〉桝田がふと嘆息気味にそう洩らした。

その意味を測りかねて、伊豆原が黙っていると、桝田は自ら〈いや、恨み言を言いたいわけじゃないよ〉と言い足した。

〈正直、弁護人を外れてからいろいろ考えた。結局のところ、裁判員裁判の主任ってのは、俺には荷が重すぎたんだ。気持ちが空回りするばかりでな。自分が何をやってるのか、自分で分かってなかった。外されたのも当然だ〉

「あまり自分を責めるな」伊豆原は言った。「桝田が感じてた重圧は理解してるつもりだ。気持ちは引き継いでる」

〈そう言ってくれると助かる〉桝田は声を和らげて言った。〈あと一山、がんばってくれ〉

「ああ」

主任弁護人を務めると、桝田が抱えていたであろう重圧は確かによく分かる。

引っ張る側であろうと支える側であろうと、能力以上のことはできない。そう割り切れるかどうかだ。

やれる範囲でやることをやれば、それだけでも目の前の霧くらいは振り払えるはずだ。

そうやって一歩一歩進んでいくしかない。

翌日の土曜日、伊豆原は仁科栞と東京駅で待ち合わせて、宇都宮に向かった。

庄村数恵へのアポイントは取っていなかった。宇都宮に着いてから電話をするつもりであり、ほとんど出たとこ勝負だった。後遺症でいまだ動けないと言われるかもしれないが、そうならそうで実際会ってみないことには納得できない。

「人と会う前に餃子はまずいですよね」

駅ビルで腹ごしらえの店を覗いているときは仁科栞もそんな軽口をたたいていたが、早い昼食を終えて庄村数恵へのアポイントを任せると、緊張し切った面持ちになり、しばらく人気のない場所を探し歩いた。

静かな通路の片隅で足を止めた彼女はスマホを取り出してうつむき気味に電話を始めた。伊豆原としては、彼女の当たりの柔らかさに託すだけだった。

電話は本人とつながったようだった。仁科栞は丁寧に自己紹介したあと、野々花がナースステーション内に滞在していた間に聞いた物音について確認したいと、連絡を取った目的を具体的に述べた。

「大事なことですので、実は今、宇都宮まで来ております。お時間は取らせませんので、少しお会いして話を聞かせていただけたらと思うのですが……」

庄村数恵が真犯人だとして、弁護側から公判の途中にこんな申し出を受けたら、どう反応すべきと考えるだろう。進んで関わりたくはないに違いない。しかし、いたずらに拒み続ければ、あらぬ疑いを招かないとも限らない……そんな不安も感じることだろう。

庄村数恵の反応はなかなか煮え切らないようで、仁科栞は粘るようにして交渉していた。

伊豆原は彼女を集中させるため、少し離れて電話が終わるのを待った。

やがて、仁科栞が電話を終え、伊豆原のほうに駆け寄ってきた。

「午後に自宅にうかがうってことで約束を取りつけました」

一仕事終えたような興奮気味の口調で報告する彼女に、伊豆原も「よし」と鼻息を交えて合わせた。

「様子はどうだった？」

「何とも言いようがないですね。身体が動かないって言ってましたけど、どの程度なのかは実際会ってみないと」

「けっこう渋ってたようだけど」

「警察に全部話したし、あの場にいただけで何も言えるようなことはないって感じです。元気がある声ではないので、動揺してるのかどうかもつかみづらいというか……」

やはり、実際会ってみないことには始まらないようだ。

午後になると、伊豆原たちはタクシーに乗った。郊外の景色を眺めながら鬼怒川を越え、しばらく進んだ住宅地の中で降りた。

「ここのようですね」

調べてきた住所をたどると、「屋代（やしろ）」という表札を掲げた一軒家に当たった。ここが庄村数恵の実家であるようだった。離婚をしているから、今は庄村数恵も屋代数恵に戻っているはずだ。

インターフォンを押すと、年配の女性の声が聞こえた。来意を告げ、しばらく待つと玄関のドアが開いた。

六十代くらいの、痩せた白髪交じりの女が顔を覗かせた。庄村数恵の母親らしかった。

「検察の方にも話しましたけど、数恵は療養中で、ちょっとまだ応対できる状態ではないんですが」

彼女はそう言ったが、本人から電話で了承を得ていると応えると、一度家の中に引っこみ、間もなくしてまた顔を出した。

「お上がりください」

仕方なくという口調で、伊豆原たちを迎え入れた。仁科栞が東京駅で買ってきた土産の洋菓子を渡したが、母親はあくまで困惑げな表情を変えず、あまり時間はかけないでほしいというようなことを言った。

「療養中であることは承知していますので」伊豆原はそう言葉を返した。「なるべくご負担をかけないようにいたします」

庄村数恵は一階の奥にある、六畳ほどの和室に置かれたベッドの上に座っていた。部屋着のようなトレーナーにカーディガンを羽織っている。肌に艶がなく、目は落ちくぼんでいて、その顔からは三十代の若さがうかがえなかった。

部屋は電気ストーブがつけられ暖かかったが、同時に辛気くさくもあった。父母の写真がいくつか飾られているところを見ると、ここはもともと母の部屋であるところを、怪我で思うように動けない彼女が使っているものと思われた。

ベッドのかたわらには杖(つえ)が二本、置かれてある。まったく歩けないわけではないようだった。

「使ってください」

伊豆原たちが自己紹介すると、庄村数恵はベッドの前に置かれた丸椅子を勧めてきた。椅子は一つしかなく、仁科栞は遠慮するように下がって、伊豆原の後ろで畳の上に正座した。

「お加減はどうですか？」

伊豆原はこの女が点滴中毒死傷事件の真犯人であると、ほぼ目星をつけている。そんな疑念を気取られないようにしながら、何食わぬ顔で話をしようとしているのは、不思議な緊張感を生じさせるものだった。

「足が思うように動かないもので……すみません」

庄村数恵はベッドに座ったままでいることを詫びた。

自殺についていきなり触れれば、彼女への疑念をあからさまに匂わせてしまう気がする。何を問いかけるにも慎重にならざるをえない。

「加減が悪いのは、足だけですか？」

「足というか、腰ですね」彼女は言う。「あとはだいぶよくなったと先生に言われますけど、吐き気があったり痛みがあったり……以前のようにはいかないです」

頬や目もとにもうっすらと傷痕が残っている。

「離婚されたということですが、屋代さんとお呼びしたほうがいいですか？　それとも庄村さんのままで？」

「どちらでも構いません」

彼女は伊豆原たちとの関係などこの場限りだと考えているのか、どうでもいいことのようにそう言った。

「ご存じかもしれませんが、実は今、〔古溝病院〕の事件の裁判が始まっています」

伊豆原は裁判の経過を簡単に話し、畑中里咲から出てきた、菓子袋の音についての話に触れた。

「菓子袋の音が聞こえたかどうかというのは、裁判の行方を占う鍵になる問題で、それを答えられる証人がほかにもいれば、ぜひ法廷に呼ぶべきだと思い、裁判長にもそう申し出ました。庄村さんにご了承いただければ、月曜日の公判で証言の場を作ってもらえます」

「東京まで出ていくのは、今の私の身体では無理がありますし、行ったところで、私に話せることなんて何もありません」

「ナースステーションにいたあの時間、後ろの物音は何も聞いていないということなら、それを言っていただければいいんです」

「それはでも、警察にもお話ししています」

「ワゴンや点滴の作業台があるあたりで菓子袋の音がしたかどうかというのは、新しい観点での証言になります。休憩室をいつ出てきたかは分からず、小南さんがナースステーションを出るときになって、その気配に気づいたという庄村さんの供述は、この場合、曖昧なんです。畑中さんは、小南さんがナースステーションを出ていく直前、菓子袋の音が鳴ったことで、小南さんの気配に気づいたと証言しています。庄村さんもあのとき、小南さんが出ていくのに気づいたのは音だったのか動きだったのか、どれくらい仕事に集中していたのか、畑中さんがビスケットを食べる音は聞こえていたのか、そういう詳細を含めて、菓子袋の音には気づかなかったと証言していただくことで、小南さんの不在証明が裁判員にも強く伝わるはずなんです」

「そんな細かいことは、もう憶えていません」

「憶えていないことは憶えていないと答えてもらって、もちろん構いません。証人尋問には小南さんが持っていたビスケットの菓子袋を用意して臨みます。庄村さんは畑中さんより、小南さんの動線により近いところに座っていたわけですから、その音が聞こえなかったと証言していただくことが一番重要なんです」

「そう言われても」庄村数恵は困惑気味に顔を伏せた。「今はトイレに行くのがやっとの状態で、とても東京までなんて行けません」

「それは我々がサポートします」伊豆原は言う。「車椅子が必要なら借りてきますし、今日は我々、宇都宮に泊まって、明日、庄村さんをお連れして東京のホテルを取ります。月曜当日も裁判所まで車でお連れします」

そこまで言われると逃げる口実がなくなったのか、庄村数恵は黙りこくってしまった。

「我々は小南さんが無実だと確信しています。休憩室の会話時間から考えれば、犯行は不可能なんです。それでも裁判というのは何が起こるか分からない。あと一押ししておきたいんです。畑中さんはあの場にいた者の直感として、小南さんは無実だと思っていたはずです。だからこそ、証言台でそれまで検察にも話していなかった菓子袋の音の話を持ち出した。庄村さんも小南さんのことをご存じなら、あの人が犯人じゃないということは分かるんじゃないでしょうか」

そう言うと、庄村数恵の口もとがかすかにゆがんだように見えた。

「小南さんはすでに一年以上勾留されています。二人のお子さんとも満足に会えない。僕は一刻も早く、彼女を自由にさせてやりたいんです。ましてやこれで有罪となれば、無実の身にとんでもない重刑を突きつけられることになる。二審、三審と気が遠くなるような時間を戦い続けなければならなくなる。あまりにも可哀想じゃないですか。紗奈ちゃんは庄村さんのことを優しい看護師さんだって言ってました。ここが勝負どころなんです。少しだけ、力を貸してもらえませんか？」

庄村数恵は苦しげな吐息を洩らし、「考える時間をもらえませんか」と言った。「今、急に聞いたことですので」

「分かりました。では夕方、またお邪魔したいと思います」

伊豆原はそう言って、ひとまず時間を置くことにした。心配すべきは、空いた時間に彼女が再び変な気を起こしたりしないかということだが、そこは母親に見ておいてもらうほかなく、台所にいた母親には、少し疲れさせたようなので夕方またうかがうと伝えて家を出た。


「どうなるか分からないが、今日はこっちに宿を取るしかないね」

タクシーを呼び、駅前に戻って、適当なビジネスホテルを探すことにする。

「お父さんはもう亡くなられてるんですかね」タクシーの中で仁科栞が世間話的にそんなことを言った。「部屋の写真にあったお父さんお母さんは、まだ四十代くらいの若さでしたよね。玄関には男物の靴もありませんでしたし」

「あの部屋はたぶん、お母さんの部屋だよね」伊豆原は言う。「シングルベッド一つだし、亡くなってるのかもね」

伊豆原の父母もそうだが、庄村数恵の年代の父母ならおそらく六十を越えている。まだ若いと言えば若いが、病気などで亡くなっていることもあるだろう。

「あの家の旦那さんなら、だいぶ前に亡くなってますよ」

不意に、老齢のタクシー運転手が伊豆原たちの話に割って入るように言った。

「え、知ってるんですか?」

「屋代さんでしょ。中学の先輩だったんですよ」運転手は言う。「特別親しかったわけじゃないけど、もう十七、八年前になるかな、ほら、ニュースになったから」

「ニュース……ですか?」仁科栞が問い返す。

「綱川昭三(つなかわしょうぞう)さんの水力発電の口利き疑惑があったでしょ。若い人は知らないかな」

綱川昭三は今でこそ峠を越した感のある政治家だが、伊豆原が学生の頃は与党幹事長の懐刀として大いに権勢を振るっていた。

「屋代さんは県の担当部署に勤めててね、まあ、綱川さんの口利きの窓口になってたんでしょ。それで疑惑が持ち上がって、検察も動いた。企業と県側と綱川事務所の秘書が同席した面会記録も企業側から出てきたけれど、県は綱川事務所の人間が同席してたっていう認識はないとか言い張ってたんだな。じゃあ、県側の面会記録を出せとか何とか国会のほうで野党が突き上げてたら、屋代さんが首を吊っちゃった」

話を聞いても、伊豆原の地元でもなく、そんなことがあったようななかったようなという感覚だ。ただ、庄村数恵の父が自殺しているというのは、何とも数奇な話に聞こえた。

「それで、疑惑はうやむやですか？」仁科栞が釈然としないように言う。

「うやむやだよ。不起訴」運転手は言った。「でも、そのあともいろいろあってね、屋代さんが生前、面会時のメモは残ってるって言ってたと、奥さんが言い出したんだよ。夫は綱川さん寄りの県上層部と検察特捜部に挟まれて殺されたようなものだと。上層部を告発するとか何とか、一時は弔い合戦じみたこと言ってたんだけど、肝心のメモが出てこなかったとかで、それもうやむやだよね」

伊豆原は応対に出てきた庄村数恵の母の姿を思い出す。静かな暮らしを営んでいる老婦人然としていたが、かつては夫の無念を晴らそうと、戦う姿勢を見せていたということだ。

「結局、世の中、証拠ってものがいかに大事かってことだよね」運転手はそう続けた。「うちらだって、ドライブレコーダーだの車内カメラだの、全部、何かあったときの証拠にってことだもの。いざというとき証拠が残ってないとね。屋代さんも奥さんが戦うとまでは考えてなかったのかな」

検察側は立件したかったわけだから、自殺した庄村数恵の父親の周辺は捜しただろう。メモがあったとしても、自殺前に処分してしまったと考えるのが自然だ。運転手が言う通り、正義は勝つという言葉も証拠があってこその話である。

駅前に着き、伊豆原は何とも言えない気分でタクシーを降りた。夫を失い、そしてまた娘が自殺を図ったときの庄村数恵の母親の心中はどのようなものだったか……そんなことを考えずにはいられなかった。

一命を取りとめてよかったと喜んでいられる話でもない。庄村数恵は点滴中毒死傷事件の真犯人だと思われる。犯行が明るみに出たときを想像すると、やはり何とも言えない気分になる。

駅前でビジネスホテルの部屋を取り、夕方までその部屋で休息を取ったほか、ホテルのカフェラウンジで仁科栞と軽く打ち合わせをした。

「東京に呼べるとしても、お母さんにも付いてきてもらったほうがいいかもね」

「そうですね。本人は精神的に安定しているとは言えなそうですし」

打ち合わせと言っても、そんなことを取りとめもなく話しただけだった。

十七時になったところで、伊豆原たちは再びタクシーを拾って庄村数恵の家を訪れた。

庄村数恵は覚悟を決めた顔になっていた。

「私ができる範囲で、協力させていただきます」

もちろん覚悟といっても、自身の犯行を打ち明けるとかそういうものではなく、自分を守りながら、野々花のことも守ってやろうという気になっただけであり、変わらぬ慎重さは口ぶりからもうかがい知れた。

「ただ、時間的にはなるべく短く済ませてもらえますか。基本的には菓子袋の音が聞こえたかどうかを答えればいいんですよね？」

「けっこうです。なるべくご負担をかけないようにしたいと思います」

機会があれば、彼女の犯行に迫りたい気持ちはある。それが野々花の無実を証明するには一番の近道だからだ。

しかし、今の庄村数恵は、こちらが葛城麻衣子や奥野美菜らの名前を出したとたん、警戒して何もしゃべらなくなってしまうだろう。あからさまに犯行を疑うようなことをぶつければ、法廷に出ないどころか、再び自殺を図ろうとしてもおかしくはない。伊豆原のほうは慎重に構えるしかない。

「娘から話を聞きました。何かと不自由なことがあると思いますので、私も一緒に行きます」

伊豆原たちが頼むまでもなく、庄村数恵の母がそう申し出てくれた。明日移動して東京のホテルに泊まってもらう手筈(てはず)を整えることを告げ、伊豆原たちは引き上げることにした。

「もしかしたら、検察から出廷するつもりなのかどうか確認の電話があるかもしれません。出廷の意思は言っていただいてけっこうですが、庄村さんは弁護側の証人になりますし、事前に会いたいという申し出があっても、応じるかどうかは任意ですので、断ったところで問題はありません」

出廷前に妙な横やりを入れられないよう、そう言い残して、伊豆原たちはホテルに戻った。

翌日、車椅子を用意して、午後から庄村数恵を東京に移動させた。浜松町のホテルに取った部屋で少し休ませたあと、本番で緊張して問答が壊れないよう、簡単に証人テストを実施した。

野々花がナースステーション内にいた間、点滴が置かれたワゴンのあたりで誰かが何かの作業をする音は聞いていないし、菓子袋が鳴る音も聞いていない。

野々花がナースステーションを出ていくのに気づいたのは、菓子袋かどうかは憶えていないが、何かの物音がしたからだと思う。

確認できた彼女の証言は、弁護側としては十分なものだった。すでに畑中里咲が証言していることとではあるが、それを保証することで精度が増す。その役目はナースステーションにいたもう一人の人間である彼女にしかできないことだ。

念には念を入れ、何か庄村数恵に心変わりでもあったときにフォローできるよう、隣の部屋も取り、仁科栞に泊まってもらうことにした。

あとは明日を待つだけだ……そう思えたところで、伊豆原は帰宅の途についた。


月曜日の朝、伊豆原が東京地裁の前で待っていると、開廷の二十分前になって、一台のタクシーが到着した。

後部座席のスライドドアが開き、庄村数恵の姿が見えた。トラブルなく連れてこられたことに安堵しながら伊豆原は「おはようございます」と声をかけたが、顔に早くも緊張の色が浮かんでいる彼女からは、会釈が返ってきただけだった。

ラゲッジから車椅子が出され、助手席から降りてきた仁科栞とともに、庄村数恵をそれに乗せる。庄村数恵の母にも挨拶し、車椅子を押して裁判所に入った。

「昨夜は眠れましたか？」

エレベーターを待つ間、伊豆原は庄村数恵の気分をほぐそうと、そんな問いかけを投げてみたが、やはり彼女は小さく首を動かしただけだった。伊豆原も無理に話しかけるのはやめることにした。

フロアを上がり、法廷の隣にある証人待合室に二人を入れる。

「落ち着いて答えていただければけっこうですから」

ここまで来れば、庄村数恵もまな板の鯉の心境だろう。伊豆原は最後に一言だけ声をかけ、仁科栞と法廷に移った。

「だいぶ緊張してるみたいだね」

法廷の弁護人席に着きながら、庄村数恵の様子について仁科栞と話す。

「そうですね」彼女はうなずいてから言う。「昨日の夜、お母さんと二人で何か言い合ってるような声が聞こえてきたんですよ。どこか神経質になってるというか、今朝、顔を見ても、眠れてない様子ではありましたね」

泊まってもらったのは安価なビジネスホテルだから、隣の声や物音が聞こえるということもあるだろう。ただそれでも、隣にまで聞こえたのだから、それなりの激しさがあったということだ。

「できたら尋問、私にやらせてもらえませんか？」仁科栞がそう申し出てきた。

この尋問は技術を要求される類のものではなく、証言台に立ってもらう時点で大方の役割は達せられている。そのために奔走した彼女の労に報いる意味でも、伊豆原は「分かった」と了承した。

「内容は昨日テストした範囲でいいから」

この証人尋問で庄村数恵が犯人である可能性を探ることは難しい。こちらから無理に手を突っこむべきではないと伊豆原は結論づけていた。

「分かってます」彼女はそう応えた。

セーターにカーディガン姿の野々花が刑務官に伴われて入ってきた。いつものように手錠に腰縄付きだが、金曜日から裁判の風向きが変わったことの影響か、表情にはどことなく明るさがうかがえる。傍聴席に由惟の姿を見つけ、目尻にしわを刻んでいる。

やがて、裁判官と裁判員もそろい、一礼して開廷した。

「金曜日に請求があった証人はいらしてますか？」

「はい」

事務官の案内で庄村数恵が法廷に入ってくる。彼女の母親も傍聴席に着いた。

庄村数恵は野々花とは対照的なほど、相変わらず緊張が顔に浮かんでいたが、この法廷の中で改めて見ると、何やら極度に思い詰めている様子にも思えた。もしかしたら、彼女は証言台で犯行を自白する気ではないかとさえ思った。昨晩、母親と言い合いをしたのも、そのことが原因ではないか……そう思うと、伊豆原も緊張で肩が強張る感覚を抱いた。

庄村数恵は車椅子のまま、証言台の前で裁判官席に向かい合った。目の前に置かれた宣誓書を読み上げると、仁科栞が立ち上がって、証人尋問が始まった。

庄村数恵は自身のキャリアや事件当日、日勤組として勤務していたことを、質問に答える形で簡単に語った。また、三〇五号室の点滴をダブルチェックの体制で担当の川勝春水と作り、その点滴が作業台近くのワゴンに置かれた状態であったことも証言した。

「その後、川勝さんはパソコンを持って休憩室に入られたということですが、庄村さんはどうされましたか？」

「ナースステーションの中央テーブルにパソコンを置いて……看護記録を付けました」

庄村数恵は前夜ホテルでテストしたときの滑らかさが口調になく、喘（あえ）ぐような息遣いさえ感じられた。質問が進むにつれ、何か胸に秘めたものを持て余し、それを隠せなくなっているようだった。自分が点滴に薬剤を入れたのだと、今にも打ち明けてしまいそうであり、伊豆原は固唾を呑んでやり取りを見守った。

「十五時四十五分頃、小南野々花さんがナースステーションを訪れたことは憶えていますか？」

「はい……憶えています」庄村数恵は伏し目がちに答える。

「小南さんの服装などは憶えていますか？」

「上はセーターで、下は黒のパンツだったと思います」

「手には何か持っていましたか？」

「ビスケットの菓子袋を持ってました」

仁科栞は手袋を嵌めると、裁判長の許可を得てから証拠申請しておいたお徳用のビスケット袋を手にし、がさがさと音を立てて揺らしながら庄村数恵に示してみせた。

「それはこれと同じものでしょうか？」

「そうです」

「小南さんはナースステーションに入ってきて、何をしましたか？」

「そのビスケットを私たちに配りました」

「庄村さんが見た小南さんの行動を、思い出せる限り詳しく教えていただけますか？」

「カウンターで仕事をしていた畑中さんにビスケットを配り、私のところに来ました。袋から二つビスケットを出して、『おやつどうぞ』と言いながら、パソコンの横にそれを置きました。テーブルの中央にもいくつか置いてから休憩室のほうに向かいました」

庄村数恵の声は小さかったが、証言内容はおおむねテストで聞いた通りだった。

「こうやってビスケットを置いたわけですね？」仁科栞はがさがさと菓子袋の音を立てながらビスケットを証言台の机に置く真似をした。

「はい」

「小南さんとは、ほかに何か会話を交わしましたか？」

「『おやつどうぞ』と言われて、『ありがとうございます』と言いました。それだけです」

「小南さんが休憩室に入ったのは見てましたか？」

「見てはいません。ノックの音と『お疲れ様』と中に呼びかける声が聞こえたので、休憩室に行ったんだと思いました」

「小南さんがナースステーションに入ってきてから、休憩室に行くまで、時間にして何秒くらいでしたか？」

「それほど長くはなかったと思います。十五秒かその程度だったと」

テストでは二十秒くらいと言っていた。細かいことだが、伊豆原は少し引っかかった。

「その後、小南さんがいつ休憩室を出てきたか分かりますか？」

「休憩室のほうには背中を向けていましたし、自分の仕事をしていたので分かりません」

「小南さんがナースステーションを出ていく姿は見ましたか？」

「ちらりと背中を見た記憶はあります」

「背中を見たのは、視界に動きが入ったからですか、それとも何か気配がしたからですか？」

「気配だと思います」

「気配というのは、風のような空気の動きですか、それとも足音とか何かの物音ですか？」

「足音か物音だと思います」

「その気配の主が小南さんだと知って、何か意外に感じることはありましたか？」

「いえ、特に」

「何となく、小南さんだという気がしていたということですね？」

「そうですね」

「それはどうしてでしょう？」

「何となくです。小南さんが休憩室に入ってからそれほど時間が経っていなかったので、小南さんがお菓子を配って出てきたと思いました」

ここで仁科栞はまた、菓子袋を軽く握って音を立てた。

「あのとき、背後にこの音を聞いたら、誰が通ったと思ったでしょうか？」

「小南さんだと思ったと思います」

「畑中里咲さんはこの音を聞いてそちらを見たところ、小南さんがナースステーションを出ていくところだったと証言しています。庄村さんもこの音を聞いて、小南さんが通ったと思ったのではありませんか？」

「そうかもしれません」

「小南さんが休憩室に入ってから、ナースステーションを出ていく気配を感じるまでの間に、庄村さんは一度でも後ろを見ましたか？」

「いえ」

「小南さんが休憩室に入ってから、ナースステーションを出ていく気配を感じるまでの間に、庄村さんは背後で何か物音がしたのを聞いた記憶はありますか？」

「……何となくあります」

伊豆原は思わず眉をひそめた。テストとは明らかに違う答えであり、質問を聞き間違えたのだろうかと思った。

「もう一度お尋ねします」仁科栞はそう言って、ゆっくりと訊き返した。「小南さんがナースステーションを出ていくときの物音でなく、その前にワゴンのあたりで誰かがそこにとどまっているような物音を聞いた記憶があるかどうかということですが」

庄村数恵は束の間、沈黙を挿んでから口を開いた。「思い返すと、何となく、小さな物音が聞こえていたような気がします」

今度は仁科栞が沈黙を作る番だった。彼女は思わずという様子でちらりと伊豆原に視線を向けた。

「小さな物音というのは、どんな音ですか？」仁科栞は少し早口になり、そう問いかける。

「分かりません。何か小さな音がして、誰かそこにいるような感じがあった気がします」

仁科栞が落ち着きなく首を動かし、もう一度、伊豆原を見た。反対に、庄村数恵はうつむきがちではあるが、微動だにしない。

「そのとき、この菓子袋が鳴る音は聞こえましたか？」

仁科栞は菓子袋を握って音を鳴らしてみせた。予定通りの質問ではあったが、本来は何の物音も、当然菓子袋の音も聞こえなかったという文脈で証言されるはずだった。今、意味合いは違ってしまったが、それでも、菓子袋の音だけは聞こえなかったという言質を引き出そうとするように、仁科栞は庄村数恵に迫った。

「その音かもしれません。小さな音だったので、何とも分かりません」庄村数恵はそんな言い回しで否定を拒んだ。

伊豆原はようやく、彼女が意識的にテストとは違う応答をしていることに気づいた。

罪を打ち明けるどころか、形勢を立て直しつつあった野々花が再び不利になるよう、今までまったく口にしていなかったことをこの期に及んで証言しているのだ。

仁科栞もそのことに気づいたらしく、伊豆原から見える彼女の横顔は血が上ったように紅潮していた。

野々花は帰り際、作業台からゴム手袋を一組もらっている。その物音かどうか訊けというように、伊豆原は手袋を嵌めるジェスチャーをしてみせた。

「小南さんは帰りに点滴を作る作業台の前を通った際、そこにあるゴム手袋を一つもらったと言っています。立ち止まったのはほんの四、五秒というところだと思いますが、庄村さんが聞いた物音は、時間にして何秒くらいのものですか？」

「分かりませんが……断続的に何十秒かは続いていたと思います」

「物音がしていたのであれば、なぜあなたは一度も振り返らなかったのですか？」仁科栞は声を上ずらせて、そう追及した。

「大きな音ではなかったので……普段から、後ろで誰かが作業していても、それをいちいち振り返って確認したりはしません」

仁科栞は憤りに任せるように菓子袋の口をぎゅっと握った。

「庄村さんは先ほど、あの場でこの音を聞いたら、小南さんだと思うと言いましたね？　その小さな音の中にも、この音が交ざっていたら、小南さんは後ろで何をやっているのだろうと、気になって確かめるのが自然ではありませんか？」

「はっきり、その袋の音だと分かれば振り返ったと思いますが、そこまで聞き分けられる音ではなく、誰かが何かしているという気配程度の音だったので、確かめようとは思いませんでした」

「検察が提出しているあなたの調書には、そうした気配を感じたり、物音を聞いたりしたという供述は載っていませんね。聴取の際にこのことは話しましたか？」

「話していません」

「どうしてそのときには話さず、今になって思い出したように話したのですか？」仁科栞の口調には、弁護側の証人相手とは思えない非難の色が混じっていた。

「今になって思い出したからです」庄村数恵は感情の起伏を表に出すことなく、どこか一点、下のほうを見ながら答える。「警察にはその部分にこだわって訊かれたわけではないので、気にしていたことでもありませんし、話すべきこととして思い出しもせず、当然、答えませんでした。今回、弁護士さんから、ナースステーションにいたときの背後の物音について詳しく訊きたいと言われて、いろいろ記憶をたどっているうちに、ふとこのことを思い出しました」

「どうしてそんな嘘を言うんですか……？」

仁科栞のその言葉は声が震えていて小さく、伊豆原には聞き取りづらかった。裁判官や裁判員たちには聞こえなかったかもしれない。

「小南さんが犯人だという印象形成に加担すれば、あなたに何か有利に働くことでもあるんですか？」

さすがに庄村数恵も、はっとしたように仁科栞を見た。

「小南さんを犯人にすれば、自分が助かるという……」

仁科栞の声は震えが増していたが、もはや法廷全体に行き渡る大きさになっていた。

「何を言うの！」

傍聴席から悲鳴にも似た女性の声が上がった。庄村数恵の母親が発したものに思われた。

「異議あります！」江崎検事が勢いこんで立ち上がり、仁科栞に指を突き立てた。「弁護人の質問は質問でなく、証人が嘘をついているかのように中傷し侮辱するものです！」

「弁護人は質問を撤回してください」傍聴席が小さくざわつく中、桜井裁判長が厳然と言った。

仁科栞は裁判長を見つめながら、しばらく肩で息をしていた。それから顔を伏せている庄村数恵を一瞥し、小さな声で「質問を終わります」と結んだ。彼女は伊豆原の隣に戻ってきても、放心したような顔のまま、何も言わなかった。

検察側からの反対尋問はなかった。

桜井裁判長が休廷と、昼休みを挿んでからの再開時刻を告げた。

策に溺れたな……向かいの検察官席から、江崎検事がそう語りかけるように、小さな笑みを覗かせて伊豆原を見ていた。

庄村数恵が弁護側に協力してくれるという考えは甘かったということか。本人の口から自分が犯人であると打ち明けられることをわずかながら期待していたとはいえ、こちらから自白を迫ろうという考えは捨てていた。それこそ、腫れ物に触るようにしてここまで連れてきたのだ。

それもこれも、野々花のために駄目押しとなる証言をしてほしかったからだった。

しかし、そうまでしてお膳立てしても、うまくいかなかった。野々花に冤罪をかぶせている罪悪感をくすぐったはずだったが、野々花が無罪となるのは困るという考えが最後に来て勝ったようだった。

庄村数恵が真犯人だという心証は伊豆原の中でほとんど確定的になった。しかし、今さらそれが何だというのか。こんな見え見えの構図でも、何か確たる証拠を突きつけない限り、野々花と庄村数恵の立場は入れ替わらない。

庄村数恵の姿はすでになく、気づけば母親も傍聴席から出ていってしまったようだった。

伊豆原は席を立ち、法廷を出た。恨み言を言いたいとは思わなかったが、ただ一言、どうしてと問いかけ、彼女の良心にちくりとしたものを与えたい気持ちはあった。

一階のロビーに出たところで、エントランスの外に車椅子を押して出ていく女性の姿を見つけた。庄村数恵とその母親に違いなく、伊豆原はそれを目で追いながら、歩みを速めた。

よく見ると、コート姿の男が二人に付き添って話しかけている。記者だろうか。マスコミも庄村数恵と仁科栞のやり取りの一部始終を見て、何か引っかかるものがあったのではないか……そんなことを思いながら、あとを追って建物を出ようとしたところで、エントランス脇のベンチから「伊豆原先生」と声がかかった。

そこには紗奈が立っていた。前髪を丁寧に作り、よそ行きの紺のワンピース姿ではにかんだような笑みを浮かべている。今日は午後から、彼女も弁護側の証人として出廷する予定になっていた。

「紗奈ちゃん……ありがとう、来てくれて」

「もう、すごく緊張するんだけど」

紗奈は早速、不安を吐き出さなければ落ち着かないと言いたげに、そう訴えてきた。

「いや、大丈夫だよ……」

伊豆原は紗奈の相手をするため、庄村数恵のあとを追うのをあきらめた。しかし、最後に彼女らが前の通りへと消えていく姿に視線をやったとき、一緒に歩いているコート姿の男の横顔がちらりと覗き、伊豆原ははっとした。見間違いかと思うような一瞬の出来事で、もう一度見返したときには、三人の姿はすでになかった。

「紗奈！」

後ろから由惟が紗奈と伊豆原の姿を見つけて、駆け寄ってきた。

「昼ご飯、まだでしょ」由惟は紗奈にそんな声をかけ、伊豆原を見た。「伊豆原先生、一緒に行きます？」

「うん……いや……」

伊豆原は自分の目を疑い、混乱した頭のまま、その場に立ち尽くした。

「あ……今」

通りのほうに向いている伊豆原の視線を見て、何を気にしているのか気づいたように、紗奈がぽつりと言った。

どうやら、伊豆原の見間違いではないようだった。

昼の休憩を終えて法廷に戻ると、エントランスで見た庄村数恵らの様子を仁科栞に話した。

「どういうことですか？」

自身の証人尋問の不首尾から沈んだ様子で黙りこくっていた彼女は、はっとしたように顔を上げた。

伊豆原はその問いかけに首を振るしかなかった。自分の中でもまだ整理がついていない。

裁判官や裁判員らが法廷に戻ってきて、審理が再開された。

弁護側の最後の証人として証言台に立ったのは紗奈だった。この数カ月で背丈は少し伸びたが、まだまだ華奢で、肩も首もほっそりしている。

しかし、そんな彼女なりに、背筋を伸ばし、力強く立っている様は、それだけで胸を打たれる光景だった。

裁判の形勢は、今、どうなっているのだろう。

押し返したと思いきや、思わぬ変化に揺さぶられ、有利なのか不利なのか、まったく分からない。裁判員の中でも見方が分かれているかもしれない。

いまだ霧が晴れないこの法廷の真ん中に、母親の無実を信じて疑わない少女が立っている。彼女は被告人席に座る母親のほうは見なかった。それは一見、緊張しているせいのように思えたが、伊豆原には、母親を見なくても揺るがない気持ちによるものに思われた。

紗奈は前方の裁判官や裁判員らにぺこりと一礼した。

宣誓書をたどたどしく朗読した紗奈に、裁判長が着席を促す。

伊豆原は弁護人席の前に進み出て、彼女に問いかける。

「あなたと小南野々花さんの関係を教えてください」

「次女です」

「事件当時、あなたは〔古溝病院〕の三〇五号室に入院していましたが、今の身体の調子はどうですか？」

「元気になりました」

「今日はこの裁判で言いたいことを、手紙の形で書いてきたということですが」

「はい」

「読んでもらってもいいですか？」

「はい」

紗奈は返事をすると、手にしていた便箋を広げた。何十回も朗読の練習をしたに違いないその便箋は、今や折り目も崩れている。

「お母さん、元気ですか？」

紗奈は遠くにいる母に呼びかけるように読み始めた。この手紙を書いた頃、紗奈はまだ野々花との面会には一度も行けていなかった。その距離はしかし、互いがこうして法廷という同じ空間に身を置いていても縮まっていないのだと気づかされるようだった。

「私は元気です。腎臓の病気もすっかりよくなりました。今は毎日、フリースクールで勉強をしています。ダンスチームにも入り、友達もできました。家でもお姉ちゃんと仲よくすごしています。

お母さん、入院していたときは毎日病室に寝泊まりして、一生懸命付き添い看護してくれて、本当にありがとう。病気がよくなったのはお母さんのおかげだと思います。お母さんが人からもっと褒めてもらいたくて、私の病気が治るのを遅らせようとしたという見方があると聞いて、私はびっくりしました。私は、お母さんが私の病気を悪くしようとしてると思ったことは一度もありません。

お母さんはいつも、私の薬が間違ってないか、点滴で気分が悪くなってないか、看護師さんに一つ一つ確認して、見守っててくれたよね。食欲がないときは、急いで家に帰って、私の大好きなカレーライスを作って持ってきてくれたね。お母さんがずっと、私がよくなることだけを思ってくれていたこと、私は知ってるよ。動画でベルーガを一緒に見て、元気になったら家族でシーワールドに行こうって話もしたね。

入院中、お母さんの誕生日のとき、私が『いつもありがとう』って言ったら、お母さんは、『その一言以外何もいらない』って笑顔で言ってくれたよね。それは、私が普段言えないことを、思い切って言ったからだと思います。ほかの人に、よくやってるって褒められたからって、お母さんはあんな笑顔になるのかな。私には想像ができません。

光莉ちゃんのお母さんともモメることがあったけれど、そんなときもお母さんは私に、『光莉ちゃんのお母さんは熱心な人だね』『光莉ちゃんがもう少しよくなれば、あのお母さんの機嫌もよくなるよ』と話していました。お母さんは自分の行いで文句を言われても、自分がそれでいいと思っていたら変えない頑固なところがあるけれど、文句を言われた人を恨んだりはしません。相手が一生懸命だからこそ、そういうことを言ってくるって分かっているし、そういう一生懸命なところはちゃんと認められる人です。

お父さんと離婚するときも、私は、お父さんは勝手だなと悲しい気持ちになりました。でも、お母さんからお父さんの悪口は聞いたことがありません。『お父さんにはお父さんの人生があるから』といつも言っていました。『残った三人で力を合わせれば大丈夫』って言っていました。私もその通りだと思いました。

でも今はお母さん、一人にされてしまい、私は心配です。お母さんが事件を起こしたことを認めたと聞いたとき、私はお母さんがすごくつらい気持ちになっているのだと思い、胸が痛くなりました。気持ちが弱っていると、人は本当のことが言えません。言っても聞いてもらえなくて、たくさんの人に責められて、分かってくれないならいいやと思ってしまうことがあります。誰でもそうだと思います。私も中学校に通い出したとき、みんなに事件のことを言われ、お母さんは無実だと言ったけれど、嘘つきだと言われ、仲間外れにされました。つらくて悲しくて、お母さんもきっとこんな気持ちだったんだろうなと思いました」

野々花が頬に伝う涙を何度も拭っている。目を合わせなくても、置かれた立場の距離があっても、心はつながっている。

「人は味方がいないと、すごく弱い生き物なんだと伊豆原先生は教えてくれます。私もそう思います。病気をしていたとき、お母さんやお姉ちゃん、病院の先生や看護師さんたちが私を支えてくれました。誰も認めてくれなかったとき、私は一人きりでした。誰も認めてくれなかったときの自分は、病気をしていたときの自分よりも弱かったです。誰も味方がいないときの自分は、本当の自分じゃないみたいでした。

でも今は違います。私の話を聞いてくれる仲間がたくさんいます。お母さんにもたくさんの味方がいることを伝えたいです。

裁判官のみなさん。裁判員のみなさん。お母さんは私の付き添い看護を一生懸命していただけです。もしかしたら法廷でも緊張してしまって上手に受け答えできないかもしれません。でも、みなさんのお母さんと同じ、私にとって大事なお母さんなので、どうか偏見なく訴えを聞いてあげてください。

私はずっと信じています。

小南野々花の次女、小南紗奈」

この法廷に清冽(せいれつ)な風が吹いた気がした。立ちこめていた霧が一気に晴れた気がした。それは一瞬限りかもしれず、伊豆原の気のせいかもしれなかった。しかし、一瞬だろうと気のせいだろうと、気持ちから重苦しさが消えたこの感覚は、伊豆原にとって何より貴重だった。あと少し、結審まで走り抜けようという気力が湧いてきた。

「ありがとうございます」

伊豆原は拍手を送りたい衝動に駆られながら、紗奈に心からの礼を言った。

25

九日間にわたる裁判が終わった。

由惟は連日、傍聴席の片隅でその行方を見守った。

いろんな証人がいた。母の犯行を疑いもせず、その怪しさを言い募る人が何人もいた。しかし一方で、母の犯行に疑いを唱え、守ろうとする人たちも確実に存在し、由惟は勇気づけられた。

紗奈の手紙は、彼女が朗読の練習をしているのを家で何度も聞いていたのだが、法廷で聞いても胸を大きく揺さぶられ、涙が止まらなくなってしまった。自分も証言台に立つべきだったとの後悔が今さらのように湧いた。しかし、由惟が訴えたいことは紗奈の手紙にすべて書いてあり、自分が何かを言っても蛇足にしかならないだろうという気もした。

紗奈の証人尋問のあとには、母本人が証言台に立った。母は一貫して自分が事件には関わりがないことを主張した。検察側では被害者参加制度を使った光莉ちゃんのお母さんからも自身とのトラブルについて容赦ない質問が飛んだが、母は彼女には何のわだかまりもなかったと答えた。同じ話を繰り返したり、要領を得ない言い方になって裁判長から訊き返されたりということはあったものの、言っていることは明快だった。伊豆原からは自白についての質問もあり、調書の任意性を争っていたときにはうまく言えなかったことも、最後にはしっかり言い切れたようだった。

最終日、検察側は論告求刑において、事件を「まれにみる冷酷で身勝手な犯行」と総括し、「被告人を無期懲役に処すべき」だとした。一部のメディアでささやかれていたような死刑求刑ではなかったが、それで胸を撫で下ろしたというような感覚はまったくなかった。喉をぎゅっと締めつけられたように息苦しくなり、気分の悪さがしばらくあとを引いた。検察という国の組織が母に重刑を科そうと判断している事実は、家族にとっては恐怖としか言いようがないことだった。

それだけに、伊豆原が何も動じていないように最終弁論を繰り広げたことは、由惟には頼もしく感じられた。当然のごとく、母が真犯人だと裏づけるような直接的な証拠はどこからも出てきていない。それどころか、検察側が認めていないだけで、彼らが訴えている母の犯行は時間的に不可能だと伊豆原は反証している。

最終弁論の最後に伊豆原が言った言葉が印象的だった。

「検察がやるべき仕事は無実の小南さんに刑を科そうとすることではなく、一刻も早く真犯人を捕らえ、正当な捜査により真相をつかみ、確たる証拠をそろえて法の裁きにかけることであります」

それが印象的だったのは、一つに、言われた検事の顔色が変わり、明らかにむっとしたような表情を浮かべたからだった。それだけ痛烈に響いたのだろう。

そしてもう一つ、由惟は、紗奈の前に証人尋問を受けた看護師の庄村数恵がもしかしたら真犯人なのではないかという気がしていた。仁科栞も尋問の最後で、そういう疑念を口にしかけていたように見えたし、庄村数恵の証言内容自体、首をかしげたくなるものだった。伊豆原の頭にもそうした疑いがあって、検事に対するあの言葉になったのではないかという気がしたのだった。

庄村数恵が出廷した次の日、法廷前の通路で記者たちが、自殺未遂の後遺症で云々という話をしていた。庄村数恵のことらしく、病院関係者から噂を仕入れてきたようだった。

それが本当なら、その自殺未遂も事件と強い関係があるのではないかと思った。ただ、それを紗奈に話すことはしなかった。根拠が何もなかったからだ。

裁判が結審して、判決は二週間後に下されることになった。

すべてを傍聴した印象では弁護側に分があると思ったが、その見方に自身の希望的観測がまったく混じっていないと言い切れる自信はなかった。検察側も母の犯行を躍起になって立証しようとしていたし、弁護側が最後になって繰り出した庄村数恵の証人尋問も裏目に出たような印象が残った。

判決の日までは伊豆原のマンションで恵麻の子守りをする日々に戻ったが、言いようのない不安は由惟の中から拭えず、判決日が近づくごとに大きくなっていった。しかし、伊豆原と顔を合わせても、一生懸命母の弁護を務めてくれた彼に、それを話すことはできなかった。

伊豆原のほうからも裁判に触れる話はほとんど出なかったが、判決がいよいよ迫ってきたある日の夕方、マンションに帰ってきた彼が、判決の日は傍聴席に紗奈を連れてきてはどうかと由惟に提案してきた。

それだけ判決に自信があるのか、あるいは不安だからこそ祈りの力を一人でも集めたいということなのか、由惟には分からなかった。

由惟は少し考えて、その提案を断った。臆病な自分らしいとも思ったが、伊豆原にいくら自信があったとしても、それは完全なものではないだろう。少しでも有罪判決の可能性があるなら、そんな場に紗奈を居合わせることにはしたくなかった。

もちろん、紗奈も判決は気になるだろう。フリースクールに行ったところで勉強も何も手に付かないに違いない。だから、紗奈には裁判所のロビーのベンチで待っていてもらうことにした。


そして、判決の日がやってきた。

由惟は午前中、紗奈とともに神社に行って無罪判決を祈ってきた。いつもはおしゃべりな紗奈も、昨日からめっきり口数が少なくなっていた。

昼を食べてから東京地裁に行った。地裁の前では、母の裁判の傍聴を希望する人たちが、抽選に参加するための列を作っていた。

由惟はエントランスロビーのベンチに紗奈と座り、時間が来るのを待った。

「ここにいる人たちって、どういう人なんだろうね」

由惟は気を紛らわせるために、そんな話を紗奈に向ける。

分厚いかばんを提げた弁護士風の人たちもいるが、それぱかりではない。由惟たちのように身内が事件に巻きこまれ、憂鬱な気分でここに来ている者もいるだろう。病院に出入りしていると、病気と付き合わざるをえない人たちがこんなにもいるのだと思わされるが、ここにいても似たような感覚がある。

「みんな大変だね」

「だね」

もちろん、周りに意識を向けるのは、不安の裏返しだと自分でも分かっている。本当は周りの人のことなどどうでもいい。

有罪判決が出ても高裁や最高裁がある。今度は逃げたりはしない。自分の一生を懸けてでも戦おうと心に決めている。それでも裁判所の判決は、由惟のそんな覚悟を一時的にしろ容赦なく押しつぶしてしまうかもしれない。負けないとは思っているが、居すくんでしまう感覚は消えてくれない。

「そろそろ行ってくる」

一つ深く息をついたあと、由惟はそう言って席を立った。

「どれくらいかかりそう?」

「分かんないよ」由惟は言う。「一時間かそれ以上か……とにかく待ってて」

有罪判決を聞かされたとき、ここにどんな顔をして戻ってくればいいのか……不意にそんな不安が頭をよぎり、紗奈に向けた言葉にも、わずかに震えが混じった。

「分かった。待ってる」

紗奈はそんな由惟の動揺には気づいていないかのように、きっぱり覚悟を決めた言葉を返してくる。由惟はもう何も言わず、紗奈を置き去りにするようにしてロビーを離れた。

法廷に入ると、由惟は傍聴席の最前列に座った。傍聴席は記者や一般傍聴人で満席だった。梶朱里ら被害者の父母も列席している様子だったが、由惟は意識して周りを見ないようにした。

初公判と同様、傍聴席の後ろにはテレビカメラも入っていた。検察官と伊豆原ら弁護士、そして三人の裁判官がそろったところで撮影が行われ、カメラが撤収すると母が刑務官に伴われて姿を見せた。母の手錠と腰縄が解かれたあと、最後に六人の裁判員が入廷した。

全員が起立し、そろって一礼する。

二週間ぶりの法廷は光景こそすでに見慣れたものだったが、そこにある緊張感はこれまでとは種類の違うものだった。

全員が着席し、物音が静まると、裁判長が一つ咳払い(せきばら)をして、おもむろに口を開いた。

「それでは今日は、〈古溝病院〉の点滴中毒死傷事件について、判決に至りましたので言い渡したいと思います。被告人は前に出てきてください」

裁判長に促され、母が立ち上がり、おずおずと証言台まで進み出た。

「今から判決を言いますから、よく聞いてください」

裁判長はそう言い置いて、手もとの判決書に目を落とした。

法廷内が再び静寂に包まれ、由惟はそれに耐えるように身を強張らせた。

「主文」裁判長は心持ち声を張るようにして言った。「被告人は無罪」

無罪。

その言葉が耳に届き、由惟の身体の強張りは一気にほどけていく。しかし、今度は力の入れ方を忘れてしまったように身体は動かなかった。

よかった……ただ、そう思う。

「無罪ということです」裁判長は穏やかな口調になって母に言い聞かせるように繰り返してから続けた。「今から判決理由を読み上げますから、小南さんは座って聞いてください」

「はい」

母の声も安堵で放心したように力がなかった。

母が座るのと入れ替わるようにして、傍聴席から記者が一人、また一人と席を立っていく。

伊豆原が由惟を見ている。彼は小さくあごを振った。紗奈に早く知らせてやれと言っているのだと分かった。

そうか、もうここに縛りつけられるように座っていなくていいのだ。すべて終わったのだ。

こんなに早く知らせに行けるなんて。紗奈もびっくりするだろう……そう思うと、身体にようやく力が入った。

由惟は記者たちを追うように席を立ち、法廷を出た。

夕方、由惟は紗奈とともに、伊豆原らに連れられて小菅の東京拘置所に足を運んだ。

母は裁判が終わったあと、出所の手続きと荷物を受け取るためにいったん拘置所に戻った。その母をみんなで迎えようということだった。

拘置所に着いたところで、由惟たちは建物の外で母が出てくるのを待つことにした。仁科栞が母を迎えに、建物の中に入っていった。

一個しかないけどと、伊豆原が使い捨てカイロをくれた。

「使いな」

由惟はそれを紗奈に譲り、自分は両手をこすり合わせて暖を取った。それぞれの白い息が夕暮れの中に漂い、消えていく。

不意に由惟のスマホが鳴った。久しく連絡を取っていなかった父からだった。

〈おめでとう。ニュースを見たよ〉彼は我がことのように母の無罪を喜んでみせた。〈裁判中も気が気でなくてね。ずっと祈ってたんだ〉

調子がいい……由惟は白けた気持ちになりながら、「紗奈に代わる」とだけ素っ気なく言って、紗奈にスマホを渡した。

「うん、うん、ありがとう……今、お母さんを迎えに来てるとこ」

由惟とは違い、紗奈は機嫌よく電話の相手になっている。

「うん、ありがとう……じゃあね」

電話を終えた紗奈は由惟にスマホを返しながら、「塾とか、勉強のことで困ってたら力になるからって」と、父との会話を報告してきた。

「調子いい」

由惟が思わずそう呟くと、紗奈は「まあ、いいじゃん」と笑った。

人を信じたり許したりできるのも才能だろうか……そう思うと、由惟は紗奈のことが羨ましく感じられた。

「ねえ、平中に戻ってもいいと思う？」紗奈がふと真顔になって、そんなことを訊いてきた。

「舞花ちゃんもいるんだし、いいんじゃない」

由惟がそう言うと、紗奈は口もとをほころばせ、「そうだよね」と言った。

「由惟さんも、大学に行きたいなら、今からでも目指せばいいんじゃないかな」伊豆原が言う。

「え？」

「僕が口を挿むことじゃないけど、刑事補償もいくらか出るはずだし、もともと大学に行くつもりだったのなら、今年一年、恵麻の子守りをしながら勉強して、来年受ければいいと思う」

そんな道も選べるのか……何だか信じられない思いだった。もう自由なのだという実感が増す。

「お姉ちゃん、頭いいから弁護士さん目指せば？」紗奈がそそのかすように言う。

「向いてないよ」

自分のような臆病で疑い深い人間は、人を信じて助けるような仕事には向いていないと思う。

「そんなことはない」伊豆原が言う。「由惟さんはこう見えてけっこう気が強いし、言いたいことをはっきり言うから、その点では向いてるよ」

「それ、あんまり褒めてなくない？」紗奈が笑う。

「それに勇気もある」

伊豆原は由惟の自己分析とは逆のことを言った。痴漢事件の証言のことを言っているのだろうか。

由惟は少し面映ゆい気分だった。

「まあ、弁護士になったところで稼げるかどうかは保証できないけどね」伊豆原が肩をすくめるようにしてそう言った。

「補償金が入ったら、いろいろお支払いします」由惟は言う。

「いや、そういうことを言いたいわけじゃなかったんだけど」伊豆原は少しばつが悪そうに言った。

「でもまあ、ありがとう」

「奥さんばかり稼いでると、伊豆原先生も肩身が狭いですもんね」

由惟がいたずらっぽく言うと、伊豆原は「本当、君ははっきり言うよね」と苦笑気味にこぼした。

「あ、出てきた」

紗奈の声に釣られて見ると、通用門の扉が開いて、そこから仁科栞が出てくるところだった。

彼女に続いて、母の姿も見えた。係員に頭を下げて挨拶のようなものを交わしてから歩き始め、すぐに由惟たちに気づいた。

母は笑顔になり、由惟たちに手を振った。

長い月日だった。

つらいことがいっぱいあった。何度も泣いた。

けれど、そんな自分より、母のほうが何倍もつらかったはずだ。

いったいどれだけつらかったのだろう。

その母が、何もなかったように笑って手を振っている。

母はずっと、紗奈のことを守り、気を配って、一生懸命看病していただけだった。

どうして自分は、そんな母を信じて、支えてやろうとしなかったのだろう。

母の笑顔を見た瞬間、由惟はそれを喜ぶより、その笑顔を引き出す力に自分がまったくなれていなかったことを痛烈に感じ、足が動かなくなってしまった。

膝からくずおれそうで、そのまま泣いて母に懺悔したい思いが湧き起こった。

そんな由惟の手を、紗奈が横からぎゅっと握った。

カイロの熱だけではない、温もりのある手だった。

紗奈の手に引っ張られるようにして、由惟は足を踏み出した。

「お母さん！」

呼びながら、一足早い春の陽射しのような笑顔に向かって、紗奈と一緒に走った。

26

「このたびは、いろいろお世話になりました」

野々花の無罪判決の翌日、午後になって、伊豆原は〔古溝病院〕を訪ねた。アポイントは取っていなかったが、院長に一言挨拶したいと申し出ると、繁田はことのほか素直に取り次いでくれた。

古溝院長は院長室で事務仕事をしていた。伊豆原の訪問には「ああ、どうも」と淡泊な反応を示しただけだったが、もちろん、事件の判決のことは知っていた。

「お宅らには何よりの結果でしたな」

彼は執務席に着いたまま、ペンを置いてそんな声をかけてきた。

「院長はじめ、病院関係者の方々の公正な証言があってこその結果です」伊豆原はそう礼を言った。

「ありがとうございました」

「我々は人の健康や命を救うという意味では、日々責任を負っている」古溝院長は言う。「しかし、その反動というわけでもないでしょうが、そのほかのこととなると、責任なんてものには無自覚になりがちでしてね。自戒をこめて、そんなことを思いますよ。ただ、今回は、証言すべき人間がほんの少しずつ責任感を意識して証言した。その結果が出たということでしょう」

おそらく川勝春水は、証人尋問を前にして、院長との過去の関係を訊かれれば素直に答えるつもりであることを彼に伝えていたのだろう。

「川勝さんにはこちらも大変失礼な言動を取ってしまい、改めてお詫びします」

「その弁護士さんは弁護団から外れたのでしょう?」古溝院長はそう言って、鷹揚に続けた。「私がいつまでも言うことじゃない。彼女も気にしていないからこそ、ああいう証言をしたんだと思いますよ。人間、プライドの示し方っていうのも様々だ。偽らないということもその一つ。それが示されたということですよ」

「そうですね」

「しかし」古溝院長は小さな吐息を挿んだ。「事件の解明が振り出しに戻ったという意味では、ほっとしてばかりもいられませんな」
「院長のお立場ではそうでしょう」
「気分的にはなかなか落ち着きませんよ」古溝院長は軽く嘆くように言った。「弁護活動を通して、あなたにはすでに、ほかの目星が付いてるんじゃないですか？」

伊豆原は彼の問いかけるような視線を受け止め、小さく首を振った。

「それは捜査機関に任せていますので」
「あなたは慎重ですね」古溝院長はそう言って微苦笑する。
「ただ、遠からず明らかになるでしょう」
「そうですか」

彼のやるせなさそうな相槌を聞いたところで伊豆原は挨拶を切り上げ、院長室を辞した。

〈古溝病院〉をあとにした伊豆原は、その足で銀座の外れへと向かった。

〈貴島法律事務所〉は〈貴島記念法律事務所〉に名称を変えていた。創立者である貴島義郎の功績を記念してということだろう。

以前、スタッフルームにあった桝田の席では別の弁護士が仕事をしていた。事務員に訊くと、桝田は貴島が使っていた執務室に移ったという。

桝田にもアポイントは取っていない。ランチミーティングが長引いているということで、伊豆原はその事務員に声だけかけ、半ば勝手に彼の執務室に歩を進めた。

なるほど、かつて「貴島」の表札が掲げられていた部屋のドアには、「桝田」の表札がかかっている。

ドアを開けて入ってみると、部屋は貴島が使っていた頃とそれほど変わっている様子はなかった。温泉街のミニ提灯もそのままだ。桝田は机周りだけ自分のものとして使っているのかもしれない。霊気とでも言おうか、貴島がどこかで一仕事終えて、今すぐにもここに帰ってくるかのような空気が残っていた。

伊豆原は執務机に向かい合うようにして置かれた小さな椅子に腰かけた。こうして桝田と肩を並べ、貴島と打ち合わせをした日々があったのを思い出す。

「何してる?」

ドアの開いた音に振り向くと、訝しげに立つ桝田の姿があった。問いかけてきた声にはちょっとした焦りが覗いていたが、伊豆原がただ椅子に座っているだけなのを見ると、無理に落ち着き払ってみせるように口をつぐんだ。

「裁判の報告だ」伊豆原は椅子に座ったまま静かに言う。「ここに座っていると、貴島先生と対話してる気分になれる」

「そうか」桝田は一つうなずき、気を取り直したように続けた。「おめでとう。貴島先生も喜んでるだろう」

「そうかな?」

伊豆原が賛辞を素直に受け入れなかったのに対し、桝田はかすかに首をかしげた。

「桝田も個室が与えられたということは、パートナーに昇進したわけだな」伊豆原は彼の反応に構わず言う。「しかも、貴島先生が使っていた部屋とは驚きだ」

「ほかに空きがないからな」桝田は言い訳するように言った。「貴島先生に借りているようなもんで、今まで以上に居候気分だよ」

これまでのイソ弁待遇を自嘲気味に皮肉ってみせた彼の言葉に、伊豆原は笑わなかった。

「先生の遺言か？」

「何が？」桝田は警戒した口ぶりで訊き返す。

「事務所に入って半年でパートナーに昇進したってことは、もともとそういう約束があったんだろう？」

「もちろん、そういう話含みでの誘いではあった」桝田は言う。「貴島先生がそれだけ目をかけてくれてたってことだ。悪いことじゃない」

「条件は何だ？」伊豆原は冷ややかに訊いた。「あるいは、移籍して身動き取れなくなってから聞かされた条件かもしれないが」

桝田が黙りこくった。

「十七年前」伊豆原は静かに話し始める。「与党の有力議員である綱川昭三の水力発電をめぐる口利き疑惑が取り沙汰された渦中、県側の担当職員だった屋代和徳（かずのり）が自殺をした。〔古溝病院〕の看護師だった庄村数恵の父親だ。その後、妻の友紀子（ゆきこ）が真相解明に向けて立ち上がった。その弔い合戦で妻の友紀子に付いたのが、正義の弁護士である貴島義郎先生だ」

桝田は顔から感情を消し、ただ伊豆原を見つめている。

「残念ながら、綱川側と県側の面会メモは屋代の遺品からも発見されず、疑惑はうやむやとなってしまった。ただ、その無念の思いがどう働いたのか、貴島先生と屋代友紀子には特別の絆が出来上がった。二人がどういう関係だったかまでは分からないが、気持ちでつながる関係であったことは確かだろう。その後も貴島先生は、仕事の合間を見つけては彼女に会いに行っていた」

伊豆原は鬼怒川温泉の古びたミニ提灯に目をやりながら言った。

「もちろん、彼女の一人娘である数恵とも交流があり、その成長を見守っていた。彼女が〔古溝病院〕で働いていたことも知っていただろうし、流産したことも聞いて心を痛めていただろう。そして、〔古溝病院〕で点滴死傷事件が起きたときも、数恵の仕事場のことだから気になっていたに違いない」

「勝手な憶測で……」

口を開きかけた桝田を、伊豆原は「まあ聞け」と制した。

「警察の捜査で小南さんが捕まった。一方で貴島先生は屋代友紀子から、数恵が精神的に不安定だと相談を受けた。いろいろ詳しい話を聞く中で、どうやら数恵が真犯人ではないかと先生は気づいた。しかし、そこで数恵に自首をさせる選択肢は取らなかった。すでに警察は小南さんを捕まえている。そのままつつがなく公判へと進み、有罪判決が下ればいい。貴島先生は捜査状況の詳細を知り、このまま小南さんを裁く公判を進ませるために、国選を引き受けた桝田にアプローチして、弁護団に入りたいと申し出た」

もちろん、桝田にとっても刑事弁護の世界に名を馳せた大物の加勢は渡りに船だっただろう。ただ、実際には名うての大物も戦力にはならなかった。貴島本人に裁判で勝つ気がまったくなかったからだ。しかも闘病が始まっており、桝田は貴島が精彩を欠いているのはそのせいだと思いこんだ。

「桝田が貴島先生の目的を知ったのは、俺を弁護団に引き入れてしばらくした頃だろう。貴島先生はすでにいろいろ布石を打っていた。お前をこの事務所に招き入れたのもその一つだ。闘病中のがんの進行が思った以上に速く、公判を見届けられない可能性が出てきた。冤罪事件であり、無理に取った自白と状況証拠しかないこの公判は、ちゃんとした弁護士が本腰を入れて取り組めば、十分引っくり返る可能性があると、感覚的に分かっていた。そしていよいよ入退院を繰り返すようになった自分をよそに、公判対策が進み出したのを見て、彼は遺言代わりにお前にすべてを打ち明け、あとを託した。近い将来のパートナー昇格の約束手形を切ってな。

お前は話を聞いて愕然(がくぜん)としただろう。しかし、すでに貴島先生が敷いたレールの上に乗せられていた。先生に付けばパートナーの座が約束されている。背けば、必然的に先生の隠蔽行為が公になり、ひいては〈貴島法律事務所〉そのものの存続が危ぶまれる事態になりかねない。お前が取れる選択肢はなかった」

桝田は伊豆原から視線を外し、窓際に歩いていく。気持ちを落ち着けるように外の景色に目をやるその横顔は蒼白い。

「貴島先生が亡くなり、頼る当てを失ったことを知った庄村数恵は将来を悲観して自殺を図ったが、幸か不幸か一命を取りとめた。一方でお前は、自分に課された仕事を忠実に果たした。つまり、主任の立場から減刑狙いの方針を打ち出すなど、弁護団の中を混乱させ、公判対策の邪魔をした。とりあえず死刑は回避したいというのは、小南さんに罪をかぶせるしかなかったお前の本音だったろうな。お前はお前なりにがんばった。ただ、そもそもが、貴島先生が余命いくばくもない限られた状況の中で何とか庄村数恵を守ろうとして考えた計画だ。しょせん無理があった。人を助けてきた手で悪いことをしようとしても、なかなか鮮やかにというわけにはいかない。俺が桝田から主任の座を奪うなんてことも考えてはいなかったはずだ。だからこうして、すべては失敗に終わった」

　すっかり窓の外へと顔を向けていた桝田が振り返る。

「何の証拠があって、そんなことを言ってるんだ？」

　その声は動揺を押し隠すようにかすれていたが、目には追いこまれた動物が本能的に歯向かうときのようなぎらつきが見えた。

「お前も弁護士なら、想像だけでそんな話をしてるんじゃないだろうな？　責任は取れるのか？」

　その一か八かで挑むような目を、伊豆原は哀しく見返す。

「庄村さんの母親——屋代友紀子さんがすべて話した」

　そう言うと、あの日、証人尋問が終わった庄村数恵を裁判所の外で出迎えていた男の目から一瞬にして力が消えた。

「庄村さんの自殺未遂は衝動的なものだった。衝動的だったから、身を投げた下に木があり、枝に引っかかって一命を取りとめた。ただ次は分からない。捜査の手から逃げていても、それが近づいてくる恐怖はずっと付きまとう。自分の罪と向き合わない限り、その衝動はまたやってくる。母親としては、当然、娘を死なせたくはない。だから、俺の話に応えてくれた。証人尋問の前夜、お前がホテルにまで来て、小南さんを助けるような回答をしないよう説得してきたことも話してくれた」

桝田はもはや、伊豆原を見ているというより、虚ろな顔を向けているだけだった。

初めは彼も本意ではなかっただろう。強力な助っ人だと思っていた貴島に、巧みにからめ捕られてしまったようなものだ。しかし、いつからか、これでうまくいくはずだという根拠のない自信が芽生えていたのかもしれない。

「母親は娘を自首させようと考えてる。小南さんが無罪になったのを受けて、今、親子で話をしているはずだ」

判決が出るまでの日を縫って、伊豆原は再び宇都宮に飛んだ。庄村数恵の母に会い、それまでに調べた貴島との関係や地裁前での桝田との接触の事実を突きつけると、彼女もこれ以上はごまかし切れないと思ったようだった。

ただ、娘と話をして答えを出す時間が欲しいと彼女は言った。伊豆原はその手応えだけを江崎検事に伝えた。江崎検事が桜井裁判長にまで話を持っていったかどうかは分からないが、ここに至れば有罪判決は検察側にも歓迎できなくなっていただろう。

「そうか」桝田は無理に安堵感をにじませるように、ぽつりと言った。「よかったんじゃないか」

「俺たちはいつも、証拠や証人の有無に右往左往してる。不利な証拠が出なければ強気になり、出れば脆(もろ)い。だけどな桝田、この証拠はすでにお前の中にあった。なかったのは勇気だ」

「同期のお前に断罪される日が来るとはな」桝田は吐息混じりに言った。「でも、俺だって、パートナーの約束手形にだけ目がくらんだわけじゃない」

「だろうな」

桝田のことをよく知っているだけに、伊豆原には理解できた。

「俺が庄村さんと顔を合わせたのは、貴島先生の病室でだった。仕事の休みを縫って母親と宇都宮から先生の見舞いに駆けつけてた。そのときは屋代と名乗られて、〈古溝病院〉の事件の関係者だなんてことにも気がつかなかった。あとになってそれを知ったときには、俺はもう、先生のそのファミリーの一員に引きこまれてた。

これまで何百人もの人生を救ってきた貴島先生が、その業績と引き換えにしてでも、仕事と関係なく、たった一人の人生を救ってやりたいと言ってきたんだ。それくらい、実の娘のように可愛がってきた子なんだと。俺は先生の、命が尽きる前の魂の叫びだと受け取った。話を聞いているうち、彼女の境遇にも同情したし、自分の手で助けてやれるものなら助けてやりたいという気にもなった。貴島先生ほどの人がそう導くなら、そういう考え方もありかもしれないって気にさせられたんだ」

「それが先生の魂の叫びだったとしても、お前は冷静に受け止めなきゃいけなかった。俺には、先生一流の弁才にからめ捕られただけにしか受け取れない。自分が救うべきは庄村さんではなく、小南さんであることは分かっていたはずだ」

「分かってたよ。道を間違えたのは分かってたし、先生がこの世を去って、一人でこのまま進んでいくのかと思うと怖くもなった。でも、それを正直に彼女に打ち明けたら、彼女は絶望して身を投げちまった。奇跡的に助かったのがよかったのかどうなのか……俺はもう引き返せなくなったんだ」

彼はそう吐露し、ゆっくりとうなだれた。

夜、マンションに帰宅すると、リビングにはまだ由惟の姿があった。

「私もちょうど今、帰ってきたとこで」

千景が部屋着に着替えたばかりという様子で、寝室から出てきた。急の仕事が入り、帰りが予定より遅れたらしい。

「ごめんね。ご飯食べてって」

買ってきた総菜をテーブルに出しながら千景が言う。

「いえ、母が作って待ってるんで」

そう断った由惟の顔には、気恥ずかしさと嬉しさが混ざったような小さな笑みが口もとに覗いていた。

「そっか、それじゃあ、早く帰らないとね」千景も一緒に喜ぶように言った。

「お、早速、勉強始めてるんだな」

伊豆原はソファに置かれた日本史の参考書に目を留めて言った。

「処分したと思ってたんですけど、探したらあって」

由惟はそれをバッグに仕舞いながら、やはり気恥ずかしそうに言った。

「よかった。よかった」

すっかり狂って動いていた時計の針が不意に巻き戻り、ゆっくりと正しく動き始めたかのような時間がそこには流れていた。

着替えて戻ってくると、由惟はすでに帰ってしまっていた。駅まで送っていこうと思っていたが、それを遠慮したかのようだった。

「あの子、あんなに柔らかい表情見せるんだね」千景が鍋に味噌を溶きながら言う。

「それが本来の彼女ってことだ」

伊豆原は千景の言葉に応えながら、そんな現実を取り戻したことに満足し、今さらながら大きな仕事をやり終えた実感に浸った。

久しぶりのくつろいだ気分で恵麻をベビーベッドから抱き上げる。その気分が伝わったのか、恵麻もニコニコ笑い、言葉にならない声を上げている。

そこに、伊豆原のスマホが鳴った。

〈宇都宮の屋代です〉

庄村数恵の母親からだった。

〈娘と話しました〉

「そうですか」

〈娘のこと、伊豆原先生にお願いできますか？〉

「できることはします」伊豆原は言う。「お母さんも全力で支えてあげてください」

〈はい……〉

明日の朝、宇都宮に行くことを約束し、伊豆原は電話を切る。

「明日、また出張だ」

そう言うと、千景がちらりと伊豆原を見た。忙しいのはいいが、それに見合うようなお金はもらえるのかという、いつもの皮肉めいた言葉が返ってくるかと思いきや、そうした言葉はなかった。

今度の無罪判決で、多少は見直した思いがあるのかもしれない。

それはそれでありがたいものの、伊豆原としては勝手が違い、何となく拍子抜けの感があった。

「まあ、しょうがない」

何も言われていないのに、一人でそんなことを言ってみる。

千景の代わりということか、伊豆原の腕の中で恵麻の機嫌がいつの間にか斜めを向き、むずかるような声に変わっていた。

「そう言うな。こういう仕事なんだよ」

伊豆原は言い訳する相手を見つけて嬉しくなり、そう笑いながら恵麻をあやした。

〈参考文献〉

『雪（そそ）ぐ人　えん罪弁護士　今村核』　佐々木健一著　NHK出版
『刑事弁護人』　亀石倫子・新田匡央著　講談社
『無罪請負人　刑事弁護とは何か？』　弘中惇一郎著　KADOKAWA
『弁護士の格差』　秋山謙一郎著　朝日新聞出版
『事例に学ぶ刑事弁護入門〔補訂版〕―弁護方針完結の思考と実務―』　宮村啓太著　民事法研究会

本書の執筆におきましては、法医学関係について杏林大学名誉教授の佐藤喜宣氏から、弁護士の業務について弁護士の横井弘明氏と石塚花絵氏から、看護師の業務について看護師のM氏、P氏及びK氏から、大変貴重なお話をうかがいました。

また、埼玉県立小児医療センター小児外科の川嶋寛氏とレイ法律事務所の弁護士近藤敬氏、阪口采香氏からは、作中の医療並びに法律業務の描写について、細部にわたり丁寧な助言をいただきました。

この場を借りて心からお礼を申し上げます。

装丁　片岡忠彦
装画　しらこ

〈著者紹介〉
雫井脩介　1968年愛知県生まれ。専修大学文学部卒。2000年、第4回新潮ミステリー倶楽部賞受賞作『栄光一途』で小説家デビュー。04年に刊行した『犯人に告ぐ』で第7回大藪春彦賞を受賞。他の作品に、『火の粉』『クローズド・ノート』『ビター・ブラッド』『殺気!』『つばさものがたり』『銀色の絆』『途中の一歩』『仮面同窓会』『検察側の罪人』『引き抜き屋1　鹿子小穂の冒険』『引き抜き屋2　鹿子小穂の帰還』『犯人に告ぐ2　闇の蜃気楼』『犯人に告ぐ3　紅の影』『望み』などがある。

本書は書き下ろしです。

霧をはらう
2021年7月30日　第1刷発行

著　者　雫井脩介
発行人　見城 徹
編集人　森下康樹
編集者　君和田麻子　小川貴子

発行所　株式会社 幻冬舎
〒151-0051 東京都渋谷区千駄ヶ谷4-9-7

電話:03(5411)6211(編集)
03(5411)6222(営業)
振替:00120-8-767643
印刷・製本所:中央精版印刷株式会社

検印廃止

ISBN978-4-344-03794-6 C0093
幻冬舎ホームページアドレス　https://www.gentosha.co.jp/

この本に関するご意見・ご感想をメールでお寄せいただく場合は、
comment@gentosha.co.jpまで。